MIRIAM SCHMIDT

Das Vermächtnis der Aperbonen
- Gawril -

edition winterwork

Die Autorin

Miriam Schmidt begann mit fünfundzwanzig Jahren mit dem Schreiben und veröffentlichte bereits zwei Jahre später ihren ersten Fantasyroman *Das Vermächtnis der Aperbonen - Die Waage -*. Mit dem zweiten Teil der Aperbonen-Trilogie - *Gawril* - knüpft sie nahtlos an den ersten Teil an. Bereits jetzt warten wir gespannt auf den dritten und leider auch schon letzten Teil. Die Autorin arbeitet zudem als Oecotrophologin und lebt gemeinsam mit ihrer Familie in Nordrhein-Westfalen.

Man muss sich erlauben, an fantastische Dinge zu glauben, denn nur dann kann man auch über sie schreiben.
Und ihr glaubt an mich und erlaubt mir, so zu sein, wie ich bin.

Für meine Familie, die immer ein offenes Ohr für mich hat.

Miriam Schmidt

Das Vermächtnis der Aperbonen

- Gawril -

Roman

edition winterwork

Bibliografische Informationen der Deutschen Nationalbibliothek:
Die Deutsche Nationalbibliothek verzeichnet diese Publikation in der Deutschen Nationalbibliographie. Detaillierte bibliographische Daten im Internet über http://www.d-nb.de abrufbar.

Impressum

Miriam Schmidt,
»Das Vermächtnis der Aperbonen – Gawril«

www.edition-winterwork.de
© 2012 edition winterwork
Alle Rechte vorbehalten.
Satz: Miriam Schmidt
Umschlag: edition winterwork
Druck und Bindung: winterwork Borsdorf

ISBN 978-3-86468-241-4

»Lauf!«, sagt mir mein Herz. »Lauf!«
Ich habe Angst.

»Lauf!«, sagt mir mein Herz. »Lauf!«
Ich kann nicht atmen.

»Lauf!«, sagt mir mein Herz. »Lauf!«
Der Schmerz brennt in meiner Brust.

»Lauf!«, sagt mir mein Herz. »Lauf!«
Warum?
Ich liebe – vergebens.

Übersicht von Aperbonen und Pravalben

 Aperbonen

Menschliche Aperbonen:

Claire Wittgenstein
Winifred McFadden
Jeanne Marie Rozier
Joscha Hovorka
Andris Pettersson
Fabien Curie
Tiberius Jakobs
(übergelaufener Pravalbe)
Amartus Hayes
James Donnahu
Niklas Young
Carolina Danska
Lilja Danska
Richard Dale*
Igor Michal Ressowski*
Friedrich Mogensen*
Himani Desai
Varisy Chao
Thierry Beauchamp
Serge Durand
Mabel Killigrew
Maximilian Peters

verstorben:
Alexander Hovorka
Amalia Winterberg
Emil Demarteau
Grisilde von Mühlen
Hortensia Caprioli

Livonten:

Serafina**
Radomil
Creszentia*
Quintus*
Eilmar
Oxandrius**
Leander

Die Wissenden:

Norwin, Alwara,
Gorla, Teutward

Beteiligte Menschen:

Elisabeth Wittgenstein
Karl Wittgenstein
Sebastian Wittgenstein
Wigo Hovorka
Ilonka Hovorka
Odette Curie
Marguerite Bouvet
Henry Crick
Eliska Pechac
Verushka Lanczova
Babette Rowen

Tom Young:

Sohn von Niklas
und Nora

Pravalben

Menschliche Pravalben:

Cornelius Jakobs*
Galina Pawlow*
Danilo Pawlow
William J. Woodward*
Benjamin J. Woodward
Cyrillus Herodot
(übergelaufener Aperbone)
Nora Collins
Natalia Jerschow
Dora Gromow
Tammo Krog
Saori Nebayashi
Esmond O'Brien
Gloria Alvarez
Wellem Bolt
Konrad Züfle
Vasileios Gordino

verstorben:
Renee Tillion (Simon Chevalier)

Maludicioren:

Auberlin
Closlin
Wibalt
Nopricht
Gawril
Beryl
Siegram

Beteiligte Menschen:

Nora Collins' Brüder:
John und Owen

Aperbonen tragen farbige Steine, Pravalben ihr Symbol als Tattoo versteckt hinter ihrem rechten Ohr. Die Steine und das Tattoo verleihen ihnen ihre Fähigkeiten.

* Ratsmitglied ** Beobachter der Menschen

1

Nähe Petschora, Russland, circa vier Monate später

»Wenn ihr glaubt, dass ich mich hier ewig in diesem Loch verkrieche, dann habt ihr euch getäuscht!«, brummte Andris und knallte mit der Faust gegen den Fensterrahmen. Seine hellblauen Augen waren zusammengekniffen, mit wutverzerrtem Blick schaute er nach draußen in die Kälte.

Es war weiß – weiß vom Schnee am Boden, auf den Bäumen und Sträuchern und von dem in der Luft. Eisiger Wind tobte und wirbelte um das alte Landhaus, in dem sich die Freunde versteckt hielten. – Einst hatte das Landhaus Alexanders Bruder gehört. Bis zu jenem Tag, als die Freunde dorthin geflüchtet waren, stand es leer. – Ein Feuer brannte jetzt im Kamin, das die allgegenwärtige, durchdringende Kälte im Haus etwas bezwang.

»Andris, jetzt fang nicht schon wieder an!«, fauchte Wini, die neben Claire und Joscha auf einer langen, braunen Ledercouch saß.

Die Freunde hatten sich im Wohnzimmer des alten Landhauses zusammengefunden. Wie vor einigen Wochen in Salla, als sie am See, im verborgenen Parasum, das letzte Teilstück der Waage fanden und Tiberius sich auf ihre Seite geschlagen hatte, fanden sie Schutz in einer Holzhütte im Wald. Wenn auch die Umschreibung *Hütte* es nicht ganz traf. Das aus Holz erbaute Haus von Joschas Familie ging über zwei Etagen. Im Erdgeschoss gab es eine Küche, das Wohnzimmer, zwei Arbeitszimmer und ein kleines, spartanisches Bad. Auf der ersten Etage lagen die Schlafzimmer.

Fabien, der im Raum auf und ab ging, dabei quietschten die alten Holzdielen unter seinen Füßen, versuchte zu schlichten.

9

»Es ergibt sich bestimmt bald eine Lösung. *Und* bis dahin müssen wir ruhig bleiben und vor allem uns nicht gegenseitig *angiften*.« Er schmunzelte und zwinkerte Wini zu. Seine langen, zipfeligen Augenbrauen – typisch die eines Luchses, eines Lyncis – hoben sich dabei herausfordernd in die Höhe.

Wini öffnete den Mund und wollte gerade etwas sagen, als sie sich eines anderen besann, ihren Mund wieder schloss und schmollend Fabiens Blick erwiderte.

Fabien lächelte – er hatte mit als Einziger sein Lächeln nicht verloren. Er ging weiter und strich über den staubigen Kamin. Staubflocken rieselten langsam zu Boden.

Nicht nur hier gab es Staub. Überall im Haus war es staubig, Spinnweben hingen an den Wänden und vereinzelt verdeckten noch große, weiße Tücher die aufgestellten Möbel. Die Freunde hatten nicht vor, lange zu bleiben. So schnell, wie sie gekommen waren, wollten sie auch wieder verschwinden. Warum also sollten sie aufräumen und putzen?

Andris ließ erschöpft die angespannten Arme fallen und seufzte frustriert. Er ging zur Couch und sackte neben Claire in der weichen Polsterung ein. Er wirkte erschöpft, was selten bei Andris war. Die vergangenen Wochen: die Kämpfe, die Jagd hatten ihn müde werden lassen. Wie jeder der Freunde brauchte auch er ein wenig Ruhe.

Denn sie hatten ein Ziel, sie wollten sich gegen die Pravalben wehren, ihnen Wiederstand leisten, doch dafür brauchten sie einen Plan und Kraft. Aus diesem Grund hatten sie sich nach Russland verzogen, hier wollten sie ihr weiteres Vorgehen planen. Zudem warteten sie auf Amartus' Rückmeldung, denn er sollte mitbestimmen, was zu tun war.

Claire bekam von alldem nicht viel mit. Sie war in Gedanken. Die Vergangenheit holte sie ein.

Tom saß lachend in einem gemütlichen, hell erleuchteten Raum, in einer Runde fröhlicher Geburtstagsgäste und schob sich eine riesige Gabel Cremetorte in den Mund. Auch die Freunde sahen glücklich aus. Andris, der über die Zeit Tom schätzen gelernt hatte, rollte zwar über ihn die Augen, konnte sich aber ein Lachen über seinen Übermut ebenso wenig verkneifen.

Claire spürte die Wärme, die Freude in sich. Plötzlich wurde es kalt, dunkel.

Claire, Wini, Joscha, Jeanne, Tiberius und Tom waren auf der Straße vor dem Haus, in dem die Geburtstagsfeier stattgefunden hatte. Sie warteten auf Niklas, Andris und Fabien und schlenderten in der angebrochenen Dunkelheit langsam voraus. Tom lachte noch immer. Da Fabien ihn mit Witzen und lustigen alten Geschichten unterhalten hatte, strahlte Tom schon den ganzen Abend.
Auf einmal kam ihnen eine Gruppe von jungen Männern entgegen. Schon vom Weiten hatten die Freunde ein ungutes Gefühl. Die Männer pöbelten sich gegenseitig an und als sie die Freunde sahen, wechselten sie zu ihnen die Straßenseite. In der Dunkelheit wirkten sie bedrohlich, obwohl sie es für die Freunde eigentlich nicht seien konnten.
»Na, wen haben wir denn da!«, grölte einer von ihnen.

Diese Worte würde Claire niemals in ihrem Leben vergessen. Wie sie klangen. Wie sie in ihrem Kopf nachhallten. In ihrer Erinnerung waren sie so klar, dass sie ihr jedes Mal durch Mark und Bein gingen. Claire schreckte auf. Atemlos sog sie Luft in ihre Lungen und kämpfte mit den Tränen. Sie sah sich durch die Augenwinkel kurz um und unterdrückte mühselig, nicht in Tränen auszubrechen.

Erst jetzt bemerkte sie, dass ihr Joscha tröstend die Hand drückte. Seit diesem schrecklichen Tag war er es gewohnt, dass Claire häufig abwesend, traurig war und an Selbstzweifeln litt. Er versuchte, sie zu tröstend, wenngleich das Einzige, was wirklich zu helfen schien, Ablenkung war.

Trotzdem, langsam schien sich Claire wieder zu beruhigen, vor allem nachdem sie nach ihrem bernsteinfarbenen Stein an ihrer Kette gegriffen hatte und sich selbst gut zuredete. Sie versuchte nun, ihren Freunden zu folgen.

Tiberius saß in einem Sessel an einem der drei kleinen, mit Holzstreben versehenen, Fenster und beobachtete die Gegend. Ringsum des Hauses gab es nur Wald. Sie waren im Nirgendwo. Die nächstgelegene Stadt Petschora war kilometerweit entfernt. Direkt vor der Haustür gab es eine breite Lichtung. Tiberius' Blick wanderte über die schneebedeckte Wiese. Den in Schatten getauchten Waldsaum dahinter suchte er prüfend ab. Das warme Licht des Kamins spiegelte sich in den Scheiben, an denen Eisblumen wuchsen. Tiberius versuchte, sich zu konzentrieren, doch immer wieder verloren sich seine Gedanken. Die Kälte, der Schnee, das Eis: alles ging auf seine Kappe. Für ihn als Caelumer war dies ein Leichtes. Der Sturm, der wütete, war Folge seiner Verzweiflung. Jeanne war fort, entführt, und es gab keine Spur. Zudem bot ihnen das Wetter Schutz vor den Pravalben. Es hinderte sie daran, überhaupt in die Nähe des Hauses zu gelangen. So hatte Tiberius' Stimmung auch etwas für sich.

Wini sah seine Wut und vieles mehr. In den vergangenen Wochen hatte sie ihr Flammenauge dahin gehend verbessert, dass sie mehr wahrnahm als Flammen. Durch starke Emotionen wie Liebe und Hass sah sie die Gedanken der Menschen wie in einem Film vor sich. Wini sah die letzten Erinnerungen von Tiberius: Die letzten Momente, die er mit Jeanne verbracht hatte, die Freude, die Aufregung an dem Morgen, an dem Tiberius Jeanne suchte, nicht fand und feststellen musste, dass sie fort war, die Panik und dann … die Leere. »Tiberius, mach dich nicht verrückt! James wird sie bestimmt bald ausfindig machen. Und wenn Niklas wieder da ist –« Wini stoppte hier und schaute mit entschuldigendem Blick zu Claire.

Bei dem Thema *Niklas* verkrampfte sich Claires Magen, er brannte. Tränen schossen ihr in die Augen. Seit diesem einen verhängnisvollen Tag machte sie sich unentwegt Vorwürfe. Sie war unglücklich. Wieder sah sie Bilder der Vergangenheit.

Es war ein milder Sommertag. Wolken bedeckten stellenweise den blauen Himmel. Wind wehte über den Friedhof in Niklas' Heimatstadt. Niklas' Blick war leer. Seine dunklen Augen ruhten auf Claire, doch nichts konnte sie in ihnen lesen. Erneut wehte Wind über den erdigen Boden zu ihren Füßen. Claire fror, damals – wie heute. Aber nicht wegen des Windes. Die Welt an sich kam ihr kalt vor. Sie ertrug es nicht, nichts getan, es nicht verhindert gekonnt zu haben.

Die Bilder rasten nur so an ihr vorüber. Sie stoppten, als sie sich in Niklas' Armen wiederfand.

Claire schloss die Augen. Tränen rannen ihr über die Wangen, sie schluchzte.

Niklas hielt sie fest in seinen Armen. Claire hörte seine belegte Stimme dicht neben ihrem Ohr.»Versprich mir ..., eines Tages dir selbst zu verzeihen. Auch wenn es letztendlich nichts zu verzeihen gibt. Ich hätte mir für meinen Sohn ... Ich ... ich hätte mir für meinen Sohn keine bessere Freundin wünschen können.«

Claire war zurück in der Realität, mit all dem Schmerz, dem Kummer und der Kälte, welche sie seit Toms Beerdigung ständig quälten. Sie sah so traurig aus, dass keiner von ihren Freunden wusste, was sie tun sollten.

Andris führte Winis Worte nach kurzem Zögern fort; seine Stimme klang dunkler, rauer als sonst.»Ich kann verstehen, dass Niklas fort ist und dass er seine Ruhe haben will. Nun ja, wenn man das, was er gerade tut, als Ruhe bezeichnen möchte. Er ist der Einzige, der sich momentan den Pravalben *offensiv* entgegenstellt. Gott, wie gerne wäre ich jetzt bei ihm ... Was James anbelangt, da mache ich mir keine allzu großen Hoffnungen. Er hat so viel seiner Kraft eingebüßt. Ich glaube nicht, dass er es schafft, Jeanne aufzuspüren. – Ein Glück, dass Tom nicht an unseren Kräften gezehrt hat.«

Jetzt mischte sich Fabien ein, der sich lässig gegen die

Wand gegenüber den Freunden gelehnt hatte. – Fabien hatte wie so häufig seine langen, blonden Haare zu einem Zopf gebunden, was sein markantes Gesicht hervorhob. Er war von Natur aus ein gelassener Typ und selbstbewusst und dies strahlte er auch aus. – »Wir müssen Niklas ein wenig Zeit geben. Er hat zwar gesagt, dass er nichts mehr mit den Aperbonen zu tun haben will – was ich gewissermaßen auch verstehen kann. Aber er hat auch gesagt, dass er uns als Freunde nicht verlieren will. Und dass wir, wenn wir Hilfe brauchen, auf ihn zählen können. Sobald er von Jeannes Entführung hört, wird er versuchen, uns zu finden und uns zu helfen.«

»Es gäbe noch Leander, Jeannes Schutzpatron, … aber er scheint durch Tom und die vielen Verluste auf unserer Seite schon so geschwächt zu sein, dass er nichts tun kann.«, erinnerte Andris.

Das Wort „Verluste" brachte Claire abermals zum Träumen. Ihr alltäglicher Albtraum begann.

Claire fand sich erneut auf der Straße wieder, genau an dem Abend, an dem das Unheil seinen Lauf genommen hatte. – In der Dunkelheit kam die Gruppe von Männern immer näher auf sie zu. Tom blickte Claire stirnrunzelnd an, Angst schien er keine zu haben. Joscha, Tiberius, Jeanne und Wini, die ebenfalls dabei waren, stellten sich automatisch vor Tom. Er sollte aus dem Blickfeld der Männer verschwinden – eine Routine der letzten Wochen, in denen sie zahlreichen Angriffen ausgesetzt waren.

Zwei der jungen Männer tuschelten und blickten zu Claire. Sie schmunzelten und gingen zielstrebig auf sie zu.

»Na, meine Hübsche, Lust auf ein bisschen Unterhaltung?«, johlte der eine und zog provozierend die Augenbrauen nach oben.

Was hatte das zu bedeuten, fragte sich Claire. Waren es bloß Menschen, die Streit suchten, oder waren es Pravalben? Das Problem war, von dieser Entfernung konnte Claire das pravalbische Zeichen, das bei den menschlichen Pravalben versteckt hinter dem rechten Ohr lag, nicht ausmachen.

Im selben Moment erhielt sie die Antwort. Tom, der versteckt hinter Tiberius und Joscha stand, schaute hervor und flüsterte ihr mit seiner hellen Kinderstimme etwas zu, »Menschen! Es sind Menschen, Claire!« Er hatte versucht, ihnen die Energie zu rauben, als er feststellen musste, dass es keine Pravalben waren. Die weißen Schlieren, die maludiciorischen Energien, die sich bei den menschlichen Pravalben durch den gesamten Körper zogen, sah er bei diesen Männern nicht.

Joscha juckte es in den Fingern und wollte dem Mann für diese Unverschämtheit die passende Antwort geben, als Claire, wissend, dass er sich aufregte, zurückblickte, um ihm zu verstehen zu geben, die Ruhe zu bewahren.

Die Männer schritten weiter auf sie zu und je näher sie ihnen kamen, desto unheimlicher wurde es.

Wini wurde nervös, sie sah etwas in ihren Augen – Bruchstücke von dem, was sie wollten. Die Fremden hatten es irgendwie auf Claire abgesehen und als einer direkt in ihre Augen sah, wusste sie, dass auch sie die Zielscheibe jener war. Und noch etwas nahm sie wahr ... Irgendetwas stimmte nicht.

Die Männer waren ihnen nun sehr nahe und Claire überlegte, ob sie etwas mithilfe des Changings unternehmen sollte. Bloß, es waren einfache Männer, Menschen. Und was wäre, wenn sie gar nichts täten und sich mit ihnen nur einen Spaß erlauben wollten.

Claire hatte zu lange gezögert, die beiden Männer pöbelten sie an und griffen sie sofort am Arm. Claire wich aus. Die anderen stürzten sich augenblicklich auf Wini und Jeanne.

Einer zerrte grob an Wini. Sie versuchte, sich aus seiner Umklammerung zu lösen und schlug ihm dabei ins Gesicht. Sie verpasste ihm drei rote Striemen über die Wange. Ihr Angreifer kochte vor Wut und fletschte mit den Zähnen. Wini spürte, die Männer hatten mehr als schlechte Absichten. Und dann sah sie es und schrie: »Claire ... Tom!«

Nicht nur Claire hörte diese Worte auch ihre Angreifer. Augenblicklich, als wenn sie Winis Warnung ebenso verstanden hätten, teilte sich die Gruppe und stürzte sich zu je einem Teil auf Claire und Tom.

Claire wirbelte herum, um Tom zu schützen. – Und ihr stockte der Atem, ihre Augen flackerten. Es dauerte einen Moment, bis sie begriff. Scharf sog sie die Luft ein und blickte einem der Männer direkt in die Augen. Der zog sich mit einem spöttischen Grinsen auf den Lippen zurück. Claire schaute wie in Zeitlupe nach unten. Ein Messer blitzte auf. Blut tränkte ihren Pulli. Instinktiv fasste sie sich an die Stelle an ihrem Bauch. Sie spürte das Loch in ihrem Pulli und das nasse, warme Blut an ihren Fingern. Schwarze Flecken trübten jetzt ihre Sicht, langsam sackte sie zu Boden.

Tiberius neben ihr verstand sofort und half, dass sie nicht brutal zu Boden fiel.

Die Freunde erschraken.

In diesem Moment stürzten sich zwei der Männer auf Tom.

Vor Claires Augen verschwamm alles. Sie versuchte, nach Tom zu greifen. Ein erstickender Schrei ertönte wie aus weiter Ferne. Am Rande von Claires Blick blitzten dunkelblaue Schatten auf. Die dunklen Gestalten verzogen sich aus ihrer Sicht. Claire wusste, Wini hatte sie mit dem Nightflowen, ihren dunkelblauen Energiebällen, in die Flucht geschlagen.

Vor Schwäche senkte sich Claires Kopf zur Seite, sie lag am Boden, ihr Gesicht auf dem kühlen Asphalt. Aber für einen kurzen Moment schärfte sich ihre Sicht wieder.

Tom lag nur zwei Meter entfernt von ihr.

Claire blickte auf seinen dunklen Haarschopf, sein Gesicht war von ihr abgewandt. Stöhnend, voller Panik versuchte sie etwas zu sagen. Doch ihre Worte waren so schwach, so undeutlich, niemand verstand sie.

Nun tauchte Joscha auf. »Claire?«, rief er sie mit ungewohnt dunkler, verzerrter Stimme.

Claire hörte ihren Namen wie im Nebel und spürte Joschas Hände auf ihrem Gesicht. Kurz darauf verschlang sie die Dunkelheit.

Zurück in der Realität riss Claire die Augen auf und schnappte nach Luft. Sie zitterte. Wann hörte dies endlich auf, all diese Erinnerungen, die Traurigkeit …

Joscha, der ihr nicht von der Seite wich, streichelte ihr mit dem Daumen über den Handrücken und versuchte, sie zu beruhigen. Seine Wärme drang in ihre kalte Haut und tröstete sie ein wenig.

Andris, der ihr deutlich ansah, wie traurig sie war, schaute besorgt und etwas hilflos.

Claires ohnehin schon helle Haut war blass, ihre großen, blauen Augen wirkten traurig und müde. Sie war erschöpft. Ihre lockigen, braunen Haare hatte sie sich ins Gesicht gestrichen, als wollte sie sich verstecken.

»Ich hoffe auf Alwara.«, setzte Tiberius das Gespräch weiter fort. »Sie arbeitet zwar momentan für den Rat und hat nicht viel Zeit, aber wenn jemand etwas herausfinden kann, dann sie.« Tiberius lehnte sich in seinem Sessel nach vorn und stützte sich mit seinen Ellbogen auf den Beinen ab. »Nur, was kann *ich* tun? Ah, mein Urgroßvater ist wirklich eine Pest. Er hat jeden auf uns gehetzt. Wie soll ich da was herausfinden?!«

Wini rutschte hibbelig, wie sie war, auf der Couch herum. Sie vertraute ebenfalls auf die Wissenden. »Vielleicht kann Norwin ja auch was tun. Okay, er ist zwar im Moment selbst im Stress, weil er sich um die neuen Schüler kümmert, aber weil er eben in vielen Ländern ist, hört er vielleicht etwas. Und sobald er was erfährt, wird er uns benachrichtigen.« – Norwin und Alwara waren ihre Wissenden gewesen, überaus weise, sehr alte, sprechende Tiere, die ihnen bei ihrer Ausbildung geholfen hatten. Norwin war ein rothaariger Tigerkater mit strubbeligem, leicht trockenem Fell, Alwara ein Falke mit seidigem, braungrauem Gefieder. Bevor Claire und Wini zu den Aperbonen kamen, lebten sie inkognito in ihren Familien.

»Ich bin auch gespannt, wann sich Amartus bei uns meldet.«, grübelte Andris und runzelte darauf grimmig die Stirn. Er stand auf und wanderte unruhig im Zimmer umher. »Hm! Das kann bestimmt noch dauern. Ich denke, er hält uns, und vor allen Dingen *mich*, mal wieder hin. Ich glaube kaum, dass wir wirklich eigene Aufgaben zugewiesen bekommen, wenn er sich zurückmeldet. Dabei müsste er wirklich langsam mal wissen, dass wir auch gut allein zu Recht kommen. Die Suche der Waage hat dies mehr als bewiesen. Ganz davon ab, er hätte uns ja wenigstens mitnehmen können, sodass wir ihm hätten helfen können. Aber, nein. Er kümmert sich lieber allein um die Alten, ohne Hilfe. Dabei wäre es viel einfacher für ihn, wenn wir dabei wären. Und jetzt sitzen wir hier in diesem Loch und drehen Däumchen.« Andris schnaufte. Ihm war seine Frustration deutlich anzusehen. Trotzdem, er wusste, sie waren nicht nur aufgrund Amartus' Wunsch dort, sondern auch weil sie Kraft tanken mussten. Ihre Ausbildung war auf Eis gelegt und, wie die Freunde selbst meinten, überflüssig geworden. Durch die vielen Wochen Kampf hatten sie mehr gelernt, als sie je durch Bücher gekonnt hätten.

»Du weißt aber auch, dass der Rat da ein Wörtchen mitzureden hat. Ob und welche Aufgaben wir bekommen, hängt nicht nur allein von Amartus ab.«, erinnerte ihn Joscha. »Und der Rat ist nun mal gerade nicht besonders gut auf uns zu sprechen. Gott, war dieses Gespräch ätzend! Statt sich zu bedanken, was wir alles mit der Suche der Waage erreicht haben – und Tom hätte genau das erreichen können, wonach wir so viele Jahrhunderte gestrebt haben –, durften wir uns ihr Missfallen anhören. Und ich möchte nicht wissen, was sie jetzt denken.« Hier stoppte Joscha.

Seit Toms Tod war die Welt der Aperbonen ins Wanken geraten, noch mehr als je zuvor. Die Freunde wussten, hätten sie die Waage neu erschaffen, hätte es ein Gleichgewicht beider Gemeinschaften gegeben. Tom jedoch hatte ihnen davon abgeraten. Er wollte den Kampf zwischen Gut und Böse für immer beenden, indem er den Aperbonen und Pravalben ihre besondere Energie entzog und sie zu normalen Menschen machte. Jetzt, wo Tom tot war und die Pravalben alles versuchten, um die Oberhand zu gewinnen, versank ihre Welt im Chaos. Die Waage war keine Option mehr. Der Raum der Waage, dort wo sie einst hätte zusammengesetzt werden können, war durch Toms Einfluss weitestgehend zerstört. Auch die Livonten waren zu geschwächt. Was der Rat dazu dachte, stand außer Frage.

»Der Rat, der Rat, der weiß auch nicht immer alles besser!«, schnaubte Wini. »Was haben sie schon getan. Nichts! Wir haben das Rätsel um die Waage gelöst. Wir haben Tom geholfen. Wir haben uns in Gefahr begeben, um die Waage neu zu erschaffen. Schön und gut, dass wir den Rat haben – und ihr wisst, ich mag Richard und Igor wirklich sehr –, aber letztendlich hat er uns in der Vergangenheit nicht viel geholfen. Und jetzt, wo wir versuchen, Jeanne zu finden, hilft uns auch keiner.« Winis kinnlange, dunkelbraune Haare wippten, denn sie gestikuliert wild. Wini wirkte gesünder und kräftiger als Claire, was sie vor allem ihrer leicht gebräunten Haut verdankte. Wini sah stets so aus, als hätte sie sich gerade gesonnt.

Andris stöhnte frustriert.

Tiberius, der noch immer nachdenklich war, hatte für sich einen Entschluss gefasst. »Ich werde mich noch einmal allein auf die Suche machen. Ich halte das nicht länger aus. Seit vier Wochen ist sie verschwunden und es gibt keinen Anhaltspunkt. Das macht mich wahnsinnig!«

Das erste Mal brachte sich jetzt Claire in die Runde ein. Über die Diskussion hatte sie ihren Kummer kurz verdrängt. »Willst du wirklich allein los? Allein hast du, wenn sie dich erwischen, keine Chance.«, sorgte sie sich, verstand aber auch, dass er es unbedingt wollte.

»Was auch immer sie mit Jeannes Entführung bezwecken–«, setzte Fabien an; Tiberius unterbrach ihn aufgebracht.

»Bezwecken! Die Pravalben bezwecken damit gar nichts. *Mein Urgroßvater*, er steckt dahinter, und er hat nur eins im Sinn, mich zu ärgern wie ein kleines Kind. Ich sehe ihn praktisch vor mir, wie er in seinem fetten Sessel sitzt und süffisant vor sich her grinst. Und weiß der Teufel, wo er sie hat hinbringen lassen. Ich könnte ihn dafür umbringen!«, fluchte er lauthals.

Andris versuchte, Ruhe in die Runde zu bringen. Er trat zu

Tiberius und setzte mit betont ruhiger Stimme an, »Tiberius, wenn du meinst allein mehr herausfinden zu können, dann mach dich auf die Suche. Ich denke, wir alle verstehen dich.«

Tiberius nickte, er war fest entschlossen. »Ich werde mit meinem Transporterschlüssel reisen. Da er noch recht gut funktioniert – zum Glück konnten die Maludicioren ihn mir nicht abspenstig machen und zum Glück können sie auch nicht verhindern, dass ich ihn nutze, geschweige denn meine Aufenthaltsorte zurückverfolgen –, kann ich mich in brenzligen Situationen schnell in Sicherheit bringen. Ich werde alle möglichen Orte abklappern, die ich kenne. Vielleicht schaffe ich es, den ein oder anderen Pravalben zu belauschen. So finde ich unter Umständen auch etwas über den Überfall auf uns und Tom heraus. Auch wenn wir bislang nicht viel darüber in Erfahrung bringen konnten.«

»Ich *will* wissen, wer dahinter steckt. Und ich will diese Männer finden, und ich will, dass allesamt zur Rechenschaft gezogen werden.« Jetzt kochte Andris' Stimmung erneut hoch. Unruhig setzte er seinen Gang im Zimmer fort.

»Das war einer ihrer schlausten Schachzüge, Menschen zu schicken. Hm!« Wini ärgerte sich. »Wir hätten es besser wissen müssen …« Sogleich schaute Wini betrübt. Sie nahm ihre Teetasse vom Couchtisch und wärmte ihre Hände daran.

»Wir hätten so einiges besser wissen müssen. Jeannes Entführung ist nur ein weiteres Beispiel.«, machte Joscha deutlich. »Wir dürfen nie wieder den Fehler machen, sie zu unterschätzen.«, mahnte er seine Freunde, wie es sonst nur Andris tat. Joscha, der normalerweise immer fröhlich war und den Schalk im Nacken sitzen hatte, wirkte grimmig. – Joscha hatte ein markantes und gleichzeitig jugendliches Gesicht und strubbelige, dunkelblonde Haare, was ihn sehr anziehend machte. War er jedoch einmal verärgert, sah er finster aus. – Seine braunen Augen wirkten kalt. Wenn es um die Pravalben ging, verstand er keinen Spaß mehr.

»Das werde ich sicher nicht.«, bestärkte Tiberius sein Vorhaben und juckte sich kurz darauf hinter seinem rechten Ohr, dort wo alle Pravalben versteckt das pravalbische Symbol als Tattoo trugen.

»Glaubst du, es verändert sich?«, wollte Claire erfahren; sie hatte ihn beobachtet.

Tiberius wusste sofort, was sie meinte. »Ich glaube nicht, dass sich das Tattoo verändert. Blasser, wie es bei den anderen Pravalben aussieht, ist es jedenfalls nicht geworden. Außerdem sind meine Kräfte geblieben und ich gehe nicht davon aus, dass die Maludicioren irgendetwas ausrichten können.«

Die Freunde – Tiberius eingeschlossen, er gehörte über jeden Zweifel erhaben zu ihnen – hatten, wie es Tom versprochen hatte, nichts von ihrer Energie und somit auch nichts von ihren Fähigkeiten eingebüßt. Tom hatte sie außen vorgelassen, damit sie ihn beschützen konnten. Dies war ein großer Vorteil gegenüber ihren Widersachern.

»Sie können zwar vielleicht nichts an deinen Fähigkeiten ändern, dennoch glaube ich, dass sie nach dir suchen und dass sie nichts unversucht lassen.«, ermahnte ihn Andris, der sich wie alle anderen mit Tiberius angefreundet hatte. Was hauptsächlich daran lag, dass sie seit Toms Tod Seite an Seite für dasselbe Ziel kämpften. Zu Beginn war Andris sehr misstrauisch gegenüber ihm gewesen.

»Ich habe nicht vor, mich lange an den jeweiligen Orten aufzuhalten. Ich werde einfach schneller sein als sie.« Tiberius schmunzelte selbstbewusst.

Andris erwiderte sein Grinsen. In seinen hellblauen Augen blitzte der Kampfgeist.

Wini war mit ihren Gedanken woanders. »Schade, dass uns Norwin seinen Transporterschlüssel nicht geben konnte. Dann hätten wir uns auch auf die Suche machen oder woanders helfen können. Na ja, aber er braucht ihn schließlich mehr als wir.«

»Darüber hinaus möchte Amartus, dass wir nichts auf eigene Faust unternehmen und warten, bis er oder einer der Wissensträger sich meldet.«, erinnerte Fabien sie.

»Nun gut, aber irgendwann müssen wir etwas unternehmen.

Und da muss ich Andris doch zustimmen: *Ewig* können wir wirklich nicht hier bleiben.«, hielt sie dagegen.

»Lasst uns doch Folgendes verabreden. Tiberius macht sich auf die Suche und sobald er etwas in Erfahrung bringt, kommen wir ihm zu Hilfe. Amartus wird dafür bestimmt Verständnis haben.«, schlug Andris vor und wandte sich jetzt Tiberius direkt zu. »Und falls du in, sagen wir mal, vier Tagen noch nichts herausgefunden hast, kommst du zurück, und wir besprechen, was wir gemeinsam unternehmen wollen.«

Jeder war einverstanden und nickte. Es war beschlossene Sache.

Tiberius machte sich auf den Weg. Er packte einige seiner Sachen in einen kleinen Rucksack und verabschiedete sich im Wohnzimmer von den Freunden. Er trug unauffällige Kleidung: eine dunkelblaue Jeans, einen grauen Pulli und Sneakers. So sollte er kaum auffallen.

Claire, die ihn als Letzte umarmte, warf ihm aus ihren blauen Augen einen nachdenklichen, besorgten Blick zu, als wenn sie ihm einen Rat geben wollte, ihr aber nichts einfiel. Denn in der jetzigen Lage galt eh nur eins, Norwins obligatorischer Spruch bei Verabschiedungen: *Pass auf dich auf!* Und den hatte er schon zu genüge gehört. Also dachte Claire an sich und an ihre Waghalsigkeit, die sich in den vergangenen Monaten ausgeprägt hatte und die seine. Letztendlich blieb ihr nur eines zu sagen: »Riskier nicht zu viel, Tiberius Jakobs! Ich kenne dich gut genug, um zu wissen, dass du es für Jeanne tun würdest. Und was ich noch viel besser weiß, dass Jeanne es nicht wollen würde.« Und dann kam es doch über ihre Lippen, »Pass auf dich auf!« Claire rollte innerlich selbst über sich die Augen und Tiberius lächelte.

»Macht euch keine Sorgen. Ich schaffe das, schließlich bin ich *ein Pravalbe!*«

Joscha verkniff sich an dieser Stelle einen Kommentar, musste aber sichtlich schmunzeln. Tiberius war mittlerweile so weit davon entfernt ein Pravalbe zu sein, dass es sich merkwürdig anhörte, es aus seinem Mund zu hören.

»Wir sehen uns in vier Tagen.« Damit trat Tiberius zurück. Angestrengt strich er sich durch seine blonden Haare und holte dann seinen Transporterschlüssel hervor; eine kleine, silberne Kugel, die mit winzigen, verschnörkelten Buchstaben und dem pravalbischen Symbol verziert war. Er warf einen flüchtigen Blick darauf und schmiss ihn sogleich sanft in die Luft.

Der Transporterschlüssel flog, stoppte allerdings auf halber Strecke. Keine Sekunde später brach die kleine Kugel auf und ein gleißender, weißer Lichtwirbel stieg aus ihr empor. Der Wirbel gewann schnell an Kraft – sein weißes Licht blendete die Freunde – und malte daraufhin ein Oval in die Luft, ein Tor zu einem ebenso hellen, weißen Raum.

Tiberius schaute nachdenklich zu Boden. Er grinste und trat dann, ohne noch einmal zurückzublicken, ins Licht.

Nachdem Tiberius fort war und die Freunde überlegten, was sie dort in dieser einsamen Gegend tun konnten, ging Claire allein in eines der anliegenden Zimmer.

Das Zimmer war ein verhältnismäßig kleiner Raum. Der große Schreibtisch und die Regale mit Büchern ringsum sowie die Jagdtrophäen dazwischen füllten ihn beinahe aus. Gerade so hatten noch zwei Ledersessel vor dem Schreibtisch Platz. Damals, in früheren Zeiten wurde der Raum von Alexanders Bruder als Arbeitszimmer genutzt.

Claire ging an den Sesseln vorbei und stellte sich ans Fenster. Fröstelnd rieb sie sich die Arme.

Der Raum wirkte sehr gemütlich, trotz des düsteren Lichts, das dort herrschte. – Claire hatte sich noch nicht einmal die Mühe gemacht, eine Öllampe anzuzünden. Strom gab es dort nämlich keinen. – Das dunkle Holz, der dicke Teppich am Boden und die schweren Vorhänge am Fenster strahlten Wärme, Geborgenheit aus. Nur dass es dort gar keine Wärme gab. Der kleine Holzofen in der Ecke brannte nicht und so konnte sich die Kälte von draußen ungehindert ausbreiten. Im Raum mischte sich ein Geruch aus frischer Luft, die durch das zwar geschlossene, aber nicht gerade luftdichte Fenster strömte, etwas Rußigem, das vom verkohlten Holz im Ofen kam, und etwas, das nach den alten, muffigen Möbeln und Büchern roch.

Claire störte all dies wenig. Sie war viel zu sehr mit ihren Gedanken beschäftigt, als zu merken, dass sie eigentlich fror. Sie schaute auf ein Bild in ihren Händen, mit ihr, ihren Freunden und Tom. Sie alle lachten. Die Aufnahme wurde kurz vor Toms Todestag in Joschas Park in Prag aufgenommen, hinter der Villa, in der sie ausgebildet worden waren. Niklas hatte das Foto geschossen. Claire stand neben Joscha, der sein neckisches Grinsen aufgesetzt hatte und wie immer die Haare wild zerzaust trug. Daneben stand Andris, der seinen üblichen ernsten Gesichtsausdruck ausnahmsweise gegen ein leichtes Lächeln ausgetauscht hatte. Mit seinen hellblauen Augen und seinen dunkelbraunen Haaren wirkte er selbstbewusst und kühl. Wini lehnte entspannt gegen Fabien, der Andris kumpelhaft einen Arm um die Schulter gelegt hatte. Jeanne mit ihrem bildhübschen Gesicht und ihren langen, blonden Haaren umarmte von hinten Tiberius, der mit Tom vor den anderen in der Hocke saß. Claires Blick war auf Tom gerichtet, auf sein rundliches, kindliches Gesicht. Er strahlte bis über beide Ohren. Seine dunkelbraunen Haare standen in alle Richtungen und er hatte einen Schmutzfleck vom Spielen auf der Wange. Tom wirkte schmächtig; in Wahrheit war er jedoch der Mächtigste von ihnen gewesen. Er konnte nicht nur den menschlichen Pravalben und Aperbonen ihre Kräfte entziehen, sondern auch den Maludicioren und Livonten, was sonst keiner konnte. Niemand, so dachten die Freunde damals, konnte ihm etwas anhaben.

Claires Blick schweifte nun nach draußen auf die verschneiten Bäume. Seit Tiberius fort war, hatte der Schnee merklich nachgelassen. Trotzdem sah sie nichts als weiß. Und das nur verschwommen, denn schnell hatten Claires Gedanken sie fortgetragen. Das Weiß der Bäume wich dem Weiß des Krankenhauses ihrer Erinnerung.

Claire lag im Krankenhaus, schon mehr als vier Tage. Traurig

schaute sie durch ihr trostloses, weißes Zimmer. Augenblick-
lich zuckte sie zusammen, ihre Wunde brannte. Behutsam fasste
Claire an die Stelle, wo der Verband war, und tastete diese ab.
Warum konnte sie sich bloß nicht selbst heilen? In Salla hatte
sie Winis Kopfverletzung ohne Weiteres heilen können, aber
sich selbst konnte sie nur schwer helfen. Zum Glück half das
Grisildis-Essenzikum, das ihr Jeanne gegeben hatte, ein wenig.
Die Wunde war zwar noch nicht geschlossen, aber immerhin
fühlte sie sich nicht mehr so erschöpft.

In diesem Moment trat Tiberius in ihr Zimmer. Zaghaft trat
er ein. »Hallo, Claire. Du wolltest mich sprechen?«

Claire hieß ihn mit einem noch schwachen Lächeln willkom-
men und klopfte auf ihr Bett, dass er sich zu ihr setzen sollte.

Tiberius folgte ihrer Aufforderung und setzte sich neben sie.

»Ich habe eine Bitte.«, sagte Claire leise, denn sie wusste,
dass es ihm nicht gefallen würde. »Ich möchte, dass du mir
alles erzählst, und zwar wirklich alles. Ich bin mir sicher, dass
Andris und Joscha dir gesagt haben, dass du es nicht tun sollst,
aber ich muss es einfach wissen. Was ...« Claire biss sich auf
die Unterlippe, um gegen die Tränen anzukämpfen. »Was ...
was ist geschehen, nachdem ich ohnmächtig wurde, als sie
Tom ...? Ich muss es einfach wissen.«

Tiberius räusperte sich. In der Tat, ihre Freunde und nicht
nur Joscha und Andris waren der Meinung, sie musste nicht
alles erfahren. Gleichwohl verstand Tiberius ihren Wunsch und
begann zu erzählen. Schnell und so nüchtern wie möglich ver-
suchte er das Erlebte zusammenzufassen. »Nachdem dich der
eine von ihnen mit seinem Messer erwischt hatte, nutzte ein
anderer die Unruhe für sich und stach ebenso mit einem Mes-
ser auf Tom ein. Wini zögerte daraufhin keine Sekunde und
verjagte die Männer mit ihren Energiebällen. Dennoch der
Mann hatte Tom an einer empfindlichen Stelle getroffen ... Er
starb nach wenigen Minuten. Wir konnten nichts tun. Ich glau-
be, noch nicht einmal du hättest etwas mit dem Changing aus-
richten können ... Du hattest einfach Glück, du hast nicht so
stark geblutet, wir konnten dich noch rechtzeitig ins Kranken-

haus bringen. Wini und Jeanne haben dir einige Tropfen vom Grisildis-Essenzikum eingeflößt. Ich glaube, das hat dich gerettet, und auch irgendwie dein Fidesamt. Es scheint mehr auszuhalten, als wir gedacht haben.«

Claire sah ihn nachdenklich an. »Und was ist mit den Männern, konntet ihr ...?«

»Nein.« Tiberius schüttelte grimmig und deutlich frustriert den Kopf. »Wir waren so damit beschäftigt, uns um euch zu kümmern. Sie konnten ungehindert fliehen. Wir wissen nicht, wer sie sind, woher sie kamen oder wer sie geschickt hat. Keiner von uns kennt die Männer. Wir tappen vollkommen im Dunkeln. Aber das wird sich ändern! Das schwör ich dir!«

Claire wirkte nun sehr ruhig. »Danke, dass du so ehrlich warst.«

»Claire, ich weiß, dass du dir die Schuld gibst. Ich sehe das an deinem Blick. Aber du kannst nichts dafür.« Claire liefen plötzlich wie von selbst die Tränen herunter. Tiberius redete ohne Unterlass weiter. »Sie haben sich alle auf dich und Tom gestürzt. Sie wussten um deine Fähigkeit, dass du die Mächtigste von uns allen warst. Die Pravalben haben das bis ins Kleinste geplant. Wir – du konntest nichts tun.«

Die Bilder vor Claires Augen verschwammen wieder. »Und ob ich etwas dafür kann. *Ich* bin diejenige, die auf ihn aufpassen sollte, *ich* bin diejenige, der er sich anvertraut hat, und *ich* habe nichts getan. Nichts!« Claire konnte nicht mehr aufhören zu weinen. Jetzt spürte sie die Kälte, aber nicht um, sondern in sich.

Und dann war sie auf einmal nicht mehr allein. Große, breite Schultern gaben ihr Halt. Claire klammerte sich in seine Umarmung. Ihre Finger gruben sich in seinen Pulli. Ihr Gesicht drückte sie dicht an seine Brust. Sie schluchzte.

Allmählich durchströmte wieder Wärme ihren Körper und sie beruhigte sich. Zitternd holte sie Luft. Sie lockerte ihren Griff und schaute leicht auf.

Schlagartig ließ etwas sie wacher werden. Mit Tränen in den

Augen sah sie plötzlich etwas vor sich. Claire blinzelte, um die Tränen aus den Augen zu drängen, um klarer sehen zu können. Sie konnte es nicht glauben.

Ein Licht, winzig klein und blau leuchtend, schwebte vor ihr im Raum. Wie ein Glühwürmchen tanzte es ruhig vor ihrer Nase umher. Genau vor ihrem Gesicht stoppte es, als sähe es sich Claire genau an.

»Was ... was ist das?«, dachte Claire und blinzelte erneut; das blaue Licht war augenblicklich verschwunden. Claire war irritiert, sie kannte das kleine, blaue Glühwürmchen, schon einmal hatte sie es gesehen.

Claire musste sich räuspern und schniefte. – Sogleich irritierte sie etwas anderes. Den Geruch – war es ein Parfum? –, den sie wahrnahm, und die angespannten Muskeln unter ihren Handflächen waren nicht die ihres Freundes. Ganz langsam versuchte sie sich aus der Umarmung zu lösen. Sie spürte zwei große, warme Hände auf ihrem Rücken, die sie tröstend hielten. Sie sah leicht auf und erblickte zipfeliges, dunkelbraunes, fast schwarzes Haar. Claire riss die Augen auf. *»Oh ...«*, war alles, was sie in diesem Moment dachte. Sie zögerte, um sich nicht wie ein aufgeschrecktes Huhn aus seiner Umarmung zu lösen. Langsam nahm sie die Hände von seinem Rücken und trat zurück.

Andris tat dasselbige.

Claire sah zu Boden und schüttelte über sich selbst den Kopf. »Tut ... tut mir leid. Ich wollte nicht. Ich –«

»Claire, ist ... ist gut.« Andris' Stimme klang tiefer, aber auch viel wärmer als sonst.

Kurz blickte Claire auf.

Andris war ernst, seine Augen wirkten dunkler und da war noch etwas ... Mitleid.

Verlegen wischte sich Claire die Tränen vom Gesicht und strich ihre lockigen, hellbraunen Haare hinters Ohr.

Andris trat weiter zurück. Er wirkte unentschlossen, drehte sich dann jedoch um und ging zur Tür. Noch einmal sah er zurück. Leicht in Gedanken und ohne sie dabei anzusehen, sagte er ruhig: »Du bist nicht schuld.« Leise öffnete er die Tür.

Im selben Augenblick trat Joscha ein. Er noch Andris waren überrascht.

Andris aber warf ihm einen vielsagenden Blick zu, woraufhin Joscha zu Claire ging. Andris ließ sie allein.

2

Der Abend des Tages endete ruhig und so begann auch der folgende Morgen. Die Freunde versuchten, sich auszuruhen, Kraft zu tanken nach den vielen Wochen der Unruhe. Die Kämpfe, das Verstecken, keinen Ruheort zu haben: all dies hatte an ihnen gezehrt. Trotz der Erschöpfung wollten sie jedoch weitermachen. Sie wollten helfen, denen, die aufgrund ihres hohen Alters zu schwach waren, und denen, die jung waren und deshalb zu wenig Erfahrung hatten. Aber dafür mussten sie auf Amartus' Rückmeldung warten. Ungeachtet dessen machten sie sich ihre eigenen Gedanken. Wo konnten sie Gutes tun, wie konnten sie die Pravalben von weiteren Angriffen abhalten, wie sollten sie sich behaupten und wie sollten sie mehr über Jeannes Entführung in Erfahrung bringen? Viele Fragen gingen den Freunden durch den Kopf.

Fabien war am Vormittag auf Streifzug. Jetzt, wo Tiberius sie verlassen hatte und das Wetter ihnen nicht mehr so viel Schutz bot – zwar war es noch kalt und es schneite, aber längst nicht mehr so viel –, wollte er das Gebiet um das Haus mehrmals am Tag nach Pravalben absuchen. Er als Lyncis – als Mensch, der die Gestalt eines Luchses annehmen konnte – bewegte sich nahezu unbemerkt fort. Zwar nahmen ihn die anderen Tiere im Wald wahr, aber Menschen hatten keine Chance, ihn zu entdecken. Dicht am Boden arbeitete er sich Stück für Stück durch das Dickicht. Sein dichtes, beigebraun schattiertes Fell schützte ihn vor der klirrenden Kälte. Fabien hatte seine spitzen, langen Ohren aufgestellt. Die dunkelbraunen Zipfel am Ende zuckten, wenn er etwas Auffälliges hörte. Seine hellbraunen Augen hatte er zu Schlitzen verengt. Er war wachsam, wie eine Katze auf der Jagd. Nichts sollte ihm entgehen.

Dass Wini sich anschlich – oder es zumindest versuchte –, bemerkte er sofort. Er lief ein Stückchen im Kreis und schloss dann ein, zwei Meter hinter ihr auf.

Wini konzentrierte sich auf den Boden. Im Schnee waren Fabiens Pfotenabdrücke deutlich zu erkennen. So hatte Wini ihn entdeckt und ihm auch folgen können. Gerade eben hatte sie ihn kurz gesehen. Als sie sich jedoch bemerkbar machen wollte, verschwand er im Nichts. Ein wenig ratlos sah sie sich um.

Fabien beobachtete sie, wie sie im Schnee stapfte. Sie hatte feste Winterschuhe an und eine dicke, dunkellila Jacke, in deren Taschen sie ihre Hände versteckte. »Kann ich dir *irgendwie* behilflich sein?«, fragte Fabien mit dem Schnurren einer Katze in der Stimme.

Wini erschrak nicht, irgendwie hatte sie damit gerechnet. Sie schmunzelte und drehte sich um. Herausfordernd zog sie die Augenbrauen nach oben. »Nein danke, ich komme ganz hervorragend allein zurecht.« In diesem Moment verfing sich ihr langer, bunter Wollschal in einem der spillrigen Sträucher. Sie zog daran und versuchte, ihn zu lösen.

In Fabiens hellbraunen Augen blitzte kurz etwas auf. Im Bruchteil einer Sekunde hatte er sich zurückverwandelt und stand nun wie sie in dicker Jacke und Winterschuhen ihr gegenüber. Er half ihr mit ihrem Schal. Stirnrunzelnd und mit einem Lächeln blickte er zu ihr und sagte, »*Das* sehe ich.« Mit ein paar Griffen hatte er den Schal befreit.

Wini verkniff es sich, mit den Augen zu rollen, und lenkte ab. »Und … irgendwas Auffälliges entdeckt?«

»Nein.« Fabien schüttelte den Kopf. Wie Joscha war er in den meisten Lebenslagen ruhig und entspannt. Selbst jetzt, wo er nach Pravalben Ausschau hielt, strahlte er Gelassenheit und Selbstbewusstsein aus. Bei ihm fühlten sich die Mädchen, wie auch bei Andris, zu jeder Zeit sicher. »Ich habe weit und breit niemanden gesehen. Ich war sogar ein Stückchen hinter dem Wald, wo die Fläche kurz ebener und kahler wird. Aber selbst da war keine Menschenseele. Ich glaube nicht, dass uns die

Pravalben gefunden haben, und wenn doch, hat Tiberius sie mit seinem kleinen Sturm ordentlich eingeschüchtert.«

Beide gingen nun weiter, wachsam wanderten sie nebeneinander her. Eine kurze Pause entstand.

»Ach ... Mir ist so langweilig hier. Ich bin dieses Haus jetzt schon leid!«, seufzte Wini.

»Wäre es dir lieber, die Pravalben würden aufschlagen?«, foppte er sie. Ohne eine Antwort abzuwarten oder gar sie anzusehen, redete Fabien weiter. »Du solltest dich, wie wir alle, ausruhen. Wer weiß, was uns bevorsteht, wenn Amartus uns holt.«

»*Wenn* Amartus uns holt. Ich glaube nicht, dass er uns wirklich irgendwo einsetzen will. Zumal wir nicht wissen, was der Rat jetzt von uns hält, und der entscheidet schließlich mit.« Gedankenverloren sah Wini auf ihren lila Stein an ihrem Armreif – eine Angewohnheit von vielen Aperbonen, wenn sie nachdachten.

»Und ob ich davon ausgehe, dass wir eine Aufgabe bekommen. Schließlich sind wir momentan neben den Livonten mit die mächtigsten Aperbonen. Der Rat wäre ganz schön blöd, uns wie ungehorsame Schüler in eine Ecke zu stellen. Meinst du nicht?«

»Stimmt. Trotzdem werden sie nicht gut auf uns zu sprechen sein. Hätten wir die Waage neu erschaffen, wären wir nie in diese missliche Lage geraten. – Dass, wenn aber Tom nicht ermordet worden wäre, sich alles dem Guten gewandt hätte, das sehen sie gewiss nicht. Überhaupt frage ich mich, ob sie etwas dafür tun, um herauszufinden, wer genau die Menschen auf Tom und uns gehetzt hat und wer diese Männer waren.«

»Da bin ich mir auch nicht sicher. Ich meine, was bringt es ihnen, nach den Anstiftern zu suchen. Für sie ist es eben geschehen. Die Pravalben haben Menschen auf uns gehetzt, denn nur so hatten sie den Überraschungsmoment auf ihrer Seite, um uns überlisten zu können. Und mehr wird sie nicht interessieren.«

Wini schaute verächtlich. »Mich interessiert es aber! Ich

will, dass diese Männer zur Rechenschaft gezogen werden!«

Ein leichtes Grollen lag jetzt in Fabiens Stimme. »Wir *alle* wollen das. Und deswegen werden wir auch herausfinden, wer sie sind, und sie finden.« Fabien, der wie Andris und Niklas am Abend des Überfalls noch länger im Haus geblieben war, ärgerte sich, nicht hatte helfen zu können. Er fragte sich, wenn Andris und er früher die Geburtstagsfeier verlassen hätten und dabei gewesen wären, ob sie es hätten verhindern können.

Wieder herrschte eine Pause.

Wini begann langsam zu frieren. Ihre Wangen und ihre Nase waren bereits ganz rot von der Kälte und ihre Lippen liefen allmählich blau an. Sie zog die passende Wollmütze zu ihrem Schal aus ihrer Jackentasche und setzte sie auf. Ihre kinnlangen, dunkelbraunen Haare wurden fast vollständig von ihr bedeckt.

Fabien hatte mit der Kälte keine Probleme. Der Lyncis in ihm hatte scheinbar auch einen Einfluss auf ihn, wenn er in Menschengestalt war. Er fror fast gar nicht, merkte aber, dass Wini es nicht mehr lange draußen aushalten würde. Den Fehler, sie darauf anzusprechen, machte er nicht. Er wusste, wenn sie wieder ins Warme wollte, würde sie von sich aus gehen. Sie allerdings darauf anzusprechen, sodass sie schwächer wirkte als er, war keine gute Idee, das wusste er nur zu gut. Fabien änderte aber seinen Kurs; unbewusst für Wini steuerte er nun zurück auf das Haus zu.

Erneut seufzte Wini. »Was mir derzeit am meisten Sorgen macht, ist Claire. Sie ist so traurig und ihre Wunde ist immer noch nicht verheilt. Ich weiß nicht, wie ich ihr helfen soll. Ich versuche sie zwar dauernd abzulenken, aber das hilft nur manchmal.«

»Claire ist eine starke Frau. Sie braucht nur Zeit, um das Ganze zu verarbeiten. Sie mochte Tom wirklich sehr, und dass sie ihm nicht helfen konnte, macht ihr schwer zu schaffen. Aber wie heißt es, die Zeit heilt alle Wunden. Sagt meine Oma jedenfalls. Na ja, alte Leute haben ja ständig irgendeinen Spruch auf Lager. Und du tust, was du kannst. Claire kann sich glücklich schätzen, so eine gute Freundin ..., ähm, ich meine überhaupt so gute Freunde zu haben.«

Da Fabien ein Stückchen größer als Wini war, blickte sie nun lächelnd zu ihm auf. Bloß keine Komplimente machen, dachte Wini und verzog dabei das Gesicht.

Fabien, dem dies nicht entging, räusperte sich und erhöhte leicht das Tempo. Entgegen seines Vorhabens, sie nicht darauf anzusprechen, dass sie fror, lenkte er jetzt genau damit ab. »Ähm ja. Lass uns ... lass uns zurück zum Haus gehen. Du hast schon ganz blaue Lippen. Und wir haben nichts davon, wenn du krank wirst.«, gab er ruppig von sich.

In Winis braunen Augen erwachte der Kampfgeist. Sie schnaubte und schloss zu ihm auf.

Claire und Joscha, die nach Wini und Fabien Ausschau hielten, um sicherzugehen, dass es ihnen gut ging, saßen auf einer Bank vor dem Haus. Lange, dünne Eiszapfen hingen über ihnen. Die Freunde hatten in den vergangenen Wochen gelernt, aufeinander achtzugeben, so wie Norwin und Amartus es ihnen stets gepredigt hatten.

Joscha hatte die beiden schnell entdeckt, mithilfe des Throughnerns war dies ein Leichtes. – Alles vor ihm: die Bäume, die Sträucher und selbst die wenigen Tiere nahm er ausschließlich in Form tiefblauer, teils verschwommener Umrisse wahr. Er brauchte nicht lange, um sich daran zu gewöhnen, denn mittlerweile hatte er Übung, über lange Strecken zu blicken. Die Umrisse schärften sich, deutlich lag nun alles vor ihm. Meter um Meter durchkämmte er den Wald. Da Joscha weiter entfernte Punkte näher heranzoomen konnte, schaute er bis in weite Ferne.

Claire beobachtete ihn dabei. Sie war jedes Mal fasziniert, wie sich seine Pupillen weiteten, die Regenbogenhaut fast vollständig verdrängten und seine Augen dadurch beinahe schwarz wirkten.

»Alles in Ordnung. Die zwei sind auf dem Rückweg.«, erklärte Joscha und blinzelte, um wieder normal sehen zu können. Lächelnd nahm er Claires Hände in seine und wärmte sie.

»Glaubst du, die Pravalben wissen inzwischen, dass wir hier sind?«, fragte Claire misstrauisch.

»Hm … Das Haus liegt ziemlich abgelegen und da wir mit den Energieströmen nach Petschora gereist sind, werden sie einige Zeit brauchen, um überhaupt eine Spur zu finden. Aber ich würde mich nicht wundern, wenn sie uns in ein paar Tagen aufgespürt haben. Trotzdem, angreifen werden sie uns vorerst nicht. Da müssten sie erst einmal eine kleine Armada aufstellen, um es mit uns aufnehmen zu können. Und wer weiß, vielleicht gibt es momentan auch wichtigere Ziele für sie.«

»Dennoch sollten wir sehr wachsam sein. Allmählich kann ich Andris' Sorgen mehr und mehr nachvollziehen.« Claire schaute so ernst, wie es sonst nur Andris tat.

Joscha musste grinsen. »Der hat echt auf dich abgefärbt! Du solltest nicht so viel Zeit mit ihm verbringen. Wer weiß, wo das endet … Ich weiß ja nicht, gibt's 'ne weibliche Form vom Namen Andris?«, scherzte er.

»Ha, ha.« Claire lächelte, genau das, was Joscha bezweckte. *»Sehr witzig!«*, dachte Claire, *»Andris und ich eine Gemeinsamkeit?!«* – Claire und Andris waren zu guten Freunden geworden, gleichwohl stand immer etwas zwischen ihnen, wie eine Art unsichtbare Schwelle, die nicht überschritten wurde, die sie auf Distanz hielt. Aber Joscha hatte in diesem Punkt recht, wenn es um die Pravalben ging, war Claire beinahe so vorsichtig geworden wie Andris. Hingegen, wenn es um andere Dinge ging, war Claire wie Wini für ihre wachsende Waghalsigkeit bekannt.

Die beiden kamen ins Grübeln. Joscha blickte ins Leere, Claire ebenso. Dabei ließ Claire ihre Kette mit ihrem bernsteinfarbenen Stein durch ihre Hände gleiten. Den Stein selbst drehte sie zwischen ihren Fingern. Claire mochte es, den glatten, kalten Stein zu spüren und zu wissen, dass darin ihre Geschichte schlummerte. Sie schmunzelte insgeheim, wurde wacher und schärfte ihren Blick. Claire wollte in ihren Stein sehen. Gerne sah sie sich die Szenen der Vergangenheit, ihrer Vorfahren, an, insbesondere die ihrer Urgroßmutter Amalia.

Doch bevor sie dazu kam, erweckte etwas anderes ihre Aufmerksamkeit. In ihrem Augenwinkel funkelte plötzlich blaues Licht auf. Schnell fixierte Claire die Stelle und konnte nur noch staunen. Solch ein blaues Licht, welches sie erst gestern im alten Arbeitszimmer entdeckt hatte, tanzte seitlich von ihr umher. *»Wieder dieses blaue Glühen ... Mmh? Was hat es bloß zu bedeuten?«* Ganz sachte und ohne ihren Blick dabei abzuwenden, stupste sie Joscha an. »Guck mal!«, flüsterte sie, um das Licht nicht zu erschrecken.

Joscha, der in Gedanken war, musste zweimal hinsehen, um zu begreifen, was er sah.

Das blaue Glühen schwebte bedacht zu ihnen. Es gewann und verlor abwechselnd an Höhe und es schien sich die beiden ebenso anzusehen, wie sie es mit ihm taten.

»Ein Guus! Wow!«, wisperte Joscha andächtig.

Claire runzelte die Stirn und blickte zu Joscha. »Ein was? Ein Guus? Was ist ein Guus?«

Das Guus kam noch näher und hielt vor ihren beiden Gesichtern inne.

Claire wartete auf eine Antwort.

Joscha war so gefangen von dem Guus, dass eine Antwort auf sich warten ließ. Er studierte das kleine Wesen und konnte scheinbar nicht glauben, was er sah.

Das Guus war durchweg blau; ein warmes Blau mit türkisfarbenen Schimmern. Es war nicht größer als ein Glühwürmchen, schwebte aber ruhiger, und es reagierte auf Körperbewegungen der beiden. Als Claire vorsichtig ihre Hand hob, wich es sanft aus. Angst hatte es scheinbar keine, wollte aber nicht berührt werden.

Noch einmal streckte Claire ganz langsam ihre Hand, ihren Zeigefinger nach dem Guus aus. Diesmal wich es nicht direkt zurück. *»Du bist wirklich wunderschön.«*, dachte Claire und näherte sich weiter. Ihr Finger war nun weniger als ein paar Zentimeter von ihm entfernt. *»Und du bist warm. Wahnsinn!«* Claire musste unweigerlich lächeln. Sie schaute zu Joscha.

Er war gleichermaßen begeistert und lächelte Claire zu.

Als beide wieder zurückblickten, sahen sie gerade noch wie das Guus im Nichts verschwand.

»Oh, wie schade!«, seufzte Claire.

»Gott, dass ich mal ein Guus sehen würde, das hätte ich niemals für möglich gehalten! Das ist …«

»Ja aber, was ist denn jetzt ein Guus?«

»Guus sind mit eines der ältesten Wesen, die es auf der Welt gibt. Es wird erzählt, dass es sie sogar schon vor dem Zusammenschluss der Aperbonen gab. In Büchern steht oft – was allerdings nur Vermutungen sind, weil wie du selbst feststellen konntest, reden Guus nicht –, dass sie Teile sehr alter Seelen sind. In manchen Schriften steht weiter, dass es sich um den sich sorgenden Teil der Seelen handelt. Na ja, wie gesagt: Vermutungen, und du kennst ja manche von unseren Büchern.« Joscha war Wissensläufer und als solcher hatte er ein enormes Wissen über ihre Geschichte. Alles, was er jemals las und hörte, behielt er – für immer.

»Was ist mit den Pravalben, haben sie auch Guus?«

»Soweit ich weiß, nein. Die Guus werden aber auch nicht unbedingt zu den Aperbonen gezählt, weil es sie eben schon vorher gab.«

»Und sie sind scheinbar sehr selten.«, mutmaßte Claire.

»Ja, sie sind sehr, sehr selten. Ich habe einmal mit Alexander über sie gesprochen. Er hat niemals ein Guus gesehen.« Joscha blickte flüchtig auf sein Armband mit seinem glänzenden, meeresblauen Stein. Es war schon zum Reflex geworden. Jedes Mal, wenn er den Namen seines Urgroßvaters hörte oder an ihn dachte, schaute er zu seinem Stein. Wie Claire Amalia in ihrem Stein sehen konnte, sah Joscha in seinem Stein Alexander.

»Und was tun sie? Ich meine, was will es von uns? Es ist nämlich nicht das erste Mal, dass ich es gesehen habe.«

»Wie jetzt? Du hast es schon einmal gesehen?«, fragte Joscha ungläubig.

»Ja, schon mehrmals, wenn ich mich nicht täusche.« Claire überlegte.

Joscha wartete begierig auf eine Erklärung.

»Gestern habe ich das Guus schon einmal gesehen, vorausgesetzt, es war dasselbe. Obwohl, wenn sie so selten sind, wird es dasselbe gewesen sein. Im Arbeitszimmer, aber nur ganz kurz. Und … und an dem Tag, als wir die Waage wieder zusammensetzen wollten, kurz bevor wir zum Raum der Waage aufgebrochen sind. Ich meine, da habe ich es das erste Mal gesehen. Zwischendurch … Ich bin mir nicht sicher … Am Tag von Toms Beerdigung habe ich etwas gesehen, aber … Ich weiß nicht, dann hättet ihr es ja auch sehen müssen.«

»Wow! Wir haben echt Glück. Das ist etwas ganz Besonderes!«, freute sich Joscha.

»Ja aber, warum sind sie so besonders?«

»Ich weiß nur, dass sie dafür bekannt sind, dass sie Menschen helfen. Wie, weiß ich allerdings nicht. Fähigkeiten wie wir sollen sie keine haben. Darüber hinaus habe ich gelesen, dass sie nicht direkt was mit den Livonten zu tun haben, was man ja eigentlich aufgrund ihrer Gestalt und ihrer Farbe vermuten würde. Sie sind an niemanden gebunden. Wohl aber werden sie von den Livonten sehr geschätzt … Mmh?«

»Was überlegst du?«

»Ich überlege gerade … Diese kleinen Kreise auf den Teilstücken der Waage und auf den Transporterschlüsseln, vielleicht sind damit die Guus gemeint. Wenn es sie schon so lange gibt und sie verehrt werden, würde ich mich nicht wundern, wenn es Guus sind, die darauf abgebildet sind.«

»Hm! Du könntest recht haben … Und wenn sie es sind, dann scheinen sie wirklich sehr wichtig zu sein. Warum sonst hätten die Livonten sie als Symbol ihrer Welt auf so etwas wie der Waage verewigt haben sollen.«

Claire und Joscha grinsten.

»Typisch unsere Geschichte, undurchsichtig wie ein Betonklotz.«, schüttelte Claire den Kopf. »Alles muss man selbst herausfinden. Warum bekommen wir *so etwas* nicht beigebracht?!«

»Ich bezweifle, dass Amartus es weiß. Ich glaube, er hat

auch noch nie ein Guus gesehen. Warum sollte er sich also damit auseinandersetzen.«

»Also, ich—«

Joscha unterbrach sie. »*Du* hättest natürlich versucht, es herauszufinden. In dir schlummert ja auch ein kleiner *Geschichtsprofessor.*«

Claire verzog das Gesicht. »Ganz davon ab, fragst du dich nicht auch, was es gerade bei *uns* will?«

»Die Grundaussage aller Erzählungen ist, dass sie helfen, und da wir derzeit nun mal sehr unter Beschuss stehen, will es uns vielleicht helfen.« Joscha dachte zudem an Claires Traurigkeit. Dass das Guus auch wegen ihr aufgetaucht war. Aber dies hätte er niemals ausgesprochen.

»Nur, dass die anderen genauso viel Hilfe benötigen, wenn nicht sogar mehr: Amartus ist allein unterwegs, Norwin. – Na ja, vielleicht taucht es auch gar nicht mehr auf.«

»Wer weiß. Wir werden sehen.« Joscha stand nun auf und schnappte sich das Holzbeil, das an der Wand lehnte. Er wollte Holz hacken für die Öfen im Haus.

Claire wechselte das Thema. »Hast du eigentlich schon deine Eltern angerufen?« Nach Alexanders und Toms Tod machten sich Joschas Eltern große Sorgen um ihn. Auch hatte sich ihre Einstellung zu den Aperbonen geändert. Sie verstanden, dass ihr Sohn für eine gute Sache kämpfte. Sein Vater akzeptierte, dass er erwachsen geworden war. Er war stolz auf Joscha und nörgelte nicht mehr ganz so viel an ihm herum. – Jeder der Freunde rief regelmäßig zu Hause an, damit sich ihre Eltern keine Sorgen machten. Claires Eltern glaubten, sie studiere in Prag. Fabiens Adoptiveltern glaubten, er reise wegen der Arbeit oft in fremde Länder. Keiner ihrer Familienmitglieder, außer Joschas Eltern, wusste, was sie taten oder wer sie wirklich waren. Wenn sie sich also nicht ständig meldeten, war dies okay. Doch sich über längere Zeit gar nicht zu melden, konnte zu einem Problem werden. Sich sorgende Eltern, die Nachforschungen anstellten, waren das Letzte, was sie gebrauchen konnten.

»Nein, wird später erledigt.« Joscha teilte das erste Stück Holz und stellte direkt ein weiteres auf den Hackklotz. »Ich spekuliere nämlich darauf, meinen Vater zu erwischen. Wenn ich meine Mutter ans Rohr kriege, komme ich nicht unter einer Viertelstunde weg.« Joscha legte sein typisch verschmitztes Lächeln auf. Mit diesem Lächeln schlug er jedes Mädchen, jede Frau in seinen Bann.

Im gleichen Moment kamen Wini und Fabien auf sie zu.

»Alles in Ordnung.«, informierte Fabien sie. »Keine Pravalben in Sicht.«

Joscha drehte sich zu ihnen um. »Gut. Ich habe heute Morgen auch niemanden gesehen. Ich glaube, wir haben Glück und es dauert noch ein bisschen, bis sie uns ausfindig machen.«

Wini bibberte. »Nehmt's m–mir nicht übel, aber ich – ich muss rein. Es ist vi–viel zu kalt.«

Fabien zuckte mit den Schultern und schloss sich ihr schmunzelnd an.

Joscha, der fleißig weiter das Holz hackte, kam ins Schwitzen und war froh, dass es kalt war.

»Sag mal …!«, begann Claire plötzlich sehr ernst. »Meinst du, Andris vermisst seine Eltern sehr?«

»Ich weiß nicht … Eines der wenigen Themen, über das wir nie sprechen. Auch früher nicht. Aber ich weiß, die ersten zwei Jahren waren sehr hart für ihn. Er war noch verschlossener als heute; mittlerweile geht es ja. Überhaupt, seit er nicht mehr so arg verbissen ist, wirkt er glücklicher. Ich denke, dass das aber auch an unser aller Freundschaft liegt.«

Claire blickte fragend, zweifelnd. *»Na ja, ob ich da so viel zu beigetragen habe?!«*

Als wenn Joscha ihre Gedanken hätte lesen können, entgegnete er, »Ja, und auch an deiner. Er mag dich, was er natürlich nie zugeben würde, und er hält einiges von dir. Ich denke, er ist froh, jetzt so gute Freunde zu haben. Hinzu kommt, er hat in Fabien einen Gleichgesinnten gefunden; auch er ist eine Waise.«

Nachdem Fabien in Prag zu ihnen gestoßen war, wurde er

fester Bestandteil ihrer Gruppe. Andris und er verstanden sich auf Anhieb. Oft diskutierten sie über ihre Geschichte, ihre Gemeinschaft und die verschiedensten Strategien, sich gegen die Pravalben zu behaupten. Neben Joscha war Fabien der Einzige, den er an sich ranließ.

»Warum fragst du?«, wollte Joscha wissen.

Claire wusste es selbst nicht. »Ach, das ist mir einfach nur so in den Sinn gekommen. Aber noch was. Ist dir auch aufgefallen, dass er öfters diese Tropfen nimmt?«

»Was für Tropfen? – Ah, ich weiß, welche du meinst! Die hat er von Carolina. Ein Essenzikum gegen Kopfschmerzen.« Joscha gluckste. »Kein Wunder, so viel wie der immer grübelt. Da würde ich auch ständig Kopfschmerzen bekommen.«

»Joscha Hovorka, das ist nicht lustig!«

»Andris färbt wirklich auf dich ab. Vielleicht sollte ich für euch beide auch mal ein Essenzikum erfinden. „No stress" oder „Relax" oder nein, nein!« Joscha malte unsichtbare Bahnen in die Luft, als er sprach. »„Hovorkas Zaubermittel gegen zu viel Ernsthaftigkeit" Das ist es!«

Claire musste unweigerlich lachen. Zeitgleich stand sie auf und ging zur Tür. Auch sie hatte inzwischen blaue Lippen. »Ja dann mach dich mal an die Arbeit! Ich erwarte Ergebnisse!«

Joscha verbeugte sich vor ihr wie im 19. Jahrhundert und setzte sein entwaffnendes Lächeln auf. »Gewiss!« Sogleich begann er das Holz vom Boden aufzusammeln und in einen Korb zu legen.

»Wenn du mich suchst – vorausgesetzt, du bist nicht zu sehr mit *Denken* beschäftigt –, ich setze mich ins Arbeitszimmer und schreibe an Hortensias Kladde weiter.« – Hortensia Capriolis Kladde, die sie von Norwin geschenkt bekommen hatte und in der alles Wissenswerte über das Changing stand, führte sie kontinuierlich weiter. Sie ergänzte Hortensias Anmerkungen und begann neue Seite.

»Ich glaube, ich werde mit *Denken* beschäftigt sein.«, konterte er gespielt nachdenklich.

Claire rollte mit den Augen und trat ins Warme. *»Von we-*

gen, ich bin doch nicht so ernst wie Andris!«, verteidigte sie sich vor sich selbst und schloss die Tür.

Am Abend des Tages trafen sich Andris und Fabien wie so häufig kurz allein. Sie hatten sich auf Andris' Zimmer, eines der Gästezimmer, verabredet, um dort in Ruhe sprechen zu können.

Beide trugen dicke, gemusterte und leicht kratzige Wollpullover, die im Schrank des Hauptschlafzimmers, in dem Claire und Joscha schliefen, zu finden waren. – Jeder der Freunde hatte sich einen der Pullis genommen. Als sie angekommen waren, war es im Haus eisig gewesen. Erst jetzt, wo die Öfen brannten, war es angenehm warm. – Die Pullis waren ihnen jedoch zu groß. Andris und Fabien waren beide große, muskulöse Männer, aber der, dem sie ursprünglich einmal gehört hatten, musste, was die Höhe und Breite anbelangte, ein Riese gewesen sein.

Fabien hatte in einem kleinen Sessel Platz genommen. Er lehnte auf seinen Knien, strich sich durch seine langen, blonden Haare und schaute Andris erwartungsvoll an.

Andris marschierte, wie immer, wenn ihn etwas beschäftigte, durchs Zimmer. Sein markantes Gesicht war angespannt. »Der nächste Angriff ist also in Mexico City geplant … Weiß Amartus schon Bescheid?«

»Klar, Konrad hat ihn sofort benachrichtigt. Und wie ich Amartus kenne, hat er sich gleich auf den Weg gemacht. Wenn die Pravalben morgen angreifen, sind die zwei alten Herren, Rafael und Alejandro, längst über alle Berge.« Fabien grinste. Gerne hätte er die verdutzten Gesichter der Angreifer gesehen, wenn sie nichts weiter vorfanden als eine leere Wohnung.

»Sehr gut. Und was ist mit Wellem? Geht es ihm gut? Was hatte er für Neuigkeiten?«, erkundigte sich Andris in seinem typisch forschen Ton.

»Wellem geht's gut. Er sitzt auf seinem Landsitz und hält stetig Kontakt mit unserem *ganz besonderen Freund.*« – Andris zog wissend die Augenbrauen in die Höhe. – »Neuigkeiten hatte er allerdings keine.«

»Zu schade ... Hat Konrad denn irgendetwas gesagt, ob sie wissen, dass wir hier sind?«

»Nein. Er hat nichts gehört. Und als wir uns heute früh am Rande von Petschora getroffen haben, schien er recht zuversichtlich, dass uns niemand dort entdeckt. Er fühlte sich sicher. Und ich denke, das sind wir hier vorerst auch.«

Jetzt musste Andris grinsen, seine Lippen zogen sich dabei zu einem schmalen Strich. Es war kein freundliches Lächeln, vielmehr lag Spot darin. »Joschas Idee mit der Hütte war wirklich einsame Spitze.« Er räusperte sich. »Claire muss sich ausruhen, ihre Wunde ist immer noch nicht verheilt. Amartus macht sich Sorgen. Und Wini braucht auch Ruhe.«

»Wir *alle* brauchen Ruhe!«, ermahnte ihn Fabien. Er wusste, dass Andris über seine Grenzen hinausgehen würde.

Plötzlich tönten Schritte über den Flur.

Andris gab Fabien einen Wink.

Fabien spitzte seine Ohren – im wahrsten Sinne des Wortes. Fabien hatte mit viel Training und mithilfe der Konzentrationsübungen über die Wochen gelernt auch nur Teile seiner Fähigkeit des Lyncis zu nutzen. Er konnte seine Augen und Ohren einzeln verwandeln und so besser sehen und hören. Augenblicklich wandelten sich seine Ohren in die eines Luchses. Sie wuchsen und wurden spitz. Fell überzog sie. Er lauschte. »Den Schritten zu urteilen, kann es nur Claire sein ... Ja, es ist Claire ... Sie verschwindet in ihrem Zimmer. Die Luft ist rein.«

Andris, der gerne von seinem Wohlbefinden ablenken wollte, auch er hatte in den vergangenen Wochen einiges abbekommen, nutzte die kurze Unterbrechung und kam zum nächsten Punkt. »Was macht eigentlich die Wahl unseres neuen Ratsmitglieds? Sollte die nicht gestern stattgefunden haben?«

Fabien rieb sich seine Ohren an den Schultern und schüttelte sich. Seine Ohren waren wieder normal. »Ja, die Wahl war gestern. Darüber habe ich allerdings nicht mit Konrad gesprochen. Nun gut, es wird keine Überraschung gegeben haben.«

»Tolle Wahl, wenn nur ein potentieller Kandidat unter vieren aufgestellt wird und nahezu nur ein Zehntel aller Aperbonen zum Wählen erscheinen kann. Lächerlich!«, schnaubte Andris.

»Wen kümmert's! Was haben wir schon mit dem Rat zu schaffen! Im Grunde nichts.« Fabien lehnte sich in seinem Sessel zurück. Er blieb gelassen.

»Trotzdem, mich stört das!«, brummte Andris.

Fabien zuckte mit den Schultern. »Viel wichtiger ist, dass uns unser Essenzikum nicht ausgeht. Ich habe Konrad gebeten, Carolina damit zu beauftragen, genügend neues herzustellen.« Fabien holte einen Lederbeutel aus seiner Hosentasche, in dem er einen kleinen, grünen Flakon verwahrte. Er hielt das Fläschchen ins Licht und überprüfte die verbliebene Menge. Das Fläschchen war halbvoll. Das Essenzikum darin zog ölige Schlieren an der Wand; es verhielt sich wie Likör nur zäher.

»Du solltest nicht so viel Zeit mit Wini verbringen, dann bräuchtest du auch nicht so viel davon.«, zog ihn Andris auf, wurde dann aber gleich ernster. »Aber ehrlich, manchmal mache ich mir Sorgen, dass Wini doch etwas sehen könnte.«

»Wenn Wini noch besser wird, sehe ich schwarz. Das hat selbst Carolina gesagt. Die Frage ist sowieso, wie lange wir es den anderen verschweigen wollen?«

»Das ist nicht unsere Entscheidung, wie du weißt. Solange es geht, bleibt die Sache unter uns.«

»Leider! … Und wie ich dieses ölige Gebräu hasse. Es schmeckt, wie es aussieht.« Fabien verzog geekelt das Gesicht.

»Ein notwendiges Übel!«

»Mit der Betonung auf *Übel*.«

Andris überging seinen Kommentar. »Pass auf, wenn du die nächsten Tage mit Wini sprichst! Sie beobachtet die Menschen genauso gerne wie Claire und sieht vieles, auch ohne das Flammenauge.«

Fabien nickte, darin stimmte er ihm vollends zu.

3

Der nächste Tag ließ nicht lange auf sich warten und ebenso wie die letzten beiden verlief dieser sehr ruhig. Zu ruhig, wie die Freunde fanden. Am Nachmittag setzten sie sich zusammen, sie hatten genug vom Nichtstun.

In der Küche nahmen sie verstreut in unterschiedlichen Ecken Platz. Die Küche war ein gemütliches Plätzchen, urig und staubig. Sie war im Landhausstil eingerichtet, alles war aus robustem Holz gefertigt. Die Spüle und der Herd waren mit das Älteste dort. Das Spülbecken war riesig und glich einer alten Messingwanne. Der Herd, der noch mit Holz geheizt wurde, da es keinen Strom gab, funktionierte tadellos und brachte Wärme in den Raum. Es gab zwei lange Arbeitsplatten. Eine führte von der Spüle aus entlang einer Fensterfront mit drei kleinen Fenstern, die andere vom Herd aus in den Raum. Am Ende dieser stand ein großer Tisch mit Stühlen, die allesamt aus demselben Holz gefertigt waren wie die Küche.

Auf der Arbeitsplatte zum Fenster saß Wini. Sie hatte ihren MP3-Player an zwei Miniboxen angeschlossen. Im Hintergrund spielte leise Musik. – Wini und Claire hörten gerne Musik, und wenn sie dabei allein waren, alberten sie herum und sangen mit.

Joscha saß Wini gegenüber auf der anderen Arbeitsplatte.

Claire stand am Herd und goss heißes Wasser in eine Teekanne. – Claire trug wie Wini Jeans, ein Langarmshirt und ein kariertes Frotteehemd darüber. An den Füßen trugen sie ihre dicken Winterschuhe. Beide sahen wie die weibliche Version eines klassischen Holzfällers aus.

Fabien saß mit Andris am Küchentisch.

Die Stimmung hatte sich insgesamt gebessert. Claire schien allmählich die Traurigkeit überwinden zu können und auch den anderen schien die Ruhe und der Schlaf gut zu tun.

Andris schien abwesend. Er war in Gedanken versunken, wodurch sein markantes Gesicht noch kantiger und er grimmig wirkte – was er ohnehin oft tat. Schnaubend schüttelte er über das, was er gerade dachte, den Kopf und richtete nach ein paar Sekunden das Wort an seine Freunde. »Ich denke, wir sollten, da wir hier noch länger festsitzen werden, unser Training wieder aufnehmen. Je länger wir nichts tun, desto schwächer werden wir.«, verkündete er.

Joscha traute seinen Ohren nicht. Nach all dem Stress, hatten sie sich dieses bisschen Ruhe doch wohl verdient. »Meinst du nicht, du übertreibst ein bisschen! Nach den vielen Kämpfen sind wir mehr als gerüstet.«

Claire, die mit dem Tee beschäftigt war, dachte über seine Worte nach. *»Mmh ... Ich muss auf jeden Fall mal wieder was tun. Ich habe mich lange genug geschont. Ob meine Wunde nun verheilt ist oder nicht, aber überhaupt nicht trainieren, das geht nicht. Nicht in der jetzigen Lage. Wie soll ich ihnen denn sonst zur Seite stehen.«* Ihre Freunde hatten in den vergangenen Wochen während jeder Begegnung mit Pravalben auf sie aufgepasst, sie beschützt; dies wusste Claire nur zu gut.

»Man kann nie vorbereitet genug sein. Je besser wir trainiert sind, desto mehr können wir gegen sie ausrichten.«, argumentierte Andris.

»Mich musst du nicht fragen, ich bin dabei.«, stimmte Fabien zu und streckte darauf seine Arme und Beine genüsslich von sich.

»Wahrhaftig, wie eine Katze!«, dachte Claire bei diesem Anblick. *»Manchmal frage ich mich, wie viel vom Lyncis auf ihn selbst abfärbt.«* Sie musste schmunzeln und nippte vorsichtig an ihrem Tee.

»Willst du uns nicht verraten, was dich so amüsiert!«, fuhr Andris sie an, dessen Puls sich schon wieder beschleunigt hatte, weil er Claires Schmunzeln auf sich bezog.

»Andris!«, fauchte Wini. Jetzt lächelte Claire einmal und schon verpasste Andris ihr einen Dämpfer. Sie konnte nur mit dem Kopf schütteln.

Claire ließ Andris' Kommentar kalt. »Lass nur, Wini, ist schon okay. Ich hatte gedacht, dass eine kleine Trainingseinheit für mich gar nicht so verkehrt wäre. Ich würde mich gerne ein bisschen austesten.«

»Oh! O–Okay.« Abrupt bekam Andris ein schlechtes Gewissen.

Wini machte sich Sorgen. »Willst du wirklich, Claire? Ich meine, deine Wunde …«

»Ach, quatsch! Wenn Claire der Meinung ist, sie könne wieder trainieren, dann sollte sie genau das tun.«, winkte Joscha ab.

»Na ja, aber vorsichtig solltest du schon sein.«, ermahnte Fabien sie und lächelte ihr auf freundschaftlich besorgte Weise zu. – Claire und Fabien lagen genau auf einer Wellenlänge. Seit dem Tag in Valensole, als er allein ihr gestanden hatte, dass auch er ein Aperbone war, waren sie befreundet. Es gab nichts, das der eine oder andere hätte falsch machen können. Sie verstanden sich, egal was der jeweils andere tat oder sagte, und so nahm Claire seine Besorgnis an, ohne genervt zu sein. Und dabei waren sie einfach nur Freunde.

»Ich kann ja anfangs nur mit einem von euch trainieren. Wir müssen ja nicht direkt alle zusammen.«

»Und das übernehme ich selbstredend!«, erklärte Andris bestimmend. Eine Ablehnung seines Vorschlags – nun ja, wenn man es als solchen bezeichnen wollte – war ausgeschlossen.

»*Ganz der alte Andris.*« Claire grinste in sich hinein. »In Ordnung! Aber dann fangen wir bald an!«

»Einverstanden.«

Claire, die jetzt neben Joscha stand, wollte gerade von ihrem Tee trinken, als Joscha ihr die Tasse wegschnappte. »Hey!«, beschwerte sie sich.

»Danke, *Schatz!*« Joscha betonte ganz besonders das letzte Wort und schenkte ihr ein charmantes Lächeln. – Claire und Joscha hatten keine Kosenamen, er ärgerte sie nur damit.

Claire verzog das Gesicht, drehte sich um und holte sich eine neue Tasse. »Noch jemand?«

Joscha konnte nicht anders. »Nein danke, ich bin versorgt.« Claire warf ihm einen bitterbösen Blick zu.

»Wie dem auch sei.«, lenkte Andris ab und kam zu einem neuen Thema, »Wann glaubst du, Wini, wird sich James mal wieder melden?«

»Ich weiß nicht. Da er beim Rat ziemlich viel zu tun hat und er nebenbei auch noch sein Buch schreibt – Fragt mich nicht! Ich habe keine Ahnung, wie er darauf kommt, in der jetzigen Situation ein Buch zu schreiben. –, ganz zu schweigen von den ganzen Gefälligkeiten für alle möglichen Leute, wird er sich wohl erst melden, wenn außerordentlich Wichtiges geschehen ist. Wieso ... Wieso fragst du?«

»Wir sollten, auch wenn wir hier in der Pampa sitzen, versuchen, informiert zu sein. Von Carolina und Lilja zum Beispiel haben wir genauso lange nichts mehr gehört.«

»Stimmt. Aber Amartus wird mehr wissen. Und wenn er kommt, wird er es uns erzählen. Ganz davon ab, wird es leider immer schwieriger werden, zu wissen, wer wann wo ist. Seit Carolina und Lilja das Geschäft geschlossen haben, sind sie ständig unterwegs. Jeder von uns ist ständig woanders.«, bemerkte Joscha.

»Wie konnten wir nur zulassen, dass so etwas passiert. Dass sie uns so aufmischen.«, ärgerte sich Wini.

Fabien zögerte einen Moment. »Was geschehen ist, ist geschehen.«, entgegnete er kühler als sonst, was Wini sofort bemerkte, »Jetzt können wir nur sehen, dass wir, und ich meine *wir*, etwas gegen sie unternehmen. Denn wie es aussieht, unternimmt der Rat nichts weiter als zu diskutieren. Sie werden keine Wunderwaffe gegen die Pravalben finden und mit irgendwelchen Vorkehrungsmaßnahmen ist auch niemandem geholfen. Es liegt an uns, die Situation zu verbessern. Ganz zu schweigen davon, dass sie bislang auch nichts dafür getan haben, Jeanne zu finden.«

Für einen kurzen Augenblick herrschte Schweigen. Fabien sprach das aus, was jeder dachte.

»Wie es ihr wohl geht?«, dachte Claire, *»Das Schlimme ist, dass wir noch nicht einmal ansatzweise wissen, was mit ihr ist. Aber Jeanne ist stark, egal was sein wird, sie packt das ... Ich hoffe, Tiberius findet sie bald.«*

»Wenn Tiberius wiederkommt, sollten wir auf jeden Fall etwas unternehmen, ob Amartus uns nun eine Nachricht schickt oder nicht.«, äußerte sich Wini. »Hätten wir bei der Suche der Waage auch so gezögert, wer weiß, was dann gewesen wäre.«

Jetzt mischte sich Joscha ein. »Ist halt die Frage, was wir unternehmen wollen. Es gäbe so vieles zu tun. Machen wir uns auf die Suche nach Jeanne? Oder helfen wir Norwin mit den jungen Aperbonen, Amartus mit den Alten oder wollen wir direkt gegen die Pravalben vorgehen?«

»Das Letzte kannst du direkt wieder streichen!«, schoss Andris dazwischen. »Dass wir uns offensiv gegen die Pravalben stellen, sollte die letzte aller Optionen sein. Erst mal sollten wir schauen, dass wir wie Amartus Schwächere aus der Schusslinie bringen, erst dann nämlich können wir gegen die Pravalben vorgehen. Und wer weiß, wenn sie merken, dass sie nichts ausrichten können, geben sie vielleicht von selbst auf und es wird wieder ruhiger. Das hat uns bis jetzt jedenfalls die Vergangenheit so gelehrt.«

»Grundsätzlich stimme ich dir zu. Aber jetzt ist nun mal eine ganz andere Situation. Niemals waren die Pravalben so geschwächt. Noch nie haben sie sich so angegriffen und in Gefahr gefühlt. Und noch nie waren sie so brutal und angriffslustig. Ihr müsst euch nur mal überlegen, was sie mit Herrn Peters Bauernhof angestellt haben. Sie haben den Hof samt Museum niedergebrannt. Und wozu? Für nichts. Denn das Portal, wussten sie, würde weiter existieren. Ich glaube nicht, dass wir davon ausgehen können, dass sie irgendwann aufgeben.«, widersprach ihm Wini.

»Auch den Pravalben wird irgendwann die Puste ausgehen.«, hielt Fabien dagegen.

»Unabhängig davon, sollten wir uns überlegen, ob wir zusammenbleiben wollen oder ob wir uns aufteilen.«, warf Joscha ein.

»Die Antwort kenne ich.«, murmelte Claire in sich hinein und schaute zu Andris, der, wie sie vermutete, über Joschas Frage entgeistert die Augen aufriss.

Fabien, der sie aufgrund seines guten Gehörs hören konnte, schmunzelte.

»*Natürlich* bleiben wir zusammen! Erstens können wir so am besten aufeinander achtgeben und zweitens sind wir gemeinsam ein viel gefährlicheres Ziel. Sie werden es sich zweimal überlegen, uns anzugreifen. Die meisten der Pravalben haben wegen Tom viel von ihrer Kraft eingebüßt, wir fünf nicht. Zusammen haben wir die besten Chancen.«

»Dass die Pravalben Teile ihrer Kraft eingebüßt haben, macht sie unberechenbar.«, erklärte Joscha grimmig, denn er erinnerte sich nicht nur an Toms Tod, sondern auch an den seines Urgroßvaters, den er sehr geliebt hatte und der während eines Überfalls der Pravalben gestorben war.

»Dennoch Pravalbe ist nicht gleich Pravalbe.«, erinnerte Claire sie. »Nicht alle Pravalben kämpfen. Wir wissen auch von einigen, die sich bislang zurückgehalten haben. Und ich glaube nicht, dass das daran liegt, dass sie von ihren Fähigkeiten eingebüßt haben. Nicht jeder will kämpfen, weder wir noch sie. – Ich weiß, vielleicht sollte ich das anders sehen wegen dem, was ... was passiert ist, aber das kann ich nicht. Und überlegt mal nur, was Tiberius über seine Familie erzählt hat. Klar, ich rede hier nicht von Cornelius Jakobs, aber seine andere Familie scheint anständig zu sein. Und seine damaligen Freunde Danilo und Benjamin, wie schlecht sie sich auch jetzt verhalten mögen, sie waren befreundet, genau wie wir. Trotz ihrer Gemeinschaft scheinen sie ähnliche Prinzipien zu haben.«

Joscha schnaubte. Dies war ein Thema, bei dem seine Meinung und Claires auseinander gingen.

Fabien teilte ihre Meinung. »Du hast recht. Sie haben genauso eine Zusammengehörigkeit wie wir. Sie unterstützen sich. Der gravierendste Unterschied ist allerdings, dass wenn einer von ihnen aus der Reihe tanzt, sie kein Pardon kennen. Pravalben haben zu funktionieren, zu folgen. Sie sind dermaßen perfektionistisch, dass die meisten sich wie in einem Käfig vorkommen müssen. Ich kann sehr gut verstehen, warum Tiberius von ihnen weg wollte und dass er dafür auch seine Familie aufgegeben hat. Ein weiteres Beispiel ist meine damalige Kontaktperson bei den Pravalben, Wellem Bolt, der nicht unbedeutend ist. Er hat sich aufs Land zurückgezogen. Pravalben leben nicht gerne umgeben mit diesen Zwängen. Sie nutzen die Gemeinschaft für ihr gemeinsames Ziel, und sie stehen auch voll dahinter, aber wenn sie können, suchen sie Abstand. Nicht, dass ihr mich jetzt falsch versteht, ich will keine Lanze für sie brechen. Aber neben unserer Geschichte darf man nicht vergessen, sie sind auch nur Menschen.« Fabien wusste, wovon er sprach, schließlich hatte er als Spitzel einige Zeit mit ihnen verbracht.

»Ich *will* und muss sie nicht verstehen!«, war alles, was Joscha dazu äußerte. Joscha war deutlich anzusehen, dass er seine Freunde nicht verstand. Für einen Moment verflog seine Gelassenheit.

»Zumindest wissen wir, was wir von Tiberius zu halten haben, und da sind wir uns ja einig.«, bemerkte Andris. – Tom, der durch seine Kraft alle am besten einzuschätzen wusste, hatte Tiberius sehr gemocht und vertraut. Er hatte einmal erzählt, er sähe das Böse in Tiberius, aber aus irgendeinem Grund hatte es keine Macht über ihn. Tiberius' Absichten, hatte er erzählt, waren ehrlich. Und so gab es keinen Zweifel daran, dass er zu ihnen gehörte.

Wini, die von der Arbeitsplatte gerutscht war und nun wie Claire gegen sie lehnte, lenkte das Gespräch zum eigentlichen Thema zurück. »So oder so, das alles bringt uns nicht weiter. Die Frage ist doch: Was wollen wir unternehmen?«

»Ich würde gerne Norwin helfen. Er erscheint mir manchmal ein bisschen müde von alldem. Er sagt zwar, Tom hätte keinen Einfluss auf ihn gehabt, aber ich bin mir nicht so sicher.«, überlegte Fabien.

»Alwara klagt auch öfters darüber, müde zu sein. Vielleicht

haben sie nichts von ihrem Wissen eingebüßt, vielleicht aber von ihrer Lebensenergie.«, mutmaßte Wini. – Alwara war ein graubraun gefiederter Falke mit seidig schimmernden Federn. Sie war über dreihundert Jahre alt und sehr weise. Die Freunde mochten sie sehr, denn sie hatte eine ruhige und mütterliche Art. Sie war jemand, dem sie sich anvertrauen konnten. Momentan unterstützte sie den Rat bei seinen Aufgaben.

»Wichtig ist, dass wir uns gut überlegen, was wir tun.«, klinkte sich Andris ein. »Ihr wisst, viele Portale zum Raum der Energieströme gibt es nicht mehr und der Raum an sich ist angegriffen. Wir können also nicht einfach kreuz und quer durch die Gegend reisen. Wenn wir irgendwo sind und angegriffen werden, können wir nicht mal eben fliehen. Norwins Transporterschlüssel zum Beispiel hat ja auch manchmal 'ne Macke. Einen eigenen haben wir nicht und bei Tiberius' Transporterschlüssel wissen wir nicht, ob wir mitreisen können. Obwohl, Cyrillus konnte mit dem von Nora Collins reisen. Aber Tiberius' Transporterschlüssel sollte nur für Notfälle sein.«

»Lasst uns doch einfach abwarten, bis Tiberius wiederkommt, und dann entscheiden. Wer weiß, was in der Zwischenzeit geschieht. Vielleicht meldet sich Amartus, einer der Wissenden oder Niklas zwischendurch.«, argumentierte Claire, der es mittlerweile wieder leichter fiel Niklas' Namen zu nennen. – Niklas, der den Pravalben und sich selbst nicht verzeihen konnte, irrte allein in der Weltgeschichte umher. Wo auch immer er einem Pravalben über den Weg lief, stellte er sich dem Kampf. Seine Wut, sein Hass machten ihn stark und ließen ihn seine Trauer um seinen Sohn Tom in dem Moment kurz vergessen. Angst hatte er keine, denn er hatte alles verloren, was ihm lieb und teuer war. Niklas entzog jedem seiner Gegner die pravalbischen Kräfte, ohne sie jedoch zu töten. Er hielt dies für eine schlimmere Strafe. Zumal er sich selbst verbot, bis zum Äußersten zu gehen, denn trotz all dem Kummer, wusste er sehr genau, wer er war.

»Es wird bestimmt noch eine Weile dauern, bis sich Niklas meldet. Auf ihn sollten wir nicht bauen. Aber ich stimme dir zu. Wir warten, was Tiberius berichtet, wenn er wiederkommt. Es gibt so viele Optionen. Dann können wir besser entscheiden, was wir tun wollen. Ich denke, so ist es am klügsten.«, pflichtete ihr Andris bei.

»Nun gut …, dann mache ich mich mal auf meine allabendliche Runde durch den Wald.«, verabschiedete sich Fabien und stand auf.

»Warte, ich komme mit!«, wollte sich Wini anschließen.

»Lass nur, es ist viel zu kalt. Bis später.«, wimmelte er sie schnell ab und war in der nächsten Sekunde durch die Hintertür der Küche verschwunden.

4

Wie verabredet trafen sich Andris und Claire am nächsten Tag zu einer kleinen Trainingseinheit. Es war früher Morgen und außer den beiden schienen noch alle zu schlafen. Es war ruhiger als sonst, denn einer von ihnen war meist immer zu hören. Claire und Andris trafen sich auf der kleinen Lichtung direkt vor dem Haus, dort hatten sie genügend Platz.

Claire blickte in den Himmel. Die dichte Wolkendecke war dünner geworden und hatte sich stellenweise ganz aufgelöst. Blauer Himmel war zu sehen. Ein eisiger Wind wehte sanft durch die Bäume des Waldes und über die Lichtung. Schnee wirbelte auf. Claire schloss kurz ihre Augen, spürte die Kälte auf ihrer Haut, atmete die frische Luft ein und genoss die Ruhe. Als sie die Augen wieder öffnete, bemerkte sie, dass Andris dasselbige tat. *»Andris ist wirklich die undurchsichtigste Person, die ich jemals kennengelernt habe. Ich glaube, ich werde ihn nie verstehen.«*, stellte Claire fest, als sie Andris musterte. – Andris war ein bisschen größer als sie, muskulös, aber nicht so, dass er sie einschüchterte, und wirkte wie immer ernst. Nur in diesem Augenblick war er entspannter als sonst. Er wirkte fast zufrieden, was Claire wunderte, da er für gewöhnlich einen nie hinter die Fassade blicken ließ. – »Sollen wir!«, unterbrach sie ihn.

Andris öffnete die Augen und schaute sie aus den Augenwinkeln an. »Ich warte nur auf dich.«, erwiderte er trocken.

»Mit Sicherheit ...« Claire entfernte sich ein paar Meter von ihm. Sie ging ein Stück zurück Richtung Haus. Der Schnee unter ihren Füßen quietschte. Er war schwer und, wo er platt getreten war, rutschig; was ihr Training nicht einfacher machen sollte. Andris stand nun mit dem Rücken zum Wald, sie mit dem Rücken zum Haus. – Das Haus wie auch der Wald lagen

unter einer Schneedecke. Lange Eiszapfen hatten sich am Dach und an den Fensterbänken gebildet. Dünner Rauch, der am Morgen kälter gewordenen Öfen, stieg aus zwei Schornsteinen empor. Ihre Holzhütte umgeben von Wald wirkte wie ein zu groß geratenes Knusperhäuschen.

»Wir starten erst mal ein bisschen langsamer. Ist besser so.«, eröffnete ihr Andris.

Claire schaute mürrisch. *»Wenn, dann ja wohl richtig!«*

Andris bemerkte ihren Gesichtsausdruck, ignorierte ihn jedoch. »Bist du bereit?«

»Ich warte nur auf dich.«, antwortete sie ihm und zahlte ihm seinen Spruch von gerade heim. Claire freute sich auf ihren Kampf, denn sie wusste, normalerweise hielt er sich nicht zurück. Mit ihm konnte sie sich richtig austesten.

Andris schnaubte und ihm nächsten Augenblick war er verschwunden. Er war so schnell mit dem Windwandeln, dass er im Bruchteil einer Sekunde verschwand. Allein durch den Wind hatte Claire eine Ahnung, wo er sich befand. – Das Windwandeln ermöglichte Andris, sich in Tausend winzige Teile wie winzige Papierschnipsel aufzulösen und sich so sehr schnell zu bewegen. Für das menschliche Auge war er nur selten sichtbar. Wie Wind brachte er jedoch die Blätter an Bäumen und Sträuchern in Bewegung, so war zu erahnen, wo er sich gerade befand.

Claire sah sich mit zusammengekniffenen Augen um und versuchte, ihn ausfindig zu machen.

Ein leises Lachen ertönte neben ihrem Ohr. Im selben Moment stand Andris neben ihr, packte sie am Arm und drückte sie mit einer gekonnten Drehbewegung – vorsichtiger als sonst, wie sie sofort bemerkte – zu Boden.

Andris sah mit einem herausfordernden Grinsen auf sie hinab.

»Das kriegst du zurück!«, prustete Claire. Sie lag mit dem Gesicht halb im Schnee.

Ein Mensch hätte sich aus dieser Lage nicht befreien können, Claire schon. Sie wandelte ihren Körper blitzschnell mithilfe des Changings, sodass sie nun nicht mehr auf dem Bauch, sondern auf dem Rücken lag.

Andris' Hände hatten sich reflexartig von ihr gelöst und er hatte Abstand genommen. Erneut versuchte er, nach ihr zu greifen.

Claire war schneller, sie packte sein Bein und stieß ihm mit dem Ellbogen in die Kniekehle.

Andris konnte nichts tun, er knickte ein.

Jetzt war sie es, die verschwunden war. Für Claire war es ein Leichtes, sich und andere unsichtbar erscheinen zu lassen. Eine Waffe, die ihr immer half.

»Hey, das ist unfair!«, beschwerte sich Andris.

»Ach, unfair?«, schallte es von links. »Und was ist mit deinem Windwandeln?«, schallte es nun von rechts.

Andris sprang schnell zurück auf die Beine und blickte von links nach rechts. Die Lichtung war groß, sie hier zu entdecken, war schier unmöglich. So hatte er keine Chance. Allein durch den aufgewirbelten Schnee sah er plötzlich ihre Silhouette. Langsam ging er auf sie zu. Er konnte förmlich spüren, wie sie sich über ihn lustig machte und schmunzelte. Claire war mithilfe des Changings beinahe unschlagbar.

Wie aus dem Nichts griff nun eine Hand nach ihm, doch zu langsam. Andris schnappte sich ihren Arm, um sie abzuhalten.

Claire wurde sichtbar.

»Du musst mich weiter oben am Arm packen, nur so hast du eine Chance!«, riet er ihr und lockerte seinen Griff.

»Du schaufelst dir gerade dein eigenes Grab.«, spottete sie, griff höher, bekam ihn richtig zu packen und warf ihn über die Schulter.

Mit einem dumpfen Stöhnen landete er auf dem Rücken. Der platte Schnee unter ihm quietschte.

Sofort kniete sich Claire mit einem Bein auf ihn und hielt ihn so fest.

Statt sich zu ärgern, kommentierte Andris das Ganze. »Siehst du! Ich hatte recht.«

Zeit, etwas zu erwidern, hatte Claire keine. Andris wandelte sich in Wind. Augenblicklich sank Claire weiter zu Boden und kniete im kalten Schnee.

Sogleich stockte ihr der Atem, denn Andris stand hinter ihr und griff um ihren Hals.

»Das gibt's ja wohl nicht!«, ärgerte sie sich. Claire kam ins Schwitzen. Instinktiv aktivierte sie ihr Schutzschild – ein gebogenes Schild, das sich schwerelos jeder ihrer Bewegungen anpasste. Das Schutzschild drückte Andris' Arm schlagartig fort, wodurch blaue Lichtreflexe auf dem Schild aufleuchteten. Andris taumelte nach hinten.

Noch beim Aufstehen drehte sich Claire um und schaute wie weit er von ihr entfernt war.

Nur zwei Meter war er hinter ihr. Andris schien genauso außer Atem zu sein wie sie, was ihr eine gewisse Befriedigung verschaffte.

Claire gönnte ihnen jedoch keine Auszeit, holte Schwung und versuchte, ihm mit einem gezielten seitlichen Tritt die Füße wegzureißen.

Andris war schneller. Zwar war er leicht benommen, hatte aber noch genug Weitsicht und Kraft, um zu springen.

Da Claire für ihr Manöver in die Knie gegangen war, sah sie verdutzt zu ihm auf. *»Wie kann man nur so schnell sein!«*, staunte sie heimlich. – Claire wusste, sie hatte zwar die mächtigere Fähigkeit, aber durch seine Kraft und Schnelligkeit konnte er locker mithalten. Niemals aber hätte sie dies laut ausgesprochen und ihm die Genugtuung verschafft. – Der Schnee, den sie aufgewirbelte hatte, wehte ihr nun genau ins Gesicht und für ein paar Sekunden war sie blind. Sie kniff die Augen zusammen und blinzelte.

Ihre Sicht war verschwommen und augenblicklich erinnerte sie sich an den Abend des Überfalls. Eine panische Angst überkam sie. Um sich herum nahm sie nichts mehr wahr. Die Sekunden verrannen. Claire hörte ein ersticktes Stöhnen. War sie es selbst gewesen? Sie fühlte sich schwer, wie an den Boden gepresst, wie eben an jenem Abend. Am Rande ihrer Wahrnehmung sah sie Licht aufblitzen. Es war weiß. Irgendetwas in ihrem Kopf sagte ihr, es waren nicht ihre Erinnerungen. Ihre Wunde am Bauch schmerzte heftig und sie krümmte sich. Erneut blinzelte sie.

Die Sonne funkelte ihr entgegen und sie sah auf.

»Claire?«, rief eine dunkle Stimme nach ihr.

Claire nahm die Hände vors Gesicht. Das Sonnenlicht blendete sie. Der Schatten eines Gesichtes wurde deutlich. Markante Formen und strubbeliges, dunkles Haar.

Das Gesicht kam näher und verbannte das grelle Licht.

»Ohhh …«, stöhnte Claire und fasste an ihren Bauch.

»Claire, ist alles in Ordnung?« Aufwallende Panik zeichnete sich in Andris' Gesicht nieder. Behutsam griff er ihr unter die Arme und half ihr, sich aufzurichten.

Claire wusste nicht, wie sie es geschafft hatte, aufzustehen, aber nun ging sie eingehakt in Andris' Arm zu der Bank vor dem Haus. Sie setzte sich und versuchte, ihre Gedanken zu sortieren. »Was ist passiert?« Claire strich ihre Haare hinters Ohr, die sich aus ihrem Zopf gelöst hatten.

»Ich habe dich irgendwie doof erwischt. Du konntest nichts sehen wegen des Schnees und da habe ich dich getroffen … Für einen Moment dachte ich, du bist ohnmächtig.«

»War ich überhaupt nicht!«, protestierte sie und dachte gleich, *»Höchstens für 'ne Sekunde.«*

»Das sah aber verdammt danach aus.«, brummte er. »So ein Mist, wir hätten überhaupt nicht trainieren sollen! Wir hätten einfach bei den Konzentrationsübungen bleiben sollen.« – Mit den Konzentrationsübungen konnten sie sich an einen Ort versetzen, der wie der Raum der Energieströme aussah. In ihm konnten sie beobachten, was alles mit ihren Fähigkeiten möglich war, dies wie im Traum üben und sich so verbessern.

»Was?! Ich bin nicht mehr so schwach. Ich schaff das!«, verteidigte sie sich und sah zu ihm auf, da er noch immer stand.

»An dir beiß ich mir echt noch die Zähne aus. Verdammt noch mal, Claire! Du hast Schmerzen, du hast eine Verletzung!«, schrie er sie an. Sein Brustkorb hob und senkte sich aufgeregt.

»Die auch wieder heilen wird. Also – reg – dich – ab!«, blaffte sie zurück.

Andris setzte sich neben sie und atmete tief durch.

Claire schielte zur Seite und sah, wie viel es ihn kostete, sich zusammenzureißen. Er biss sichtlich die Zähne zusammen. »Ich–«, begann Claire. Sie wollte etwas sagen, um die Wogen zu glätten.

»Tut mir leid!«, unterbrach er sie abrupt. – Claire riss unweigerlich die Augen auf. Andris Pettersson entschuldigte sich?! – Andris bemerkte ihre Irritation. »Nicht«, betonte er, »für das, was ich gesagt habe! Tut mir leid, dass ich dich so blöd erwischt habe.«

»Ach …, halb so wild.« Gleich darauf durchzog ein stechender Schmerz ihre Wunde. Sie atmete zischend ein. Claire zog ihre Jacke und ihren Pulli ein Stück weit nach oben, um zu überprüfen, ob sie wieder blutete. Das Fidesamt, das sie fortwährend trug, schützte ihren Verband. Sie schob die dunkelblaue, schlangenlederartige Weste beiseite. Ihr Verband war weiß. Sie hatte Glück gehabt.

Andris sah sie besorgt und zugleich ärgerlich an.

»Guck mich nicht so an!«, kam ihr etwas zickiger über die Lippen als beabsichtigt.

»*Wie* denn?«

»Ja so, so … Ich bin nicht aus Glas!«

Stille.

»Ich weiß … Wir machen uns halt nur alle Sorgen.«

Für eine Weile starrte Claire in den Wald. Wieder herrschte Schweigen.

»Ich bin es echt leid, dass mich alle so ansehen – okay, mit Ausnahme von Joscha. Ah! Ich bin aber auch ätzend! Jetzt suhle ich mich auch noch in Selbstmitleid.«, dachte sie und versuchte, sich abzulenken.

Im gleichen Moment, als sie etwas sagen wollte, begann Andris. »Geht's wieder?«

»Es ist besser … Hm! Wenn das meine Mutter wüsste, die würde ausrasten.«

Interessiert blickte Andris zu ihr.

»Meine Mum ist die größte Glucke, die es auf der Welt gibt. Ich glaube, sie macht sich auch noch mit achtzig Sorgen um mich.«, erklärte sie ihm.

»Das haben Mütter, denke ich, so an sich.«

»Ich würde ja gerne wissen, wie seine Eltern so waren. Aber, ... soll ich?« – »Ähm ... Wie war denn deine Mum so?«, fragte Claire zurückhaltend und drehte sich auf der Bank zu ihm, sodass sie ihm seitlich gegenübersaß.

Andris blinzelte, als könne er nicht glauben, dass sie ihn fragte, und schaute darauf für einen kurzen Moment nachdenklich ins Leere.

Jetzt bereute Claire, dass sie gefragt hatte. »Ich hätte nicht fragen sollen. Tut mir leid.«

Als wenn er sie nicht gehört hätte, griff er in eine seiner Gesäßtaschen und zog ein Foto hervor. Es war ein kleines zerknittertes Foto, das an einer Stelle eingerissen war. Die Rückseite war leicht vergilbt und etwas stand auf ihr geschrieben. Kurz warf Andris einen Blick darauf und gab es dann Claire. »Meine Eltern«

Auf dem Foto war eine Frau mit heller Haut, dunkelbraunen Haaren und hellblauen Augen abgebildet sowie ein Mann mit gebräunter Haut, ebenfalls dunklen Haaren, aber braunen Augen. Das Foto schien gemacht worden zu sein, als sie in den Dreißigern waren, also als Andris noch ein Kind war, wahrscheinlich kurz vor ihrem Tod. – Andris' Eltern waren bei einem Autounfall ums Leben gekommen, als er vierzehn war.

»Du siehst genauso aus wie deine Mum.«, stellte Claire fest. »Aber ... irgendwie auch wie dein Vater. Wie er guckt, wie du.«

Andris' Mutter lächelte auf dem Bild, Andris' Vater schaute ernster, nachdenklicher. Ebenso wie Andris hatte er ein markantes, männliches Gesicht.

Andris sah weiter in die Ferne. Er wirkte vollkommen ruhig. »Meine Oma hat immer gesagt, ich wäre das Ebenbild meiner Mutter. Und *leider* hätte ich den Charakter, insbesondere diese nervtötende Willensstärke, meines Vaters geerbt. Meine Oma hat sich ständig mit ihm gezankt. Aber nur, weil sie in ihm einen ebenbürtigen Gegner gefunden hatte. Im Grunde hat sie ihn sehr gemocht. Das weiß ich, zumindest heute. Früher habe ich sie manchmal nicht verstanden.«

Für Andris schien es eine Erleichterung zu sein, darüber sprechen zu können, und so fragte Claire weiter. »Und deine Mum? Wie war sie?«

»Meine Mum war wie – ein bisschen wie Wini. Sie hat sich mit jedem gut verstanden, war immer fröhlich und hat auch immer versucht zu schlichten. Sie war nur nicht so – sie war sanftmütiger.«

Claire schmunzelte, sie wusste genau, was er meinte. Wini war wie ein kleiner Orkan, wenn es darum ging, für etwas einzustehen. Als sie darüber nachdachte, was er gesagt hatte, erinnerte sie sich daran, dass etwas auf der Rückseite des Fotos geschrieben stand. Sie war neugierig und schaute nach.

In weiblicher, verschnörkelter Schrift, die schon leicht verblichen war, stand ein Satz geschrieben:

Frieden mit dir, in deinem Herzen.

»Das war der Lieblingsspruch meiner Mutter.«, erzählte Andris. »Sie hat ihn in ihre Lieblingsbücher geschrieben, an ihre Pinnwand in der Küche geheftet. Ich kann mich nicht erinnern, dass dieser Spruch irgendwo nicht zu finden war.«

»Ein schöner Spruch.«

»Ich hatte mal überlegt, ihn mir tätowieren zu lassen.« – Jetzt horchte Claire auf. – »Wie Amartus am Handgelenk, aber ich konnte mich bis jetzt noch nicht dazu entschließen.«

»Cool! Ich meine, warum nicht?!«

»Na ja, ein Tattoo wirst du nicht mehr los. Mal sehen …«

»Mmh …«, schmunzelte Claire in sich hinein. *»Mithilfe des Changings wäre das kein Problem. Bei mir hat's damals ja auch geklappt. Na ja, ich hab's wieder rückgängig gemacht, aber es hätte gehalten … Ich könnte ihm das zum Geburtstag*

schenken. In wie vielen Tagen hat er noch mal? ... In fünf. Ich frage mal Joscha, was er davon hält.« Noch einmal sah sich Claire den Spruch und vor allem die Schrift genau an, um sie sich einzuprägen, und reichte dann das Foto zurück an Andris. »Danke!«

»Wofür?«

»Fürs Erzählen.«

Andris zuckte gleichgültig mit den Schultern und steckte das Foto ein.

Dabei sah ihm Claire zu und entdeckte in seiner Jackentasche einen seltsam geformten Gegenstand, der einen Abdruck nach außen hin zeichnete. *»Was ist das? Sieht aus wie ein Flakon ... Ach, das sind die Tropfen, das Essenzikum, das er immer nimmt! Das kann doch nicht gut sein, dauernd diese Tropfen zu nehmen.«* Jetzt sah Claire besorgt zu ihm.

Andris fing ihren Blick auf. »Was?«, blaffte er sie an. Mitleid war das Letzte, was er brauchte.

Reflexartig holte sie Schwung und schlug ihm gegen den Arm. »Fauch mich nicht ständig so an!«

»Wie wär's, wenn du dir ab und zu mal an die eigene Nase fasst!«

»Pah! Meine Reaktion ist lediglich eine Reaktion auf deine.«

»Sorryyy!«, gab er rotzig zurück.

Claire seufzte resignierend. »Dito.«

»Was wolltest du sagen?«, fragte Andris noch immer genervt, wodurch er sich einen weiteren bösen Blick einfing.

»Vergiss es!«

»Claire!«, zischte er durch die Zähne.

»Na gut! Ich wollte dich nur fragen, wie es dir geht. Joscha hat gesagt, dass du öfters Kopfschmerzen hast und dass du deshalb ein Essenzikum nimmst. Ja und, als ich gerade das Fläschchen in deiner Jacke gesehen habe, habe ich mich halt gefragt, wie's dir geht.«

»Ach … ach so. Ähm, das ist halb so wild.«, antwortete er distanziert.

Auf einmal räusperte sich eine dritte Stimme, ein warmes Schnurren.

Claire und Andris schauten zur Lichtung.

Fabien kam als Lyncis mit gemächlichem Schritt auf sie zu. Im Gehen wandelte er sich blitzschnell zurück in einen Menschen. Er setzte sich zwischen sie und hob fragend seine langen, zipfeligen Augenbrauen. »Wie läuft das Training?«, fragte er amüsiert. Er hatte sie als Luchs bereits von Weitem gehört und wusste, dass sie sich mal wieder angefaucht hatten.

»Sind fertig.«, erwiderte Andris knapp.

»O–kay. Ich auch. Es sieht gut aus. Ich glaube, die Pravalben wissen nicht mal ansatzweise, wo wir sind.« Ein triumphierendes Lächeln zog sich über Fabiens Gesicht.

Eine Reaktion der beiden ließ auf sich warten.

Plötzlich stand Andris auf. »Ich werd' mal ein bisschen Holz hacken. Die Öfen im Haus werden bald ausgehen.«

»Wenn das so ist, dann helfe ich dir.«, bot Fabien seine Hilfe an.

»Ich gehe rein. Allmählich wird mir kalt.« Etwas zu eilig stand Claire auf und rutschte aus. Gerade so konnte sie sich noch halten. »Shit!«, fluchte sie leise.

Die Jungs waren klug genug, zu schweigen und nicht zu fragen, ob alles okay war.

Als Claire die Tür hinter sich schloss, sah sie flüchtig zurück und blickte dabei Andris genau in die Augen. Er sah mürrisch und unzufrieden aus und offensichtlich mit sich selbst.

In diesem Moment kam Claire eine Frage in den Sinn, etwas, das sie die ganze Zeit schon wunderte: *»Warum sehe ich eigentlich keine Flammen mehr in seinen Augen? Wir haben uns gestritten und ich habe keine einzige Flamme gesehen ...? Hm, werde ich schlechter?«* Claire senkte gedankenverloren den Blick und schloss die Tür.

Später am Tage, es war Mittagszeit, saßen Wini, Claire und Joscha in der Küche, um etwas zu essen. Sie hatten es sich am Küchentisch gemütlich gemacht, denn dort war es wegen der

Nähe zum Ofen schön warm. Da sie nicht viel hatten – in der Küche war nur wenig Essbares zu finden gewesen; zum Glück hatten die Freunde einiges an Proviant eingepackt –, gab es zum dritten Mal, seitdem sie dort waren, Pfannkuchen.

Joscha war wenig begeistert und stocherte lustlos in seinem Pfannkuchen, den er mit Brombeerkonfitüre aus der Vorrats- kammer bestrichen hatte, herum. »Was würde ich jetzt für ein Stück Fleisch geben oder für Eliskas Gulasch mit Knödeln.«, seufzte er. – Eliska war die Haushälterin von Joschas Eltern in Prag; eine junge, leicht konservative Frau, die mit Joscha und den anderen gut befreundet war. Sie kannte die Geschichte um die Aperbonen, was eine absolute Ausnahme war, jedoch auch eine Notwendigkeit, da sie sich durch das Zusammenleben mit Aperbonen einer Gefahr durch die Pravalben aussetzte. Im Hause Hovorka war sie als gute Zuhörerin und Köchin sehr be- liebt.

Wini ignorierte sein Gejammer und fuhr weiter fort. »Ich frage mich wirklich, wann das alles ein Ende hat. Jetzt wo sich so viel verändert hat: Viele Aperbonen und Pravalben haben von ihren Kräften eingebüßt, manche Livonten und Maludicio- ren sind blasser, ebenso der Raum der Energieströme. Es kann nicht so weitergehen wie bisher. Irgendetwas wird bald passie- ren. Und ich hoffe inständig, es normalisiert sich alles wieder. Nur, welche Rolle spielen wir dann? Wir wissen ja jetzt schon nicht, wo wir stehen. Unsere Ausbildung ist auf Eis gelegt, wir haben keine eigenen Aufgaben … Ich hasse diese Ungewiss- heit!«

»Nicht nur du.«, bestärkte Claire.

Joscha, der von seinem Humor nichts eingebüßt hatte, konn- te sich einen Kommentar nicht verkneifen. »Ihr arbeitet dann natürlich für mich! Ich lass euch doch nicht auf der Straße stehen. – Ich glaube, als reicher Konservenfabrikant lebt es sich recht angenehm. Man muss nur delegieren können. Und mit euch an meiner Seite *für meine Unterhaltung*. Ja … ja, das könnte mir gefallen.«

Claire kniff die Augen zusammen und schüttelte ungläubig

den Kopf.

»Stimmt, man muss nur delegieren können.«, pflichtete ihm Wini bei und schnappte ihm seinen Teller mit dem Pfannkuchen weg.

»Hey!«, beschwerte sich Joscha.

»Ich lass dann zum Beispiel auch für mich kochen … Ja!« Wini rollte den bereits lauwarmen Pfannkuchen auf und biss genüsslich hinein. »Von meinem Koch und Butler, den ich mir dann von *deinem Geld* leisten werde. Schließlich werde ich für meinen Unterhaltungsfaktor außerordentlich gut bezahlt. Und *das Beste* daran, ich nenne ihn Joscha.«

Claire gluckste und musste sich ein stärkeres Lachen arg verkneifen.

Wini hatte ihn mit seinen eigenen Waffen geschlagen, aber anstatt beleidigt zu sein, lachte Joscha mit.

Doch plötzlich erstarrte Wini, sie schloss langsam die Augen und zuckte leicht mit einer Schulter. »Alwara ist hier!«, freute sie sich und sprang auf. Winis Augen leuchteten aufgeregt. »Sagt schnell Andris und Fabien Bescheid!« Wini eilte los. Sie stürmte durch den Flur, wodurch die Bilder an den Wänden zu zittern begannen, und riss die Haustür auf.

Fabien, der sie vom Wohnzimmer aus gehört hatte, trat wenige Sekunden später ins Freie.

Claire und Joscha hatten Andris im Arbeitszimmer entdeckt und kamen mit ihm nach.

Wini stand draußen ohne Jacke und fror. Suchend schaute sie in den Himmel.

Seit Tiberius fort war, hatte sich das Wetter reguliert. Zwar war es kalt, aber der Sturm hatte sich verzogen. Seichte Wolken zogen am Himmel und es war leicht diesig.

Alwara kam als ein kleiner, dunkler Punkt immer näher auf sie zu. Sie raste. Kaum hatten sie sie entdeckt, kreiste sie auch schon über dem Haus und setzte zur Landung an. Auf Winis Arm kam sie zur Ruhe. Durch ihre Flügelschläge wirbelten Winis Haare wild auf.

»Ihr habt euch ein ganz schön kaltes Fleckchen Erde ausgesucht. Uuuh!«, sagte Alwara mit ihrer warmen, sanften Stimme. Sie schüttelte ihr braungraues Gefieder, auf dem winzig kleine Wassertröpfchen saßen. Seidig schimmerte es im Licht. »Meine Lieben, schön euch wiederzusehen.«, begrüßte sie die Freunde und sah jeden Einzelnen mit ihren durchdringenden, gelbbraunen Augen an.

Wini sah zufrieden zu ihr. Sie freute sich, sie bei sich zu haben.

Alwara ging Wini bis zu den Schultern. Ihre Krallen hatte sie fest um ihren Unterarm geschlossen, ohne sie jedoch zu verletzen. – Eine Besonderheit. Gewöhnliche Falken hätten Winis Arm mit ihren scharfen Krallen böse verletzt.

»Alwara, wenn du nichts dagegen hast, würde ich vorschlagen, wir gehen hinein?«, sprach Andris sie an.

Alwara nickte und sie gingen ins Haus.

Claire, die neben Wini ging, wurde von Alwara währenddes beäugt.

»Claire, mein Liebes, wie geht es dir?« Alwara wusste selbstverständlich von ihrer Verletzung.

»Gut.« Claire bemerkte sogleich Alwaras kritischen Blick und korrigierte sich. »Besser. Es wird.«

Die Freunde versammelten sich im Wohnzimmer. Wini setzte Alwara auf der Lehne einer der Sessel am Fenster ab und setzte sich dann selbst ihr schräg gegenüber auf die lange Couch, auf der Claire, Joscha und Fabien Platz genommen hatten.

Andris setzte sich in den zweiten Sessel neben Alwara. »Wie geht es dir?«, begann er.

Prüfend sah sich Alwara um. Sie wollte in erster Linie sichergehen, dass mit den Freunden alles in Ordnung war. »Mir geht es gut, danke. Ein rasanter Flug … Natürlich habe ich die Energieströme genommen. Ich komme wie ihr von Petschora.«

Wini sah das aufgeregte Glitzern in Alwaras Augen. Sie wusste wie sie zu ihnen gekommen war. – Wenn Alwara die Energieströme nutzte, sprang sie nicht, sondern flog hinein und nutzte dann die Druckwelle, die sie nach vorne trieb, um noch schneller zu werden. Der Grund, warum sie eben so schnell angeflogen kam.

»Nun aber zu euch. Ich hoffe, ihr seid wohl auf?«

Die Freunde nickten einstimmig.

»Schön. Dann lasst uns zum Grund meines Besuches kommen. Wie ihr wisst, arbeite ich weiterhin für den Rat. Er schickt mich, um euch und den anderen von den Neuigkeiten zu berichten. Aber vorab möchte ich euch liebe Grüße von Norwin bestellen. Ich habe ihn kürzlich getroffen, als er einem seiner neuen Schüler die Räumlichkeiten des Rates sowie die angrenzenden Büros und die Bibliothek gezeigt hat. Er wirkte müde, aber ansonsten geht es ihm gut. Er wird ja auch nicht jünger.«, berichtete Alwara mit einem Augenzwinkern, denn Norwin war dreihundert Jahre alt und sie selbst noch älter.

»*Angrenzende Büros?*«, kam Claire ins Grübeln, »*Und eine Bibliothek? Interessant! Und schön, dass ich die gezeigt bekommen habe.*«

»Hast du auch eine Nachricht von Amartus für uns?«, interessierte Andris. Er wirkte ernster als in den vergangenen Tagen, beherrschter.

»Amartus? Nein. Wohl aber weiß ich, dass es ihm gut geht. Zum Glück! Er ist gestern mit einigen Alten knapp einem Angriff in Mexiko entkommen.«

»Schade.«

»Soweit ich gehört habe, plant er, in ein paar Tagen den Rat zu besuchen. Vielleicht macht er dann einen Abstecher zu euch. – Nun gut, jetzt aber zu meinen Nachrichten. Als Erstes möchte ich euch berichten, dass die Livonten sich um den Raum der Energieströme sorgen. Sie haben Bedenken, dass er weiter an Kraft verliert und wir ihn deshalb irgendwann nicht mehr nutzen können.«

»Aber jetzt wo –«, setzte Wini an und formulierte noch einmal neu. »Tom hatte zwar einen Einfluss auf den Raum. Aber jetzt. Es kann doch eigentlich gar nichts mehr passieren. Die anderen Aperbonen merken ja auch nichts mehr. Im Gegenteil, Fabien zum Beispiel wird als Lyncis stetig besser.«

Joscha versuchte, dies zu erklären. »Das liegt wahrscheinlich daran, dass der Stein, der die für uns gedachten Energien bereithält, weiter Energie an uns abgibt. Und wir müssen berücksichtigen, dass Tom uns und unsere Steine verschont hat. Ich denke, das ist ein Vorteil der menschlichen Aperbonen, dass wenn der Stein keinen Schaden – natürlich in Anführungszeichen – durch Tom genommen hat, er uns weiter von seiner Kraft gibt. Was im Endeffekt den Schluss zulässt, dass der Raum der Energieströme auch nicht schwächer werden dürfte. *Im Übrigen!*« Joscha änderte plötzlich seine Stimmlage und klang amüsiert. »Ich kenne da jemand, eine gewisse Portwächterin, und Andris wird mir sicherlich zustimmen, die die Lage des Raumes sehr gut beurteilen könnte.«

Andris riss entgeistert die Augen auf.

Joscha machte fröhlich weiter. »Wie ich weiß, hatte Tom zwar einen Einfluss auf ihre Fähigkeiten, aber nur in geringem Maße. Andris, möchtest du sie nicht fragen?«

Claire, Wini und Fabien guckten Joscha und Andris abwechselnd mit fragendem Blick an. Joscha hätte sich nicht besser amüsieren können, Andris schien geladen.

»Was läuft denn hier ab ...?«, wunderte sich Claire. *»Warte mal ... da war doch was gewesen ... Hat Jeanne nicht mal erzählt, Andris hätte ein Verhältnis mit jemand Älterem gehabt ... Oh! Ich hoffe, Joscha ist nicht zu weit gegangen.«*

Andris warf Joscha einen bitterbösen Blick zu und schaute dann mit zusammengebissenen Zähnen zu Boden. Er musste sich sichtlich zusammenreißen. Joscha war eindeutig zu weit gegangen.

Wini versuchte, das Unheil, das drohte, abzuwenden. »Wie dem auch sei, ich denke nicht, dass der Raum weiter schwächer wird. Vielleicht sind die Livonten gegenwärtig nur zu besorgt.«

»Das mag sein.«, stimmte ihr Alwara zu, die das Schauspiel der junge Leute gelassen beäugte. »Was ich aber eigentlich damit sagen wollte. Verlasst euch nicht auf sie. Wie ihr wisst, gibt es einige Portale nicht mehr und die Energieströme sind auch schwächer. Haltet euch also, wenn möglich, stets etwas in der Hinterhand.«

»Wir versuchen's.«, versprach Wini.

»Alwara, welche Nachrichten hast du noch für uns?«, fragte jetzt Fabien, der, wie Claire bemerkte, eine Gänsehaut auf den Unterarmen hatte und dessen Pupillen sich stark weiteten. – Scheinbar reagierte der Lyncis in ihm auf Alwara.

»Uns ist aufgefallen, dass zu Beginn die Angriffe der Pravalben gezielter stattfanden. Jetzt wirken sie unkoordinierter, was wir natürlich auf unsere Abwehr zurückführen und darauf, dass sie allmählich unruhig werden. Sie haben wahrscheinlich gedacht, sie könnten uns schneller bezwingen.« Alwara schmunzelte in sich hinein.

»Das gibt Hoffnung. Vielleicht sind sie es bald leid. Ewig können sie uns nicht mit voller Power angreifen. Über kurz oder lang werden sie sich selbst vermutlich mehr schaden als uns, und das muss ihnen auch klar sein.«, erwiderte Wini.

»Darauf hofft der Rat.«

Andris, dessen Puls sich normalisiert hatte, seine Faust hatte sich gelockert und seine Halsschlagader trat nicht mehr so weit nach außen, blickte auf und versuchte sich am Gespräch zu beteiligen. »Hast du etwas über Jeanne erfahren?«

»Leider, nein. Ich habe mit einigen Wissenden gesprochen, die ein weitläufiges Informationsnetz haben; es gibt keinen einzigen Anhaltspunkt. Tiberius, den ich übrigens zufällig in Irland getroffen habe, hat bislang auch nichts in Erfahrung bringen können. Es ist erstaunlich, wie sie es so geheim halten können.«

»Die Frage ist doch, wozu das Ganze?!«, meinte Claire.

»Okay, Cornelius Jakobs will sich rächen. Aber sich dann noch nicht einmal auf irgendeine Weise bei Tiberius bemerkbar zu machen, so in der Art: *Das hast du jetzt davon!*, ist merkwürdig.«

»In der Tat.«, nickte Alwara.

»Cornelius Jakobs ist ein verstörter alter Mann!«, wetterte Andris drauf los. Scheinbar ließ Andris seine schlechte Laune jetzt an diesem Thema aus. »Tiberius hat recht, er ist wirklich die Pest. Der kann froh sein, dass noch keiner von uns versucht hat, ihn in die Finger zu kriegen. Niklas hätte schon längst kurzen Prozess mit ihm gemacht. Ohne Fähigkeiten sähe der ganz schön alt aus.«

»Ich hoffe bloß, Tiberius lässt sich nicht entmutigen.«, sorgte sich Wini.

»Tiberius doch nicht.«, winkte Claire kopfschüttelnd ab.

Joscha, der eigentlich auch gerne etwas dazu beigetragen hätte, schwieg. Er hatte mittlerweile erkannt, dass er die unsichtbare Grenze von Andris überschritten hatte, und wollte sich später in Ruhe bei ihm entschuldigen.

Andris dagegen versuchte, ihn zu ignorieren. Er schaute mit festem Blick zu Claire und Wini, damit er ihn nicht ansehen musste.

»Meine Lieben, eine Neuigkeit habe ich noch für euch. Etwas Erfreuliches!«, versuchte Alwara, ihre Aufmerksamkeit zurückzugewinnen. »Wie ihr wisst, fand kürzlich die Wahl unseres neuen Ratsmitglieds statt, und die Wahl fiel auf Friedrich Mogensen. Er wird das Amt für die nächsten zehn Jahre bekleiden. Friedrich hat sich gegenüber drei Mitbewerbern durchgesetzt. – Ich muss natürlich gestehen, die Bedingungen waren andere als üblich: Der Zeitraum für die Stimmabgabe war kürzer und auch konnten nicht alle Aperbonen ihre Stimme abgeben, ihr zum Beispiel.«

»Ich hätte gerne gewählt.«, bemerkte Wini.

»Ich auch.«, bekräftigte Claire.

»Creszentia, Quintus, Igor und Richard sind mit der Wahl sehr zufrieden. Er war insgeheim auch ihre erste Wahl. Danach kam für mich Massimo Ruffini. Er hat jedoch immer so eine aufbrausende Art, und ich glaube, in der jetzigen Situation wünschen sich alle mehr Beständigkeit, die Friedrich mitbringt.«, erzählte Alwara. »Ich hoffe, mit unserem neuen Ratsmitglied wird einiges besser. Die Menschen mögen ihn. Er strahlt Zuversicht und Wärme aus. Ferner werden die Menschen ihm sich gerne anvertrauen. Er ist ein Gegensatz zu Cyrillus, der, nun ja, oft sehr ernst und leicht herrisch wirkte.«

Beim Namen Cyrillus, dem vorherigen Ratsmitglied, der sich den Pravalben angeschlossen und sie verraten hatte, verengten sich Alwaras Augen.

Claire überlegte. »Ich habe gar kein Bild von Friedrich Mogensen vor Augen. Ich bin gespannt, ihn kennenzulernen.«

»Ich kann dich trösten. Ich weiß auch nur das Gröbste über ihn. Und mit ihm gesprochen, habe ich ebenfalls noch nie.«, erklärte Wini.

»Ich kenne ihn, aber nicht gut genug, um mir ein wirkliches Urteil zu erlauben. Amartus hat ihn mir vorgestellt. Er ist nett.«, meinte Fabien.

Andris hatte sich wieder beruhigt und klinkte sich ein. »Er ist wirklich ein netter Mann. Er hört gut zu. Ich kann Alwara nur beipflichten. Wenn man mit ihm redet, hat man das Gefühl, dass er wirklich zuhört und die Sachen ernst nimmt.« Andris wandte sich Alwara zu. »Und, was sagt er selbst?«

»Er ist über die Maßen glücklich, dass die Wahl auf ihn gefallen ist. Er ist zuversichtlich, was die Zukunft angeht. Und *das* brauchen wir jetzt!«

Claire dachte derzeit über den Rat nach und sie fragte sich, warum gerade Creszentia und Quintus von den Livonten erwählt wurden, zumal ihr Amt für ewig war. »Alwara? Sag mal, warum wurden eigentlich damals von allen Livonten Creszentia und Quintus auserwählt?«

»Eine gute Frage. Der Grund ist, von allen Livonten können die beiden am intensivsten eine Verbindung mit den Menschen aufnehmen. Lapidar ausgedrückt, sie sind am ehesten mit euch auf einer Wellenlänge. Was sehr wichtig ist für den Einklang in unserer Gemeinschaft.«

»Mmh ... Na ja, mit Serafina und Radomil fühle ich mich mehr verbunden.«, dachte Claire. »Quintus und Creszentia sind mir manchmal zu kühl. Sie sind so einschüchternd. – Nun gut, dies müssen sie schließlich für ihr Amt sein ... Hm. Von Serafina habe ich schon so lange nichts mehr gehört und Radomil ist auch wie vom Erdboden verschluckt. Es wäre schön, mit ihnen über das Ganze zu reden. Außerdem frage ich mich, wie es ih-

nen geht. Manche Livonten sind geschwächt, blasser. Hoffentlich geht es ihnen gut ... Vielleicht hätten sie auch einen Rat bezüglich Jeanne ... Ganz davon ab, frage ich mich, ob Leander, Jeannes Schutzpatron, wirklich nichts tun kann ...«

Andris kam zum eigentlichen Thema zurück. »Nun, da die Wahl abgeschlossen ist. Wird bald eine Versammlung stattfinden?«

»Ein fester Termin steht noch nicht. Der Rat will abwarten. Er erhofft sich, dass es bald ruhiger wird und dann eine Versammlung mit allen möglich ist.«

»Ja aber, dafür muss etwas geschehen. Ich glaube kaum, dass die Pravalben mir nichts dir nichts aufgeben.«, machte Fabien deutlich.

»Du hast natürlich recht. Der Rat hat Pläne. Geduldet euch!«

»Dadurch, dass momentan keine Versammlungen einberufen werden, herrscht viel Unruhe in unseren Kreisen. Man hört viel Hörensagen und das beunruhigt. Es verwirrt die Leute und Hoffnung macht es auch nicht.«, kritisierte Fabien vorsichtig.

»Ich weiß. Darum reise ich häufig und versuche, so viele Aperbonen zu erreichen, wie es eben geht, um ihnen persönlich die Nachrichten zu überbringen. Meine eigenen Erfahrungen teile ich dann dem Rat mit. Ich gebe zu, es ist müßig.« Ein Hauch Niedergeschlagenheit lag in Alwaras Stimme.

»Du tust dein Möglichstes.«, versuchte Wini sie aufzumuntern. »Wir schätzen sehr, was du für uns tust.«

»Danke ...« Alwara blickte gleich zuversichtlicher. »Meine Lieben, es wird Zeit, weiterzuziehen.«

»Schon?« Wini war enttäuscht.

»Ja, auch wenn ich nur ungern gehe, denn ich muss heute noch viele Menschen erreichen.«

Die Freunde standen auf und begleiteten Alwara nach draußen.

»Selbstverständlich halte ich meine Augen und Ohren offen was Jeanne anbelangt. Sobald ich nur den kleinsten Hinweis vernehme, werde ich es euch wissen lassen.« Alwara sah durch die Runde. »Gebt acht aufeinander! Und seid nicht zu übermütig. Ihr habt alle ein mutiges Herz, nur übertreibt es nicht. Auf bald!« Alwara breitete ihre Flügel aus. In Sekunden stieg sie auf und verschwand in den grauen Wolken, die wieder aufgezogen waren.

Zurück im Haus setzten die Freunde sich erneut ins Wohnzimmer.

»Schade!«, seufzte Wini. »Früher hatte sie so viel Zeit für uns, und heute.«

»Jetzt sind wir ja auch erwachsen!«, scherzte Claire, »Und andere brauchen Alwaras Hilfe nun mal mehr. Im Übrigen, siehst du Norwin irgendwo?« Damit brachte sie Wini zum Lächeln.

Andris, wie war es anders zu erwarten, war ernst. »Dass die Wahl auf Friedrich fiel, ist echt kein Wunder.«

»Wie ist er denn so? Gerade habt ihr fast nichts über ihn gesagt, außer dass er nett ist. Beschreib ihn uns mal!«, forderte ihn Claire auf.

Andris, der ihr wie zuvor im Sessel schräg gegenübersaß, ließ sich nicht lange bitten. »Friedrich Mogensen ist, wie du bereits weißt, eines unserer älteren Mitglieder. Er ist sechzig Jahre alt. Friedrich kommt aus Belgien. Er ist verheiratet, wobei seine Frau im Pflegeheim lebt. Sie ist um einiges älter als er.«

»Und wie sieht er aus?«

»Er ist ein Sympathieträger. Er ist kleiner als wir alle, schmächtig und hat ein langes, schmales Gesicht. Es ist sehr markant.«

Jetzt mischte sich Fabien ein und schmückte das Ganze zusätzlich aus. »Sein Gesicht gibt's nur einmal auf der Welt. Obwohl, er erinnert mich immer an James *in Alt*. Er hat so markante Wangenknochen. Ich denke, daran liegt's. Außerdem hat er was von einem Opa, weil er graues, schütteres Haar hat. Er sieht alt aus für sein Alter. Dafür trägt er recht moderne Kleidung. Als einen Langeweiler kann man ihn also nicht bezeichnen.«

Wini, die neugierig war, konnte sich die eine bestimmte Frage nicht verkneifen. »Kennt ihr seine Fähigkeiten?«

»Na, ob wir dir das verraten sollten ...«, foppte Fabien sie.

Andris schmunzelte kurz.

»Wenn du es mir nicht verrätst, tut's Joscha.«, blaffte sie zurück.

Joscha war weiterhin still. Er schaute auf sein Armband, in seinen meeresblauen Stein. Er grübelte und schaute nur kurz zu Wini, dann zu Fabien.

»Okay, wenn du es unbedingt wissen möchtest.« Fabien machte eine dramatische Pause, sodass Wini genervt die Augenbrauen lüftete. »Er hat die Fähigkeit, seine Stimme zu verändern. Er ist wie eine Art Stimmenimitator. Aber nicht nur ein Imitator, er kann auch ganz neue Stimmen kreieren.«

»Er ist ein *Delusonist*.«, korrigierte ihn Joscha schulmeisterhaft, sparte sich dann aber einen weiteren Kommentar.

»Nicht schlecht ...!«, staunte Wini.

»Was mich außerdem interessieren würde, was hat Friedrich vorher gemacht?«, wollte Claire erfahren.

»Soweit ich weiß, hat er Psychologie studiert.«

»Ja.«, bestätigte ihnen Andris. »Vor Jahren hatte er mal eine Praxis. Deswegen ist er von einem so großen Wert für die Aperbonen, weil er normal unter den Menschen gelebt hat.«

»Lass mich raten, wieder einmal ein Sonderfall?!«, schmunzelte Claire.

Andris zuckte nur mit den Schultern.

»Was ich viel spannender finde, dass er einen *eigenen* Wissenden hat, und zwar schon ewig.«, berichtete Fabien.

»Ach was?«, stutzte Wini, denn normalerweise verließen die Wissenden ihre Schüler, wenn deren Ausbildung abgeschlossen war, und halfen neuen, sich zurechtzufinden, wie eben Norwin und Alwara.

»Teutward heißt er.«, ergänzte Andris. »Er ist eine Libelle. Eine sehr große, unruhige, *hektis*che Libelle und irgendwie klebt er förmlich an Friedrich.« Andris verzog missfallend das Gesicht. Sein typisch arroganter Blick kam zum Vorschein.

»Darüber hinaus, Teutward ist natürlich sehr alt, bei Weitem nicht so alt wie Alwara, aber zweihundert Jahre wird er auf dem Buckel haben.«

»Und das sieht man ihm auch an! Er sieht schrumpelig aus.«, erklärte Fabien. – Claire schaute ihn schief an. Wie sollte eine Libelle schrumpelig aussehen? – »Na ja, nicht richtig schrumpelig. Angeschlagen, nicht mehr so frisch, würde ich sagen. Er hat zum Beispiel einen Knick in seinem linken Vorderflügel.«

Wini und Claire glucksten.

»Was mich ehrlich wundert …«, begann Andris und lenkte damit das Thema in eine andere Richtung. »Der Rat kann doch nicht wirklich glauben, dass durch Friedrich alles besser wird. Klar, er hat einen guten Draht zu Menschen, was dem Rat über lange Sicht nützt, aber er wird, was die Pravalben angeht, auch nichts aus dem Ärmel zaubern. Und davon auszugehen, dass sich bald alles von selbst beruhigt, ohne dass irgendjemand etwas unternimmt. Na ja, das halte ich mal für ziemlich leichtgläubig und gefährlich.«

»Jeep! Zum Glück haben wir Leute wie Amartus, die das genauso sehen und die vor allem gehört werden, sodass sie Einfluss nehmen können.«, merkte Fabien an.

»Ich bin gespannt, was der Rat für Pläne hat. Alwara hat ja so was angedeutet. Viel erwarte ich nicht.«, schnaubte Andris.

Die Freunde diskutierten noch lange weiter, über den Rat, deren Möglichkeiten und was die Zukunft mit Friedrich bringen könnte. Eines war allen klar, darauf zu warten, dass etwas geschah, nutzte nichts. Sie wollten handeln, sobald sie von Amartus hörten. Denn wenn der Rat schon nichts unternahm, dann wenigstens sie.

Am Abend machten Claire, Wini und Joscha es sich auf der großen Couch im Wohnzimmer bequem. Draußen war es bereits stockfinster, im Inneren herrschte ein dämmriges Licht. Sie hatten die Öllampen angezündet, die überall im Haus zu finden waren, und Joscha hatte den Ofen geheizt. Es war angenehm warm.

»Ich bin froh, dass ihr euch vertragen habt.«, sagte Claire.

»Na ja, was nicht wirklich was heißt. Andris meinte zwar, die Sache wäre gegessen, aber trotzdem nimmt er mir das jetzt bestimmt noch ein paar Tage krumm. Tja … ich hätte wohl einfach meine Klappe halten sollen.«

»Er beruhigt sich schon wieder. Außerdem kann er dir gar nicht lange böse sein.«, redete ihm Claire gut zu.

»Jetzt, wo die Katze praktisch aus dem Sack ist. Was *genau* steckt eigentlich dahinter, beziehungsweise wer, hm?«, forderte ihn Wini auf.

»Sorry, Ladies, aber das geht nun wirklich nicht. Ich habe versprochen, nichts zu erzählen, und dabei bleibt's.«

Wini schmollte. »Du bist so ein Spielverderber!«

»Aber was eine Portwächterin kann, das kannst du uns doch erzählen?«, bat Claire.

Joscha überlegte. »Okay, das geht in Ordnung. Also, eine Portwächterin oder ein Portwächter kann zum Beispiel Portale ausfindig machen. Wenn wir nicht wüssten, dass es bei mir eins im Wintergarten gäbe, dann hätten wir es selbst ja nie gefunden. Ein Portwächter schon. Und natürlich die Livonten. Zudem können sie Portale verschieben, reparieren und neue erschaffen, natürlich immer abhängig davon, wie mächtig sie sind. Eine Besonderheit ist auch, dass sie sich ähnlich wie die Livonten im Raum der Energieströme bewegen können.«

»Cool! Dann könnte sie ja. – Ach ne … Ich dachte gerade, dann könnte sie vielleicht einige Portale reparieren oder eben neue erschaffen. Aber sie wird bestimmt durch Tom geschwächt sein.«, überdachte Wini.

»Vermutlich. Wissen tue ich's nicht. Andris hat zwar weiterhin noch – Andris wird es wissen.«

»Also Andris hat immer noch Kontakt zu ihr. Mmh … ist die Frage, ob er dann wirklich über sie hinweg ist? Ansonsten hätte er vorhin auch nicht so reagiert. Hm?«, grübelte Claire.

»Wie dem auch sei.«, fügte Joscha an. »Ich werde ja sowieso nicht mehr ins Vertrauen gezogen. Seit Fabien dabei ist, hocken die zwei ständig aufeinander. Mir erzählt Andris fast gar nichts mehr.«, bemitleidete er sich selbst.

»Ach, der arme Joscha! Wer wird denn da direkt eifersüchtig.«, zog ihn Claire auf und strubbelte ihm mit beiden Händen kräftig durch die Haare.

»Na warte!« Joscha stürzte sich auf sie. Claire landete rücklings auf der Couch. Er packte ihre Hände und drückte sie hinter ihren Kopf, sodass sie sich nicht mehr rühren konnte.

Claire hätte sich mithilfe des Changings mit Leichtigkeit befreien können, doch dies tat sie nicht. Sie schmunzelte und schaute ihn herausfordernd an.

»*Das* klären wir später.« Joschas Blick blieb auf Claires Lippen hängen, dann wanderte er tiefer.

Wini räusperte sich.

Joscha sah sich blitzartig um.

»Oh Gott, Joscha!« Wini kniff die Augen zusammen und streckte abwehrend die Hände in die Luft.

»Waaas?«

»Guck wo anders hin, aber nicht zu mir, wenn du an … *das* da denkst!« Wini hatte all das in Joschas Augen gesehen, an was er gerade dachte.

Joscha musste unweigerlich glucksen. »Ich wusste gar nicht, dass sich deine Fähigkeit auch auf *diesen Teil* ausgeweitet hat?«

»Wie es aussieht schon.«, antwortete sie zerknirscht.

Claire verkniff sich einen Kommentar vor den beiden. *»Möchte ich wissen, was Wini gesehen hat? Nein! Ohhh …«*

Da Joscha das Ganze nun doch ein wenig befremdlich fand, ergriff er die Flucht. »Na ja, ich werd' dann schon mal nach oben gehen … Wie ich euch kenne, quatscht ihr noch was. Nacht, Wini, schlaf gut!« Joscha erhob sich und verließ die beiden.

»Du auch.«

»Bis gleich.«, verabschiedete sich Claire kurz.

Als Joscha aus der Tür verschwunden war, musste Wini grinsen. »Na ja, ihr habt jedenfalls euren Spaß.«

Claire schaute kurz ins Leere und schmunzelte, um sie zu ärgern, und guckte dann zu ihr. Mit einem gedehnten »Jaaa!« antwortete sie.

»Jetzt fang du nicht auch noch an!«, nörgelte Wini und schaute zerknirscht.

Claire wusste, sie machte nur Spaß, denn in Winis Augen tanzten dunkelblaue Flammen. Zum anderen wusste sie, an was sie auf keinen Fall gedacht hatte. Beide kicherten.

»Ganz schön blöd gelaufen, dass mit Joscha und Andris. Tja, Joscha hat's diesmal echt übertrieben.«, begann Claire nach einer kurzen Pause.

»So was passiert. Jeder tritt mal ins Fettnäpfchen. Ganz davon ab, Joscha hat recht mit Andris, dass sie nicht mehr so viel gemeinsam machen. Andris hängt die ganze Zeit mit Fabien zusammen.«

»Sie haben einfach viel gemeinsam. Beide sind Waisen. Ich glaube, das schweißt sie zusammen. Auch wenn sie eigentlich eine Familie haben. Andris hat Amartus und Fabien seine Stiefeltern.«

»Wahrscheinlich ... Was ich doof finde, dass bei beiden mein erweitertes Flammenauge nicht funktioniert.«

»Wenn du es bei mir versuchst, funktioniert es auch nicht immer.«, erinnerte Claire sie. »Im Moment klappt es bei den Pravalben halt besser als bei uns, und *das* ist viel wichtiger. Überflüssig zu erwähnen, dass Übung den Meister macht.«

»Ja, leider.«, seufzte Wini, lehnte ihren Kopf an Claires Schulter und gähnte.

Claire gähnte ebenfalls.

Im gleichen Moment kam Fabien ins Wohnzimmer. »Ach ne, zwei Schlafmützen!«

»Überhaupt nicht!«, protestierte Wini mit glasigen Augen.

Fabien setzte sich zu ihr.

Claire stand dafür auf. »Was mich betrifft, schon.« Sie streckte sich. »Ich wünsche euch eine gute Nacht.« Claire knetete sich schläfrig durch ihre lockigen Haare und ließ die beiden allein.

»Schlaf gut!«, antworteten Wini und Fabien im Chor.

Im Flur war es weitaus dämmriger als im Wohnzimmer und es war unheimlich. Der Holzboden knarzte unter Claires Füßen, Schatten lagen an der Wand und es war kühl. Der Geruch von altem Haus stieg ihr in die Nase. Claire versuchte, dies zu ignorieren, und machte sich auf in ihr Zimmer. Auf der Treppe hinauf zur oberen Etage hörte sie plötzlich ein metallenes Klacken. Reflexartig sah sie sich um und lauschte. Sie hörte Schritte, langsame Schritte. *»Es ist alles in Ordnung, Claire. Reg dich ab!«*, redete sie sich selbst gut zu, und wusste irgendwie auch, dass es stimmte. Claire wartete. Prüfend schaute sie sich um.

Aus Richtung der Küche kam Andris. Er stoppte, als er sie bemerkte. Sein Gesichtsausdruck wandelte sich schlagartig. Mit verkniffener Miene sah er sie an.

Claire wollte ihn gerade freundlich grüßen, als er das Gesicht verzog. Das fröhliche »Hi« blieb ihr im Halse stecken. »Gute Nacht.«, war das Einzige, was sie sagte. Zum Glück hatte sie sich so weit unter Kontrolle, dass sie ihn nicht gleich anblaffte. Ihre Stimme gab nichts preis. Sie drehte sich um und setzte ihren Weg fort. *»Er guckt mich an, als hätte ich ihn bloßgestellt und nicht Joscha. Typisch!«*

»Claire!«, rief er ihr leise hinterher.

Noch einmal sah sie sich um.

Andris wirkte argwöhnisch, als würde er sich über etwas ärgern. Dann sagte er mit ruhiger Stimme, »Ich wünsche dir auch eine gute Nacht.« Nur kurz schaute er zu ihr auf, griff fester nach seinem Buch, das er bei sich trug, und verschwand ruhigen Schrittes im Flur zum Wohnzimmer.

Claire seufzte und setzte ihren Weg fort.

5

Claire atmete ruhig, aber ihr Herz raste. Sie legte die Finger-
spitzen auf seinen Nacken, fuhr kurz durch seine dunklen
Haarspitzen und küsste ihn auf seine muskulöse Schulter.
Claire trat hinter ihn und küsste ihn nun ganz leicht auf sein
Schulterblatt. Ihre Sicht war verschwommen. Wie durch einen
Nebel nahm sie alles war. Wo sie war, wusste sie nicht, sie sah
nur ihn. Langsam fuhr sie mit einem Finger seinen Rücken hi-
nunter. Ihr Blick folgte ihrem Finger, unter dem die Muskeln zu
zucken begannen und sich anspannten. Claire holte zittrig Luft.
Eine warme, kräftige Hand griff nach der ihren, die sanft auf
seiner Schulter lag, und er drehte sich um.
Es war Andris.

Claire wachte augenblicklich auf. Sie saß kerzengerade im
Bett. »Shit!«, fluchte sie leise.

Um sie war es stockfinster, sogleich setzte die Träne des
Nachtfalken ein. – Die Träne des Nachtfalken war ein Essenzi-
kum, das sie in Prag von Amartus erhalten hatte und dessen
Wirkung ihr ganzes Leben anhalten sollte. Vor ihr sah sie alles
in Form türkisfarbener Schatten und Umrisse. Die blauen Li-
nien schimmerten, fluoreszierten. Kein Detail entzog sich ihrer
Sicht. Claire sah sogar noch klarer als tagsüber, weil nur das
Schwarz der Dunkelheit und das helle Blau ihre Sinne reizten.
Keine bunten Farben, die sie ablenkten.

Claire schaute zur Seite.

Joscha schlief tief und fest.

Auf dem Nachtisch sah sie neben Amalias Schatulle ihren
Sielulintu liegen; ihren Traumwächter, einen kleinen, hölzer-
nen Vogel, den sie von ihrer Freundin Carolina in Finnland geschenkt bekommen hatte. »Heute hast du eindeutig nicht auf

mich aufgepasst.«, brummelte Claire, rieb sich die Schläfen und fuhr dann ihren verschwitzten Nacken entlang. Claire war zu warm. Sie schob die dicke Daunendecke beiseite und stieg aus dem Bett. Gleich darauf zog sie ihre lange Wollstrickjacke über und verließ das Zimmer. Nur mit T-Shirt, ihrer Minishorts als Schlafanzughose, der Wolljacke, die ihr fast zu den Knien reichte, und ihren dicken Wollsocken an den Füßen machte sie sich auf in die Küche. Da Claire mithilfe der Träne des Nachtfalken ausgezeichnet sah, bemühte sie sich erst gar nicht, eines der Öllichter zu entzünden. Mit Bedacht ging sie über die harten, knarzenden Holzdielen, um niemand aufzuwecken. »Gott, wie kann man nur so bescheuert sein! Warum träume ich denn *so was*?!« Claire schüttelte über sich selbst den Kopf. »Da hätte ich ja gleich von Zombies träumen können.«, murmelte sie.

In der Küche setzte Claire Wasser für Tee auf. Da es einen Brunnen am Haus gab, hatte sie wenigstens fließend Wasser. Den Ofen musste sie mit weiteren Holzscheiten nachheizen. Noch immer grübelte sie darüber nach, wie sie bloß so einen Unsinn hatte träumen können.

Claire merkte nicht, wie sich ihr jemand näherte.

»Was zum Teufel machst du um diese Uhrzeit hier?«, fragte sie plötzlich eine bekannte Stimme.

Claire schreckte zusammen.

Ein Licht entzündete sich und hüllte den Raum in einen dämmrigen Schein. Kaum eine Sekunde später hatten sich Claires Augen umgestellt und sie sah wieder normal.

Claire ließ frustriert die Schultern sinken, drehte sich aber nicht um. »*Heute bin ich wirklich gestraft. Warum er, warum jetzt? Ah!*« Tief atmete sie durch, um sich nichts anmerken zu lassen. »Hab schlecht geträumt.«, antwortete sie tonlos. Sie drehte sich um und entdeckte Andris wie vermutet am Esstisch, auf dem auch die Öllampe stand.

Andris sah hellwach aus. Trotzdem, er musste zwischenzeitlich geschlafen haben, seine Haare waren wild zerzaust. Er hatte seine Brille auf und ein Buch auf den Tisch gelegt. Er konnte also auch nicht schlafen.

Claire sah ihn zerknirscht an, was vielmehr ihr selbst galt als ihm.

Reflexartig nahm Andris seine Brille ab, ein Modell mit schlichtem schwarzen Gestell, und steckte sie in seine lange Schlafanzughose. Am Oberkörper trug er nur ein weites, weißes Unterhemd.

Augenblicklich fiel Claire ein, wie sie aussah. *»Na, toll! Zum Glück habe ich wenigstens meine Wolljacke drüber gezogen.«* Da sie es im Moment vermeiden wollte, ihn anzusehen, drehte sie sich wieder um. »Willst du auch 'nen Tee?«, bot sie ihm ein wenig genervt an.

Andris kam zu ihr und holte ohne Aufforderung zwei Tassen aus dem Schrank und Apfeltee, seinen Lieblingstee.

Claire starrte auf den Wasserkessel auf dem Herd. Da der Kessel nicht gerade auf der Öffnung über dem Feuer saß, sah sie die Flammen im Inneren des Herdes lodern. Die Hitze des Ofens wärmte sie angenehm. Ihre Gedanken begannen zu ihrem Traum zurückzuschweifen. *»Stopp!«*, bremste sie sich selbst. *»Ich bin bescheuert! Ich bin wirklich bescheuert ...«*

»Und, was machst du hier?«, fragte sie schnell hinterher, um sich abzulenken.

»Ähm, bin wach geworden und konnte nicht mehr schlafen.«

Der Wasserkessel pfiff nun und Claire schenkte ihnen Wasser ein.

Andris stand direkt neben ihr. Er nahm den Zuckerbecher, gab ihr zwei Löffel Zucker in den Tee und sich selbst einen. Dann rührte er um. »Stimmt doch, oder?« Er nahm seine Tasse und ging zum Esstisch. Dort setzte er sich.

»Danke.«, antwortete Claire kaum hörbar und setzte sich schräg hinter ihn auf die Arbeitsplatte – weit genug entfernt, wie sie meinte.

Andris drehte seinen Stuhl ein Stück, damit sie ihm nicht im Rücken saß und er sich besser mit ihr unterhalten konnte.

Die ganze Zeit über hatte Claire ihn nicht wirklich angesehen, jetzt schaute sie ihm direkt ins Gesicht. Zu ihrer Überraschung sah Andris entspannt, fast fröhlich aus.

Beide schwiegen zunächst.

Claire nippte an ihrem Tee und stellte fest, er war noch nicht durchgezogen – wie auch nach einer halben Minute?! Sie nahm das Papierende am Bändchen vom Teebeutel und zog es im Kreis, sodass der Teebeutel Bahnen in ihrer Tasse schwamm. *»Und jetzt?«*, dachte sie und spickte zu Andris.

Andris sah grübelnd auf seinen Ring, der seinen roten Stein der Livonten einfasste, und drehte ihn um seinen Finger. Er grinste, ein warmes Grinsen, als wenn er sich an etwas besonders Lustiges erinnerte. Sein Gesicht wirkte weicher, als er lächelte.

»Darf ich mitlachen?«, unterbrach Claire seine Gedanken.

»Hm? Ach … ähm. Na ja, ich weiß nicht, ob du das hören möchtest.« In Andris' Augen funkelte etwas, das Claire neugierig werden ließ.

»Ja jetzt, erst recht.«

»Okay. Ich habe gerade daran gedacht, als wir, Amartus und ich, dich vor einigen Monaten bei dir zu Hause beobachtet haben. Das war ein paar Wochen vor deinem einundzwanzigsten Geburtstag. Wir sind dir auf dem Nachhauseweg von der Uni gefolgt.«

»Echt? Warum?« Claire blieb gelassen.

»Na, um auf dich aufzupassen und um zu wissen, mit wem wir's zu tun haben natürlich.«

»Schön und gut, bloß verstehe ich nicht, was daran so lustig ist.«

»Du hast mit dir selber geredet. Du hast richtig gemurmelt. Und du warst so in Gedanken vertieft, dich hätte ein Auto anfahren können und du hättest es nicht gemerkt.«

»So bin ich halt – manchmal.«, verteidigte sich Claire.

»So *warst* du vielleicht mal. Amartus meinte damals, wir hätten ein ganz schönes Stück Arbeit vor uns. Hätte er gewusst, was du heute alles kannst, er hätte sich auf die Zunge gebissen.« Andris grinste so breit, wie sie es noch nie bei ihm gesehen hatte. »Was uns, na ja, sagen wir mal, *mir* aber sofort aufgefallen ist, dass du trotzdem alles um dich herum sehr genau wahrnimmst. Ich weiß, das klingt widersprüchlich, aber das ist es nicht. Auf deinem Nachhauseweg kanntest du dich aus, jemand Fremdes lief dir da nur selten über den Weg. Aber wenn du in der Uni, in der Stadt warst oder du dich mit jemand unterhalten hast, hast du alles und jeden sehr genau unter die Lupe genommen. Deswegen hat Amalia auch behauptet, du hättest eine gute Menschenkenntnis.«

Claire war baff. »Ihr habt mich also richtig bespitzelt.«, stellte sie empört fest.

»Primär war deine Sicherheit. Man kommt aber natürlich nicht umher, die Leute dabei zu beobachten.« Er schmunzelte.

»Das ist wirklich ein Trost.«, bemerkte sie sarkastisch.

Andris, der ihrem Kommentar nur wenig Beachtung schenkte, redete weiter. »Und ich habe noch etwas festgestellt.«, verkündete er ebenso amüsiert.

»Ich bin gespannt. Lass hören!« Claire musste sich große Mühe geben, nicht zerknirscht zu schauen.

»Du hast da so eine Eigenart. Wenn du Bonbons isst. Du hast immer diese weichen Kaubonbons gekauft, fast jeden Tag. Und jedes Mal, wenn du eins gegessen hast, hast du das Papier wie eine Ziehharmonika gefaltet und in deine Tasche gesteckt. Hast du eigentlich nicht gemerkt, dass dauernd das Papier aus deiner Jackentasche geguckt hat, weil die Tasche für das ganze Zeug zu klein war?«

Claire zuckte mit den Schultern, musste jetzt aber genauso schmunzeln. »In der Tat, ein schreckliches Vergehen. Ich weiß nicht, wie ich mich jemals wieder in der Öffentlichkeit blicken lassen kann. Und das auch noch neben so einem Mister Perfect wie dir. Tja, ich bin hoffnungslos verloren.«

»Wieso Mister Perfect?«, widersprach Andris, der scheinbar nur diese zwei Worte wirklich vernommen hatte. Solange es um Claire ging, war er gelassen, jetzt, wo er zur Sprache kam, verhärtete sich wieder sein Gesichtsausdruck und er wurde ernster.

»Wieso?! Du bist ein Musterschüler der Aperbonen. Du

wirst zum Lehrer ausgebildet und du bist viel freier in deinen Entscheidungen als wir. Und warum? Weil Amartus eben nur *dir* was zutraut. Du bist in deren aller Augen nahezu der perfekte Aperbone. Muss ich noch deutlicher werden?«

»Das ist doch Blödsinn!«

»Pah! Ist es nicht.«

Andris schnaubte. »Du solltest mal aufhören, dein Licht ständig unter den Scheffel zu stellen. Du bist nicht mehr das Mädchen, das wir bespitzelt haben. Und ich, ich bin schon lange nicht mehr der Musterschüler. Claire, du beherrschst das Changing, du bist eine der mächtigsten Aperbonen. Nicht ich oder sonst wer.«

»Nichts, worauf ich mir was einbilde.«

»Das weiß ich. Aber manchmal würde dir 'ne Portion mehr Selbstvertrauen gut tun.«

»Der versteht mich einfach nicht.«, dachte Claire. *»Ich bin kein Mensch, der ein Loblied auf sich selber singt. Ich sag nur: Hochmut kommt vor dem Fall. Und ... und bei einer Sache hat es mir auch nichts geholfen ... Tom konnte ich nicht helfen.«* Claire wurde traurig bei diesem Gedanken.

Andris sah es und versuchte, sie abzulenken. »Wie geht's deiner Wunde?«

»Hm? ... Besser, zumindest hatte ich nach unserem Training heute früh keine Schmerzen mehr und das ist schon mal was.«

»Vielleicht solltest du noch mal ein paar Tropfen des Grisildis-Essenzikums nehmen.«

»Ich weiß nicht. Ich glaube, ich muss mich einfach damit abfinden, dass weder meine Fähigkeit noch das Essenzikum mir wirklich hilft. Die Verletzung heilt jetzt eben genauso langsam wie bei einem normalen Menschen. Aber das wird schon. – Trotz dessen möchte ich trainieren.« Claire trank einen großen Schluck Tee, der mittlerweile gut durchgezogen war, und schaute Andris über den Rand ihrer Tasse erwartungsvoll an. *»Ich brauche gar nicht darüber nachzudenken, was jetzt kommt.«*

Andris runzelte über Claires letzte Worte die Stirn und ließ sich Zeit für eine Antwort. »Wenn du meinst. – Mit dir über solche Dinge zu diskutieren, bringt eh nichts.«

Das hatte Claire nicht erwartet. »Sehr gut.« Dieser Kommentar brachte ihr einen bösen Blick ein, den sie vollauf zu übersehen versuchte. »Dann kann ich auf deine Hilfe bauen?«

»Das habe ich nicht gesagt.«, brummte Andris.

»Wenn du nicht mit mir trainierst, dann tut's jemand anders.«, blaffte Claire zurück.

Andris' Stimmung wechselte, er schmunzelte triumphierend. »Diesen Umstand bezweifle ich.«

Claire begriff sofort. »Du hast mit ihnen geredet?! Stimmt's?«, empörte sie sich. »Du bist *so* unmöglich!«

Andris gluckste und verschluckte sich beinahe an seinem Tee.

»Dann trainiere ich eben allein. Mir doch egal!«, entgegnete sie patzig wie ein kleines Kind.

»Tu das! Dich selbst kannst du schließlich nicht verletzen.«

Claire seufzte entnervt.

»Claire, du weißt ganz genau, dass Amartus mich gebeten hat, auf euch und insbesondere auf dich aufzupassen. Und ich denke – wobei mir Amartus sicherlich zustimmen würde –, dass ein paar Tage mehr Ruhe dir durchaus gut tun würden. Vor allem, wenn ich an unser Training von heute Morgen denke.«

Claire erwiderte nichts, sie rutschte von der Arbeitsplatte und brachte ihre Tasse zur Spüle. *»Was soll ich dazu sagen. Claire, das kleine, liebe Mäuschen, muss mal wieder beschützt werden. Wie ich das hasse! Warum rafft er das nicht?«*

Andris stand wenige Sekunden später hinter ihr und stellte seine Tasse ebenfalls ab. Seine Gegenwart bemerkte sie sofort. Er strahlte eine gewisse Wärme aus, die sie spürte, auch wenn sie ihn nicht sah.

Claire wollte fort, allein sein. »Ich gehe wieder schlafen.« Ihre Stimme hörte sich kalt an, resignierend.

»Sollte ich auch.«

Andris nahm die Öllampe und sein Buch vom Tisch. Gemeinsam gingen sie nach oben zu ihren Zimmern. Wortlos gingen sie nebeneinander her.

Ihre beiden Zimmer lagen schräg gegenüber. Kurz bevor Andris in seinem verschwand, drehte er sich noch einmal um zu ihr. »Ich mein's nur gut, Claire.«

»Gute Nacht, Andris.«, sagte sie tonlos und schloss, den Blick zum Boden gesenkt, die Tür.

Ein Flüstern zog in dieser Nacht durch das Haus.

Sssei auf der Huuut ... Das Böööse schläft nieee ...
Sie sind nicht allein, sie sind nicht allein ...
Eeer ist die Macht ...
Sssei auf der Huuut ... Das Böööse schläft nieee ...

6

Am anderen Morgen trafen sich Claire, Wini und Fabien in der Küche zum Frühstücken. Sie saßen am Küchentisch und aßen Müsli. Wini und Claire saßen nebeneinander, Fabien ihnen gegenüber. Andris war ebenfalls dort. Er stand am Fenster und schaute hinaus. – Das Wetter hatte angezogen. Es war kälter, windiger und es schneite leicht.

»Guten Morgen!«, gähnte Joscha, der als Letzter aufgestanden war. Er ging zu Andris. »Müsli! Du isst Müsli?«

»Was anderes ist nicht mehr da.«, erklärte er.

»Ohhh … Ich vermisse Eliskas Hefekuchen, die Waffeln, das Rührei …«, nörgelte Joscha und nahm sich dann doch eine Schüssel, eh er überhaupt nichts bekam. Er und Andris blieben stehen und unterhielten sich.

Wini nörgelte derweilen über andere Dinge. »Also, ich habe echt be…scheiden geschlafen.« Wini stützte ihr Kinn auf ihrer Hand ab. Dunkle Schatten waren unter ihren Augen zu erkennen. »Ich hatte einen total merkwürdigen Traum …«

Claire hörte nur das Wort „Traum" und wurde automatisch an ihren der letzten Nacht erinnert. *»Das verfolgt mich bestimmt bis zum Sankt-Nimmerleins-Tag!«* Am liebsten hätte Claire ihren Kopf auf den Tisch fallen lassen und laut gestöhnt. Da dies nicht möglich war, schaute sie starr in ihre Müslischale. Weder Andris noch sonst wen wollte sie ansehen.

»… Es war, als wäre ich wach gewesen und durchs Haus gegangen. Hm? Es war, meine ich, Tag gewesen, aber irgendwie war alles verschwommen. Und dann ging auf einmal so ein komisches Flüstern durchs Haus. Ich habe erst gedacht, ich hätte mich nur verhört. – Allein *das* ist schon total bescheuert: Zu glauben, man verhört sich im Traum! – Na ja, jedenfalls wurde das Flüstern plötzlich deutlicher. Nur, dass es dann noch immer keinen Sinn ergab: *Sei auf der Hut.* Irgendwie so was. Und: *Das Böse schläft nie.* Und da war noch was … Ah, ja: *Sie sind nicht allein.* Ich habe das ein paar Mal gehört – wobei ich mir allerdings nicht sicher bin, ob es eine männliche Stimme war – und dann bin ich aufgewacht. Warum träumt man so einen Schwachsinn? Kann mir das einer mal erklären! Warum träume ich zur Abwechslung nicht mal von Irland, von meinem Zuhause. Nein! Nur so 'n Blödsinn.«

»Wenn Wini wüsste, was ich geträumt ha–be …« Claire stutzte. Siedend heiß wurde ihr eins klar. *»Guck sie jetzt bloß nicht an! Guck sie jetzt bloß nicht an! Hinterher sieht sie wirklich, was ich geträumt habe. Verflucht!«* Starr schaute Claire weiter auf ihre Müslischale.

Zum Glück lenkte Fabien Wini ab. »Jeder träumt schon mal so Sachen. Ich habe letztens geträumt, ich wäre beinahe in einem See ertrunken. Ich war als Lyncis unterwegs und plötzlich war ich im Wasser. Fürchterlich! Und das Verrückte daran war, ich fand das Wasser schlimmer, als dass ich plötzlich nicht mehr richtig schwimmen konnte. Wisst ihr, als Lyncis – in menschlicher Gestalt ist das natürlich was anderes – da mag ich nicht gerne ins Wasser gehen. Diese Kälte, mein Fell wird nass und schwer. Brr …« Fabien verzog angewidert das Gesicht, als erinnerte er sich genau.

Wini schmunzelte.

Auch Claire ließ sich ablenken, bis sie plötzlich Winis entgeisterten Gesichtsausdruck sah. »Wini?«

»Wini?«, fragte keine Sekunde später Fabien und schaute gleich darauf zur Seite, neben sich, dort wo Wini hinsah.

Fabien und Claire sahen es gleichzeitig.

Erschrocken sprang Fabien vom Stuhl auf.

»Joscha! Ein Guus!«, alarmierte ihn Claire.

Ihm und Andris genügte ein Blick. Sofort hatten sie die Situation eingeschätzt und kamen mit langsamen Schritten auf sie zu.

Dort, wo Fabien noch soeben gesessen hatte, schwebte nun das Guus. Wie das, welches Claire und Joscha vor einigen Tagen draußen vor dem Haus gesehen hatten, war auch dieses durchweg blau mit einem türkisfarbenen Schimmer. Es schwebte wie ein Glühwürmchen umher, nur viel ruhiger. Bedacht schwebte es auf Wini zu.

»Clai–aire?«, quetschte Wini heraus, ohne sie dabei anzusehen. Unerlässlich starrte sie auf das Guus.

»Alles okay, Wini. Es ist nur ein Guus.«

Wini lehnte sich misstrauisch zurück.

Das Guus reagierte auf sie und kam noch näher.

»Guus? Kannst du bitte stehen bleiben! Ich glaube, du machst Wini ein bisschen Angst.«, sprach Claire mit dem kleinen Glühen, ohne zu wissen, ob es sie verstehen würde.

Das Guus stoppte und schwebte, um Abstand zu gewinnen, ein Stückchen höher in die Luft.

Claire freute sich. Das Guus hatte sie wirklich verstanden. »Danke!«

Wini war erleichtert und atmete hörbar aus.

»Was ist ein Guus?«, fragte Fabien leise, der wieder näher gekommen war.

Nun war Fabien augenblicklich im Interesse des Guus und es schwebte auf ihn zu. Ein paar Zentimeter vor seiner Nasenspitze kam es zur Ruhe, schwebte leicht hin und her, als wenn es sich Fabien genauer ansah, und flog dann weiter, um sich Andris anzusehen.

Es herrschte eine andächtige Stille. Alle Blicke waren auf das Guus gerichtet.

Andris' Miene wirkte wie versteinert, als das Guus ihn unter die Lupe nahm.

Aus irgendeinem Grund schien das Guus Gefallen an ihm zu finden, denn ihn sah es sich weitaus länger an. Es schwebte besonnen einmal um seinen Kopf herum und wanderte dann zu seinen Händen, die er in seinen Hosentaschen versteckt hielt.

»Ein Guus«, begann Joscha leise, »ist eines der ältesten Wesen, die es auf der Welt gibt. In Büchern steht, was ich auch schon Claire erzählt habe, als wir es das letzte Mal gesehen haben–«

»Momentmal!«, unterbrach ihn Andris erstaunt. »Ihr kennt es?« Er schaute zur Seite. Das Guus hielt zwischen ihm und Joscha inne.

»Ja, vorausgesetzt es ist dasselbe. Was logisch ist, weil sie *sehr* selten sind. Wir haben es vor drei Tagen draußen vor dem Haus gesehen. – Jedenfalls, es wird vermutet, dass sie Teile sehr alter Seelen sind, wahrscheinlich der sich sorgende Teil. Wissen tun wir dies natürlich nicht. Es steht ja teilweise viel Geplänkel in unseren Büchern. Was wir wissen, dass sie nicht reden, aber scheinbar können sie uns verstehen, wie wir gerade feststellen konnten.«

Das Guus wanderte von den Jungs zurück in die Mitte der Freunde und schwebte nun über dem Tisch.

»Und was will es hier?«, fragte Wini, die mittlerweile die Scheu vor dem Guus verloren hatte.

»Keine Ahnung.«, antwortete Joscha ehrlich. »Claire hat es schon öfters gesehen und jedes Mal war es nur kurz da. In alten Schriften steht, dass sie dafür bekannt sind, Menschen zu helfen. Wie, weiß ich allerdings nicht, weil Fähigkeiten sollen sie keine haben.«

Andris blieb misstrauisch. »Wann genau hast du überall das Guus gesehen?«, wollte er von Claire erfahren.

»Am Tag unserer Ankunft hier, mit Joscha zusammen vor dem Haus, an dem Tag, als wir die Waage wieder zusammensetzen wollten und vermutlich auch am Tag von … von Toms Beerdigung und jetzt.«

»Ja und, warum erzählst du *mir* das nicht!«, beschwerte sich Andris lauthals, als sei es eine Selbstverständlichkeit.

»Ich hab's Joscha erzählt. Ich dachte, das genügt.«, feuerte Claire zurück. – Das saß.

Die Bewegungen des Guus' wurden unruhig, es schien auf Claire und Andris zu reagieren.

»Hört doch mal das Zanken auf! Das ist ja ätzend! Jetzt erleben wir so was Tolles und ihr giftet euch an.», schimpfte Wini.

»Was noch interessant ist«, ging Joscha dazwischen, um sie

abzulenken,»dass sie scheinbar an niemanden gebunden sind. Die Livonten haben sie nämlich nicht erschaffen. Sie waren wohl einfach da. Deswegen werden sie auch nicht zu den Aperbonen gezählt. Ich habe jedoch auch noch nie davon gehört, dass eines von ihnen den Pravalben geholfen hätte. Ich denke schon, dass sie auf unserer Seite stehen. Zumal sie von den Livonten sehr geschätzt werden.«

»Wie kommt es, dass du so wenig über sie weißt?«, wunderte sich Fabien.

»Weil sie so selten sind. Ihr Auftauchen kannst du rot in einem Jahrhundertkalender markieren.«

»Umso interessanter, dass es gerade jetzt und hier auftaucht.«, machte Andris sie aufmerksam.

Jetzt bewegte sich das Guus weiter. Beschwingt schwebte es zur Hintertür der Küche.

Im gleichen Moment schwang die Tür auf. Kalte Luft wirbelte in den Raum. Schnee fegte am Boden in die Küche. Tiberius stand im Türrahmen. Er wollte gerade eintreten, als er das Guus bemerkte. Sofort hielt er inne.»Wow! ... Ein Guus!«, staunte er mit großen Augen.

Das Guus verweilte einige Sekunden, um scheinbar Tiberius zu betrachten, und verschwand dann im Nichts. Mit einem Wimpernschlag war es verschwunden.

Die Freunde waren verwundert und blickten sich suchend um.

»Schade, warum ist es weg?«, murmelte Wini.

Joscha fragte das, was alle dachten, »Woher kennst du die Guus?«

»Bin ich ein Pravalbe oder bin ich ein Pravalbe?«, scherzte Tiberius. Er nahm seine eingeschneite Mütze vom Kopf und klopfte seine Stiefel am Türrahmen ab. – Sogleich war allen klar, warum es wieder begonnen hatte, zu schneien.

»Und zudem ein außerordentlich wichtiger.«, grinste Claire, ging auf ihn zu und begrüßte ihn.»Hi! Wie geht es dir?« Sie nahm ihn in den Arm und freute sich, dass er scheinbar heil zurückgekehrt war.

»Gut, danke!«

Darauf begrüßten ihn auch die anderen. Gemeinsam nahmen sie am Küchentisch Platz, sodass Tiberius sich ausruhen und ihnen alles erzählen konnte.

Andris nahm als letzter Platz. Er sah auf den hereingewirbelten, tauenden Schnee am Boden und schüttelte verärgert den Kopf.

Claire wusste, was er dachte. *»Er ärgert sich, dass wir Tiberius nicht bemerkt haben. Wir waren so von dem Guus abgelenkt, dass wir nichts mitbekommen haben. Wäre es ein Überfall gewesen, hätten wir schlechte Karten gehabt. Wir müssen viel besser aufpassen.«*

»Ich sage euch, die dreieinhalb Tage sind umgegangen wie nichts. Ich war an so vielen Orten, dass die Zeit nur so gerast ist. Als Erstes bin ich nach Irland gereist. – Ich habe Alwara getroffen, aber das wisst ihr bestimmt längst. – Dann bin ich nach Russland und Südafrika. Ich hatte gedacht, ich klappere erst einmal die Heimatorte der pravalbischen Ratsmitglieder ab, um etwas über Jeanne zu erfahren, aber nichts. Also bin ich zurück nach Europa: England und Frankreich. Aber auch dort, nichts. Sie haben sie so gut versteckt, ich habe noch nicht einmal einen Anhaltspunkt.«

»Wir werden sie finden, da bin ich mir ganz sicher.«, versuchte Wini ihn aufzumuntern.

»Das Problem ist nur, dass sie jetzt wissen, dass ich nach ihr suche. Ich bin – sagen wir mal, ausversehen – Danilo über den Weg gelaufen. Was mich geschockt hat – aber irgendwie auch nicht –, er hat wirklich versucht, mir meine Energie zu rauben. Er hat sich sehr verändert. Früher war er immer gut drauf gewesen, aber jetzt sieht man nur noch den blanken Hass in seinen Augen. Ich habe natürlich versucht, mit ihm zu reden. Er wollte nichts hören. Es ist eine Schande, was sie aus ihm gemacht haben. Hm … Na ja, mein Urgroßvater hat dem Ganzen allerdings das Krönchen aufgesetzt. Er hat seine Konten gesperrt, auf die ich Zugriff hatte, verständlicherweise. Meine eigenen hat er dazu auch versucht zu sperren, aber zum Glück hat das nicht geklappt. Ich habe selbst Geld auf Seite gelegt. Ich habe an der Börse spekuliert und nicht ohne Erfolg. Tja, solche Dinge lernt man bei den Pravalben.« Tiberius grinste. »Die nächsten paar Jahre komme ich mehr als gut aus. Da kann Cornelius auch nichts ausrichten, wenn er seine Konten sperrt.«

»Und was willst du jetzt wegen Jeanne unternehmen?«, fragte Andris.

»Mein Gefühl lenkt mich nach Irland. Ich denke, ich bleibe ein, zwei Tage hier, wiege sie in Sicherheit und versuche es dann erneut.«

»Klingt gut.«

»Hast du etwas zu Tom erfahren?«, erkundigte sich Claire. Sie wusste, ihre Freunde würden nur zögerlich fragen.

»Das war merkwürdig. Die Dummheit, deswegen irgendwen direkt zu kontaktieren, habe ich natürlich nicht begangen, aber ich habe versucht, sie zu belauschen. Und ohne Witz, sie wussten beziehungsweise sagten nichts. Ich dachte, irgendwer wird sich damit brüsten, aber nein. Die Pravalben scheinen sehr, sehr vorsichtig geworden zu sein. Überhaupt scheinen sie mir fremder zu werden. Als ich früher Teil ihrer Gemeinschaft war, gab es noch so etwas wie Freundschaft, Ehrgefühl und solche Dinge, jetzt scheinen mir die Verhältnisse unter den Pravalben viel eisiger zu sein. Danilo zum Beispiel lässt keinen an sich heran. Die Leute reden nicht mehr so viel miteinander, sie sind misstrauischer geworden. Was ich ihnen allerdings zugutehalten muss, dass sie Benjamin, nachdem er seine Fähigkeiten durch Tom verloren hat, nicht verstoßen haben. Okay, er steht als Versager da, obwohl er nichts dazu kann, aber wenigstens hält sein Urgroßvater zu ihm. – Ach, und bevor ich es vergesse. Ich habe Auberlin, Cornelius' und meinen ehemaligen Schutzpatron gesehen. Er ist extrem … blass, so arg durchsichtig. Tom hat ihm ordentlich zugesetzt. Und ich muss sagen, *zum Glück*. Wenn Auberlin noch so mächtig wäre wie vor ein paar Monaten, hätten sie mich längst erwischt.«

»Wie geht es überhaupt mit dem pravalbischen Rat weiter?«, beschäftigte Joscha, »Du bist fort. Benjamin ist nur noch ein Mensch. Der Einzige, der bleibt, ist Danilo. Und dieser kleine Choleriker wird allein den Karren an die Wand fahren.«

»Das ist mit der Hauptgrund, warum es bei uns – sorry, das ist einfach drin – bei den Pravalben so unruhig ist. Keiner weiß, was passiert, wenn mein und Benjamins Urgroßvater, William J. Woodward, stirbt. Dann bleiben wirklich nur noch Danilo und seine Urgroßmutter Galina Pawlow. Keine Ahnung, wie das funktionieren soll.«

»Und was ist mit Cyrillus Herodot, dem Verräter?«, erkundigte sich Joscha mit brummiger Stimme.

»Der kuschelt weiterhin mit meinem Urgroßvater. Jetzt, wo ich nicht mehr da bin, braucht er Ersatz. Cornelius ist eine Pfeife! Allein bekommt er so gut wie nichts gerafft. Ich frage mich echt, wie er das mit Jeanne geschafft hat. Obwohl, ich würde mich nicht wundern, wenn dahinter Cyrillus steckt.«

»Die zwei sind echt die Pest!«, stimmte ihm Joscha zu und verzog angewidert das Gesicht.

Tiberius nickte kurz. »Nun gut, jetzt aber mal zu euch. Gibt es Neuigkeiten?«

Tiberius war gespannt, was es Neues bei den Freunden gab, und so erzählten sie ihm von Alwaras Besuch und vom Guus. Danach kochten sie zusammen, seit Tagen die erste richtige Mahlzeit. Tiberius hatte wohlweislich neue Lebensmittel mitgebracht. Joschas Laune stieg augenblicklich. Tiberius erzählte dabei mehr von seiner Reise und von den Pravalben. Vor allem Andris war es wichtig, mehr über sie zu erfahren. Je besser sie die Pravalben in der jetzigen Situation einschätzen konnten, desto sicherer waren sie.

Der Tag verging wie im Fluge, die Nacht kam und mit ihr ein Flüstern.

Sssei auf der Huuut ... Das Böööse schläft nieee ...
Sie sind nicht allein, sie sind nicht allein ...
Eeer ist die Macht ... Die Maaacht ist eeer.
Er allein ... er allein ... das Übel ...

Menschen sterben ...
Ihn finden, ihn finden, ihn finden ...
Sssei auf der Huuut ... Das Böööse schläft nieee ...

7

Am späten Nachmittag des darauffolgenden Tages kam Wini erneut auf ihren merkwürdigen Traum zu sprechen, denn auch in der letzten Nacht hatte er sie heimgesucht.

»Ich bin gespannt, wie ich diese Nacht schlafe. Die letzten beiden waren echt mies.«

»Wieso?«, fragte Joscha, der im Wohnzimmer in einem der Sessel am Fenster saß.

»Ich hatte vorletzte Nacht doch diesen abstrusen Traum und letzte Nacht hatte ich ihn schon wieder.« Wini kuschelte sich tiefer in die Couch und hätte beinahe ihren Kopf an Fabiens Schulter gelehnt, wenn sie sich nicht daran erinnert hätte, dass sie dies eigentlich nur bei Claire tat. Sie erzählte weiter. »Ich höre immer dieses: *Sei auf der Hut. Das Böse schläft nie. Sie sind nicht allein, sie sind nicht allein.* Und dann so was in der Art wie … Ah! Was war das noch genau?! … Ha! *Er ist die Macht. Die Macht ist er. Er ist das Übel.* Und … irgendwie, dass ich ihn finden soll?!«

Jetzt kam Claire ins Wohnzimmer. Sie hörte die letzten Worte von Wini und ein ahnungsvoller Schauer lief ihr über den Rücken. Langsam erinnerte sie sich. »Sag bloß …«, nuschelte sie. Ohne Zusammenhang redete sie drauf los und setzte sich dabei neben Fabien. »*Sei auf der Hut … Das Böse schläft nie … Sie sind nicht allein … Menschen sterben … Ihn finden, ihn finden, ihn finden.*«

Wini riss die Augen auf. »Oh mein Gott! Du hast dasselbe geträumt wie ich!«

»So 'n Unsinn!«, machte sich Joscha lustig.

»Na ja, du hast uns, Claire und mir, gestern doch davon erzählt. Kann gut sein, dass Claire das deshalb irgendwie in ihrem Traum verarbeitet hat.«, gab Fabien zu bedenken.

»Ja aber nicht wortwörtlich. Und Claire, was hast du gerade gesagt, *Menschen sterben*, stimmt's?«, versicherte sich Wini.

»Ja, das kam auch darin vor.«

»Wir haben absolut dasselbe geträumt, denn das – und da bin ich mir hundertprozentig sicher – habe ich vorletzte Nacht nicht gehört, sondern erst letzte.«

»Geht so was denn, dasselbe zu träumen?«, überlegte Claire.

Tiberius, der wie Joscha in einem der Sessel am Fenster saß, wirkte nachdenklich.

»Anscheinend!«, bemerkte Wini mehr begeistert als besorgt.

»Gruselig ...«, meinte Claire.

Joscha schüttelte den Kopf. »Ach was! Ihr habt einen guten Draht zueinander, da kann so was schon mal vorkommen.«

»Glaub ich auch. Macht euch keinen Kopf!«, winkte Fabien ab.

Claire und Wini sahen sich wissend an. Die Jungs nahmen dies vielleicht auf die leichte Schulter, sie sicherlich nicht. Ohne ein Wort zu wechseln, wussten sie, sie würden abwarten, was die nächste Nacht bringen würde, und morgen früh erneut darüber reden.

Eine gesprächige Stunde war vergangen. Draußen war es dämmrig geworden. Da Tiberius wieder da war, hatte die Kälte angezogen. Er sorgte für einen eisigen Wind im Wald und um das Haus, der Eindringlingen das Weiterkommen immens erschweren sollte.

Joscha guckte gerade aus dem Fenster, als er etwas entdeckte, das ihn unruhig werden ließ. Er schaute sich mithilfe des Throughnerns um. In tiefblauen Umrissen nahm er alles wahr. Im Wald hatte er ein Tier: einen behäbigen, alten, kleinen Wolf entdeckt. Zunächst hatte es ihn nicht sonderlich interessiert, nun aber kam er schnurstracks auf das Haus zu. Nur, warum?

»Fabien! Guck dir das mal an!«

Fabien hörte die Verunsicherung in Joschas Stimme, schnell stand er neben ihm. »Was ist?«

»Guck mal der Wolf dort!«

Fabien fokussierte sich. Seine Augen wandelten sich in die eines Luchses, sie erstrahlten in einem hellen, gesprenkelten Braun. Eine feine Linie von Dunkelbraun umrandete seine Augen, als wäre er leicht geschminkt. Ebenso wie Joscha sah er nun viel klarer. »Mmh … Er kommt geradewegs auf uns zu. Eigenartig …«

Der Wolf kam näher und näher.

»Ich – glaub's nicht!«, stutzte Fabien plötzlich. »Claire, hol bitte Andris und Tiberius! Ich muss kurz raus.«

Claire blieb, sie wollte erst wissen, was los war. »Was ist? Alles in Ordnung?«

»Wir bekommen Besuch und ich weiß nicht, ob wir uns darüber freuen sollten. Der Wolf ist eine Wissende. Sie heißt Gorla und ist nicht gerade die Netteste. Das kann echt was werden. Macht euch auf was gefasst! Gorla kann ganz schön heftig sein.«, erklärte er. Fabien ging mit Claire in den Flur. Er machte sich auf zur Haustür. Claire bog ins Arbeitszimmer ab.

Fabien verzichtete darauf, sich in einen Luchs zu verwandeln, trotz eisiger Kälte. Gorla als Katze zu begegnen, war keine gute Idee. Ohnehin würde sie sich über seinen Geruch beschweren. Fabien wusste, dass Hunde und Wölfe, auch wenn er als Mensch unterwegs war, manchmal auf ihn reagierten. Hund und Katz, dies vertrug sich eben nicht.

»Fabien, dich habe ich schon vor einem Kilometer gerochen.«, wetterte Gorla mit ihrer kratzigen Stimme drauf los, ohne ihn zu begrüßen. Ihre weißgelben, spitzen Zähne leuchteten in der Dämmerung auf. Ihr Fell war dunkelbraun-grau. Die Dunkelheit des Waldes bot ihr die perfekte Tarnung.

Fabien wunderte sich nicht über ihre Unfreundlichkeit, so kannte er sie. »Guten Abend, Gorla.«

»Abend. Ich hoffe, ihr habt etwas zu fressen für mich. Ich komme fast um vor Hunger. Hier läuft nichts Brauchbares rum. Die Gegend ist tot, tot! Kein einziger saftiger Braten für mich.«

Fabien blieb höflich, obgleich es ihm eigentlich nach etwas anderem stand. »Sicherlich, Gorla. Wir werden etwas für dich finden.«

Den Rest des Weges gingen sie schweigend. Allein ein ständiges Schniefen und Schnüffeln störte die Ruhe. Gorla rümpfte über Fabiens Geruch geräuschbetont die Nase. Fabien verkniff es sich, genervt zu stöhnen. – Zudem versuchte er sich abzulenken, denn der Luchs in ihm reagierte auf Gorla. Er hatte eine Gänsehaut auf den Armen und seine Pupillen waren geweitet.

Gorla betrat als Erste das Haus.

Im Eingangsbereich warteten bereits die Freunde.

»Viel zu grell, viel zu grell! Löscht das Licht, los, los!«, befahl sie mit blinzelnden Augen.

Die Freunde trauten ihren Augen und Ohren nicht.

Wini tat ihr den Gefallen und senkte das Licht der Öllampe, die sie in den Händen hielt.

Im wenigen Licht der Lampe sah Gorla alt aus, sehr alt. Sie hatte ein dunkelbraunes, mit grauen Haaren durchzogenes, trockenes Fell. Es war leicht feucht vom Schnee, filzig und stand an manchen Stellen struppig ab. Gorla stank nach nassem Hund und Wald. Die Freunde mussten sich zusammenreißen, um nicht die Nase zu rümpfen. Ihre Augen, die die Freunde kritisch beäugten, waren fast schwarz. Sie war ein kleiner Wolf, mager und hatte ein unfreundliches Gesicht, was vor allem an ihrem finsteren Blick und ihrem Maul lag, an dessen rechter Seite die Lefze ständig zuckte.

Fabien trat nach ihr ein. Gerade noch sah Wini, wie er sich ein kleines Fläschchen in die Sweatshirtjacke steckte.

»Ah, da bist du ja. Stelle uns vor!«, forderte sie Fabien schroff auf.

Fabien riss sich unter Anstrengung all seiner Kräfte zusammen. Am liebsten hätte er sie gewürgt, und es waren gerade mal ein paar Minuten seit ihrer Ankunft vergangen. »Darf ich euch vorstellen, Gorla.« Sachlich verkündete er: »Sie ist die *Älteste* aller Wissenden.«

»Na, das hättest du dir sparen können!«, fuhr sie ruppig dazwischen.

Fabien schmunzelte innerlich. Er spürte, wie die Genugtuung ihn von innen wärmte und beschwichtigte. »Das sind Wini, Claire, Andris, Joscha und Tiberius.«

»Ah! … Interessant, interessant, interessant.« Jeden der Freunde beäugte sie mit prüfendem Blick.

Wini musste unweigerlich glucksen. Als Gorla zu ihr sah, tarnte sie es mit einem Husten.

»Winifred McFadden. Die Schutzbefohlene unserer Alwara. Ich hörte, du bist tapfer und … *übermütig.*«

»Es freut mich dich kennenzulernen. Das „übermütig" kannst du allerdings streichen.«

»Wirklich? *Das* glaube ich kaum.«, entgegnete sie trocken.

»Würde ich auch nicht.«, scherzte Joscha.

Gorlas Blick fiel nun auf ihn. »Joscha Hovorka, du machst deinem Ruf alle Ehre.«, spottete sie.

»Ebenso wie du, du alte Hexe.«, nuschelte Joscha in sich hinein.

»Hätte ich nicht deinen Urgroßvater gekannt … tststs.« Gorla blickte weiter. »Ein bekanntes Gesicht. Andris Pettersson, ein Lehrer wie er im Buche steht.«, war ihr einziger, gelangweilter Kommentar.

Andris nickte nur.

»Claire Wittgenstein …« Sie blickte auf Claires Bauch, auf die Stelle ihrer Verletzung und schnüffelte. »Solange du dir nicht erlaubst, dass sie heilt, wird das nichts geben.«

»Ich denke nicht—«, begann Andris, um Claire zu verteidigen, wurde aber von Gorla geflissentlich übergangen.

»Ein Pravalbe! Mmh … Cornelius, Galina und William werden sich zu Tode ärgern, dass sie dich verloren haben, bist du doch der Gescheiteste aller Nachfahren. Mal abgesehen von der *Dummheit*, sich wegen der Liebe so sprunghaft auf unsere Seite zu schlagen. Du hättest als pravalbisches Ratsmitglied unter unserer Anleitung so viel mehr bewirken können. Na ja, Menschen, was will man erwarten.«

Gorla hatte es geschafft, sich innerhalb weniger Sekunden unbeliebt zu machen. Was zum Teufel wollte sie hier, wenn sie sich nur beschwerte?

»Gorla, was verschafft uns die Ehre deines Besuches?«, erkundigte sich Fabien und führte sie in die Küche.

»Amartus schickt mich. Ich soll nach dem Rechten sehen.«

»Amartus?«, horchte Andris auf.

»Ganz recht. Wie sonst hätte ich wissen sollen, wo ihr seid.«

»Hast du vielleicht eine Nachricht für uns?«, hakte Andris nach.

Gorla schaute ihn entnervt an und schnaufte. »Bin ich der Postbote! Wenn Amartus etwas von euch will, wird er selbst herkommen.«

Andris biss die Zähne zusammen. Dieser Wolf brachte ihn zur Weißglut.

Nachdem sich Gorla in der Küche umgesehen hatte, wetterte sie weiter. »Fleisch habt ihr, nehme ich mal an, keines?!«

»Nein, haben wir nicht.«, bestätigte ihr Fabien. »Eier, Reis, Haferflocken, Brot, Gemüse; mehr haben wir nicht.«

»Dann werde ich heute *leider* doch noch einmal auf die Jagd gehen müssen.«

Die Freunde verteilten sich in der Küche, wobei jeder auf seine Weise versuchte, einen gewissen Abstand zu Gorla zu wahren.

Wini versuchte, das Gespräch am Laufen zu halten. »Gorla, hättest du vielleicht Lust, uns etwas über dich zu erzählen? Wie es scheint, weißt du, wer wir sind, aber ich und die anderen wissen so gut wie nichts über dich.«

»Da gibt es nicht viel zu erzählen. Ich bin Wissende, solange ich denken kann. Ich habe mehr menschliche Ratsmitglieder kommen und gehen sehen, als ich je wollte. Ich bin alt und will eigentlich nur meine Ruhe haben. Zu meinem *Leidwesen* haben die Pravalben ja aber im Moment nichts anderes zu tun, als aufzumüpfen. Dummes Pack. Na ja, unser Rat ist auch nicht gerade der hellste. *Ich* hätte die Pravalben schon längst in ihre Schranken verwiesen.«

»Was ist das für eine Wissende?! Kein Wunder, dass wir sie nicht kennen. Amartus hat bestimmt vermieden, sie uns vorzustellen.«, flüsterte Wini Claire ins Ohr.

»Eine mit sehr guten Ohren.«, fuhr Gorla sie an. »Du, freches Ding! Na ja, wenigstens sagst du, was du denkst.« Gorla grinste. »In solchen Zeiten brauchen wir Leute mit Schneid.«

»Gut, wenn das so ist. Dann würde ich dich bitten, uns allen höflicher zu begegnen. Du kennst uns nicht und daher hast du auch kein Recht, so über uns zu urteilen. Außerdem könntest du insgesamt einen freundlicheren Ton anschlagen. Das wäre schön.«, erklärte Wini geradeheraus.

Gorla schnaubte, aber eine gewisse Einsicht war in ihrem Blick zu erkennen.

Für einen kurzen Moment herrschte Stille, bis Fabien sie mit einer Frage durchbrach. »Und was hast du jetzt vor? Wie lange wirst du bleiben?«

»Zunächst einmal muss ich mich ausruhen. Ich bin eine alte Frau. Überhaupt, seit Tom Young einen Einfluss auf euch genommen hat, fühle auch ich mich zeitweise müde. Wir werden sehen, wie lange ich bleibe.« Gorla blickte nun zu Claire, ihr war etwas eingefallen. »Genug von mir. Serafina macht sich Sorgen um dich. Sie sieht dich zuweilen, wenn dir deine Verletzung Schmerzen bereitet.«

»Es gibt keinen Grund, sich Sorgen zu machen. Ich bin bald wieder gesund.«, entgegnete Claire ruhig. Eigentlich ärgerte sie sich. *Von allen Seiten krieg ich das zu hören. Langsam nervt es mich. Und dass mich Serafina sieht ... Irgendwie ist mir das noch immer suspekt. Ich mag es nicht, unter Beobachtung zu stehen. Zum Glück ist es Serafina, bei jedem anderen Livont würde mich das rasend machen.«

»Natürlich.« Gorla verengte ihre Augen zu Schlitzen und schaute Claire so einige Sekunden an. »Bei dem Willen, keine Frage, warum du das Changing erhalten hast. Emil und Hortensia hatten denselben. Jaja, das Changing, eine der mächtigsten Kräfte überhaupt, stets verliehen an scheinbar zarte Wesen, die alles andere als zart sind.« Gorla schmunzelte in sich hinein, keiner der Freunde verstand warum.

Also als zart bin ich auch noch nicht bezeichnet worden. Aber im Moment verhalten sich alle so, als wär ich's ... Mmh, was allerdings viel interessanter ist, dass sie meinte, dass das Changing eine der mächtigsten Fähigkeiten sei. Ich dachte immer, das Changing wäre die mächtigste. Hm, scheinbar nicht. Bloß, welche ist es dann ...?«

Aufruhr unterbrach ihre Gedanken. Das Guus war nur wenige Zentimeter vor Gorlas Nasenspitze aufgetaucht.

Gorla hatte sich kaum merklich erschrocken. »Ein Guus! Wie interessant.«

Die Freunde freuten sich über das Erscheinen des Guus. Gorla schloss aus ihrer Reaktion, es zu kennen, und hakte nach. »Seit wann besucht es euch?«

»Wir alle haben es gestern das erste Mal gesehen. Claire schon vor ein paar Monaten.«, antwortete Andris stellvertretend für alle.

»So, so ... Ich hoffe, ihr wisst es zu schätzen.«

Das blaue Glühen prüfte Gorla kritisch. Sie selbst sah zerknirscht drein. »Guus verschaffen sich von jeder neuen Gestalt ein Bild. Und das Gute – obwohl, es hat auch etwas Verteufeltes –, sie sehen mehr als wir von unserem Gegenüber. Sie sehen, wer wir sind. Sie sehen unsere Absichten. Interessant, nicht?!« In Gorlas Augen funkelte es.

Die Freunde hatten das Gefühl, sie machte sich über sie lustig.

»Nun denn, ich habe Hunger. Der Abend ist noch jung, ich gehe auf die Jagd.« Gorla wandte sich zur Hintertür der Küche.

Tiberius öffnete sie für sie.

Das Guus schloss sich Gorla an und verließ mit ihr das Haus.

»Wir sehen uns später ... Ich gedenke, ein paar Tage zu bleiben.«, teilte sie ihnen beim Hinausgehen mit. »Ich bleibe euch also erhalten.«

Verwundert blieben die Freunde zurück. Gorla war die merkwürdigste Wissende, die sie je getroffen hatten. Mit Norwin und Alwara hatte sie nichts gemein. Das Guus schien sie jedoch zu mögen. Gorla war ein wahrhaftiges Rätsel.

In dieser Nacht ließ das Flüstern sie abermals nicht ruhen.

Sssei auf der Huuut ... Das Böööse schläft nieee ...
Sie sind nicht allein, sie sind nicht allein ...
Eeer ist die Macht ... Die Maaacht ist eeer.
Er allein ... er allein ... das Übel ...
Gift, Gift ... seine Gedanken sind Gift ...
Menschen sterben ... wir sterben, wir sterben ...
Geheim, geheim, er ist geheim ...
Finden, finden, iiihr müsst ihn finden ...
Sssei auf der Huuut ... Das Böööse schläft nieee ...

8

Der nächste Morgen brachte Aufruhr. Wini und Claire waren kaum ein paar Minuten wach, als sie merkten, dass sie abermals denselben Traum geträumt hatten. Die Freundinnen hatten also mit ihrer Ahnung recht behalten. Als hätten sie sich abgesprochen, trafen sie sich auf dem Flur. Gleichzeitig kamen sie aus ihren Zimmern.

»Wieder der Traum?«, fragte Claire, ohne groß drum herum zu reden.

»Ja, wieder derselbe Traum. Was zum Teufel hat das zu bedeuten?«

Nachdenklich kniff Claire die Augen zusammen. »Nichts Gutes … Aber wir werden es herausfinden. Los, wir trommeln die anderen zusammen! Du weckst Fabien und Andris. Ich hole Tiberius und dann Joscha. Hm! Das wird am schwierigsten.«

Wini grinste. Joscha zu wecken, war schwierig, und das wusste sie. Wenn Joscha müde war, schlief er einfach wieder ein, egal wie laut einer mit ihm sprach.

Nach fünf Minuten trafen sie sich in der Küche. Claire und Joscha waren die Letzten. Sie alle nahmen am Esstisch Platz. Wini, die Redensführerin spielen sollte, setzte sich vor Kopf. Links neben ihr saß Claire, gefolgt von Joscha und Tiberius. Claire gegenüber saß Fabien, daneben Andris. Da die Mädchen keine Zeit verloren und die Jungs förmlich aus ihren Betten gerissen hatten, waren alle in ihren Schlafanzügen dort.

Gorla, die die Unruhe vom Wohnzimmer aus gehört hatte, wo sie schlief, beäugte die Freunde missfällig. Sie schnalzte mit der Zunge, dabei blitzten ihre spitzen Zähne hervor. »H-hm! Könnte ich bitte den Grund für die *Unruhe* zu dieser Stunde erfahren?« Es war kurz vor acht Uhr. Gemächlich, etwas schwerfällig für ihre schlanke Gestalt trottete sie weiter in den Raum und setzte sich so, dass sie die meisten der Freunde am Tisch im Blick hatte.

Wini begann. »Seit drei Nächten habe ich einen sehr merkwürdigen Traum. Und diese und letzte Nacht hatte Claire genau denselben.«

»Wie ich.«, warf Tiberius ein, der Winis Erzählung von gestern und somit ihren Traum kannte.

»Und ich.«, schloss sich Fabien an.

Mit großen Augen sahen Claire und Wini zu den Jungs.

»Was für ein Traum?«, fragte Andris, der bislang nichts davon gehört hatte.

»Der Traum ist wie ein Flüstern.«, beschrieb Wini, »Erst hört man es nur sehr leise, wie wenn jemand nuschelt. Im Traum wandere ich – und Claire wird mir zustimmen, dass sie es auch tut – durchs Haus.« Claire nickte. »Immer wieder hört man dasselbe Flüstern. Stetig wird es lauter, deutlicher, aber es bleibt ein Flüstern. Man fühlt sich wach. Es kommt einem sehr real vor, obwohl alles so verschwommen ist. Im Traum versuche ich, herauszufinden, woher es kommt. Aber sobald ich in eine bestimmte Richtung gehe, habe ich das Gefühl, es kommt genau aus der entgegengesetzten.«

Andris runzelte angespannt die Stirn. Seine Augen verfinsterten sich. Jetzt erinnerte auch er sich. »*Sei auf der Hut ... Das Böse schläft nie ...*«

»*Er ist die Macht. Die Macht ist er.*«, setzte Fabien fort.

»Nein! Nein ...«, unterbrach ihn Joscha, der sich augenblicklich ebenso erinnerte und dadurch wacher wurde. »Du ... du hast etwas vergessen. *Sei auf der Hut. Das Böse schläft nie. Sie sind nicht allein, sie sind nicht allein. Er ist die Macht. Die Macht ist er.* So!« Joscha, der sich als Wissensläufer all das merken konnte, was er hörte oder las, hatte jede Einzelheit parat.

Die Freunde sahen sich vielsagend an. Sie hatten jeder dasselbe geträumt.

Joscha vollendete das Flüstern ihres Traumes. »Weiter im

Takte: *Er allein. Er allein. Das Übel. Gift, Gift, seine Gedanken sind Gift. Menschen sterben, wir sterben, wir sterben. Geheim, geheim, er ist geheim. Finden, finden, ihr müsst ihn finden. Sei auf der Hut. Das Böse schläft nie.* – Das ist krass!«

»Erstaunlich!«, kommentierte Gorla.

»Hast du es auch geträumt?«, interessierte Fabien.

Für diese Frage erntete Fabien ein abfälliges Zischen. »Natürlich nicht! Ich träume doch nicht dasselbe wie Menschen.«

Wini schmunzelte über Gorla. Sie war wirklich eine kleine Hexe. Wie konnte ein einziges Lebewesen nur so viel schimpfen und Missgunst verbreiten?!

»Es stellen sich mir zwei Fragen.«, ging Andris kühl über Gorla hinweg. »Was soll uns dieser Traum sagen und von wem kommt er?«

»Ich denke, auf die erste Frage habe ich die Antwort.«, klinkte sich Tiberius ein. »Ich habe gestern bereits darüber nachgedacht, als Wini uns davon erzählte, habe es dann aber irgendwie abgetan. Nur jetzt. Ich bin mir sicher, dass es um Gawril geht.«

»Um wen? Gawril?«, hakte Claire nach.

Gorla stöhnte unbehaglich.

»Gawril ist der mächtigste aller Maludicioren. Er steht noch über dem Rat.«, klärte er sie auf.

»Hä? Ich denke, der Rat hat das Sagen?«, wunderte sich Wini.

»Offiziell schon. Inoffiziell kommt keiner an Gawril vorbei.«

»Das musst du uns genauer erklären.«, forderte ihn Claire auf.

»Wie die Aperbonen bildeten damals auch die Pravalben einen Rat, nur dass über diesem stets Gawril stand. Zumal müsst ihr bedenken, dass im pravalbischen Rat nur Menschen sitzen. Habt ihr wirklich geglaubt, die Malus hätten sich das Zepter aus der Hand nehmen lassen? Der Rat darf nur so lange schalten und walten, wie es Gawril gefällt. Er hat letztendlich das Sagen.« – Die Maludicioren waren wie die Livonten mächtige

Wesen, aber nicht wie sie dunkelblau, sondern weiß in unterschiedlichen Abstufungen. In ihrem Gewand schimmerten silberne Lichtreflexe und sie waren durchsichtig. Je mächtiger sie waren, desto strahlender schienen sie. Ihre Stimmen klangen kalt und meist zischend, ein Widerspruch zu ihrem wunderschönen Äußeren.

Die Mädchen waren sprachlos, ihre Freunde dagegen weniger.

»Und warum kennt ihn keiner?«, versuchte Wini zu verstehen.

»Gawril wird bei uns sehr verehrt. Na ja, ich bin mir nicht sicher, ob das manchmal mehr Furcht als Verehrung ist. Jedenfalls wird er geschützt, und zwar dadurch, dass wir nicht über ihn sprechen. Zumindest nicht, wenn wir uns nicht sicher sind, ob wir gerade ausspioniert werden.« Tiberius grinste und schaute zu Fabien. Der grinste zurück. – Fabien hatte einiges über die Pravalben erfahren, als er als Spitzel gearbeitet hatte.

Wini wandte sich an Fabien. »Du weißt also von ihm?«

»Ich bin sehr vertrauenswürdig.«, scherzte er.

»Dann weißt also du davon, folglich Amartus und schlussendlich auch Andris.«, reimte sich Claire zusammen. »Und du, Joscha, bestimmt auch.«

Alle drei nickten.

Claire guckte grimmig. »*Toll! Und uns erzählt keiner was. Ich dachte, wenigstens wir erzählen uns immer alles. Das ist echt enttäuschend!*«

»Ich weiß es allerdings von Alexander. Er hat es mir unter dem Siegel der Verschwiegenheit anvertraut und deshalb habe ich es nie erzählt.«, rechtfertigte sich Joscha und schaute flüchtig auf seinen Stein.

»Ja und, wozu das Ganze? Warum wird so etwas totgeschwiegen?«, fragte Wini fassungslos.

Andris erklärte es ihnen. »Gawril stellt eine der größten Bedrohungen für uns dar. Es wissen nur wenige von ihm, weil es den Menschen Angst machen würde. Es macht nicht gerade Hoffnung, zu wissen, dass es einen so mächtigen Maludicior gibt. Der Rat wünscht, dass es geheim bleibt.«

»Und so ist es auch richtig.«, pflichtete ihm Gorla bei.

»Dennoch frage ich mich, wie viele über ihn Bescheid wissen. Der Rat weiß es, die Wissenden, wir. Und ich glaube, die Liste ist noch um einiges länger.«, bemerkte Joscha.

Andris zuckte mit den Schultern.

»Wie mächtig ist er?«, wollte Claire genau wissen.

»Du kannst ihn in etwa mit Creszentia und Quintus aus eurem Rat vergleichen, nur dass er eben allein ist. Tom konnte ihm genauso wenig anhaben wie den beiden. Was man allerdings dabei beachten muss, dass Tom ihm nie begegnet ist. Gawril hat es nicht drauf angelegt, ihm gegenüberzutreten. Ich glaube, das hat er nicht gewagt. Auch er hat Grenzen.«

Andris interessierten aus taktischen Gründen andere Dinge. »Wo lebt Gawril? Ich meine, ich weiß zwar, dass er existiert, aber ich habe ihn noch nie gesehen. Und, wie ist er?«

»Gawril lebt versteckt in einem Parasum. Zum Schutz ist er kontinuierlich von zwei Maludicioren, seinen Vertrauten Beryl und Siegram, umgeben. Natürlich gibt es zusätzliche Wachen, aber das führt jetzt zu weit. – Zu deiner zweiten Frage. Gawril ist eine schwankende Persönlichkeit, mehr als alle anderen Maludicioren. Was ich damit sagen will, Maludicioren sind sehr launisch und er wohl am meisten. Zu mir war er allerdings stets freundlich. Man muss jedoch aufpassen. Er durchschaut die Menschen sehr leicht. Er hat einen guten Draht zu uns und er beobachtet sein Gegenüber genau. Vieles liest er aus der Gestik und Mimik der Menschen. Er ist sehr intelligent.«

»Also gefährlich.«, schlussfolgerte Joscha.

»Ich will es mal so ausdrücken: Du bist tot, wenn du es dir mit ihm verscherzt.«

Darauf folgte Schweigen.

»Leute, ihr könnt ruhig wieder atmen. Er interessiert sich nicht für uns, sonst wäre er längst hier gewesen. Zumal er mich besonders auf dem Kicker haben müsste.«

Gorla schaute argwöhnisch. »Wie eurer Traum schon sagte, er ist das Übel. Ihr könnt nie genug auf der Hut sein.«

Augenblicklich tanzte wieder einmal das kleine, blaue Glühen zwischen ihnen. Wie aus dem Nichts tauchte es neben Gorla auf.

»Seht ihr! – Guus warnen, wusstet ihr das. Guus spüren das Böse. Ihr solltet wirklich dankbar sein, dass es gekommen ist, um euch zu helfen.«

Die Freunde freuten sich über das Guus, fragten sich jedoch, wie solch ein kleines Wesen ihnen helfen sollte.

Claire war mit ihren Gedanken bei den Träumen. »*Ich frage mich nur, warum wir dies träumen, wir alle? Woher kommen sie? ... Hm, es ist wie mit Tiberius' Hinweisen zur Waage. Ätzend! Warum muss alles immer so eine Heimlichtuerei sein. Da steckt doch jemand hinter.*« Sie blickte auf und bemerkte, dass Tiberius sie beobachtete.

Er nickte ihr wissend zu, er dachte scheinbar das Gleiche. – Tiberius und Claire verstanden sich sehr gut. Er hatte ihr vieles zu den Pravalben erklärt, sodass sie auch seine Seite verstand. Zudem hatten sie oft über die Suche der Waage und seine Hinweise gesprochen. Er hatte ihr erklärt, dass sie deshalb die Hinweise erhalten hatte, weil sie als Neuling am unbefangensten war, und auch jetzt noch schätzte er sie so ein, weshalb er sich mit ihr offen über alles unterhalten konnte.

»Was glaubt ihr, haben die Träume zu bedeuten?«, sprach Tiberius an. »Warum träumen wir alle denselben Traum? Es ist ja schon eine Art Aufforderung.«

Das Guus wanderte nun in die Mitte der Freunde.

»Irgendjemand, der Gawril kennt, glaubt vermutlich, dass wenn er schachmatt gesetzt wird, Ruhe einkehrt.«, überlegte Andris. »Und wir sind diejenigen, die diese Aufgabe übernehmen sollen.«

»Aber das würde ja bedeuten, dass uns jemand ganz bestimmtes Träume schicken würde. Geht so was?«, zweifelte Wini.

»Ja, man nennt diese Menschen Dreamsnatcher. Snatcher von Dieb. Der Dreamsnatcher klaut dir deine Träume und schickt dir dafür seine eigenen. Deshalb der Name.«, klärte Joscha sie auf.

»Kennen wir denn jemanden, der diese Fähigkeit beherrscht?«, fragte Fabien.

Die Freunde schüttelten allesamt den Kopf.

»Was ist mit James?«, kam Tiberius in den Sinn.

»Nein.«, winkte Wini ab, »Das kann er nicht. Zumal er, wie ihr wisst, sehr geschwächt ist. Ihn können wir ausschließen.«

»Vielleicht hat ja unser kleiner Freund damit zu tun?« Joscha gab den Freunden einen Wink zum Guus.

Bedacht wandte sich das Guus ihm zu. Es schwebte ruhig, als hörte es genau hin, was jeder zu sagen hatte.

»Sei nicht albern, Junge!«, mischte sich Gorla ein. Wieder schnalzte sie mit der Zunge.

»Wer weiß, vielleicht ist es auch eine Falle.«, grübelte Fabien. »Ach nein, das macht keinen Sinn. Denn damit würden die Pravalben Gawril ja verraten.«

»Ganz davon ab, können wir überhaupt etwas gegen Gawril ausrichten?«, gab ihnen Wini zu bedenken.

»Eher unwahrscheinlich.«, schüttelte Tiberius den Kopf. »Ich würd's nicht drauf anlegen.«

»Tja, nur dann stellt sich mir die Frage, was wir mit diesen Träumen anfangen sollen?«

»Der Traum sagt, wir sollen ihn finden, was nicht zwangsläufig heißt, ihn töten – was für uns eh nie infrage kommen würde. Finden kann auch heißen, ihn schwächen, ihn aufhalten, sodass letztendlich die Menschen und die Aperbonen geschützter leben … Wir sollten mehr über ihn erfahren.«, erwiderte Claire.

»Nur wie, wenn noch nicht einmal Tiberius was weiß.«, entgegnete Joscha.

»Das hat uns bei der Waage auch nicht abgehalten.«

»Ein Versuch ist es allemal wert. Wir können wenigstens versuchen, mehr herauszufinden. Meint ihr nicht?«, stimmte Wini zu.

»Was sollen wir hier auch. Hier sitzen wir nur rum. Wir könnten James um Hilfe bitten.«, schlug Claire vor.

»Ich bin dabei.«, schloss sich Fabien an. »In der Bibliothek des Rates finden wir vielleicht alte Storys über Gawril. Wer weiß, was wir alles herausfinden.« Fabien zog vielsagend seine zipfeligen Augenbrauen nach oben.

Leicht unruhig schwebte das Guus nun zu Fabien.

Andris pflichtete ihm bei. »Unter den Tisch sollten wir es nicht fallen lassen. Egal, wer die Quelle dieser Träume ist. Ich denke, James und die Bibliothek sind eine gute Idee. Und wenn wir nichts finden – worauf wir uns aber ehrlich gesagt einstellen sollten –, dann haben wir es wenigstens versucht.«

»Meine Zustimmung habt ihr.«, verkündete Gorla. »Ihr seid gar nicht so ein lahmer Haufen, wie ich gedacht habe. Endlich jemand mit Schneid!«

»Wir fassen das jetzt mal als Kompliment auf.«, erwiderte Wini herausfordernd.

»Das dürft ihr.« Gorla schien zu frieden. »Darüber hinaus bin ich mir sicher, dass dies auch Amartus gefallen dürfte – zumindest die Recherche. Über das, was danach kommen könnte, bin ich mir nicht sicher.«

Derselben Meinung war auch Andris. »Gut, dann ist es beschlossen. Die Frage ist nun, wie wir die Sache angehen?«

Die Freunde überlegten, wem sie von den Träumen erzählen wollten. Sie waren sich schnell einig, dass außer dem Rat, James und Amartus zunächst keiner von ihnen erfahren sollte. Auch einig waren sie sich darüber, dass ihr Marsch zum Portal der Energieströme in Petschora gefährlich werden dürfte. Die Pravalben warteten vielleicht schon auf sie. – Tiberius' Weg sollte sich hier erneut von dem der Freunde trennen. Er beschloss, weiter nach Jeanne zu suchen und auf seine Weise mehr über Gawril zu erfahren.

Als alles geklärt war, trennten sich die Freunde, um zu packen. Und so verschwand auch das Guus.

Claire blickte zurück. *»Die Waage, Tom … und jetzt Gawril. Geheimnisse über Geheimnisse. Langsam glaube ich, das wird nie ein Ende haben …«*

Nachdem die Freunde gepackt und Tiberius, der mithilfe seines Transporterschlüssels reiste, verabschiedet hatten, machten sie sich zusammen mit Gorla auf in die Kälte. Ihr Weg führte sie durch den angrenzenden Wald, danach über eine freie Ebene – was für die Freunde am gefährlichsten war –, wieder durch Wälder, bis hin zur Stadt Petschora. Die Freunde waren einige Zeit unterwegs; die Kälte und die Umgebung machten ihnen zu schaffen. Am Himmel wie auch am Boden war es weiß. Der Schnee hüllte alles in einen eisigen, weißen Schleier. Zudem trugen sie die ganze Zeit ihre schweren Rucksäcke. Fabien ging als Lyncis voran – was Gorla begrüßte, obgleich sie die Nase rümpfte, Andris weniger, da er so auch noch Fabiens Rucksack tragen musste. Joscha durchkämmte die Gegend mit dem Throughnern. Die Stimmung war angespannt. Jederzeit mussten sie mit einem Angriff rechnen.

Als sie die Stadtgrenze erreichten, passierten sie zunächst Eisenbahngleise, danach folgte Industriegelände. Dort am Rande, wo langsam Wohnhäuser angesiedelt waren, lag das Portal zu den Energieströmen. Die Freunde gingen entlang einer ruhigen Straße. Die Straßen waren nahezu leer an diesem Vormittag. Die Menschen hielten sich in den Häusern auf. Es war zu kalt, um sich draußen lange aufzuhalten. Fabien hatte sich zurückverwandelt, Gorla allein sorgte wenn schon für genug Aufmerksamkeit.

Das Portal lag in einer tiefen Gasse zwischen zwei großen Häusern. Es war dort zu finden, wo eines der Häuser einen Nebeneingang hatte. Genau in dessen Türbogen lag das Portal versteckt. Wenn das Portal geöffnet war, schien es so, als traten die Menschen ganz normal in das Haus ein.

Vor der Gasse warteten ein Mann und zwei Frauen auf ihre Opfer.

»Dass uns Galina ausgerechnet in dieses Loch geschickt hat ... Ätzend!«, meckerte eine der Frauen. – Beide waren Ende zwanzig und hatten sehr helle Haut. Die Frau, die sprach, hatte braunes Haar, die andere kastanienfarbenes. Sie waren in dicke Jacken gehüllt und trugen festes Schuhwerk. Dennoch die Kälte machte ihnen zu schaffen, sie froren und hatten leicht blaue Lippen.

»Befehl ist Befehl! Finde dich gefälligst damit ab!« Der Mann, klein, pummelig, mit asiatischen Gesichtszügen, rollte mit den Augen. »Seit zig Stunden dieses ewige Genörgel. Ich werde noch wahnsinnig mit diesen jungen Dingern.«, murmelte er in seinen kurzen, schwarzen Bart. Er selbst war über fünfzig.

»Wart's ab! Irgendwann werden sie hier auftauchen und dann kommen wir zu unserem Vergnügen.« In den Augen der zweiten Frau blitzte die Niedertracht.

»Wo du dich drauf verlassen kannst. Dieser Tom hat Benjamin schrecklich mitgespielt. Jetzt, wo er nur noch ein Mensch ist, geht es ihm einfach fürchterlich. Und sieh uns an! Zum Glück ist dieses Balg tot. Wer ihn auch immer erledigt hat, dem gehört mein Dank. Und seine Freunde werden auch noch dafür büßen.« Die Frau lachte hämisch.

Die Freunde waren noch ein Stück entfernt. Um zwei Ecken und sie hatten ihr Ziel, die Straße zur Gasse, erreicht.

»Bleibt hinter mir! Ich gehe voraus.«, bestimmte Andris, als sie um die erste Ecke gegangen waren.

Seine Freunde hörten auf ihn. Sie waren es mittlerweile gewohnt, dass er vorging. Zwar war er nicht direkt der Anführer ihrer kleinen Gruppe, es herrschte nahezu ein Gleichgewicht, aber er war ihr Sprecher und Kopf in brenzligen Situationen.

Kurz vor der letzten Ecke wurde Andris langsamer, achtete jedoch darauf, dass sie normal den Bürgersteig entlang gingen, damit Menschen, die aus den Häusern sahen, nicht misstrauisch wurden. Andris blickte zurück. »Ihr wartet!«, befahl er in einem ruhigen, leisen Ton, der keinen Widerspruch zuließ. Er drehte sich wieder um – und erstarrte.

Auf Augenhöhe, nicht einmal zwanzig Zentimeter von ihm entfernt, schwebte aufgeregt das Guus.

Andris bekam so einen Schreck, dass er laut nach Luft schnappte und reflexartig nach hinten auswich. Beinahe prallte er mit Joscha zusammen. »Zum Teufel!«, fluchte er leise. Gleich darauf besann er sich, mit wem er sprach. Er richtete sich gerade auf und ging näher zum Guus. »Entschuldigung.«

Das blaue Glühen schien weiterhin aufgeregt. Hektisch veränderte es seine Position. Es schwebte zu Boden, zu Gorla, dann wiederum hoch, zu Claire und Wini.

»Es will uns warnen.«, erklärte Gorla. »Ich wette, da warten ein paar Pravalben auf uns.« Sie zog eine Grimasse, ihre schwarzen Augen waren verengt.

»Und jetzt?«, fragte Fabien. »Sollen wir es von der gegenüberliegenden Seite versuchen?«

»Das wird nichts nutzen. Sie werden uns so oder so entdecken.«, winkte Claire ab.

»Die Frage ist doch, was sie hier tun wollen, beziehungsweise können?«, bemerkte Wini. »Ihre Fähigkeiten werden sie auf offener Straße nicht benutzen, höchstens in der Gasse, wo sie niemand sieht.«

»Und wenn einer sie ablenkt?«, überlegte Joscha.

»Es sind drei.«, bemerkte Gorla, die unbemerkt um die Ecke geschaut hatte. »Es sind Tammo, Natalia und Dora. – Cyrillus dieser miese Verräter hat wirklich jedes noch so kleine Portal verraten.«

»Das war abzusehen.«, brummelte Joscha abfällig.

»Wir sollten einfach auf sie zu gehen. Ein Entkommen gibt es eh nicht. Wir müssen uns ihnen stellen.«, warf Andris ein.

»Wenn sie uns sehen, werden sie in die Gasse verschwinden. Nur dort können sie uns angreifen. Auf der Straße können sie nichts ausrichten, außer einem Gerangel. Entgegenkommen, werden sie uns auf keinen Fall.«

»Hm!«, schnaubte Fabien. »Drei gegen sechs. Wie kommen die nur auf die Idee, uns anzugreifen?! Die sind echt lebensmüde.«

»Wir dürfen sie nicht unterschätzen.«, gab ihm Claire zu bedenken. »Mag sein, dass wir in der Überzahl sind, aber sie haben solch eine Wut, solch einen Hass … Sie nehmen Verletzungen viel eher hin als wir. Wir sind viel vorsichtiger.«

»Claire hat recht.«, bestärkte Andris. »Zumal wir nicht wissen, welche Fähigkeiten sie besitzen und wie viel sie davon eingebüßt haben. Wer weiß, was sie können.«

»Tammo beherrscht wie Wini das Nightflowen, oder wie es die Pravalben nennen, das Silverflowen. Ihr braucht also dringend eure Schutzschilde.«, klärte Gorla sie auf. »Natalia sieht Dinge, die im Verborgenen liegen. Das heißt, wenn Claire euch unsichtbar machen würde, könnte sie euch trotzdem sehen. Ansonsten ist sie jedoch harmlos. Dora dagegen kann ihre Stimme in eine hohe Frequenz bringen, die euch in den Ohren schmerzt. Und das Wichtigste, ihr könnt nichts dagegen tun. Selbst ich nicht.«

»Das zum Thema „Nur drei gegen sechs".« Wini schüttelte den Kopf. »Danke, Gorla.«

»Trotz dessen, ich denke auch, wir sollten geradewegs auf sie zu gehen. Es wird sie aus dem Konzept bringen. Das ist das Einzige, was uns bleibt.«, überdachte Claire.

»Gorla?«, fragte Andris sie nach ihrer Meinung.

»Ich denke, so ist es am klügsten.«

»Gut. – Claire, Wini und ich gehen voran. Wir drei können am meisten ausrichten. Joscha und Fabien, ihr geht hinter uns. Gorla, du läufst versteckt hinter ihnen. Ich möchte nicht, dass dich ein Mensch sieht. Ich hoffe auch, dass sie keinen Pfeil des silbernen Flusses haben.« – Vor einigen Monaten hatte einer der Pfeile Norwin getroffen und ihm schwer zugesetzt. Hätten Claire und Wini ihm nicht geholfen, wäre er gestorben. Der Pfeil des silbernen Flusses war mit das Einzige, was den Wissenden etwas anhaben konnte.

Gorla schnaubte verächtlich. »Pah! Das hieße ja, sie müssten mich irgendwie erwischen. Und bevor das passiert, beiße ich ihnen in ihr Fleisch.«

Die Freunde schüttelte es bei diesem Gedanken. Gorla war zwar schmächtig, aber sie war immerhin ein Wolf mit einem großen Maul und spitzen Zähnen. Die Vorstellung, wie sie jemanden biss, ging ihnen durch Mark und Bein.

»Sollen wir!«, forderte Andris sie nun auf.

Claire und Wini stellten sich zu ihm.

»Wenn was ist, mach dich bemerkbar!«, flüsterte Andris Claire zu.

Claire wusste, er spielte auf ihre Wunde an. »Das klappt schon.«, entgegnete sie zuversichtlich.

Die Freunde machten sich auf.

Wie sie erwartet hatten, waren die Pravalben völlig entgeistert. Damit, dass die jungen Aperbonen geradewegs und mit voller Absicht auf sie zukamen, hatten sie eindeutig nicht gerechnet. Vor allem die Frauen rissen ihre Münder vor Erstaunen auf. Tammo grinste boshaft und bog sofort in die Gasse ein. Natalia und Dora folgten ihm wenige Sekunden später.

Als Andris, Claire und Wini langsam in die Gasse einbogen, hatten die drei Pravalben sich bereits vor dem Türbogen aufgestellt. Tammo, der wie ein Inuit aussah, stand mit Natalia, der Frau mit den leicht welligen, rotbraunen Haaren, hinter Dora mit den glatten, braunen Haaren.

Kaum waren die Freunde ein paar Meter in der Gasse, als plötzlich Dora einen weiteren Schritt vortrat und mit einem fiesen Grinsen ihr Gesicht verzog.

Bislang hatte keiner der Seiten etwas unternommen.

Dora öffnete leicht ihre Lippen, als atmete sie tief ein, und zischte dann durch die Zähne. Schlagartig wurde das Zischen lauter. Ein schriller, vibrierender, ohrenbetäubender Ton entstand und schallte den Freunden mit aller Kraft wie eine Druckwelle entgegen.

Das Schrillen traf sie wie ein Schlag. Es schmerzte in ihren Ohren, es war unerträglich. Die Freunde zuckten zusammen und sanken schmerzerfüllt in die Knie. Krampfhaft versuchten sie mit den Händen auf ihren Ohren das schreckliche Geräusch zu dämpfen, doch dies half nur wenig. Der Schmerz war so tief, so stechend, dass die Freunde glaubten, ihr Trommelfell müsste jede Sekunde platzen.

Wini versuchte, trotz Schmerzen zu denken, und blickte auf. Irgendetwas musste sie doch dagegen tun können. In letzter Sekunde sah sie in Tammos Augen seine Absichten.

Tammo beherrschte wie sie das Nightflowen, nur dass seine Energiebälle nicht dunkelblau sondern silbrigweiß waren. In seiner Vorstellung genoss er es sichtlich, die Freunde damit zu beschießen, niederzustrecken.

Wini riss sich von Tammos Augen los.

Im gleichen Augenblick setzte ihr Angreifer seine Gedanken in die Tat um. Tammo, der hinter Dora stand und dadurch von ihrem Schrei unberührt blieb, streckte seine Hände aus. Er versuchte zwischen ihnen einen Energieball zu bilden. Und versagte. Wini sah ihn fluchen. Tom hatte seiner Fähigkeit scheinbar massiv geschadet. Nur seichte weiße und silberne Lichtfäden, die gleich wieder erloschen, waren zu sehen. Er benötigte mehrere Anläufe, bis es ihm gelang, mit kräftigeren Lichtwirbeln eine Kugel zu formen.

Wini nutzte die Chance und warnte ihre Freunde. »Energieball!«, presste sie heraus und hoffte, das Schrillen irgendwie zu übertönen.

Sie wurde gehört. Sofort hatte jeder von ihnen sein Schutzschild errichtet. – Ihre Schilde waren kaum zu sehen, allein blaue Lichtreflexe deuteten auf ihre Existenz hin. Sie waren leicht gebogen wie Schilde von Rittern nur viel dünner, filigraner und größer und passten sich jeder Bewegung der Freunde an.

Tammo schleuderte seinen ersten Energieball auf Wini und lief los. Der Energieball aus weißen Wirbeln und silbernen Blitzen war matt und schwach. Winis Schild hielt dem Energieball mit Leichtigkeit stand.

Tammos Komplizinnen folgten ihm. Der schmerzende Ton verstummte.

Die Freunde brauchten keine Sekunde, um sich zu erheben und in Kampfposition aufzustellen.

Wini hatte sofort einen eigenen Energieball, eine Kugel aus mächtigen, blitzenden, dunkelblauen Wirbeln, gebildet und schoss ihn auf Tammo, der auswich und gleichzeitig versuchte, einen neuen zu bilden.

Claire streckte ihre Hand zu Boden aus. Schnee wirbelte auf, bildete eine Welle und fegte den Pravalben mit enormer Kraft entgegen. Für einen Moment waren sie blind.

Andris nutzte die Gelegenheit, wandelte sich in Wind und tauchte zum Erschrecken von Natalia direkt hinter ihr auf.

Doch Natalia war eine geübte Kämpferin und hatte den Schrecken gleich überwunden. Sie griff ihn sofort an.

Wini und Tammo schossen mit Energiebällen, was Wini eindeutig besser gelang, da ihre Fähigkeit mächtiger war. Tammo musste zudem ausweichen, da er kein Schutzschild besaß.

Im Gegenzug konzentrierte sich Claire auf Dora, die mit ihrem Zischen alle in die Knie gezwungen hatte.

Dora war stehen geblieben. Sie holte sichtlich Luft und setzte erneut zu einem dieser schrecklichen Töne in Claires Richtung an.

Claire kam eine Idee. Sie sah Dora wie in Zeitlupe Luft holen; eine Reaktion ihrer angespannten Sinne. Ihre Gedanken schweiften ab und sie sah die Lösung, wie sie Dora bezwingen konnte. Augenblicklich war sie zurück, vollkommen fokussiert, auf Doras Mund.

Dora setzte zum Zischen an, doch plötzlich schloss sich ihr Mund. Ihre Lippen verschmolzen, verschwanden schlagartig. Zurück blieb glatte, helle Haut wie die auf ihren Wangen. Dora versuchte, ihren Mund zu öffnen. Die Haut spannte sich. Als sie verstand, was geschehen war, griff sie sich panisch ins Gesicht. Tiefe, erstickende Angst wallte in ihren Augen auf. Dumpfe Geräusche, die nicht nach draußen konnten, waren zu hören.

Joscha, der das Ganze beobachtete, packte sie von hinten.

Die Angst der Frau verlieh ihr Kraft, sodass sie sich wehren konnte. Sie riss sich los und stellte sich in Kampfposition auf. Aggressivität und Wut spiegelten sich in ihrem Gesicht wider.

Joscha griff sie abermals an.

Fabien war Andris zu Hilfe gekommen, obgleich er keiner Hilfe bedurfte.

Natalia, Andris' Gegnerin, nutzte jede noch so kleine Gelegenheit, ihm seine Energie zu entziehen. Da Andris jedoch das Fidesamt, die dunkelblaue, schlangenlederartige Weste, trug, konnte sie ihm nichts anhaben. Anfangs begriff sie es nicht. Erst nach ein paar Versuchen wurde ihr klar, dass ein Fidesamt ihn beschützen musste.

Andris versuchte dasselbige bei ihr. Er packte sie, schlang würgend einen Arm um ihren Hals und konzentrierte sich auf ihre Kraft.

Ein, zwei Sekunden verrannen, als mit einem Male dünne, weiße Nebelschwaden aus ihrer Brust emporstiegen.

Andris sah auf ihr pravalbisches Tattoo versteckt hinter ihrem Ohr, das zu fluoreszieren begann. Schon nach kurzer Zeit spürte er, wie sie schwächer wurde, und beendete es. – Anders wie bei den Pravalben, die sich oft darin verloren, wenn sie Aperbonen ihre Kräfte entzogen, hatte Andris sich vollends unter Kontrolle. – Er ließ sie los.

Atemlos, erschöpft taumelte Natalia zur Seite.

Fabien wusste, er wurde nicht gebraucht, und wandte sich nun Winis Angreifer zu. Er verwandelte sich in einen Luchs und sprang ihn in einem unbeobachteten Moment von hinten fauchend an.

Der kleine Mann geriet ins Straucheln.

Wini schoss gleichzeitig einen weiteren Energieball auf ihn und traf.

Bewusstlos fiel Tammo gegen die Mauer des Hauses.

Dora und Natalia entging dies nicht. Sie suchten einander und tauschten einen Blick. Natalia war entsetzt, als sie Doras verschlossenen Mund erblickte. Dora ignorierte es, gab ihr einen Wink und rannte los. Natalia tat es ihr gleich und rannte in die entgegengesetzte Richtung. Tammo lag bewusstlos am Boden, ihn ließen sie zurück.

Die Pravalben flüchteten. Die Freunde hatten ihr Ziel erreicht.

Claire sah Dora nach. Sie wusste, was sie zu tun hatte. Gerade als Dora um die Ecke bog, schloss Claire ihre Augen und hob die Veränderung auf. Sie seufzte erleichtert. Doras Anblick, ihr verschlossener Mund, hatte sie erschüttert. Die Angst in ihren Augen und dass sie Schuld daran war, konnte sie nicht ertragen. Nickend wandte Claire sich ab. *»Ich bin nicht wie sie.«*, dachte sie und war sich sicher, das Richtige getan zu haben.

»Auf bald!«, verabschiedete sich eine kratzige Stimme. Gorla, die sich bislang aus dem Kampf herausgehalten hatte, war losgespurtet, hinter Natalia her. Sie rannte, Schnee wirbelte auf, und schaute nicht mehr zurück.

Andris blickte ihr kopfschüttelnd hinterher, dann senkte er seinen Blick auf Tammo am Boden.

Der Brustkorb des Mannes hob und senkte sich kaum sichtbar, aber gleichmäßig.

»Er ist im grünen Bereich. Kommt! Er wird Hilfe bekommen.«

Joscha stand mit Fabien bereits vor dem Türbogen. Er hatte das Portal für sie geöffnet.

Fabien verwandelte sich zurück und ging als Erster hinein.

Andris und Claire traten als Letzte ein. Gedankenverloren sahen sie noch einmal zurück. Schnell reparierte Claire mithilfe des Changings die Schäden an den Wänden der Häuser, die durch Winis Nightflowen entstanden waren. Nichts sollte auf sie hinweisen. Ihr letzter Blick fiel auf Tammo, der sich langsam wieder zu regen schien.

9

Im Raum der Energieströme waren sie in Sicherheit. Umgeben von dem unendlich scheinenden Raum, dunkelblau, beinahe wie der Himmel bei Nacht, fanden sie Zuflucht. Schimmernde Lichtwirbel und -ströme erhellten den Raum ein wenig. – Gleichwohl war vieles anders als vor ein paar Monaten. Der Raum war blasser geworden. Trotz der Dunkelheit dort hatte er fortwährend gestrahlt, nun wirkte er matter, lebloser. Die Energieströme waren weniger geworden und die, die es noch gab, waren schwächer. Die vielen blau fluoreszierenden Lichtwirbel, die ihnen ihre Form und Kraft gaben, hatten an Substanz verloren und waren schmaler geworden. Das allgegenwärtige Rauschen war weniger durchdringend.

Die Freunde standen wie auf einer unsichtbaren Plattform. Unter ihren Füßen flirrten kleine Lichtwellen auf. Das Portal blieb nur kurz offen. Es schloss sich, nachdem sie eingetreten waren, sehr schnell. Unter den Freunden herrschte eine aufgeregte Stimmung voller Kampfgeist, aber auch Erleichterung war spürbar.

»Wir haben so was von Glück gehabt!«, atmete Wini auf.

»Teils, teils, würde ich sagen. Drei gegen sechs ist nicht gerade klug gewesen. Verstehen muss ich das nicht, Hass hin und her. Die sind echt lebensmüde.«, meinte Fabien.

»*Die* werden wir nie verstehen.«, schnaubte Joscha.

»Tja … Das Gute ist, dass wir jetzt wissen, wie es um ihre Fähigkeiten bestellt ist.«, erwiderte Andris. »Tammos Silverflowen ist ziemlich eingeschränkt. Er hat sich richtig schwer getan. Okay, von Natalias Fähigkeit haben wir nichts gesehen. Sie war aber kämpferisch gut, das muss ich zugeben. Und Doras Schrei der Maludicioren war beeindruckend. So etwas habe ich noch nie erlebt. Bei ihr müssen wir zukünftig sehr auf der

Hut sein. Dieser Ton … das hat mich an die Livonten erinnert. Wisst ihr noch, als wir neu waren und unser Gehör sich erst an ihre Stimmfrequenz anpassen musste. Das klang fast genauso. Wie dem auch sei, wenn Claire sie nicht außer Gefecht gesetzt hätte. Das hätte böse enden können.«

»Du hast es rückgängig gemacht, oder?«, fragte Wini wissend.

Claire schmunzelte und zuckte mit den Schultern.

»Du bist viel zu gut für diese Welt.« Joscha schüttelte den Kopf.

»Nur weil sie so sind, wie sie sind, muss ich mich nicht auch so verhalten. Es war … es war schrecklich, ihre Angst zu sehen. Und wer bitte schön hätte ihr helfen sollen?!«

»Keiner, darum ging es ja.«, entgegnete Joscha ruppig. »Claire, falls du es nicht vergessen hast, die haben versucht, dich abzustechen. Und du hilfst ihnen noch!«

»*Sie* hat nicht versucht, mich abzustechen, und sie hatte Angst. Sie tat mir leid. Ich kann das nicht. Ich kann mit ihnen kämpfen, sie k. o. schlagen, ihnen ihre Kräfte entziehen, aber so etwas ist nicht richtig. Du kennst meine Einstellung.«, hielt Claire selbstsicher dagegen.

Wini versuchte abzulenken. »Zumindest wissen wir jetzt einmal mehr, wie sie mit ihren eigenen Leuten umgehen. Überlegt mal, Dora und Natalia haben Tammo einfach so liegen lassen und sind abgehauen. Das hätte von *uns* keiner getan.«

Ein Schmunzeln zog sich mit einem Male über Fabiens Gesicht. »Die Strafe folgte aber auf den Fuß. Ich will nicht wissen, was Gorla mit ihnen angestellt hat.«

»Gorla hat echt Schneid!«, stellte Joscha anerkennend fest und nickte.

Aus der Ferne näherte sich nun ein Livont. Andris bemerkte dies als Erster und deutete auf ihn.

Die Freunde warteten. Als sie in die Weite blickten, bemerkten sie, dass manche weiter entfernten Punkte wie eben der Livont verschwommen wirkten, als wenn ein Weichzeichner über ihnen lag.

Der Livont war groß wie alle seiner Art. Sein Gewand schattiert in den unterschiedlichsten dunklen Blautönen mit Punkten wie Sterne, die abwechselnd aufblitzten, war leicht durchsichtig; er selbst war leicht durchsichtig.

»Mmh? Wer ist er?«, überlegte Claire. *»Er sieht so schwach aus.«*

Der Livont war merklich geschwächt; nicht wie bei einem Menschen, der an Hunger litt und abgemagert war, sondern sein Erscheinungsbild schien fahler. Das Dunkelblau strahlte weniger, war dünner, durchsichtiger. Das helle Aufblitzen dazwischen war kein Funkeln mehr, vielmehr ein schwaches Glimmen.

»Und ... er sieht streng aus. Irgendwie erinnert er mich ein bisschen an ... an Andris.«

Hinter einem Schleier verbarg sich das Gesicht des Livonten. Es war ähnlich dem einer Elfe mit spitzen Ohren und kantigen Zügen. Seine großen, mandelförmigen Augen wirkten kälter als die von Serafina, Claires Schutzpatron. Überhaupt wirkte er beherrschter als sie, distanzierter.

Andris verneigte sich als Erster.

Der Livont tat es ihm gleich. Mit einer leichten, fließenden Bewegung, typisch für die Livonten, neigte er anmutig seinen Kopf.

»Darf ich euch vorstellen, Eilmar, mein Schutzpatron. Eilmar, das sind Claire, Wini, Joscha kennst du und Fabien.«, stellte Andris sie einander vor.

»Willkommen.«, antwortete Eilmar mit einer warmen, samtigen, tiefen Stimme und verneigte sich ebenso vor ihnen. Jeden Einzelnen bedachte er mit einem ernsten, aber willkommen heißenden Blick.

Die Freunde grüßten ihn entsprechend zurück.

»Es freut mich, die Freunde meines Schützlings kennenzulernen. – Auch wenn ihr zeitweise einen weniger guten Einfluss auf ihn habt.«

»Hä?!« Claire musste sich wie die anderen stark zusammenreißen, um nicht laut zu protestieren. Was für einen Einfluss?

Ihre Frage beantwortete sich sogleich.

»Andris lebt strikt nach den Regeln der Aperbonen, aber ihr ... ihr seid, wie ich gehört habe, mitunter undiszipliniert und mmh ... wie soll ich es sagen: nachgiebig mit den Pravalben.«

Andris blickte leicht resignierend, was aber nur Claire zu merken schien.

Claire brach ihr Schweigen. »Wenn du mit nachgiebig Tiberius meinst —«

»Schau an, Claire Wittgenstein, der Schützling unserer geschätzten Serafina. Deine Liberalität in Ehren, aber manchmal übertreibst du es.«

Claire musste unweigerlich blinzeln. Sie konnte nicht glauben, was sie hörte, und wetterte drauf los. Wer da gerade vor ihr stand, war ihr gleichgültig. »Wenn Tiberius nicht gewesen wäre, wären wir nicht mal ansatzweise in die Nähe der Waage gelangt. Er hat uns geholfen, sich auf unsere Seite gestellt. Er ist unser *Freund*. Ich wüsste nicht, was das mit einer zu großen Liberalität zu tun hat. Und wenn du auf Tom anspielst. Tom wollte uns retten, uns alle, und es war richtig so. Wir hätten über kurz oder lang nichts mit der Waage gewonnen. Egal wie ihr das jetzt alle seht. Wir haben richtig gehandelt.«

Eilmars Gesicht verfinsterte sich.

Wini war zwischen Belustigung und einem schlechten Bauchgefühl hin und her gerissen.

»Claire!«, sprach Andris sie an, als er merkte, dass sie noch etwas hinzufügen wollte.

»Was?«, entgegnete sie aufgebracht und drehte sich ruckartig zu ihm.

Andris sah sie auf eine merkwürdig ruhige Weise an. Auf Claire wirkte es, als würde er im Geiste warnend den Kopf schütteln.

Claire seufzte und schloss, um wieder herunterzukommen, die Augen.

»Wie dem auch sei.«, sagte Eilmar mit fester Stimme. »Was führt euch zu uns?« Er ließ das Thema absichtlich fallen.

Andris antwortete für alle. Seine Stimme klang ebenso distanziert wie die von Eilmar. »Wir möchten Nachforschungen zu einem bestimmten Thema anstellen und dabei hoffen wir auf James' Hilfe. Zudem möchte ich, wenn möglich, unser neues Ratsmitglied kennenlernen. Ich hoffe sehr, dass er ein wenig seiner kostbaren Zeit für uns erübrigen kann.«

»Gewiss. Wie ich weiß, wünscht auch er sich sehr, euch alle kennenzulernen. Ich bin mir sicher, dass er euch gleich empfangen wird. Sprecht ruhig vor. Danach könnt ihr mit James in Verbindung treten; wenn er nicht selbst auch schon anwesend ist.« Eilmars Gesichtszüge hatten sich entspannt.

Auch Claire hatte sich beruhigt. Sie war leicht abwesend und dachte an ihre Freunde Radomil und Serafina; Livonten, die ihnen gut gesonnen waren. Eilmar war wirklich der unfreundlichste Livont, der ihr je begegnet war. *»Hm ... Radomil ist wieder weit und breit nicht zu sehen. Ich frage mich ernsthaft, wo er steckt. Ich hoffe, es geht ihm gut. Langsam mache ich mir Sorgen. – Ach was, er ist ein Livont. Wenn ich mir um jemanden keine Sorgen machen muss, dann um Serafina und Radomil. Ich werd' noch wie meine Mum.«* In Gedanken rollte Claire über sich selbst die Augen. *»Obwohl, ich könnte Eilmar fragen. Nein. Wer weiß, was ich dann für eine Antwort bekomme. Der ist echt – sonderbar. Wie kann man nur so vehement am alten Wissen festhalten. Die letzten Wochen, Monate haben eindeutig anderes bewiesen.«*

»Wenn ihr mir nun folgen mögt.« Eilmar ging voran. – Kurz sah er sich um. »Und gebt acht, ihr wisst ihr könnt fallen!« Eilmar führte sie quer durch den Raum wie über eine unsichtbare, sich windende Brücke. Über und unter ihnen schwebten die Energieströme, in denen die Aperbonen in einer blitzartigen Geschwindigkeit fortgetragen wurden.

Nach einiger Zeit blieb er stehen. Er öffnete ein Portal zu einem kleinen Raum, einem schmalen Flur. Die Freunde kannten den Raum, schon einmal waren sie so zum Rat gelangt. »Über dieses Portal gelangt ihr in den Warteraum. Thierry und Serge werden euch in Empfang nehmen und euch ankündigen. Ihr werdet nicht lange warten müssen, seid versichert.« Eilmar trat zur Seite.

Wini und Claire betraten als Erste den Flur, gefolgt von Fabien, Joscha und zuletzt Andris.

»Vielen Dank.« Andris verabschiedete sich mit einem knappen Nicken, ebenso seine Freunde.

Eilmar hob sanft seinen Arm, um das Portal zu schließen. Wie bei allen Livonten waren seine Hände nicht zu sehen – niemals. Die Ärmel seines Gewands verbargen sie vollständig. Er nickte ebenfalls und verschwand aus ihrem Blickfeld. Das Portal schloss sich.

Die Wände des Flurs waren kahl und dunkel. Die braune Tapete wirkte stellenweise verschlissen. Es war sehr düster im Raum und eng. Allein das an den Rändern des Bodens und der Decke durchscheinende hellblaue Licht erhellte den Flur. Da sie, wie sie wussten, die Wände nicht berühren durften, quetschten sie sich soweit es ging in der Mitte zusammen.

Kaum hatte sich das Portal vollends geschlossen, lösten sich die Wände des Flures auch schon auf. Sie bekamen tiefe Risse, bis sie wie der Transporterschlüssel in mehrere Teile zerbarsten. Augenblicklich blendete grelles, blaues Licht die Freunde.

Sie waren angekommen. Die fünf standen im Wartezimmer, einem großen Raum mit hohen Wänden. An zwei Seiten führten riesige Flügeltüren zu angrenzenden Räumlichkeiten. Die Wände waren mit Tapete aus vergangenen Jahrhunderten tapeziert. Es brannte ein warmes Licht. Genau vor ihnen stand ein breiter Holzschreibtisch. Dahinter saßen zwei Männer. An den Wänden ringsum hingen zahlreiche alte, verschnörkelte Uhren, die scheinbar die Zeiten der unterschiedlichen Länder zählten, und Regale mit Ordnern und Büchern. An der Wand gegenüber des Schreibtisches stand eine ellenlange, dunkelgrüne Ledercouch mit Nieten für die Wartenden. Insgesamt herrschte eine warme, aber sehr formelle Stimmung.

»Schön hier.«, dachte Claire und sah sich um. »Tolle alte Möbel und die Bücher ... Ich frage mich nur manchmal, wie *die Aperbonen das alles finanzieren? Na ja, Herr Hovorka wird nicht ihr einziger Förderer sein.*« – Herr Hovorka war Joschas Vater, ein reicher Konservenfabrikant aus Prag.

Die Männer hinter dem Schreibtisch erhoben sich. Flüchtig tauschten sie einen schmunzelnden Blick. Beide waren groß, drahtig und etwa Mitte dreißig. Ihre Kleidung war sehr gepflegt, wenn auch ein wenig spießig für ihr Alter und ihre Position: dunkelblaue, fast schwarze Stoffhose, weißes Hemd, Krawatte und Pullunder. Sie ähnelten sich, da beide elegante Gesichtszüge hatten und einen gebräunten Teint. Sie wirkten selbstbewusst und beherrscht und hatten etwas Südländisches an sich. Der augenscheinlichste Unterschied waren ihre Haare. Der eine hatte kurze, schwarze Haare, der andere hellbraune, wellige.

»Andris, wie geht es dir?«, fragte der Mann mit den hellbraunen Haaren und kam auf sie zu. Sein Ton und seine Haltung waren förmlich.

»Thierry. Danke, gut.« Andris reichte ihm die Hand. »Wir hatten zwar gerade eine kleine Auseinandersetzung mit den Pravalben, aber wir sind alle davon gekommen. Drei gegen sechs! Die werden immer verrückter.«, bemerkte Andris sehr überheblich.

»Sie werden es nie lernen.«, antwortete Thierry. »Nun, was kann ich für euch tun?«

»Wir möchten zum Rat. Eilmar sagte, Friedrich Mogensen möchte uns gerne kennenlernen.«

»Natürlich. Er legt besonderen Wert darauf, jeden Aperbonen kennenzulernen. Und euch erst recht.« Thierry wirkte für einen kurzen Augenblick abwesend; sein Blick hatte etwas Amüsiertes und gleichzeitig Abfälliges an sich.

Sein Kollege, der wieder Platz genommen hatte und sie vom Schreibtisch aus beobachtete, schmunzelte zeitgleich.

»Aber vorab, stell uns bitte vor!«, forderte Thierry.

»Gerne. Joscha, Thierry, ihr kennt euch. Wini, Claire, Fabien, darf ich euch vorstellen, Thierry Beauchamp. Er ist einer der Wärter. Sein Kollege heißt Serge Durand. Beide kommen aus Andorra, einem kleinen Fürstentum zwischen Frankreich und Spanien. Thierry, das sind Claire Wittgenstein, Winifred McFadden und Fabien Curie.«

Nacheinander gaben sie sich die Hand. Serge nickte ihnen beiläufig vom Schreibtisch aus zu.

Thierry sah die Frage in Claires und Winis Augen. »Ein Wärter ist ein Assistent des Rates. Wir regeln die Termine und achten darauf, wer vorspricht. Es kann ja nicht einfach jeder kommen.«

»Ganz schön überheblich!«, dachte Claire.

Thierry wies auf die Couch. »Ich bitte euch, noch einen Moment Platz zu nehmen. Der Rat ist informiert und wird euch schnellstmöglich empfangen. Habt Geduld!«

Nachdem die Freunde Platz genommen hatten, blickte Claire sich um. *»Mmh ... der Raum hier scheint auch irgendwie angegriffen zu sein.«* – An manchen Stellen wirkte die Tapete verschwommen, wie auf einem weichgezeichneten Foto. – *»Kein Wunder, der Raum der Energieströme ist angegriffen und dies hier ist schließlich ein Teil davon. Wirklich schade, so ein toller Ort ...«*

»Man hört dich fast denken.«, bemerkte Andris leise, der neben ihr saß und ihr Gesicht betrachtete.

Claire sah zur Seite und stützte ihr Kinn auf ihrer Hand ab. »Ach, ich habe nur daran gedacht, wie schön es hier ist, und dass es schade ist, dass alles zerfällt.«

»Jetzt ja nicht mehr. Der Zerfall hat aufgehört nach ... nach Toms Tod.«

»Ich weiß ... Sag mal, wie ist das eigentlich mit den Räumlichkeiten des Rates? Gibt es noch mehr Büros außer dem einen? Was ist zum Beispiel hinter der anderen Tür?«

»Ja, es gibt noch mehr Räume. Hinter der linken Tür befindet sich das Büro des Rates, das kennst du ja, und hinter der rechten ein Flur zu weiteren Büros und einer riesigen Bibliothek. Wichtig für dich zu wissen ist, dass du diesen Warteraum, das Büro des Rates sowie den Flur hinter der Tür nur über dieses eine Portal, das uns Eilmar geöffnet hat, erreichen kannst.

Eine Besonderheit sind zudem die Ls, die Mosaike, im Boden der Räume; es gibt sie fast überall. Sie ermöglichen uns, schnell zurück zu reisen.«, erklärte er ihr geduldig.

»Und für wen sind die anderen Büros?«

»Für den Rat, dessen Assistenten, für Besuch.«

»Die Livonten halten sich also nicht hier auf?«

Andris schüttelte den Kopf. »Selten ...« Er sah grüblerisch, missbilligend zu Boden.

Irgendwie ahnte Claire, worüber er nachdachte. »Du magst Eilmar nicht besonders, stimmt's?«, flüsterte sie ganz leise.

Andris' Kopf schoss hoch. Seine Augen waren leicht geweitet. Claire wusste, sie lag richtig, und er wusste, dass sie es wusste. Er versuchte, es zu erklären. »Er ist halt sehr *strikt.* Was ich eigentlich gut finde, aber manchmal ... manchmal erstickt mich das. Hätte ich so mit ihm geredet, wie du gerade, dann ... Das war schon mutig.«

Claire schmunzelte.

»Klug war es nicht.«

»Ich lasse mir nicht den Mund verbieten, auch nicht von einem Livont. Es mag sein, dass in seiner Welt das richtig ist, was er denkt, aber nicht in meiner. Und das spreche ich auch aus. Und gut, dann ist er halt sauer.« Andris blickte zweifelnd. »Ich weiß, normalerweise stehe ich nicht auf Krawall, aber bei diesem Thema reist mir echt die Hutschnur.«

»Hat man gemerkt.« Noch immer sprachen die beiden sehr leise, sodass nur sie sich gegenseitig hören konnten.

»Außerdem, Serafina und Radomil sind nicht so strikt und kühl, und die anderen Livonten doch auch nicht, oder?«

»Eigentlich nicht, nein. Leander, Jeannes Schutzpatron – ich habe ihn kennengelernt, als Jeanne nach Prag kam –, ist sogar noch sanftmütiger. Wobei man natürlich beachten muss, dass jetzt dunkle Zeiten herrschen. Die Livonten sind ernster. Sie machen sich Sorgen. Ganz davon ab, eine gewisse Distanz haben wir ja immer zu ihnen. Sie sind einfach andere Wesen.«

»Na ja, wenn ich mir überlege, dass Serafina sieht, wenn es mir schlecht geht, kann es mit der Distanz nicht weit sein. Aber ich weiß, was du meinst. Sie sind gefühlstechnisch einfach weiter weg. Umso erstaunlicher, dass sie gerade über unsere Gefühle erfahren, wie es uns geht.«

»Je älter wir werden, desto weniger wird es. Eilmar sieht mich längst nicht mehr so gut, wie Serafina dich. *Zum Glück.*« Die letzten Worte nuschelte Andris in sich hinein.

Claire hörte sie dennoch und verstand nur zu gut, was er meinte. Zugleich kam ein gewisser Gedanke in ihr hoch. *»Die Livonten sind wirklich einzigartig. Was ich mich allerdings frage, woher es kommt, dass sie unterschiedliche Aufgaben haben? Creszentia und Quintus sind im Rat, Radomil und Eilmar im Raum der Energieströme und manche wie Serafina sind ständig auf der Welt unterwegs, um uns und die Menschen zu beschützen. Serafina ... sie ist auch etwas Besonderes; zumindest wird sie so behandelt. Nur warum ist das alles so? Darüber schweigen sie sich aus. Okay, Creszentia und Quintus, wissen wir, haben den besten Draht zu den Menschen, obwohl ich das nicht bestätigen kann. Aber was ist mit den anderen? Das muss ich irgendwann mal Serafina fragen ...«*

Winis Genuschel, sie saß ebenfalls neben Andris, holte sie zurück in die Realität.

»Ich bin gespannt, was der Rat sagt, vor allem nach unserem letzten Gespräch. Ob Friedrich Mogensen genauso denkt? Oh Mann, das kann echt was geben. Wenn sie wieder anfangen, zu meckern, dann ... Ich muss mich zusammenreißen.«

»Warten wir's ab.«, meinte Fabien. »Vielleicht sind sie mittlerweile entspannter. Sonst würden sie uns heute doch gar nicht empfangen.«

»Besonders gut zu sprechen, werden sie nicht auf uns sein. Überlegt nur, wie Eilmar drauf war.«, wandte Joscha ein.

»Da müssen wir jetzt halt durch.«, seufzte Claire. »Das viel größere Problem ist, dass wir ihnen die Sache mit, ihr wisst schon, nicht verschweigen können, da wir James um Hilfe bitten, und sie auch fragen werden, was wir hier wollen. Ich bin gespannt, was sie dazu sagen. Ich versuch's optimistisch zu sehen. Vielleicht haben sie sogar einen Tipp.«

Andris sah plötzlich ernster aus. »Abwarten!« Er antwortete nur flüchtig, denn sein Blick war auf die zwei Wärter gerichtet.

Thierry stand am Tisch und blätterte in einer Kladde, beobachtete sie aber immer wieder. Serge saß am Schreibtisch und machte sich Notizen. Zwischendurch schmunzelte der eine oder der andere wie im Wechselspiel.

Wini folgte Andris' Blick und in dem Moment, als sie Thierry ansah, schaute auch er sie an. Wie ein Film lief mit einem Male vor ihren Augen ab. Thierry und Serge unterhielten sich, obgleich in Wirklichkeit keiner der beiden etwas sagte. Jetzt fiel Wini auch auf, dass sie dem Rat gar nicht Bescheid gegeben hatten, dass sie dort waren. Was stimmte hier nicht?

»Andris?« Wini sah ihn fragend an.

»Was denkst du?«, forderte er sie auf, es selbst herauszufinden.

Serge blickte von seinen Notizen auf. Er schaute zu Claire und verzog sein Gesicht. Keine Sekunde später kräuselte Thierry als Reaktion darauf argwöhnisch seine Lippen.

»Telepathie!«

»Ja.«

»*Das* ist übel! Können sie unsere Gedanken hören?«

Andris beäugte sie kritisch. »Dann säße ich hier nicht. Glaubst du, ich lasse irgendwen in meinen Kopf gucken?! Mal ganz abgesehen vom Rat. Das funktioniert nur, wenn du es absichtlich zulässt. Es ist so, sie hören nur die Gedanken anderer, beziehungsweise können anderen ihre eigenen Gedanken schicken, wenn die betreffende Person von ihrer Fähigkeit weiß und es auch zulassen will.«

»Okay.«

»Sie können es also beide?«, interessierte Claire.

»Genau aus diesem Grund sitzen die hier.«, sagte Joscha missbilligend.

Im gleichen Moment öffnete sich die Tür zum Flur. Ein älterer, würdevoller Mann trat ein. Als er sie sah, stutzte er, dann schaute er wie von oben auf sie herab. Direkt ging er zu den beiden Wärtern. Im Flüsterton mit ständig prüfendem Blick in

Richtung der Freunde sprach er mit ihnen.

Kurz darauf schloss Thierry seine Augen. Als er sie wieder öffnete, blickte er zu Andris. »Ihr dürft eintreten.«

»Irgendjemand wird ihm Bescheid gegeben haben, wird ihm erlaubt haben, kurz zu hören, was er dachte.«, erklärte ihnen Andris, ohne die Frage der Mädchen abzuwarten.

Die fünf standen auf.

»Danke.«, erwiderte Andris und ging zur Flügeltür.

Ein Raunen des alten Mannes ließ ihn zurückblicken. Das Guus war hinter ihm aufgetaucht, neben Wini. Es schwebte ruhig in der Nähe von Winis Kopf.

Wini hatte sich selbst kurz erschrocken, lächelte nun aber.

Mit großen Augen sah der Mann ungläubig zum Guus. Auch die Wärter sahen verwundert aus.

Ohne eine Erklärung öffnete Andris die Tür und trat mit seinen Freunden und dem Guus ein.

Die Gruppe trat in einen runden Saal, der noch höhere Wände hatte als das Wartezimmer. Ringsum ragten riesige Regale mit Büchern, Landkarten, Flaschen mit Essenzika und Pappschachteln mit Unterlagen in die Höhe. Der Raum war in warmes Licht getaucht. Direkt gegenüber der Tür standen die fünf Schreibtische der Ratsmitglieder in Form eines Halbkreises aufgestellt. Jetzt, wo Friedrich Cyrillus' Platz eingenommen hatte, waren alle Stühle wieder besetzt. Links außen saß Igor Michal Ressowski, gefolgt von Friedrich Mogensen, Creszentia, Quintus und Richard Dale.

Andris ging voran.

Claire, die mit die Letzte war, sah sich aus ihrer leicht versteckten Position natürlich Friedrich als Erstes an.

Friedrich Mogensen war sechzig Jahre alt, hatte grau meliertes, schütteres Haar und ein langes, schmales Gesicht. Seine Wangenknochen saßen sehr hoch und verliehen seinem Gesicht eine außergewöhnliche Note. Alles in allem war er sehr sympathisch, eben wie Andris und Fabien ihn beschrieben hatten. Seine Herkunft – er kam aus Belgien, wie Claire wusste – war ihm nicht anzusehen. Er hätte genauso gut aus jedem anderen nordeuropäischen Land stammen können. Wie Richard und Igor trug er die aperbonische Robe des Rates: einen dunkelblauen Umhang mit goldenen Ärmeln und goldenem Kragen.

»Herzlich willkommen, meine jungen Freunde.«, begrüßte Richard sie mit einem breiten Lächeln. Richard war mit seinen neununddreißig Jahren das jüngste Ratsmitglied. Seine gebräunte Haut, seine längeren, braunen Haare und seine Statur ließen ihn wie einen australischen Surfer aussehen, nur in gestriegelter Version des Rates.

Die übrigen Ratsmitglieder nickten.

Die Freunde taten es ihnen gleich. Sie hatten sich in einer Reihe aufgestellt.

Das Guus, das bislang versteckt hinter Wini schwirrte, tauchte nun neben ihr auf.

Ein Raunen ging durch den Raum, das bis nach oben in die Höhe des Saals nachhallte.

»Ein Guus! Wie interessant, ihr habt ein Guus mitgebracht.«, bewunderte Richard.

»Mitgebracht ist zu viel gesagt. Es taucht dann und wann einfach bei uns auf.«, klärte Andris sie auf.

»Seit wann?«

»Seit ein paar Tagen. Claire hat es vereinzelt aber auch schon vor ein paar Wochen gesehen.«

»Ihr solltet dankbar sein. In solch einer Zeit ein Guus auf seiner Seite zu wissen, ist wahrlich ein Geschenk.«, stellte Creszentia mit sanfter Stimme fest.

Claire staunte über den Livont. *»Sie und Quintus sind so mächtig wie eh und je. Ihr Gewand ist so leuchtend im Vergleich zu den anderen Livonten. Tom konnte ihnen scheinbar wirklich nicht viel anhaben.«*

Ganz ruhig schwebte das Guus ein Stück weit nach vorn. Es näherte sich dem Rat, verweilte dort wenige Sekunden, als betrachtete es ihn, und verschwand dann augenblicklich im Nichts.

»Schön für euch.«, freute sich Richard für sie und lenkte

dann zu einem anderen Thema ein. »Aber nun gut, wie geht es euch?«

»Recht gut. Zum Glück!«, erwiderte Andris. »Wir sind vor wenigen Minuten einem Angriff der Pravalben entkommen. Sie haben vor dem Portal in Petschora auf uns gewartet.«

»In Petschora? Dort schicken sie Leute hin?«, staunte Igor, der die Gegend als gebürtiger Russe kannte. Igor wirkte mit seinen langen Haaren, seinem Bart und seiner großen, stattlichen Figur wie ein Wikinger, nur viel gepflegter und ruhiger. Egal wie misslich die Lage war, er strahlte stets Besonnenheit aus.

»Sie lassen nichts unversucht. Erst recht nicht, was uns anbelangt.«, bemerkte Andris trocken.

»Mit Sicherheit.«, schnaubte Richard verächtlich.

»Erfreulich war, dass wir nicht allein waren. Gorla stand uns zur Seite.«, ergänzte Joscha übertrieben höflich. Was er und seine Freunde über Gorla dachten, war klar. Sie war einfach ein Biest, aber sie war dort gewesen, um ihnen zu helfen, was einiges wettmachte.

Richard schmunzelte. »Ich hoffe, sie war nicht allzu *kratzbürstig?*«

»Die meiste Zeit.«, antwortete Andris ehrlich.

»Tja, unsere gute, alte Gorla.« Richard schüttelte lächelnd den Kopf und blickte dann zu Friedrich. »Wie dem auch sei, ich möchte euch gerne mit unserem neuen Ratsmitglied bekannt machen. Wie ich weiß, brennt er darauf, euch kennenzulernen. Darf ich euch vorstellen, Friedrich Mogensen.«

Friedrich lächelte und stand auf. Er kam hinter dem Schreibtisch hervor, um die Freunde per Handschlag zu begrüßen. Da er um einiges kleiner war als die Jungs, musste er zu ihnen aufblicken, was ihn allerdings nicht zu stören schien. Wini und Claire lächelte er besonders herzlich an.

»Er ist ganz schön schmächtig, aber er hat einen kräftigen Händedruck.«, stellte Claire für sich fest.

»Es freut mich sehr, eure Bekanntschaft zu machen. Wisst ihr, ich bin so ein neugieriger Mensch. Sicherlich, Andris und

Fabien, euch bin ich schon einmal vorgestellt worden, aber nur flüchtig. Schön, dass ihr hier seid.« Mit diesen Worten ging er zurück zu seinem Platz. Seinen Blick heftete er auf Claire und Wini. »Wahrlich faszinierend so fähige Aperbonen vor sich stehen zu haben. Dein Changing, Claire, und dein Flammenauge, Winifred, werden uns noch hervorragende Dienste leisten.«

Claires Stimmung kippte ein bisschen. *»Ich wusste gar nicht, dass wir zum Allgemeingut gehören. Na ja, aber ich glaube, so hat er es gar nicht gemeint.«*

Um Winis Mundwinkel zuckte es leicht. Claire wusste sofort, ihr hatte der Kommentar genauso wenig gefallen.

»Nun ist es an mir, euch jemand weiteren vorzustellen. Teutward? Wo steckst du?«

»Teutward, das war ... seine Libelle. Was heißt seine Libelle. Teutward ist ja ein Wissender und gehört praktisch niemand.«, dachte Claire.

Da keiner sprach, war ein seichtes Surren zu hören. Von einem der Bücherregale schwebte, schwirrte eine grünbraune Libelle in der Größe einer Untertasse zu ihnen hinunter. »Ah, die fünf Freunde, die Freunde!«, begeisterte er sich. Seine Stimme klang hell, aufgeregt. Teutward sauste hektisch von der einen zur anderen Stelle, sodass die Freunde Schwierigkeiten hatten, ihm zu folgen.

Claire erhaschte einen Blick auf ihn, als er kurz innehielt. *»Er sieht wirklich – was hat Fabien noch mal gesagt – schrumpelig aus. Gut, er ist zweihundert Jahre alt. Norwins und Gorlas Fell sieht auch trocken aus. Obwohl, Alwara sieht man ihr Alter kaum an.«*

»Teutward ist ein lieber Freund. Er begleitet mich seit meinem einundzwanzigsten Geburtstag.«, erzählte Friedrich. »Und ja, er ist immer so hektisch.« Friedrich las die Frage in ihren Augen.

»Schön, schön – schön schön. Wini ist hier. Alwara erzählt nur Gutes über dich. Jaja.« Teutward schwebte vor Winis Augen, dabei wurde er ruhiger. Seine durchsichtigen, feingliedrigen Flügel schimmerten im Licht der Lampen, ebenso wie sein grüner Körper. Der Reihe nach flog er zu jedem von ihnen und beäugte sie mit seinen großen Facettenaugen. »Ah, Andris! Andris, wir kennen uns. Du bist ein guter, guter Schüler.« So begrüßte Teutward jeden. Immer mit einem Kommentar und immer mit der schnellen Wiederholung einiger Wörter. Als er fertig war, kam er auf Friedrichs Schreibtisch zur Ruhe.

Jetzt, wo die Vorstellung vorüber war, ergriff Andris erneut das Wort. Er richtete sich gerader auf und begann. »Wenn ihr gestattet, ich hätte einige Fragen?«

Richard nickte.

»Da wir in der letzten Zeit viel unterwegs waren und folglich nicht viel mitbekommen haben, würden wir gerne wissen, wie die momentane Lage aussieht. Gibt es Neuigkeiten? Gab es Änderungen im Notstandsregelement?«

»Die Lage es weiterhin sehr kritisch. Sie geben einfach nicht auf. Zum Glück haben wir Leute wie Amartus und Mabel, die sich darum kümmern, dass es den Alten und Jungen gut geht.«, berichtete ihnen Richard. »Wir tun natürlich unser Möglichstes, um ihnen Einhalt zu gebieten, aber dies ist schwierig. Wir hoffen darauf, dass sie über kurz oder lang müde werden, und dann ergreifen wir unsere Chance. Das Notstandsregelement ist folglich das Alte: *Versteckt euch. Helft den Alten und Schwachen. Sucht euch Verbündete, bleibt nicht allein. Und geht nicht offensiv auf Pravalben zu.«* Kurz sah Richard auf seine Hände, die gefaltet auf seinem Schreibtisch ruhten.

»Er trägt einen Ring ... mit einem weißen, nein, cremefarbenen Stein. Der ist mir vorher nie aufgefallen. Und er schaut auch auf ihn, wenn er nachdenklich ist. Ich glaube, dies tun alle Aperbonen.«

»Was alles nicht so gekommen wäre, wenn ihr die Waage neu erschaffen hättet.«, warf ihnen jetzt Quintus mit strengem Blick vor.

»Toll, darauf habe ich gewartet.«, dachte Claire verärgert. Einen Kommentar ihrerseits schenkte sie sich.

Wini stupste sachte mit ihrer Hand gegen Claires, als Zeichen, sie solle sich nicht aufregen. Die Freunde standen geschlossen hinter ihrer, Serafinas und Toms Entscheidung, die Waage nicht wieder zusammenzusetzen.

Quintus führte seine Rüge fort. »Unsere Situation ist mehr als misslich: Der Raum der Waage ist zerstört. Die Waage kann folglich niemals mehr zusammengefügt werden. Wir sind angegriffen, der Raum der Energieströme. Der einzige Trost ist, dass es die Pravalben schwerer getroffen hat als uns.«

»Letztendlich war es eine gemeinsame Entscheidung von Menschen und Livonten.«, erinnerte ihn Richard. »Claire hat auf Serafinas Anraten hin gehandelt und sie wiederrum auf Toms. Und Tom war wirklich ein ganz besonderer, einzigartiger Mensch. Er hätte uns Frieden bringen können und dies wisst ihr.«

»Dennoch hätte dies anders entschieden werden müssen. Wir hätten den Entschluss fassen sollen, die Versammlung.«, argumentierte Igor bedacht.

»Wenn ich mich nicht täusche, waren wir im Nachhinein aber auch alle einverstanden. Keiner hätte die Entwicklung, Toms Tod, vorhersehen können.«, stellte Richard sich hinter die Freunde.

»Ich«, mischte sich Friedrich ein, »muss gestehen. Ich hätte die Waage vermutlich erschaffen. Es wäre sicherer gewesen. Meint ihr nicht auch?«

»In der Tat.«, pflichtete ihm Creszentia bei.

»*Claire, ganz ruhig! Nicht aufregen!*«, beruhigte sie sich selbst. »*Die haben nicht im Raum der Waage gestanden. Die wollten nicht ihr Leben riskieren und sie kannten auch nicht Tom. Wir haben das Richtige getan!*«

Igor versuchte, Ruhe in das Gespräch zu bringen. »Ich denke, das Thema wird immer Raum für Diskussionen lassen. Aber dies bringt uns nicht weiter. Vielmehr sollten wir uns darum bemühen, die jetzige Situation in den Griff zu bekommen.«

»Sehr wahr, sehr wahr.«, stimmte Teutward zu.

»Und das führt mich zu *meiner* Frage. Was hat euch bewogen, euren Zufluchtsort zu verlassen? Was tut ihr hier?«, erkundigte sich Richard.

Diesmal antwortete Wini. »Wir hatten vor, James zu besuchen. Wir haben ein Anliegen.«

»Ein Anliegen?«, hakte Igor nach.

Andris klinkte sich ein. »In den vergangenen drei Nächten hat uns ein Traum heimgesucht. Uns alle und es war bei jedem der gleiche.«

»Erzähl weiter!«

»In der ersten Nacht war der Traum nicht wirklich aussagekräftig, sodass sich Wini nichts dabei dachte. Sie hat als Erste davon geträumt. In der zweiten Nacht kam Claire dazu – der Traum wurde deutlicher – und in der letzten Nacht träumten wir alle davon. Wir glauben, dieser Traum hat mit Gawril zu tun?«

Die Gesichter der Ratsmitglieder nahmen ernste Züge an.

»Warum?«, fragte Igor besorgt.

»Joscha!«, forderte ihn Andris auf.

Joscha trug die Zeilen des Traumes vor. Als Wissensläufer gelang es ihm mühelos. »*Sei auf der Hut. Das Böse schläft nie. Sie sind nicht allein, sie sind nicht allein. Er ist die Macht. Die Macht ist er. Er allein. Er allein. Das Übel. Gift, Gift, seine Gedanken sind Gift. Menschen sterben, wir sterben, wir sterben. Geheim, geheim, er ist geheim. Finden, finden, ihr müsst ihn finden. Sei auf der Hut. Das Böse schläft nie.*«

»Gawril also …«, bemerkte Creszentia und bestätigte damit die Vermutung der Freunde. »Nun ja, ganz gleich wer euch diese Träume schickt, niemand kann etwas gegen Gawril ausrichten. Er ist der mächtigste aller Maludicioren.«

»Aber, warum schickt uns dann jemand diese Träume?«, hinterfragte Wini.

»Ich weiß es nicht. Es ist grotesk, Menschen auf die Suche nach ihm zu schicken. Zumal mit dem Wort „finden" meines Erachtens anderes gemeint ist.«

Quintus nickte nachdenklich. »Sich Gawril in den Weg zu stellen, ganz gleich ob Mensch oder Livont, ist sinnlos.«

Wini ließ nicht locker. »Und was sollen wir jetzt tun?«

»Nichts.«, antwortete Creszentia und lächelte.

»Wenn ich mich einmischen dürfte.«, begann Joscha. »Die Person, die uns die Träume geschickt hat, kennt Gawril und das heißt, sie müsste wissen, dass es nichts gibt, was ihn aufhalten kann. Es sei denn, es gibt doch etwas.«

»Wenn wir nichts wissen, dann weiß auch niemand anders etwas.«, erwiderte Creszentia nun reserviert.

»Bei allem Respekt, aber … ihr wusstet auch nichts von den Teilstücken der Waage, nur Cornelius.«, entgegnete Wini vorsichtig.

Creszentias mandelförmige Augen weiteten sich ein Stück. Sie war eindeutig empört. Es dauerte einige Sekunden, bis sie begriff, dass Wini recht hatte. Ruhig erwiderte sie, »Wenn ihr meint, uns damit helfen zu können, dann habt ihr mein Einverständnis, euch in dieser Sache zu erkundigen. Ihr dürft gerne die Bibliothek hier in unseren Räumen nutzen. Ihr seid willkommen.«

Die übrigen Ratsmitglieder nickten zustimmend.

»Eines müsst ihr uns allerdings versprechen! Die Angelegenheit und das Wissen über die Existenz von Gawril bleibt unter uns.«, forderte Quintus.

»Selbstverständlich.«, versprach Andris stellvertretend für alle.

»Die Frage ist ja auch, ob ihr überhaupt Zeit dafür findet.«, meinte Richard. »Amartus überlegt nämlich ernsthaft, euch eigene Aufgabenbereiche zu übertragen, zumindest einigen von euch. Und auch wir denken, dass dies eine gute Idee ist. Nun, im Moment ist es zwar noch nicht soweit, aber wer weiß.«

»Ich bin mir sicher, dass wir für jeden von euch eine passende Aufgabe finden.« Friedrich lächelte zuversichtlich. »Vor allem du, Wini, solltest dir schon einmal überlegen, ob du nicht Interesse daran hast, als Assistentin des Rates in die Fußstapfen deines Urgroßvaters zu treten. Es wäre mir eine Freude, dich bei uns zu wissen. Deinem Urgroßvater hätte dieser Gedanke bestimmt auch gefallen.«

Wini, die wenig empfänglich für derartige Schmeicheleien

war, lächelte matt.

»Mit dir an unserer Seite hätten wir sicherlich auch diesen Verräter Cyrillus ausgemacht.«, schnaubte Friedrich verächtlich. »Es ist mir auch ein Rätsel, wie sein Schutzpatron Oxandrius nichts bemerken konnte.«

»Cyrillus ist alt. Seine Verbindung mit Oxandrius war schwach, nicht wie die eines Jünglings. Zudem wird sein Wandel nicht von dem einen auf den anderen Tag gekommen sein. Er wird sich langsam von uns distanziert haben. So war es ihm möglich, seinen Schutzpatron und uns zu täuschen.«, verdeutlichte ihnen Creszentia.

»Geschehen ist geschehen. Nun konzentrieren wir uns auf die Zukunft.« Quintus verneigte sich und deutete den Freunden, entlassen zu sein.

Die Freunde erwiderten die Geste und traten zurück.

»Wartet! Ich begleite euch.« Richard stand auf und schloss sich ihnen an.

Gemeinsam verließen sie das Büro des Rates. Die Wärter waren sichtlich verwundert, dass Richard sich ihnen angeschlossen hatte, zumal er vertraut mit ihnen plauderte. Eine Genugtuung, wie Wini fand. Richard führte sie zu James' Büro, die dritte Tür von links auf dem Flur. Dort verabschiedete er sich und trat zwei Türen weiter in einen anderen Raum ein.

Der Flur war ebenso wie der Warteraum mit alter, prunkvoller Tapete tapeziert, die jedoch durch die Jahre gelitten hatte. An der meterhohen Decke zierte elfenbeinfarbener Stuck. Der Boden war mit hellem Stein gefliest. Zwei Ls als blaue Mosaike waren im Boden eingelassen; eines direkt auf ihrer Höhe, das andere tiefer im Raum. Mit ihnen konnten die Aperbonen die Räumlichkeiten des Rates verlassen.

Auf dem Flur befand sich niemand außer den Freunden. Es war still, noch nicht einmal Gemurmel aus den angrenzenden Zimmern war zu hören.

»Das war so klar, dass sie wieder was auszusetzen hatten.«, flüsterte Wini.

»Das geht bei mir hier rein und da raus.«, erwiderte Fabien ebenso leise.

»*Mich* ärgert das!«

»Mich auch. – Wir müssen uns einfach damit abfinden, dass wir das auch noch in ein paar Jahren aufs Butterbrot geschmiert bekommen.«, sagte Joscha leicht resignierend.

»So ist es. Also, lasst uns lieber schauen, was es mit den Träumen, mit Gawril auf sich hat, hm?«, schloss Claire das Thema.

Dies war Andris' Stichwort. Er klopfte an die schwere Holztür von James' Büro.

Schritte hallten auf. Ein paar Sekunden später öffnete sich mit einem Knarzen die große Tür.

»Das glaub ich nicht! Ihr hier?!« James seufzte befreit. »Schön, euch zu sehen.« Er lachte und nahm sie nacheinander in den Arm, selbst die Jungs. Wini drückte er besonders lange. Er war sichtlich erleichtert, dass es ihr gut ging. – James kannte Wini aus Irland von ihrem Urgroßvater, seit sie ein kleines Mädchen war. Es verband sie eine lange Freundschaft. Früher war er „ihr Onkel James" gewesen. – »Kommt rein!« James öffnete die Tür ein Stückchen weiter und ließ sie eintreten.

»*Er trägt einen Verband an der Hand. Warum trägt er einen Verband?*«, sorgte sich Claire, als sie es sah. Sie runzelte die Stirn. »*Alwara und Gorla haben gar nichts gesagt.*«

James trug wie eh und je eine Cordhose, ein Hemd und darüber einen Pullunder. Für seine einunddreißig Jahre, fand Claire, war er sehr konservativ gekleidet. Ein Blick in sein Gesicht jedoch verriet, dass er alles andere als das war. Er hatte ein markantes Gesicht mit spitz ausgeprägter Nase, neugierigen, aufgeschlossenen Augen und ein ähnlich verschmitztes Grinsen wie Joscha. Seine braunen Haare waren zerzaust, als wenn er gerade wild nachgedacht hatte – ganz der zerstreute Professor.

Er lächelte, als alle in dem kleinen Zimmer Platz genommen hatten und er sich sicher war, dass seine Freunde wohl auf waren. James saß seitlich auf seinem Schreibtisch. Die Freunde saßen verstreut auf Bürostühlen, Hockern und einem winzigen Sofa.

»Wie geht es euch?«, begann James und blickte zu Wini, die auf einem Bürostuhl ihm gegenüber Platz genommen hatte. Für ihn war es selbstverständlich, dass sie ihm berichtete.

»Gut so weit. Wie du vielleicht weißt, haben wir in den letzten Tagen Unterschlupf in einer alten Hütte in Petschora gefunden. Wir hatten endlich mal Zeit zum Krafttanken. Und wir hatten Besuch von Alwara und von Gorla.« – James kräuselte vielsagend die Lippen. – »Jaja, sie ist schon etwas ganz Besonderes. Ich glaube, je mehr Gegenwind man ihr bietet, desto eher mag sie einen. Na ja, wie dem auch sei, heute sind wir dann wieder aufgebrochen und natürlich von den Pravalben angegriffen worden.« Wini berichtete ihm alles vom Überfall, die Freunde ergänzten sie. » … Bevor wir also zu dir kamen, waren wir beim Rat, um Friedrich kennenzulernen. Netter Mann.«

»Ich freue mich sehr, dass er die Wahl gewonnen hat. Massimo wäre zwar auch eine gute Wahl gewesen, aber so ist es besser. Massimo ist einfach eine zu hitzige Natur und die Aperbonen brauchen Stabilität. Nun, und dies zeigt letztendlich auch das Ergebnis der Wahl.«

»Und wie geht es dir? Warum trägst du einen Verband?«, fragte Andris, der auf der winzigen Couch saß.

»Ach, das ist nichts. Mir geht es gut.« James sah auf seine verbundene Hand. »Auch eine kleine Auseinandersetzung mit einem Pravalben. Spionagetätigkeiten sind nicht ohne, aber wem erzähl ich's.« James zwinkerte Fabien zu, der für Amartus ein paar Monate als Spion gearbeitet hatte. »Ich weiß, ich weiß. Spionage ist eigentlich überhaupt nicht meins, aber der Rat brauchte Informationen, also musste ich los. Dafür habe ich jetzt meinen eigenen Transporterschlüssel.«, verkündigte er stolz. »Ansonsten ist viel zu tun. Ich komme immer seltener zum Schreiben. Obgleich es sehr wichtig wäre, jetzt alles festzuhalten, eben für spätere Generationen. Dazu bin ich leider langsamer geworden beim Schreiben. Wie bei jedem hat auch meine Fähigkeit Schaden genommen.« James' Gesicht verzog sich grimmig. – James war Kartograph. Er träumte von Aperbonen und Pravalben, wenn er schlief, und zwar träumte er, was wirklich geschah auf der Welt. Nächte, in denen er viel träumte, waren sehr anstrengend für ihn. Sein Ausgleich waren die Tage, an denen er alles, was er als Zuschauer in seinen Träumen erlebte, niederschrieb. Und dies in einem unfassbaren Tempo.

»Und wo wohnst du jetzt, doch nicht hier, oder?«, machte Wini sich Gedanken.

»Ich versuche so viel Zeit, wie es geht, hier zu verbringen. Mein Zuhause in Killarney betrete ich nur dann und wann. Als Assistent des Rates steht man ganz schön unter Beschuss. Schlafen kann ich da nicht. Ich übernachte mal hier und mal dort bei Freunden. Es ist zermürbend, aber es geht. Außerdem, der Rat und meine Assistentskollegen tragen dasselbe Schicksal. Dafür ist die Arbeit interessanter als früher, ich habe mehr Freiraum.«

»Mmh ... James hat sich irgendwie verändert ...«, überlegte Claire. »Er ist ... er ist taffer geworden.«, stellte sie fest.

»Und bei euch? Habt ihr was von Niklas gehört? Und wo ist eigentlich Tiberius, doch nicht etwa allein auf der Suche nach Jeanne?«

»Von Niklas haben wir seit Toms Beerdigung nichts mehr gehört.«, erzählte ihm Andris. »Er hat uns noch nicht einmal geschrieben. Was Tiberius anbelangt. Ja, er ist allein auf der Suche nach Jeanne. Er glaubt, so am meisten herausfinden zu können. Er meldet sich alle paar Tage.«

»Es tut mir so leid, dass ich euch nicht helfen kann. Aber ich kann sie wirklich nicht sehen. Ich habe noch nicht einmal eine *Ahnung*, wo sie ist.« James' Fähigkeit umfasste früher zudem, jeden auf der Welt ausfindig machen zu können, egal wo sich die Person befand. James sah wie in einem Tagtraum den Menschen, sein Umfeld, was er tat und konnte ihn so ausfindig machen. Je näher er die Person kannte, desto besser gelang es ihm. Doch nun war seine Fähigkeit beschränkter. Nicht immer fand er die Menschen, die er suchte; schon gar nicht, wenn er sie nur flüchtig kannte.

»Mach dir keine Sorgen.«, winkte Joscha ab. »Wie werden sie finden. Und dann werden wir den Pravalben dafür kräftig in den Arsch treten.«

»Ich hoffe, ihr findet sie bald.«

Für einen kurzen Augenblick herrschte bedrückendes Schweigen. Sie dachten an Jeanne und hofften, dass es ihr gut ging.

Andris war derjenige, der die Stille durchbrach. »Sag mal, James, sagt dir der Maludicior Gawril etwas?«

James riss erstaunt die Augen auf und lehnte sich weiter zu ihm. »Gawril! Was habt ihr mit Gawril zu schaffen?«, fragte er misstrauisch.

Die Freunde ließen sich nicht lange bitten. Gemeinsam erzählten sie ihm, was sie erlebt hatten.

»Ganz unabhängig vom Inhalt der Träume, ist das Erste, was ich mich frage: Wer schickt sie euch? Ich kenne niemanden, der das bewerkstelligen könnte, und das will schon was heißen. In die Träume von Menschen einzutauchen, sie zu verändern, ist wahrlich eine Kunst. Eine gefährliche Fähigkeit … Mit ihr kann man ziemlich viel Schaden anrichten.«

»Der Rat hat auch keine Idee und wenn du es nicht weißt, wer dann?!«, erwiderte Andris.

»Merkwürdige Angelegenheit. Sowieso ist es total abstrus, Menschen nach ihm zu schicken. Wer kommt auf so eine Idee?! Erst recht, da mit dem Wörtchen „finden" etwas *anderes* gemeint ist.«

»Töten, vernichten, niederstrecken?«, schlug Joscha vor.

»Was für uns natürlich niemals infrage kommt. Wir sind nicht wie sie.«, schob Claire ein. – Die Freunde hatten sich darauf verständig, mehr über Gawril zu erfahren, um eine Möglichkeit zu finden, ihn in Schach zu halten, und so letztendlich die Menschen und sich selbst zu schützen. Der Tod eines anderen und sei es der eines Maludiciors für die Sicherheit aller anderen war für die Freunde keine Option.

»Ich bezweifle, dass es je einem Menschen gelingen würde, einen Maludicior oder einen Livont zu töten, geschweige denn überhaupt zu schwächen. Das ist nicht möglich. Mal abgesehen von Tom. Aber Tom war ein Sonderfall.« James stand auf und rieb sich gedankenverloren das Kinn. »Wenn man allerdings bedenkt, dass wir auch nichts von den Teilstücken der Waage wussten, sollte man sich ernsthaft fragen, ob es nicht doch eine Möglichkeit gibt. Niemand würde euch auffordern, ihn zu suchen, wenn es keine Hoffnung gäbe. Und eine Falle seitlich der Pravalben kann es nicht sein, weil dafür würden sie niemals Gawril verraten. Ein Überläufer wäre noch eine Idee, aber so viele von Tiberius' Sorte wird es nicht geben ...« James schmunzelte. »Eine kleine Recherche ist es allemal wert.«

»Klar, und da der Rat damit einverstanden ist, bleiben wir dir noch etwas erhalten.« Wini zwinkerte ihm zu. »Wir werden uns die nächsten Tage hier in der Bibliothek umsehen.«

»Dann werde ich euch eine kleine Einweisung geben. Die heiligen Hallen sind nämlich ein bisschen undurchsichtig für Neulinge. Andris, ich weiß, du, fühl dich nicht angesprochen.«

Zur Abwechslung grinste Andris mal; hier in den Räumen des Rates war er sehr ernst.

Sein Lächeln verging, als plötzlich das Guus vor seiner Nasenspitze auftauchte und ihm einen ordentlichen Schrecken versetzte. »Mist verdammter!«, fluchte er. Andris hatte sich nach hinten geworfen und dabei den Kopf gestoßen.

Das Guus dagegen blieb ruhig. Es folgte andächtig seinen Bewegungen.

»Nachtigall, ick hör dir trapsen. Ein Guus und genau zur richtigen Zeit. Tja, wenn es um Gawril geht, da könnt ihr ein Guus gut gebrauchen.« James war wenig erstaunt. Schon einmal hatte er ein Guus in der Vergangenheit eines Aperbonen gesehen. Die Freunde ahnten dies.

Mit schmerzverzerrtem Gesicht rieb sich Andris den Hinterkopf. Das Guus kam dicht an seinen Kopf heran, als überprüfte es die schmerzende Stelle. Andris ließ es argwöhnisch über sich ergehen.

»Seit wann besucht es euch?«, hakte James nach. Claire erzählte es ihm.

»Schön für euch. Ein Guus ist immer, und glaubt mir, immer ein willkommener Gast. Ihr werdet es noch zu schätzen wissen.«

»Das tun wir jetzt schon.« Claire lächelte.

»Bedingt, wenn ich mir Andris so ansehe.«, flüsterte ihr Joscha ins Ohr, worauf sie die Augen rollte.

»Das ist gut. – Kommt, dann lasst uns gehen! Ich zeige euch die Bibliothek.«

Das Guus folgte nun James und beäugte ihn. Am längsten verweilte es bei seinem Gesicht und seiner Verletzung an der Hand. Gleich darauf verschwand es.

»Es scheint wirklich um uns besorgt zu sein. Schön, einen neuen Freund zu haben.«, beobachtete Claire.

Die Tür zur Bibliothek lag James' Büro schräg gegenüber. Der Flur war derzeit leer. Es herrschte eine angenehme Stille. Hier, fernab der realen Welt – die Freunde befanden sich zwar in reellen Räumen, aber letztendlich waren sie im Raum der Energieströme – fühlten sie sich sicher. Kein Pravalbe würde je zu ihnen gelangen.

Eine Tür am Ende des Flurs wurde geöffnet. Eine Frau, Ende vierzig, mit dunkelblonden Haaren, trat heraus. Sie guckte kurz kritisch, sah dann aber James und war sichtlich beruhigt. Sie lächelte, nickte ihnen auf eine hoheitsvolle Weise zu und trat daraufhin auf eines der L-förmigen Mosaike im Boden.

Augenblicklich begann das L unter ihren Füßen zu leuchten. Zahlreiche kraftvolle, dunkelblau-grüne Lichtwirbel stiegen auf und umkreisten sie. Die Wirbel formten einen schimmernden Kegel und verschlangen sie vollends. Eine Sekunde später verschwand der Lichtkegel im Nichts und mit ihm die Frau.

»Mabel Killigrew. Sie ist ebenfalls Assistentin des Rates. Eine intelligentere Frau habe ich nie getroffen.«

Wini grinste James neckisch zu.

»Nicht mein Kaliber.«, antwortete James knapp, wohlwissend, was Wini interessierte. »Wie ihr seht, gibt es hier einige Büros. Die meisten sind für den Rat und uns Assistenten. In den übrigen Räumen werden Gegenstände vergangener Zeiten aufbewahrt. Eine Toilette – ja, so was gibt es hier auch – befindet sich ganz am Ende auf der rechten Seite. Die Bibliothek, das Herzstück, liegt uns gegenüber und erstreckt sich nahezu über dreißig Meter. Darüber hinaus besteht sie aus zwei Etagen. Aber, seht selbst.«

Die Freunde folgten James durch die Flügeltür in den riesigen Raum.

10

Claire traute ihren Augen nicht. Es war atemberaubend.

Die Wände des Raumes waren scheinbar noch höher als die der anderen. In meterhohen Regalen türmten sich Aberhunderte Bücher und Schriftrollen. Ringsum auf halber Höhe befand sich eine zweite Etage, die über mehrere metallene Wendeltreppen erreicht werden konnte. Die zusätzliche Etage war wie ein metallenes, verschnörkeltes Gerüst, das etwa anderthalb Meter in den Raum ragte und durch Metallbalken, die im hellen Marmorboden endeten, gestützt wurden. Der Raum war Zeichen einer vergangenen Zeit. Dort, wo es keine Regale gab, verzierten Holzvertäfelungen die Wände. Es brannte ein helles, gemütliches Licht. Verschiebbare Leitern waren an den hohen Regalen angebracht. An der einen und anderen Stelle standen Schreibtische und zwischendrin Chaiselongues und Sessel. In der Mitte der gegenüberliegenden Wand zur Tür hingen wie im Wartezimmer Uhren der verschiedenen Zeitzonen. Rechts und links daneben gab es jeweils drei große bleiverglaste Fenster, die jedoch wie von außen verhangen schienen, abgedunkelt. Ein Blick nach draußen, was in diesem Fall bedeutete, in den Raum der Energieströme zu blicken, war nicht möglich.

»Hier würde ich einziehen.«, begeisterte sich Claire. *»Papa würde ausflippen, wenn er all diese Bücher sehen würde.«*

James ging weiter und führte sie an den Bücherregalen entlang. »Was solltet ihr wissen … Die Bibliothek ist aufgeteilt in drei übergeordnete Bereiche: menschliche Literatur, aperbonische und pravalbische. Die menschliche und aperbonische Literatur nimmt den größten Teil der Bibliothek ein. Die pravalbische Sammlung ist allerdings auch nicht zu verachten.« James zeigte auf ein riesiges Regal mit pravalbischen Büchern, die dadurch zu erkennen waren, dass sie Silberverzierungen an den Ecken trugen. »Darüber hinaus müsst ihr wissen, gibt es in diesen drei Bereichen eine weitere Unterteilung, und zwar nach Themen. Und die Bücher innerhalb dieser Themen sind alphabetisch nach den Namen der Autoren sortiert – vorausgesetzt, es ist ein Autor benannt.« Er schmunzelte und zuckte mit den Schultern. Er las die Frage in den Augen der Freunde, warum Bücher nicht zugeordnet werden konnten, wusste aber selbst auch keine Antwort darauf. »Wenn ihr also etwas sucht, solltet ihr euch zuerst überlegen, ob euch ein menschliches, aperbonisches oder pravalbisches Buch nutzt, dann guckt ihr nach den Themen und danach gegebenenfalls nach dem Autor. Eigentlich ganz einfach. Die Einteilung nach Themen findet ihr an den Regalen angeschlagen. Aperbonische Themengruppen sind unter anderem: unsere Geschichte, unsere Fähigkeiten, unsere Steine, der Rat, die Wissenden und der Raum der Energieströme. Aber jetzt keine Panik, zur Orientierung gibt es ein Register. Es liegt dort am Eingang.« James zeigte auf ein massives, hölzernes Podest mit eingeschnitzten Zeichen wie Kreise und Tiere, die genauso auf den Teilstücken der Waage zu finden waren. Auf ihm lag ein großes, aufgeklapptes Buch. »Es sei denn, Joscha hat es schon gelesen, dann braucht ihr es nicht wirklich.«

Joscha als Wissensläufer hätte das Buch, wenn er es bereits einmal gelesen hätte, auswendig runter beten können. Er schüttelte jedoch den Kopf. »Nein, habe ich nicht. Das lässt sich aber schnell nachholen.«

»Ach, was rede ich mir überhaupt den Mund fusselig. Andris ist ja dabei. Er kennt die Bibliothek wie seine Westentasche.«

»Na, ja. Alles kenne ich nicht. Ich möchte nicht wissen, wie viele Bücher es hier gibt.«

»Einhundertzweiundneunzig Schriftrollen, zweihundertdreiundachtzig Kladden, Tagebücher versteht sich, und fünftausenddreihunderteinundachtzig Bücher.«, zählte James auf.

Fabien verschluckte sich beinahe.

Stirnrunzelnd sah Wini zu James.

»Ich als Assistent des Rates bin verpflichtet, über viele Dinge einen Überblick zu haben.«, erklärte er trocken. »Und zu eurer Information – bevor ich es vergesse, zu erwähnen –, die Bücher stehen teilweise in zwei Reihen hintereinander.«

Entsetzen machte sich breit.

Auch bei Claire. »*Da brauchen wir ja ewig, um etwas über Gawril herauszufinden. Oh Mann ... Andererseits, je mehr Bücher, desto höher die Wahrscheinlichkeit, überhaupt Infos zu finden. Zudem haben wir Joscha. Obwohl, viele Bücher heißt natürlich auch viel Nonsens. Wie sollen wir wissen, was richtig ist und was nur altes Geschwätz ...*«

»Ernüchternd!«, bemerkte Fabien. Sein Unmut war ihm deutlich anzusehen.

»Ach was! Leute, ich bin immerhin dabei.«, verkündete Joscha selbstzufrieden.

Andris wirkte auf einmal angespannt. Sein ganzer Oberkörper hatte sich versteift. Er hatte sich halb abgewandt und sah hinter sich.

Claire folgte seinem Blick.

Versteckt in einem Sessel saß jemand.

»Ich lasse euch dann jetzt allein. Es ist viel zu tun. Arbeit, Arbeit, nichts als Arbeit. Wenn ihr was braucht, ihr wisst, wo ihr mich findet.« James machte sich auf.

Die Person im Sessel bewegte sich sogleich, sie stand auf. Es war Igor, der ein Buch in den Händen hielt und sich nun James anschloss. Sein dunkelblau-goldenes Gewand wehte bei jeder Bewegung. Er nickte den Freunden beiläufig zu und verließ mit James die Bibliothek.

Andris und Claire atmeten auf.

»Wir müssen viel vorsichtiger sein.«, ermahnte er seine Freunde. »Hätten wir über Gawril gesprochen und es wäre jemand Fremdes gewesen. Nicht auszudenken.«

Claire nickte zustimmend. Manchmal war sie genauso voller Sorge und misstrauisch wie Andris, ein anderes Mal das genaue Gegenteil.

Als Throughner hatte Joscha Igor schon zu Beginn dort entdeckt, aber nicht Alarm geschlagen, schließlich wusste er von ihrem Vorhaben. »Entspannt euch, ich wusste, dass er dort war.«

»Das nächste Mal gibst du uns bitte früher Bescheid! Auch Igor braucht nicht alles wissen. Du verstehst, was ich meine.«, erwiderte Andris in seinem Befehlston.

»Yeap!«, antwortete Joscha leichthin. Andris' Ton ließ ihn wie immer kalt.

Auch in Winis Augen war das Geschehene halb so wild, immerhin hatten sie Gawril gar nicht erwähnt. Sie gähnte und streckte sich. »Ach je, bin ich müde. Erst der lange Marsch, dann die Pravalben und zum Schluss der Rat. Also, mir reicht's für heute an Ereignissen. Zum Glück haben wir jetzt unsere Ruhe.« Wini war zwar müde, aber ihre Neugierde war ungebrochen. Sie sah sich im Stehen um und versuchte, sich einen Eindruck über die Bibliothek zu verschaffen.

Andris ging geradewegs auf einen der Sessel zu, hob ihn an und stellte ihn zu einer Chaiselongue. Ein weiterer Sessel folgte. »So, das dürfte genügen. Leute, wir sollten ein paar Dinge besprechen.«, rief er sie zusammen.

Nachdem alle Platz genommen hatten, ließen sie den Tag, der noch lange nicht zu Ende sein sollte, Revue passieren.

»Ist euch eigentlich aufgefallen, dass der Rat überhaupt nicht nach Jeanne gefragt hat?«, bemerkte Wini, die neben Fabien, gefolgt von Claire auf der Chaiselongue saß. Andris und Joscha saßen beide in einem Sessel.

»Die waren zu sehr damit beschäftigt zu meckern.«, konterte Fabien.

»Sie haben auch nicht nach Tiberius gefragt.«, fiel Claire ein.

»Vermutlich haben sie einfach andere Dinge im Kopf. Und da wir im Moment eh nicht einen so tollen Stellenwert bei ihnen haben ...« Joscha schnaufte und zuckte gleichgültig mit den Schultern.

»Es ist gar nicht so verkehrt, dass sie sich nicht bei uns einmischen. Dann können wir wenigstens in Ruhe unsere Fühler nach Gawril ausstrecken.«, meinte Andris.

»Trotzdem, ein bisschen mehr Hilfe oder Interesse hätte ich schon erwartet.«, ärgerte sich Wini.

»Hey, wir werden sie schon finden. Und das mit Gawril bekommen wir ebenfalls raus.«, versuchte Fabien sie aufzumuntern.

»Also ich kann Andris nur zustimmen.«, begann Claire. »Je weniger sich der Rat für die Träume, für Gawril interessiert, desto besser. Also ich habe keine Lust, dass sie uns ständig über die Schulter schauen. Dass sie allerdings nicht nach Jeanne gefragt haben, finde ich schon bezeichnend. Wenigstens versuchen Alwara und James, uns zu helfen.«

»Es ist, wie es ist. Und deshalb werden *wir* jetzt das Beste daraus machen.«, ermutigte Joscha sie.

»Auf jeden Fall.«, pflichtete ihm Wini bei; sie schien gleichzeitig jedoch abwesend zu sein. Eine Idee beschäftigte sie. »Wisst ihr, eines will mir einfach nicht aus dem Kopf: die Wärter.« Wini verzog missbilligend ihr Gesicht. »Könnten die mit den Träumen zu tun haben?«

»Sehr unwahrscheinlich. Ihre Telepathie funktioniert nur, wenn die betreffende Person von ihren Fähigkeiten weiß und es bewusst zulässt.«, erinnerte Andris sie.

Wini ließ nicht locker. »Und wenn sie mehr können, als wir wissen?«

»Ich glaube, dann würden sie niemals für den Rat arbeiten. Viel zu gefährlich. Überleg mal, wenn sie willkürlich in die Gedanken von Menschen eintauchen könnten, wüssten sie alles vom Rat, auch was er hinter verschlossenen Türen bespricht. Ne! Die Wärter können wir ausschließen.«, winkte Andris ab.

»Ja ..., du wirst recht haben. Vermutlich hätte ich es ansonsten auch in ihren Augen gesehen.«

»Wir können uns sowieso davon verabschieden, herauszufinden, wer es ist. Konzentrieren wir uns lieber darauf, was wir tun können.«, brachte Fabien das Ganze voran.

»Sicher. Und die erste Überlegung sollte sein: Wo finden

wir Informationen über Gawril? Die Pravalben sprechen zu seinem Schutz nicht viel über ihn. Daraus resultiert die Frage, ob wir überhaupt Hinweise oder Infos in pravalbischen Büchern finden. Da jedoch die Aperbonen noch weniger über ihn wissen, starten wir, denke ich, dennoch mit den pravalbischen Schriften. Oder, was meint ihr?« Andris sah durch die Runde.

»Wir starten mit den pravalbischen, aber ich habe so das Gefühl, dass wir die aperbonischen auch nicht außer Acht lassen sollten.«, erwiderte Joscha.

»Dann teilen wir uns wie immer auf. Fünf Personen, fünf Suchgebiete. Als Erstes kommt das Regal mit den pravalbischen Büchern dran.« Andris warf einen Blick darauf. »Und *damit* werden wir erst einmal beschäftigt sein. Wir suchen die Bücher raus, die wir für interessant erachten. Egal welches Thema. Man weiß nie, wo man zufällig etwas findet. Und dann liest Joscha sie und gibt wichtige Infos weiter, sodass wir sie uns ansehen.«

Der Plan stand. Am Regal, das an die fünf Meter lang war, teilten sie sich auf. Jeder bekam einen Abschnitt. Die Suche begann.

Es war eine langatmige Suche. Die Freunde konnten schwer abschätzen, welches Buch ihnen hilfreich sein könnte und welches nicht. Es war die Suche nach der Nadel im Heuhaufen, die zumal vielleicht gar nicht existierte. Joscha las Buch um Buch und reichte sie mit Hinweisen an die Freunde zurück. – Als Wissensläufer brauchte Joscha die Seiten eines Buches nur an seinem Daumen vorbeigleiten zu lassen und hatte alles gelesen. Jedes Detail, jedes Bild, jede Seite prägte er sich wie ein Foto ein. Nichts von dem, was er las, vergaß er je.

Als Claire mittlerweile an der hinteren, zweiten Buchreihe angekommen war, erweckte plötzlich etwas ihre Aufmerksamkeit. Sie entnahm ein Buch und bemerkte kaum merklich, dass ein kühler Luftzug über ihre Hand hinweg zog. In der Bibliothek war es ohnehin schon kühl, aber dieser Luftzug war noch kälter. »Was ist das …?«, murmelte sie in sich hinein.

Claire nahm weitere Bücher aus dem Regal und die Ursache

des Luftstroms wurde sichtbar.

Der Rücken des Regals hatte sich an einer Stelle leicht aufgelöst und legte einen schmalen, unförmigen Zugang zum Raum der Energieströme frei. Mehr als zuvor wurde Claire deutlich, dass sie sich tatsächlich im Raum der Energieströme befand. Dunkelblaues Licht leuchtete ihr entgegen. Der Rand der offenen Stelle verschwamm mit dem Holz des Regals. Es war unwirklich und faszinierend zugleich.

Claire streckte ihre Hand danach aus und spürte mehr und mehr kühle Luft. Sie musste schmunzeln. Langsam streckte sie die Hand weiter aus und fixierte mit den Augen die dunkelblaue Stelle.

Plötzlich griff eine andere Hand nach ihr und hielt sie am Unterarm fest.

Claire musste gar nicht überlegen, wer es war. Zumal funkelte ihr ein roter Stein an der Hand, die sie festhielt, entgegen.

»Dich kann man auch nicht mal drei Sekunden allein lassen, oder?«, brummte Andris.

Claire sah ihm ins Gesicht und musste sich im ersten Augenblick ein Schmunzeln verkneifen, so böse wie er guckte. »Was denn?«

»Weißt *du*, was direkt dahinter kommt? Ich nicht! Also, wenn du deine Hand behalten möchtest, lass es!« Langsam löste Andris seinen Griff.

»Ein Krokodil wird dahinter nicht lauern. Und was heißt überhaupt, man kann mich nicht allein lassen?« Claire klang genervt.

»Weil du ständig *solche Dinge* machst.«, warf ihr Andris vor.

»Die Diskussion, was du und ich für gefährlich erachten, brauchen wir nicht führen. Und das weißt du genauso gut wie ich.«

Andris' Gesicht versteinerte sich. Er setzte seinen arroganten Blick auf, wodurch seine hellblauen Augen wie aus Eis wirkten, drehte sich um und tat so, als wenn er weiter in seinem Buch las. In Wahrheit starrte er mit leerem Blick auf die Seiten und versuchte, seine Wut unter Kontrolle zu bekommen.

Claire schnaubte. Sie sah zu dem unförmigen Loch im Regal und stellte die Bücher wieder zurück. *»Der treibt mich noch zur Weißglut. Er darf alles, aber wir nicht. Ahhh! Und ich, ich hör auch noch auf ihn. Das nächste Mal kann er das vergessen.«*

Joscha, der die beiden beobachtet hatte, schüttelte mal wieder den Kopf über sie. Warum mussten sie sich so häufig streiten?

Wini lenkte Claire ab. »Guck mal, was ich gefunden habe! Ein Buch über Foltermethoden. Übel, oder?«

Claire nahm das große, dünne Buch entgegen und sah sich die alten, in Schwarz-weiß gehaltenen Zeichnungen an, die eine Mischung aus mittelalterlichen Foltermethoden und Energieentzug durch Pravalben darstellten. Sie musste schlucken.

Die Texte unter den Zeichnungen waren rabiat. Sie klangen hasserfüllt, als wenn genau die Person, die in den Abbildungen folterte, die Texte geschrieben hatte.

»Wie kann ein Mensch nur so grausam sein ... Das werde ich nie verstehen ...« Claire klappte das Buch zu und gab es Wini zurück.

Die hatte sich in der Zwischenzeit ein Buch aus dem Bereich Biografien genommen. »*Mein Leben – Das Leben des Lewis Rhys Holcroft.* Ein Buch eines verstorbenen Ratsmitglieds der Pravalben. Interessant!«

»Lass mal sehen!«

Claire und Wini setzten sich auf eine Chaiselongue und schauten sich das Buch gemeinsam an.

Das mit hellgrauem Samt bezogene Buch trug wie nahezu jedes pravalbische Buch matte Silberverzierungen an den Ecken. Weich lag es in ihren Händen. Die Seiten waren aus dickem Papier, sodass es entsprechend dick war. Auf der ersten Seite war das Zeichen der Pravalben riesig groß abgebildet. Die folgenden Seiten waren teilweise nur mit Sprichwörtern und Weisheiten bedruckt, auf manchen waren geraffte Erzählungen über längere Lebensabschnitte zu finden und auf einigen wenigen ausführliche Tagebucheinträge.

»Ganz schön selbstverliebt. Wie kann man nur über sich selbst ein Buch schreiben, zudem in der Art? Ich bin toll, ich bin klug, ich bin *so* mächtig. Der hat's echt nötig gehabt!«

»Was ich interessant finde, dass er der Vorfahre von Benjamin und William J. Woodward zu sein scheint. Tja, der Zweig hat nun ein Ende, vermute ich jedenfalls. Seit Benjamin nur noch ein Mensch ist, besteht ja die Frage, was folgt?«, überlegte Claire.

»Ich weiß es nicht. Obwohl, wenn man Norwins Erzählungen Glauben schenkt, kann ein Erbe von Benjamin niemals mehr ein Pravalbe sein, weil eben die bösen Energien ausgelöscht wurden. Benjamin ist ein Mensch, er trägt nichts Pravalbisches mehr in sich. Folglich kann er nichts weitergeben.«

»Hoffen wir, dass es stimmt.«

»Über Gawril scheint hier allerdings nichts drin zu stehen. Dieser Holcroft war viel zu sehr damit beschäftigt, sich selbst zu loben.«, scherzte Wini.

»Ja dann, weiter im Takte.« Claire stand auf und ging zurück zum Bücherregal. – »Huch!« Erschrocken hüpfte sie auf Seite, als sie mit einem Fuß auf ein L-förmiges Mosaik im Boden, das geschwungene L der Aperbonen, trat. Nachdenklich kniff Claire die Augen zusammen. *»Kann da eigentlich was passieren, bloß weil ich darauf trete ...?«* Claire kniete sich an den Rand des Mosaiks und studierte es.

Das L war aus winzigen dunkelblauen Steinen zusammengesetzt. Ein hellblauer Steinkreis, dessen Steine nach außen hin stetig heller wurden und sich dem eigentlichen Marmorboden anglichen, umschloss es.

»Wenn ich ohne Absicht, irgendwo hinzureisen, darauf trete, dürfte eigentlich nichts passieren. Es wüsste ja gar nicht, wohin es mich schicken sollte. Mal sehen ...« Claire hatte eindeutig einen ihrer Entdeckertage. Sie richtete sich auf und setzte bewusst einen Fuß auf das Mosaik.

Nichts geschah.

Claire zog den zweiten Fuß nach und stand nun mittig auf

dem Symbol.

Und wieder, nichts geschah.

Erneut kniete sie sich und betrachtete das ihr so bekannte Zeichen. Ihre Gedanken schweiften ab. Sie erinnerte sich daran, als sie das erste Mal auf diese Weise gereist war. Ausgangspunkt war das L im Büro des Rates gewesen. Es hatte sie zum Wintergarten auf Joschas Anwesen gebracht. Deutlich sah sie den gläsernen Wintergarten vor sich; die Pflanzen, die Werkzeuge und Jeanne, die sich oft dort aufhielt.

Ein blaues Flirren brachte sie zurück in die Realität.

Claire schärfte ihren Blick.

Zwischen den Mosaiksteinen begann blaues Licht zu flimmern. Es glomm an verschiedenen Stellen auf, verblasste und tauchte dafür an anderen Stellen erneut auf.

Claire streckte ihre Hand danach aus und spürte, dass die Luft in Bewegung geriet. Sie musste unweigerlich grinsen. *»Heute nicht, danke.«*, dachte sie.

Das Flimmern erlosch.

Claire richtete sich auf und musste sogleich feststellen, dass sie von ihren Freunden beobachtet wurde. Wem die einzige finstere Miene gehörte, war klar; die anderen schauten ebenso fasziniert wie sie.

Ihre Recherche ging weiter. Claire ignorierte Andris und schloss sich wieder Wini an, die ein Händchen dafür zu haben schien, besondere Bücher zu finden.

Später am Tage – für sie war es bereits Abend, wie ihnen eine der Uhren verriet – brachte ihnen James ein paar belegte Brote vorbei. Die Freunde hatten bislang gar nicht darüber nachgedacht, wie sie an etwas Essbares kommen sollten oder wo sie gar schlafen konnten. Andris entschied, zu bleiben. Ein, zwei Nächte sollten sie es dort aushalten. Sie hatten eh nicht vor, lange zu bleiben. Schlafen konnten sie mit ihren Schlafsäcken auf den Chaiselongues oder am Boden. Um Essen, versprach James, kümmerte er sich. Er selbst schlief derzeit bei Freunden in Schottland.

Die Uhr für ihre gewohnte Zeitzone schlug neun. Im Hintergrund tickten beinahe alle Uhren der unterschiedlichen Zeitzonen fortwährend im Takt. Nur einige wenige tanzten aus der Reihe. Die Bibliothek machte dies nur noch gemütlicher.

Claire saß an einem der Schreibtische. Vor ihr lagen Bücher, loses beschriebenes Papier, Bonbons und Joschas Laptop – Claires übliches Chaos. *»So was Blödes! Warum gibt es hier kein Internet? Alles ist hier möglich, die fantastischsten Dinge, nur die moderne Technik versagt kläglich. – Wie lange habe ich Mum jetzt schon nicht erreicht, zwei Wochen? Und die letzte E-Mail habe ich vor anderthalb Wochen geschrieben. Sobald wir hier raus sind, muss ich sie anrufen. Sie macht sich sonst noch wahnsinnig, wie ich sie kenne.«* Mit einem Seufzer streckte sie sich und sah sich um. Außer Joscha, der versteckt in einem Sessel saß und las, war niemand zu sehen.

Joscha hatte zu seiner Linken wie auch zu seiner Rechten einen Stapel Bücher liegen. Da er Claire mit dem Rücken zugewandt saß, sah Claire nur seine Arme sich nach Büchern ausstrecken oder sie weglegen.

Nachdem Claire ihre Bücher und Blätter sortiert hatte, stand sie auf und streckte sich erneut. *»Ich sehe mich besser ein bisschen um, sonst schlafe ich hier am Schreibtisch ein.«*

Hinter ihr, direkt neben der Tür, befand sich das Regal mit den pravalbischen Büchern. Von diesen hatte sie heute genug gesehen. Danach folgten menschliche Bücher, darauf die aperbonischen, die letztendlich den Kreis auf der anderen Seite der Tür schlossen. Auf der zweiten Etage gab es nur aperbonische Literatur.

Claires Interesse lag eindeutig bei den menschlichen Büchern. Im Stillen las sie die kleinen, goldenen Schilder, die an den Regalen angebracht waren und die aufgereihten Bücher in Themen einteilten. Eingravierte Pfeile gaben die Suchrichtung an. *»Märchen und Sagen ... Religionen«* – hier standen verschiedenste Bibeln, der Koran, die Thora und vedische Schriften – *»Geschichte ... Geographie ... Poesie ... Psychologie ... Kunst ... Romane ... Nicht schlecht. Nur, wie sollen wir da fün-*

dig werden? Okay, wir wollten die menschlichen eh außen vor lassen. Wobei ... wir sollten uns das überlegen.«

An einer der Wendeltreppen angelangt, nahm sie den Weg nach oben.

Die metallene Treppe war stabil, sie wackelte nicht und machte auch keine Geräusche; sie war vertrauenswürdig. Ebenso wie das Gerüst, auf das Claire nun einen Fuß setzte. Das Gerüst hatte keine quadratische Musterung wie in der Industrie, sondern war verschnörkelt. Blätter und Äste wie Ranken gaben ihm seine Form. Durch das löchrige Muster konnte Claire alles sehen, was unter ihr vorging. Ein Geländer mit denselben Verzierungen nur viel feingliedriger und mit größeren Lücken dazwischen schützte die Menschen vor der Tiefe. An die drei Meter ragte das Gerüst in die Höhe.

In Gedanken setzte Claire langsam einen Fuß vor den anderen. Sie schaute sich die Bücher und die Schriftrollen an, die scheinbar nur dort oben verwahrt wurden. Bis sie etwas, jemanden im Augenwinkel entdeckte. Sie stoppte.

Andris saß nur ein paar Meter entfernt von ihr auf dem Gerüst. Er hatte ein kleines Buch in der Hand und las so konzentriert, dass er sie bislang scheinbar nicht bemerkt hatte. Er kratzte sich am Kopf und schob sich seine Brille mit dem schlichten, schwarzen Gestell, die ihm nach unten gerutscht war, wieder nach oben. »Was ist?«, fragte er, ohne zu ihr aufzublicken. Natürlich hatte er sie bemerkt.

»Nichts.« Claire überlegte kurz: *»Umdrehen oder weitergehen? Na ja, umdrehen wäre, glaube ich, zu unhöflich.«*

Jetzt sah Andris zu ihr auf; noch immer stand sie dort und hatte sich nicht bewegt. Zur Abwechslung wirkte Andris' Gesicht freundlich. Seine schlechte Laune hatte er abgelegt.

Claire gab sich einen Ruck. »Was machst du?«, fragte sie und ging auf ihn zu.

Andris saß so, dass genau unter ihm die Tür der Bibliothek lag. »Vorhin 'ne Konzentrationsübung und jetzt Recherche. Ich frage mich, ob wir wirklich nichts über den Dreamsnatcher herausfinden können.« Er hielt ein Buch über aperbonische Fä-

160

higkeiten in die Luft. Ein zweites, pravalbisches Buch mit der Aufschrift *Basiswissen über pravalbische und irdische Kräfte* lag neben ihm.

»Die Träume sind genauso mysteriös wie Tiberius' Hinweise zur Waage.«

»Leider. – Die Frage ist auch, warum wieder wir in die Bresche springen müssen? Klar, bei Tiberius war das 'ne logische Geschichte, wir waren mit Jeanne befreundet, aber jetzt.«

Nach kurzem Zögern setzte sich Claire zu ihm. »Hm … Tiberius hat mir mal erzählt, dass sie mir und nicht einem von euch die Hinweise geschickt haben, weil ich am unbefangensten war. Ich stand am Anfang und habe einiges hinterfragt; so wie wir es jetzt alle tun. Wir haben so viel erlebt, so viel, von dem alle dachten, dass es unmöglich sei, dass wir ziemlich kritisch sind. Zudem sind wir mit einem Pravalben befreundet. Und für das alles sind wir bekannt. Wer auch immer uns die Träume schickt, er schickt sie uns deshalb, weil er weiß, dass wir etwas tun, dass wir die Dinge hinterfragen, egal was zum Beispiel der Rat sagt.«

»Wahrscheinlich.«, erwiderte Andris zerknirscht, als wenn ihm irgendetwas an der Antwort nicht gefallen hätte.

Claire war dies nicht entgangen, wusste jedoch nicht, was sie davon halten sollte. »Weißt du, an wen ich gedacht habe? An die Livonten.«

Ungläubigkeit zeichnete sich auf Andris' Gesicht nieder. »Livonten können einiges, aber *das* nicht. Sie haben ein Schutzschild, sie können sich mit Blitzen gegen Maludicioren verteidigen, sie können uns beschützen und sie können all dies erschaffen,« – Andris machte eine ausschweifende Armbewegung – »aber sie können nicht in unsere Köpfe schauen, geschweige denn unsere Gedanken beeinflussen. Sie haben keine Fähigkeiten. Sie tragen zwar diese allmächtige Energie in sich, aber sie können nicht wie wir Menschen etwas damit bewirken.« Andris sprach aus so einer Überzeugung heraus, dass sie ihm glaubte.

»Zum Glück.«, flüsterte Claire, mehr mit sich selbst redend

als mit Andris. »Mir reicht schon, wenn es scheinbar ein Mensch kann.«

»Hi, ihr zwei!«, überraschte Wini sie, die gerade die Wendeltreppe hinauf stieg. »Ihr wollt nicht wissen, wo ich gerade war! – Ich war auf der Toilette. Und ich sage nur: sechziger Jahre. Die ist mit dunkelgrünen Fliesen gefliest, *dunkelgrün!* So was Hässliches habe ich noch nie gesehen.« Wini stand jetzt vor ihnen und lehnte sich an das Geländer. »Alles hier ist wunderschön, wie im 18. Jahrhundert, aber das ist echt schäbig!«

»Das wird daran liegen, dass es in diesem Jahrhundert noch keine Badezimmer gab, sondern erst viel später.«, verkündete Andris auf seine schulmeisterhafte, trockene Art.

»Ja aber trotzdem, wie kommt man auf dunkelgrüne und zudem auch noch in sich verzierte Fliesen?!«

»Dunkelblau. Dunkelgrün. Der Raum der Energieströme!«

»Ach ne, da wäre ich jetzt nicht drauf gekommen! Ist mir schon klar. Aber das ist noch lange kein Grund *so etwas* zu tun.« Wini hob ungläubig die Hände in die Luft.

Claire schmunzelte und stand auf.

Andris war schneller wie sie. Als er stand, schnappte er sich ihre Hand, mit der sie sich am Regal abstützen wollte, und zog sie den Rest hoch. Sofort ließ er sie wieder los.

Erschrocken starrte Claire ihn an, damit hatte sie nicht gerechnet. *»Gott! Warum muss er immer ...«* Sie verkniff sich einen schnippischen Kommentar, der ihr auf der Zunge lag, und begnügte sich mit einem knappen »Danke«.

Andris schmunzelte in sich hinein. Er wusste, dass Claire eigentlich etwas anderes hätte sagen wollen. »Gerne. – Habt ihr vielleicht Lust auf eine kleine Führung? Ich kenne da so einen kleinen Raum, der euch ganz besonders interessieren dürfte.«

Wini kräuselte verschwörerisch die Lippen. »Ach, sag bloß. Was denn für ein Raum?«

»Kommt mit, ich zeig ihn euch!«

Gemeinsam machten sie sich auf. Sie verließen die Bibliothek. Im Flur erklärte ihnen Andris als Erstes, welcher Raum zu wem gehörte. Vor dem einen besonderen blieb er stehen und deutete Wini an, ihn zu öffnen.

Wini tat, wie ihr aufgetragen wurde, scheiterte jedoch. »Er ist abgeschlossen.«

»Gewusst wie!«, konterte Andris, der mal wieder eine seiner Lehrstunden abhielt. »Mein Herz ist fein. Mein Herz ist rein. Komm lass mich ein!«, sprach er zur Tür und malte dabei die Umrisse der Tür mit einem Finger nach.

»Das ist nicht dein Ernst?!« Wini musste sich zusammenreißen, um nicht völlig in Gelächter auszubrechen. »Was für ein Schwachsinn! Du willst uns doch nicht weismachen, dass *das* der Schlüssel ist.«

Eine Drehung am Türknauf genügte. Die Tür sprang auf.

»Albern, ohne Frage, aber effektiv. Keiner würde auf, wie du es genannt hast, so einen Schwachsinn kommen.«

»Ich sollte es aufgeben, mich dauernd zu wundern.«, war Winis Kommentar dazu.

Andris sah sich um. Niemand war in Sicht. »Kommt, geht rein!«

Als sie eingetreten waren, schloss Andris hinter sich die Tür und knipste das Licht an.

Der Raum war mehr als klein, er war winzig im Vergleich zu den anderen. Zudem war er weder pompös noch glanzvoll. Einfache, abgenutzte Regale verwahrten die unterschiedlichsten Dinge: Schriftrollen, braune Glasbehälter, Porzellantöpfchen, eine Sammlung verschiedener Schlüssel, altertümliche Waffen und Gegenstände, dessen Verwendung auf den ersten Blick nicht zu erkennen war.

»Das hat was von Carolinas und Liljas Laden in Oulu ... Nur irgendetwas scheint mir komisch zu sein. Das ist nie und nimmer alles.«

»Auf den ersten Blick sieht unser Fundus recht unscheinbar aus, aber das ist er natürlich nicht. Sonst bräuchten wir keinen Code für die Tür. Der Fundus hat Ähnlichkeit mit Alexanders geheimen Bibliothek in Joschas Villa.«, erklärte ihnen Andris.

Wini, die sich eines der rätselhaften Gegenstände – ein schmales, silbernes Röhrchen – aus dem Regal genommen hatte, hakte nach, »Du meinst, der Raum versteckt mehr, als wir sehen können, und wir müssen erst danach fragen, bevor wir es erhalten?«

»Ganz genau!«

»Was hast du da?«, fragte Claire Wini.

»Das ist ein Spuckrohr, ein pravalbisches.«, klärte Andris sie auf.

»Uuuh, wie gefährlich!«, scherzte Wini.

»Sehr gefährlich!« Andris schien ernst. »Denn damit schießt man den Pfeil des silbernen Flusses auf Wissende. Der Pfeil entwickelt durch dieses *ach so harmlose* kleine Röhrchen eine immense Geschwindigkeit. Man muss also dem Wissenden nicht sehr nahe kommen. Aber dennoch nah genug, um erkannt werden zu können. Das war auch der Grund, warum sich Amartus solche Sorgen gemacht hat, als Norwin in Prag von einem getroffen wurde. Sie müssen sich sehr dicht an die Villa herangetraut haben.«

Claire lief es bei dieser Erinnerung kalt den Rücken hinunter. Norwin hatte so fürchterlich ausgesehen, krank, erschöpft, dass es ihr die Brust zugeschnürt hatte. Er war einer ihrer engsten Vertrauten und sie hatte Angst gehabt, ihn zu verlieren.

Wini legte das Röhrchen angewidert zurück und rieb sich ihre Hände an der Hose ab.

»Wie dem auch sei. Ich war vorhin schon einmal hier und habe nach verschiedenen Dingen gefragt, aber nichts erhalten. Es gibt nichts, was in direktem Zusammenhang mit Gawril oder überhaupt mit dem Thema steht.«

»Schade …« Claire ging die drei Meter, die der Raum lang war, einmal auf und ab und schaute sich dabei genauer um. Der marode Dielenboden quietschte unter ihren Füßen. »Aber nicht verwunderlich. Wenn nur so wenige ihn kennen und das Wissen über ihn zudem von beiden Seiten gehütet wird, ist es beinahe logisch.« Mit einem Male blieb Claire stehen. Etwas, was ihr vertraut vorkam, erweckte ihre Aufmerksamkeit. Sie nahm es in die Hand und berührte die Oberfläche. Sie musste lächeln.

»Was ist das?« Wini nahm es von Claire entgegen und

schaute es sich an. »Oh, das ist wie unser Fidesamt.« Wini hielt eine Art dünnen Handschuh, einen Fäustling, aus dunkelblauem, schlangenlederartigem Material wie das ihrer Schutzweste in den Händen.

»Lass es!«, brummte Andris, als er sah, wie sie ihn anziehen wollte.

»Wieso?«

»Weil das nichts zum Spielen ist. Das ist ein Portalfinder. Ein Venasamt.« – Claire und Wini schauten ihn erwartungsvoll an. – »Das Venasamt ist eine Art kleine Schwester vom Fidesamt. Ihr seht ja, es ist aus demselben Material gefertigt. Nur hat es eine andere Funktion. Mit ihm kann man zum Beispiel geschwächte Portale ausfindig machen. – Außerdem, gehört es dem Rat und nicht uns.«

Wini rollte mit den Augen. »So schwer wird es schon nicht sein, mit ihm umzugehen.«

»Für dich wahrscheinlich wirklich nicht …« Andris hielt sehr viel von Winis Fähigkeiten und traute ihr einiges zu. – Ein Schmunzeln kam über Winis Lippen. Sie fühlte sich geschmeichelt. – »Dennoch« Andris nahm ihr den Portalfinder ab und legte ihn zurück. »sollte ich es dir erst in Ruhe beibringen. Irgendwann wird sich bestimmt eine Gelegenheit dafür bieten.« Andris brach seine Führung hier ab. »So, das war's. Jetzt wisst ihr Bescheid. Und bitte, das bleibt unter uns! Ich weiß nicht, ob ich euch den Fundus überhaupt hätte zeigen dürfen, also.«

Wini wunderte sich. »Warum hast du uns ihn dann gezeigt?«

»Für den Notfall.«

»Für den Notfall?!«, konterte Wini leicht spöttisch.

»Ja, für den Notfall. Man weiß nie, was kommt. Und Wissen ist Macht.« Damit schloss Andris seine Erklärung und bugsierte die Mädchen nach draußen. Er sah sich um und als er niemand auf dem Flur sah, schob er sie nach draußen. Wini konnte sich nur schwer losreißen.

11

»*Sei auf der Hut ... Das Böse schläft nie ... Wir sterben ... Ihr müsst ihn finden ...*«, murmelte Claire im Schlaf. Langsam wurde sie wach. Sie grummelte, streckte sich und veränderte ihre Position. Dass dort, wohin sie sich bewegte, nichts war, wurde ihr erst klar, als sie einen Kipper machte. Sie fiel von der Chaiselongue und konnte nichts mehr dagegen tun. »Ah!«, schrie sie erstickt. Dumpf landete sie auf etwas Weichem und zugleich Hartem, ihre Hände klatschten auf den kalten Marmorboden.

Ihr Stöhnen mischte sich mit dem eines anderen. Hände packten sie an den Schultern. Claire blinzelte, sah helle Haut und etwas Farbiges und fiel dann prompt weiter. Mit dem Rücken landete sie eingequetscht von etwas – jemandem auf dem Boden.

Gleich darauf durchzog ein stechender Schmerz ihren Bauch, ihre fast verheilte Wunde. Sie krümmte sich und gab ein erstickendes Geräusch von sich. Angestrengt holte sie Luft. Ein ihr bekannter Geruch stieg ihr in die Nase, den sie jedoch nicht so schnell zuordnen konnte. Das Gewicht auf ihrem Körper wurde nun weniger. Langsam öffnete Claire die Augen. Im gleichen Augenblick hörte sie jemanden fluchen.

»Ver–verdammt, Claire, bist du eigentlich–« Mit weit aufgerissenen, zornigen Augen kämpfte sich Andris aus seinem Schlafsack. Er biss sich in letzter Sekunde auf die Zunge, um nicht vollkommen auszurasten. Wutschnaubend baute er sich vor ihr auf und sah auf sie hinab. Und bekam einen Schreck. »Shit! Alles, alles okay mit dir?«

Claire war schneeweiß im Gesicht. Das Blut war aus ihrem Gesicht gewichen und sie biss sich auf die Unterlippe, um den Schmerz, der in ihrer Wunde brannte, besser ertragen zu können.

Kaum eine Sekunde später kniete Andris neben ihr, schob ihren Pulli ein kleines Stückchen hoch und schaute unter ihren provisorischen Verband. Ihre Wunde war fast vollständig verheilt, das Essenzikum schien nun besser zu helfen und zum Glück war auch kein Blut zu sehen. Erleichtert schüttelte Andris den Kopf.

Claire hielt unter Andris' Berührung die Luft an. Sie konnte es nicht fassen. »Würdest du mal *bitte* deine Hände da wegnehmen!«, zischte sie ihn an. »Ich bin *kein* kleines Kind. Ich komme ganz hervorragend allein zurecht!«

Andris funkelte sie ebenso böse an und stand auf.

Claire richtete ihren Pulli und kämpfte sich unter einem noch leichten Ziehen auf die Füße. Sie drehte ihr Handgelenk der rechten Hand in der Luft, um zu prüfen, wie es mit ihm stand, denn dort schmerzte es mittlerweile mehr als in ihrer Wunde. »So ein Mist!«, fluchte sie leise.

»Zeig mal her!« Ohne zu warten, griff Andris nach ihrer Hand.

Sie versuchte, sie ihm zu entziehen, aber Andris' Griff war zu fest.

»So, kann ich dir nicht helfen!«, brummte er und warf ihr einen flüchtigen, genervten Blick zu.

Bei Claire machte es genau in diesem Augenblick Klick und sie begriff. Eigentlich war sie Schuld an allem und er meinte es nur gut. Geduldig ließ sie Andris' Untersuchung über sich ergehen.

Andris tastete das Handgelenk sorgfältig ab und bewegte ihre Hand vorsichtig im Kreis. – Das warme Gefühl, das er dabei mit seinen Fingern auf ihrer Haut hinterließ, versuchte sie zu ignorieren. – »Du hast Glück gehabt. Alles okay.« Andris musste sich auch beruhigt haben, seine Stimme klang wieder normal.

»Danke … und Entschuldigung.« Claire zwang sich, ihn dabei anzusehen. Bei Wini und Joscha hätte sie vermutlich auf den Boden geschaut, ihm wollte sie keine Schwäche zeigen.

»Kein Thema. Ist ja im Grunde nichts passiert.« In Gedanken rieb sich Andris die Rippen.

Automatisch richtete Claire ihren Blick auf die Stelle. »Wirklich?«

Andris trug einen enger anliegenden Pullover aus weichem, fließendem, hellgrauem Stoff; solch einen, den auch Amartus oft trug. »Ein blauer Fleck vielleicht. Ich werd's überleben.«, antwortete er fast gelangweilt. »Claire?«

»Mhm ...?«

»Hör auf zu starren! Ich sagte blauer Fleck, nicht Herz-OP!«

Ruckartig blickte Claire auf. »Oh, ähm. Tut mir leid.«, stammelte sie. Innerlich rollte sie über sich selbst die Augen. *»Oh Gott, bin ich blöd! Wo starr ich ihm auch hin?! Das ist ja wie in dem ... Ich bin einfach total bescheuert. Ja, ich bin bescheuert!«*

Andris sah sie rätselnd an. Er wusste, sie dachte über etwas nach. Nur, über was? Er war neugierig, vor allem, weil es ihr nicht zu gefallen schien, worüber sie nachdachte.

»Ihr seid solche Streithühner!«, rief Wini herunter, die oben am Geländer stand.

Joscha, der sie ebenfalls beobachtet hatte, lachte. »Kampfhähne trifft es wohl eher.«

Joscha hatte mit Fabien die frühe Wache übernommen und war deshalb wach. Zwar waren sie im Raum der Energieströme sicher, aber jederzeit hätte ein Besucher auftauchen können und so wechselten sie sich mit dem Schlafen ab. Wini, die mit Andris und Claire die Wache davor gehalten hatte, war scheinbar schon wieder hellwach und geisterte durch die Bibliothek.

»Hoffentlich hat Wini nichts davon gesehen, was ich gedacht habe ...« – Wini lächelte ihr fröhlich zu. – *»Glück gehabt – denke ich jedenfalls ... Hm. Was aber mal wieder komisch ist, dass Andris sich aufgeregt hat und ich keine Flammen in seinen Augen gesehen habe. Werde ich doch schlechter ...?«*

Andris beäugte sie weiterhin fragend. Er hatte nichts zu Wini und Joscha gesagt.

»Was?«, flüsterte Claire irritiert.

Jetzt traten Fabien und James in die Bibliothek. Claires Frage erstarb in deren Begrüßung. »Guten Morgen!«, trällerte James.

»Frühstück! Endlich!«, freute sich Joscha.

Fabien und James trugen zwei Papiertüten.

»Möchte ich wissen, wo ihr wart?«, sagte Andris, als er die Aufschrift auf den Tüten las. Er wusste, sie mussten entweder in den USA oder England gewesen sein.

Fabien schmunzelte bloß.

James stellte die Tüten auf einem Schreibtisch ab und begann auszupacken. Es gab Bagels, Muffins und Becher mit heißem, dampfendem Tee.

Plötzlich tauchte zwischen ihnen das Guus auf.

»Huch!«, erschrak James und schreckte kurz zurück. Er hielt sich die Hand aufs Herz, an dem er seinen Ring mit dem ovalen, mattschwarzen Stein trug, und atmete erleichtert aus. »Guten Morgen!«, begrüßte er das Guus mit einem verschmitzten Lächeln. Er lachte sichtlich über sich selbst.

Das Guus wirkte ruhig. Gelassen stieg es empor und blieb vor James' spitzer Nase stehen, als betrachtete es ihn. Dann flog es zwischen den Freunden umher.

Jeder der Freunde fragte sich, was es wollte und warum es so willkürlich auftauchte? Da sie keine Antwort darauf wussten, wohl aber, dass es ihnen gutgesinnt war, freuten sie sich über dessen Anwesenheit.

James verteilte das Frühstück. Claire und Wini stürzten sich zuerst auf den schwarzen Tee und die süßen Bagels.

Andris, der sich ebenfalls einen Tee und einen schwer beladenen herzhaften Bagel genommen hatte, lehnte sich an den Schreibtisch neben James. »Wie kommt's, dass du so gute Laune hast?«

»Ich will es mal so ausdrücken. Wir haben diese Nacht einen großen Angriff vereitelt und dabei den Pravalben kräftig in den *Allerwertesten* getreten. – Sie werden schwächer und unvorsichtiger. – Welch Genugtuung!« James grinste diabolisch und biss genüsslich in einen riesigen Kirschmuffin.

»Vielleicht hat das Ganze ja wirklich bald ein Ende. Wenn sie merken, dass sie keine Chance mehr haben, geben sie vielleicht auf.«, hoffte Claire.

Andris interessierte überdies etwas anderes. »War Amartus dabei?«, fragte er und ahnte bereits die Antwort.

»Amartus, Richard, Massimo, Carolina und noch ein paar mehr.«

»Richard?«, stutzte Fabien.

»Er sagte, er hätte genug von der Theorie. Der Rat war zwar dagegen, dass er sich, nun ja, sagen wir mal, aktiv einmischt, aber er ließ sich nicht abbringen. *Ich* als Ratsmitglied hätte mich nicht eingemischt. Überlegt nur, was wäre, wenn ihm etwas zugestoßen wäre. Dies hätte nur wieder zu weiteren Unruhen geführt.«

»Rat hin oder her. Er ist ein Aperbone wie jeder andere auch. Und ich finde es gut, dass er nicht nur rumsitzt. Die menschlichen Aperbonen werden es ihm hoch anrechnen.«, mischte sich Claire ein, die mit Wini auf einer Chaiselongue Platz genommen hatte.

»Was heißt „nur rumsitzen"?! Es ist ja nicht so, als würden sie nichts tun.«, verteidigte James den Rat energisch.

Claire schnaubte leise, sodass nur Wini und Fabien, der sich neben sie gesetzt hatte, es hörten.

Nun tauchte das Guus neben ihr auf und verweilte an ihrer Seite. Es schien das Gespräch zu verfolgen.

»Claire, du darfst nicht vergessen, dass der Rat eine sehr wichtige Institution ist. Dass Richard sich beteiligt hat, ist wirklich fragwürdig.«, wandte Andris ein.

Ungläubig runzelte Claire die Stirn. *»Irgendwie ändert Andris ständig seine Meinung ... Letztens hat er noch gesagt, der Rat unternimmt nichts und dass ihn dies ärgert, und jetzt?! Versteh einer Andris Pettersson ...«*

»Es ist wirklich ein zweischneidiges Schwert. Wobei, Amartus und er wissen schon, was sie tun.«, meinte Fabien und schmunzelte. »Ich wäre gerne dabei gewesen. Seite an Seite mit den vieren zu kämpfen, das wär schon was gewesen.«

»Trotzdem, ich hoffe, es bleibt eine Ausnahme.«, bestärkte James seine Meinung. »So, ich mache mich auf den Weg. Wie mir Fabien erzählt hat, habt ihr noch nichts herausgefunden und daher viel vor. Ich bin gespannt von euren Fortschritten zu hören. Lasst es mich wissen, wenn ihr Hilfe benötigt.« Er nickte den Freunden zu und ließ sie allein.

Das Guus war an Claires Seite geblieben, nun aber schwebte es durch den Raum an den Büchern vorüber.

Claire, die ihren Bagel aufgegessen hatte und nur noch an ihrem Tee nippte, folgte ihm interessiert. Wini schloss sich ihr an. – Die Mädchen waren gleichgroß, jedoch zwei ganz unterschiedliche Typen. Claire hatte schulterlange, lockige, hellbraune Haare und helle Haut, Wini kinnlange, dunkelbraune Haare und immer leicht gebräunte Haut. In ihrer Kleidung waren sie sich allerdings sehr ähnlich. Sie trugen dunkle Jeans, Chucks und schmal geschnittene Langarmshirts.

»Hast du auch wieder geträumt?«, erkundigte sich Wini.

»Ja. Interessant, oder? Das heißt nämlich, dass die Person, die uns die Träume schickt, dieser Dreamsnatcher, noch nicht weiß, dass wir uns auf die Suche gemacht haben. – Was allerdings gruselig ist, dass sich der Traum nicht mehr in der Hütte, sondern hier in der Bibliothek abgespielt hat. Keine Ahnung, was das zu bedeuten hat. Ich fühle mich nur irgendwie – verfolgt. Und das lässt wiederum den Schluss zu, dass die Person doch weiß, wo wir sind. Hm! War es bei dir denn auch so?«

»Ja. Dasselbe Flüstern, nur in der Bibliothek.«

Die beiden stoppten, das Guus war vor einem Bereich der menschlichen Literatur stehen geblieben: Märchen und Sagen und Poesie.

»Was ich jedenfalls gut finde, dass es dir besser geht. Du wirkst nicht mehr so, so traurig. Und deine Wunde heilt auch. Ich denke, die Suche tut dir gut.« Wini lächelte.

Claire erwiderte ihr Lächeln nur matt und zuckte mit den Schultern.

Auf einmal schwebte das Guus unruhig auf und ab und lenkte damit die Aufmerksamkeit auf sich. Da es sich relativ schnell bewegte, zog es einen winzigen, türkisfarbenen Schweif hinter sich her. In sich schien das Guus sogar kräftiger zu leuchten. Das warme Blau wurde dunkler und die türkisfarbenen Schimmer heller.

»Meinst du, es will uns etwas sagen?«, überlegte Wini.

»Scheint so. Vielleicht sollten wir uns diese Bücher mal vorknöpfen.«

Augenblicklich verschwand das Guus im Nichts. Es war so, als wäre es nie dort gewesen.

»Anscheinend!« Wini grinste vielsagend.

»Okay, was lesen wir zuerst?«

»Poesie scheint mir ein wenig abwegig. Märchen und Sagen machen schon eher Sinn.«

Claire und Wini nahmen die ersten Bücher des Themenbereiches heraus und setzten sich vor dem Regal auf den Boden.

Das erste Buch, das Claire in den Händen hielt, war ein altes, schweres, in Leder gebundenes Märchenbuch, das auf der Vorderseite eine ovale Öffnung hatte und darin eine kleine Ölzeichnung einfasste.

Wini hatte ein kleines, abgenutztes Heftchen in der Hand. Es war eine Märchensammlung für Kleinkinder mit bunten Bildern. »Wie kommt das Guus bloß darauf, dass wir hier Brauchbares finden könnten?« Wini schüttelte skeptisch den Kopf. »Okay, Märchen an sich, vorausgesetzt sie sind alt, und Sagen machen Sinn. Aber *das* hier. Sollen wir uns wirklich jedes Buch ansehen?!«

»Mmh? Du hast recht, wir können nicht jedes Buch durchgehen. Also, wenn kommen alte Märchen infrage, Sagen, weil die tendenziell immer alt sind, und natürlich nur alte Bücher – obwohl, es gibt hier ja fast nur alte Bücher. Und das Problem ist, woher sollen wir wissen, ob eine Geschichte alt ist oder nicht?«

»Bücher aus den vergangenen zweihundert Jahren können wir vergessen, aber die von davor beginnen interessant zu werden. Und ich stimme dir zu, Sagen sind fast immer alt. Leider wie die meisten Märchen, weshalb wir uns wohl oder übel durch alle hindurchkämpfen müssen.«

Claire schmunzelte. »Na ja, wir brauchen ja nicht alle lesen. Wir lesen sie an und wenn wir glauben, sie könnten was sein, bekommt sie Joscha aufs Auge gedrückt.«

»Einverstanden.«

Damit ging die Suche der beiden weiter. Viele interessante Bücher: Sagen über Gut und Böse, Erzählungen über Königreiche und Geschichten der Mythologie kreuzten ihren Weg; doch nichts davon erschien vielversprechend genug. Joscha, der sich dann und wann dazu gesellte und ihnen half, fand nichts, was sie weiterbrachte. Bei einem Buch über Familiensagen kam Wini jedoch ins Stocken. Etwas irritierte sie, was Claire nicht entging.

»Was ist denn mit Wini los? Warum starrt sie so auf die Seiten?« Claire beobachtete sie.

Wini wirkte zunehmend beunruhigter. Ihre Augen verengten sich, dennoch rasten sie nur so über die Wörter. Wini schnaubte aufgeregt. Sehr zaghaft fuhr sie nun mit einem Finger über die Zeilen, als wolle sie dabei das Papier nicht berühren. Erschrocken zog sie ihren Finger zurück und riss die Augen auf. Lautlos formten Winis Lippen ein »Oh mein Gott«.

»Wini, alles okay bei dir?« Claire berührte sie sanft an der Schulter, damit sie sich nicht erschrak.

Ihre Freundin reagierte ruhig und sah langsam zu ihr. »Du wirst es nicht glauben!«

»Was?«

»Die Wörter ... die, die brennen.«

»Wie die *brennen*?«

»Ja, die brennen. In blauen Flammen. Jetzt nicht, aber gerade. Keine Ahnung, warum. Das musst du sehen. – Hier, sieh genau hin!« Wini hielt ein Buch über bretonische Familiensagen in den Händen. Eine Sage, in der es um einen betrogenen Ehemann ging, der seine Frau verfluchte und darüber selbst ins Unglück stürzte, hatte sie aufgeschlagen. Wini las vor, sie begann von vorn.

»Der betrogene Tor

Einst vor vielen Jahren betrog ein Weib ihren Mann. Sie täuschte ihn gut und so blieb ihre Tat verborgen, bis zu dem Tage, an dem sie unachtsam wurde.«

»Schau, jetzt!« Wini war aufgeregt, was Claire an ihrer Stimme hörte und an ihren Augen sah. Vorsichtig zeigte sie auf den Satz und las weiter.

»Ihr Liebhaber, ein Edelmann, schenkte ihr Perlen. Das Weib war stolz auf diese Pracht und legte sie, als sie zu Haus alleine war, an. Plötzlich riefen ihre Kinder nach ihr, die sie sehr liebte. Eines hatte sich verletzt. Sofort rannte sie los. Und damit begann die Schmach.«

»Die brennen. Siehst du das? Das ist der Wahnsinn!« Wini blätterte die Seite um und schaute auf die Rückseite. Für sie war an den Stellen, wo die Wörter standen, die Seite durchgebrannt. Sie blinzelte und sogleich wuchsen die verbrannten Stellen blitzartig zusammen. Das Papier, die Schrift kehrten in ihren ursprünglichen Zustand zurück.

»Wini, ich habe keine Ahnung, was du siehst, denn *ich* sehe nichts.«

»Echt …?«

Claire schaute Wini erwartungsvoll an, sie wartete auf eine Erklärung.

»Wenn ich das lese, leuchten die Wörter blau auf. Kleine Flammen lodern aus ihnen empor. Erst hell und dann immer dunkler. Es ist so, als würden die Wörter verbrennen. Es wird dort sogar sehr warm. Ich spüre die Hitze, die von den Flammen ausgeht. Löcher in Form der Buchstaben entstehen im Papier. Aber … aber wenn ich blinzle, ist alles wie zuvor. Das Papier wächst zusammen und die Schrift kehrt zurück. Und da ist ein Geräusch, ein sehr leises … wie ein Schlürfen. Es ist allerdings nur ganz kurz zu hören. Eben in dem kurzen Augenblick, wenn das Papier wieder zusammenwächst.«

Für Claire war klar, dass Wini mehr sah als sie, und sie hatte gleich eine Idee. »Kann das mit deinem Flammenauge zu tun haben? Ah, warte mal! Ich habe das Buch *Die Mächte der Aperbonen* dabei. Das hilft uns bestimmt weiter.« Claire hatte das Buch, ihr Lieblingsbuch, ein Handbuch zu den aperbonischen Fähigkeiten, welches ihr schon oft geholfen hatte, in ihrem Rucksack verstaut. Schnell hatte es Claire geholt und sie lasen gemeinsam die Beschreibung des Flammenauges.

Nach kurzem Überfliegen entdeckte Wini eine interessante Stelle. »Hier, guck mal!«

Zuweilen finden wir eine besondere Ausprägung des Flammenauges. So mannigfaltig wie Täuschungen häufig sind, so ist es auch das Flammenauge selbst. Diejenigen, die die folgende Facette ihr Eigen nennen dürfen, wissen, dass ich die Wahrheit spreche.

Claire und Wini sahen sich vielsagend an.

Lügen, schlechte Absichten, Betrug: all dies kann nicht nur an den Augen ersichtlich werden, sondern auch am geschriebenen Wort.
Befähigte beschreiben, dass die Worte, die Lügen in Flammen aufgehen. Sie verbrennen, weil sie ohne Belang sind. Nur die wahren Worte bleiben bestehen.
Ein jener, der Lügen am Geschriebenen erkennt, hat die höchste Stufe des Flammenauges erreicht und ist ein wahrer Meister seines Faches. Meinen Glückwunsch, wenn Sie zu den Wenigen gehören.

Wini schnalzte fröhlich, aber auch nachdenklich mit der Zunge.
»Wusste ich's doch, dass uns mein Buch weiterhilft.«, freute sich Claire.
»Meinst du wirklich, das ist es?«
»Ja, klar!«

»Das wäre echt cool. Und wie uns das weiterhelfen würde. Überleg mal. Wir wüssten sofort, wenn jemand nur Humbug geschrieben hätte. – Nur …, warum spreche ich ausgerechnet auf die Sage an? Ich meine, denk nur mal daran, was wir davor schon alles gelesen haben.«

»Vielleicht ist die Sage eine besonders dicke Lüge, weshalb du darauf angesprungen bist. Sie hat sozusagen deine neue Facette des Flammenauges herausgekitzelt.«

»Klingt plausibel. Bloß, dass die Märchen auch alles Lügen sind.«

»Hm … Stimmt, aber der Unterschied ist, dass wir es bei Märchen wissen. Märchen sind erfunden, Sagen nicht zwingend. Märchen können uns nicht täuschen, weil klar ist, dass sie sich jemand ausgedacht hat – zumindest in der heutigen Zeit, früher war das ja noch was anderes. Die Leute haben damals ja viel mehr geglaubt. Sagen aber haben stets so etwas anhaften, dass es doch wahr sein könnte.«

Wini nickte zustimmend. »Es ist erstaunlich, dass sich unsere Fähigkeiten weiterentwickeln. Damit hätte ich nicht gerechnet.«

»Wieso? Tom hat uns außen vorgelassen. Er hat uns keine Kräfte entzogen. Und unsere neuen Energien kommen aus unseren Steinen. Wenn dein Stein also durch ihn nicht beeinflusst wurde, kann er weiterhin Energie abgeben. Und anscheinend tut er dies gerade.«

»Ich freue mich riesig! Das kann uns richtig gut weiterhelfen. Das heißt aber auch, ich muss üben. Je besser ich darin bin, umso schneller werden wir mit unserer Recherche um *Gawril* sein.« Wini flüsterte den Namen des anscheinend mächtigsten Maludiciors. Sie wollte auf keinen Fall von Besuchern der Bibliothek überrascht und gehört werden.

»Das kriegst du hin. Darüber mach dir mal keinen Kopf. Und ich helfe dir, wenn du magst. – Tja, da scheint dein Flammenauge letztendlich wichtiger zu sein als dein Nightflowen, wie du immer dachtest.«

»Ja, wahrscheinlich … Was sagt James immer: Wissen ist

Macht. Und ich denke, er hat recht. Klar, das Nightflowen hilft mir, mich und euch zu schützen, aber das hier ist so viel *mächtiger*. Da könnte ich mir glatt vorstellen, ein Bücherwurm zu werden.«

Wini und Claire lachten, was die Jungs anlockte.

»Was habt ihr zwei denn schon wieder zu tuscheln?«, zog Fabien sie auf.

Wini hob gespielt hochnäsig die Augenbrauen. »Was heißt *tuscheln*. Wir arbeiten.«

»Und sicherlich an wichtigeren Dingen als ihr.«, verkündigte Claire genauso hochnäsig.

Lässig schob Fabien seine langen, blonden Haare hinters Ohr und verschränkte vor der Brust die Arme. »Ach, ist das so?«, erwiderte er grinsend.

Claires Stimme glich sich wieder ihrem Normalton an. »Ihr könnt Wini gratulieren. Sie hat wieder einmal ihr Flammenauge verbessert.«, verkündete sie stolz. Sie freute sich sehr für ihre Freundin.

Die Jungs waren sofort Feuer und Flamme. Neugierig lauschten sie Winis kurzem Bericht. »… Na ja, aber erst einmal heißt es: Üben, üben, üben. Wir werden sehen, wie verlässlich es wirklich ist.«

»Sehr richtig.«, stimmte ihr Andris zu. »Denn, wenn du dir überlegst, dass dein Flammenauge in dem Bereich, unsere Gedanken vor deinem geistigen Auge zu sehen, noch nicht bei uns allen funktioniert, ist es unumgänglich, diese und nun auch die neue Facette zu trainieren. Und zwar intensiver als zuvor. Wini, diese Fähigkeit kann dir noch sehr nützlich sein. Vorausgesetzt, du beherrschst sie richtig.« Andris war, wenn es um ihre Fähigkeiten ging, stets sehr ernst. Sein Gesicht schien fast wie versteinert. Hätte Wini ihn nicht gekannt, hätte sie nicht gewusst, dass er sich nur kümmerte, sondern ihn für herrschsüchtig und unfreundlich gehalten.

»Und ich habe fest geglaubt, ich wäre der einzige Bücherwurm in unserer Truppe. Tja, das wird sich jawohl jetzt ändern. Herzlich willkommen in der Welt der vermeintlichen Streber,

Winifred McFadden. Meine Hilfe ist dir sicher.«, neckte Joscha sie.

Wini rollte innerlich mit den Augen und verpasste ihm eine schlagfertige Antwort. »Glaube mir, die anderthalb Jahre Strebertum, die du mir voraus hast, hole ich nicht so schnell auf. Und danke, deine Hilfe nehme ich gerne an.«

»Gut, dann lasst uns direkt beginnen. Ich schließe mich euch an.«, schlug Claire vor.

»Eins noch!«, mahnte Andris, »Zu keinem ein Wort, und ich meine zu keinem. Zu keinem Wissenden, keinem Freund und auch zu keinem Ratsmitglied. Das ist einfach besser in der jetzigen Situation.«

»Sonst schmiert dir Friedrich noch mehr Honig um den Bart und will dich sofort als Assistentin des Rates.«, flachste Joscha.

»Es sickert im Moment einfach zu viel zu den Pravalben durch. Du lebst sicherer, vertrau mir.«, versuchte Andris sie zu überzeugen.

»Aber was ist mit Alwara? Und was ist mit James? Er könnte mir schließlich helfen. Er weiß so viel über unsere Fähigkeiten.«, hakte Wini nach.

Fabien schnaubte verächtlich. »James ist 'ne Tratschtante und was Alwara anbelangt, wenn sie es weiß, weiß es auch der Rat. Die Zeiten haben sich geändert. Als ihr nach der Waage gesucht habt, hat sie zwar geschwiegen, aber mittlerweile ist sie so viel mit dem Rat zusammen, dass ich glaube, dass sie es nicht für sich behalten würde. Und den Rest kannst du dir dann denken.«

»Schade!«, seufzte Wini.

»Wir werden es Amartus erzählen, wenn er kommt.«, schloss Andris das Thema. Bei Amartus waren sich alle einig, er würde nichts verraten; nicht, wenn sie es nicht wollten.

Damit war die Diskussion beendet.

Claire, Wini und Joscha machten sich daran, Winis Fähigkeit auf die Probe zu stellen. Joscha schlug vor, dass Claire und er Wahrheiten und Lügen zu ihrem Leben aufschrieben, sodass Wini herausfinden musste, was zutraf und was nicht. Die

Übung erwies sich als hilfreich. Schnell entwickelte Wini ein Gefühl für ihre Fähigkeit und sie wagte sich wieder an Bücher. Für die Erzählungen Fremder musste sie sich jedoch mehr anstrengen. Oft war es nicht eindeutig. Sie benötigte mehrere Anläufe, um sichergehen zu können.

Zudem blieben sie nicht durchweg ungestört. Zwischenzeitlich mussten sie still sein oder ihre Übung unterbrechen, denn Aperbonen wie Thierry oder Serge kamen, um in der Bibliothek zu arbeiten.

Am Mittag bekamen die Freunde Besuch. Fabien war der Erste, der ihn bemerkte. Sie waren gerade allein in der Bibliothek, als ihn ein fremdes Geräusch aufhorchen ließ. Fabien spitzte die Ohren – im wahrsten Sinne des Wortes. Seine Ohren wuchsen und überzogen sich mit beigebraunem Fell. In den Ohrspitzen färbte sich das Fell dunkelbraun. Und sie bewegten sich, sie zuckten, als sie das Geräusch wahrnahmen. Fabien hörte ein leises Surren, ein Schwingen, ein Flattern.

Blitzartig stellten sich auch seine Augen um. Sie nahmen einen helleren Braunton an und seine Pupillen weiteten sich. Aufmerksam suchte er sein Umfeld ab.

Andris, der neben Fabien am Schreibtisch stand, bemerkte dies. »Was is–«

»Pst!«, schnitt ihm Fabien das Wort ab. Misstrauisch sah er sich um. Dann schaute er gerade nach oben und verzog das Gesicht. »Teutward, was tust du da?« Seine Augen und Ohren wandelten sich zurück.

»Hallo, hallo, meine Freu–eunde.«, begrüßte er sie mit seiner typisch hibbeligen Art.

»Hallo, Teutward.«, begrüßte ihn Andris.

Joscha, Claire und Wini kamen dazu und begrüßten ihn ebenso.

Hektisch schwirrte Teutward zu ihnen hinunter, sodass er sich mit ihnen auf Augenhöhe unterhalten konnte. Sein grünbrauner Körper und seine durchsichtigen, feingliedrigen Flügel schimmerten durch die schnellen Bewegungen im Licht. »Ah!

Alle fünf, aaalle fünf. Schön, euch zu seeehen!«

»Was führt dich zu uns?«, fragte Andris, ganz Anführer, mit fester Stimme.

»Alwara bat mich, nach euch zu sehen. Jaja. Ihr vermisst bestimmt Norwin. Ich wollt, ich wollt wissen, ob ihr Rat braucht. Kann ich euch helfen?« Teutward tänzelte vor Andris' Gesicht. Er bewegte sein Hinterteil von rechts nach links und fixierte ihn mit seinen großen Facettenaugen.

»Die Recherche läuft eher unbefriedigend. Wir haben noch nichts von Belang gefunden.«, berichtete Andris.

»Kein Wunder, die Bibliothek ist viiiel zu groß. Viel zu viele Bücher, um sich zurechtzufinden.«

»Und wie geht es dir? Was macht der Rat?«, klinkte sich Wini ein.

Teutward wandte sich nun ihr zu. »Ah, Winifred. Schön, dass du um uns besorgt bist. Dem Rat geht es gut, auch Richard. Nein, nein – nein, nein, wie dumm Menschen zuweilen sind. Er hätt' nicht gehen sollen. Viiiel zu gefährlich. Oh, Friedrich war sooo dagegen. Aber er wollt nicht hören.« Abwesend schaute Teutward umher. »Zum Glück ist alles gut gegangen. Ja, ja, zum Glück. Es hätt' wer weiß was geschehen können.«

»Amartus hat sicherlich gut auf ihn achtgegeben.«, erwiderte Claire.

»Trotz dessen. Nein, nein, das war nicht gut.« Teutward bewegte sich wieder hin und her, aber diesmal gab sein Kopf den Ton an. Wäre er ein Mensch gewesen, so hätte er mit dem Kopf geschüttelt. »Nun denn, kann ich euch helfen? Denn dies ist der Grund, warum ich kam.«

»Ich denke, wie du bereits schon sagtest, die Menge der Bücher ist einfach ein Problem. Wir wissen oft nicht so recht, was wirklich notwendig zu lesen ist und was nicht.«, erklärte ihm Joscha, der am meisten von allen gelesen hatte.

»*Die hellen Schriften der Pravalben*, da müsst ihr suchen!«

Joscha wandte sich seinen Freunden zu. »Das ist ein Buch – na ja, eine Art Selbstbeweihräucherung – der Pravalben. Aber das habe ich schon durch. Da steht nichts drin.«

»Wirklich?! Wie schaaade. Was noch? Menschliche Schriften kommen infrage. Sie sind allerdings dann und wann mit Fehlern bestückt. Allein nicht entschlüsselbar! Hm ...«

Claire verkniff sich einen schmunzelnden Blick zu Wini, ebenso wie der Rest der Freunde. Denn Wini war mit ihrer neuen Facette des Flammenauges sehr wohl dazu in der Lage.

Teutward nannte ihnen weitere Bücher, von denen Joscha jedoch die meisten gelesen hatte. »Seht, jetzt komm' ich, um zu helfen, und kann nichts tun. Schade, schade.«

»Trotzdem, danke. Wir wissen dies sehr zu schätzen.«, bedankte sich Claire.

»Iiimer gerne. Also dann, auf bald, meine Freunde. Iiich lass euch nun allein.« Mit diesen Worten schwirrte Teutward von dannen. Da die Tür einen Spalt offen stand, konnte er die Bibliothek leicht verlassen.

Als er fort war, schaute Joscha verschmitzt zu seinen Freunden. »Teutward ist so naiv!«

Andris blickte ihn stirnrunzelnd an. »In deinen Träumen! Er mag zwar hibbelig sein und dadurch etwas Lustiges an sich haben, aber er ist alles andere als naiv. Teutward ist ein Wissender. Unterschätzt das nicht!« Mit dieser Warnung sprach er alle an, nicht nur Joscha. Darauf schnappte er sich sein Buch und klopfte es auffordernd auf seine freie Hand. Die Recherche ging weiter.

Spät am Abend gingen Claire und Wini auf die Toilette, um sich die Zähne zu putzen. Die Toilette befand sich am Ende des Flures. Hinter einer schweren Holztüre lag sie verborgen. Noch nicht einmal im Traum war für sie daran zu denken gewesen, dass sich dort die Toilette befand, schon gar nicht so eine wie diese. Die Kacheln waren dunkelgrün, in sich gemustert wie in den sechziger Jahren und abgenutzt. Im kompletten Kontrast dazu hing quer an der Wand ein riesiger, rechteckiger Spiegel, der mit seinen Verschnörkelungen aus dem 18. Jahrhundert hätte stammen können. Die drei Waschbecken darunter waren sauber, aber durch die Jahre gezeichnet. Die einzelnen Toiletten befanden sich hinter alten, pastellgrünen Trennwänden. Ein Fenster gab es nicht. Eine von der Decke hängende Lampe wie ein Kronleuchter mit drei einzelnen großen, runden Lampen spendete Licht. Es war ein warmes Licht, aber es flackerte zuweilen, was die Toilette merklich älter und leicht unheimlich erschienen ließ.

»Ich freue mich so sehr, wenn wir hier fertig sind und wieder duschen können. Als Erstes suchen wir uns ein Hotel und duschen!«, verkündete Wini und hielt aufzeigend ihre mit Zahncreme eingeschäumte Zahnbürste in die Luft.

»Du hast recht, Wini.« Claire schnüffelte mit hochgereckter Nase in der Luft und kam Wini dabei näher. »Irgendetwas müffelt hier auch …«

Wini, die gerade mit Wasser gurgelte, schaute seitlich auf und verzog ihr Gesicht. Als sie fertig war, antwortete sie. »Sehr witzig! Du guckst dir viel zu viel von Joscha ab.«

»Nicht wirklich. Den Part übernimmst du ja meistens oder Fabien. – Aber mal ernst. Duschen wäre toll.« Die letzten Worte seufzte Claire. »Und Waschen müssen wir auch.« Claire sah dem Wasser nach, wie es im Waschbecken in den Abfluss lief und fragte sich kurz, wohin es wohl floss. Im Raum der Energieströme konnte es kaum enden.

»Wir können ja mal fragen, ob die Pravalben dafür nicht einen Waffenstillstand einberufen wollen.«

Jetzt war Claire diejenige, die mit den Augen rollte. »Ich gehe fest davon aus.«, erwiderte sie trocken.

Wini cremte sich nun ihr Gesicht ein. Wie Claire hatte auch sie einige Pflegeprodukte in Carolinas und Liljas Laden in Finnland erstanden. Sie bedauerten es sehr, dass die beiden den Laden aufgrund der Pravalben vorübergehend hatten schließen müssen. – Carolina und Lilja waren Herbivarinnen und stellten insbesondere für Aperbonen Essenzika aus Blüten, Kräutern, Wurzeln und Pilzen her. Menschen erhielten in ihrem Laden gewöhnliche Kräutertinkturen, Cremes, wie Wini und Claire sie benutzten, und Tees.

Als Claire längere Zeit nichts sagte, schaute Wini zu ihr. Claire lehnte am Waschbecken und war wie so häufig in Gedanken. »Claire? Über was zermarterst du dir jetzt schon wieder dein Hirn?«

»Nichts! Nichts Wildes – denke ich jedenfalls.« Claire wirkte durcheinander.

Wini sah sie für einen kurzen Augenblick schweigend an. »Das ... das Essenzikum. Du machst dir Gedanken um das Essenzikum, das Andris nimmt.« Wini hatte alles in Claires Augen gelesen. Es war das erste Mal, dass sie solch deutliche Bilder bei ihrer Freundin sehen konnte.

»Wini, lass das! Du weißt, dass ich das nicht mag!«, entgegnete Claire zerknirscht.

»Sorry, das war 'n Reflex. – Jetzt sag aber mal, warum beschäftigt dich das so?«

»Findest du es nicht komisch, dass er es ständig nimmt – beinahe jeden Tag?«

»Fabien nimmt es doch auch.«, verharmloste Wini.

»Wie, Fabien nimmt es auch?«

»Ja. Er hat es von Carolina. Es ist gegen Kopfschmerzen. Er hat mir gesagt, dass er im Moment ziemliche Probleme damit hat.«

»Das hat Joscha über Andris auch gesagt. Aber überleg mal: Er nimmt das Essenzikum *jeden Tag*!«

»Was spukt dir im Kopf herum?«

»Ich weiß es nicht. Nur, dass ich nicht glaube, dass es gegen Kopfschmerzen ist.«

»Muss ich dich erst daran erinnern, dass wir beide das Flammenauge beherrschen.«, scherzte Wini. »Fabien hat mich nicht belogen.«

»Aber, du weißt auch, dass das Flammenauge bei den beiden nicht hundertprozentig funktioniert, zumindest was den Teil anbelangt, durch starke Emotionen ihre Gedanken in ihren Augen zu lesen.«

»Ja, aber eine Lüge an sich durch Flammen in ihren Augen zu erkennen, gehört zu den Grundlagen. Fabien hat nicht gelogen.«

»Und was ist, wenn deine Fähigkeit, weil sie sich gerade weiterentwickelt, in dem Punkt einen Aussetzer hat.«

»Claire, unsere Fähigkeiten haben *keine* Aussetzer.«, erklärte Wini geduldig.

»Haben sie doch. Weißt du, wie lange ich keine Flammen mehr in Andris' Augen gesehen habe. Er regt sich ständig auf, aber Flammen sehe ich keine, schon seit Wochen nicht mehr.«

»Und dir ist nicht vielleicht mal in den Sinn gekommen, dass er sich gar nicht so sehr aufregt, wie du selber denkst?! Vielleicht denkst du, er ist sauer, er ist es aber gar nicht. Und dann ist es auch kein Wunder, dass du keine Flammen siehst.«

»Mag sein … Trotzdem, irgendetwas ist faul.«

»Du machst dir nur wieder zu viele Sorgen. Das ist es!«

»Das sind keine Sorgen, das ist mein Bauchgefühl. Und *das* hat bis jetzt immer richtig gelegen.«

»Wie du meinst. Dann binde es aber bitte Andris nicht direkt auf die Nase. Das führt nur zu Gezanke und das tut euch beiden nicht gut.«, ermahnte Wini sie freundschaftlich.

»Ay, ay, Captain.«, scherzte Claire lahm und dachte weiter. *»Ich finde schon noch raus, was dahinter steckt. Das Essenzikum ist vieles, aber nicht gegen Kopfschmerzen. Das können die zwei sonst wem erzählen, aber nicht mir …«*

12

»Ich glaube, er ist echt sauer.«, gluckste Joscha, der Andris in James' Büro geschickt hatte, um von dort ein Buch zu holen. Andris war soeben erst aufgewacht und schon hatte er ihn geschickt. Es war lediglich ein Ablenkungsmanöver gewesen.

»Umso mehr wird er sich gleich freuen, wenn wir ihn überraschen.«, kommentierte Wini.

»*Ich fand, er sah traurig aus. Als er noch mal zurückgeblickt hat, sah er – enttäuscht aus.*«, dachte Claire heimlich.

»Schade, dass wir keine richtige Party für ihn schmeißen können. Ich meine, ich bin ja schon an meinem Geburtstag schlecht weggekommen, aber ich hatte wenigstens eine Megatorte.«, bemerkte Joscha, als er Wini die kleine, bunte Kerze auf Andris' Geburtstagskuchen, ein Schokomuffin mit rosa Zuckerherzen, anzünden sah.

»Es ist zwar keine Torte und das Mega kannst du auch streichen, aber besser als gar nichts.«, erwiderte sie.

»Ihr wisst doch, Andris sind so Sachen nicht wichtig.«, erinnerte Fabien sie. »Hauptsache, wir denken überhaupt an ihn. Uh, wenn wir ihn tatsächlich vergessen hätten, *das* hätte er uns nachgetragen bis zum Sankt-Nimmerleins-Tag.«

»Das glaube ich auch.«, pflichtete ihm Wini bei.

»*Kein Wunder.*«, grübelte Claire, »*Also wenn ich eine Waise wäre – okay, er hat Amartus, aber das ist was anderes als seine richtigen Eltern zu haben – und meine einzigen Freunde würden meinen Geburtstag vergessen, dann wäre ich mehr als enttäuscht ... Oh, ich hoffe, ihm gefällt mein Geschenk. Er findet's bestimmt cool, aber – na ja, abwarten!*«

Die Tür der Bibliothek knarzte, sie wurde geöffnet.

»Leute, in Position!«, forderte Joscha seine Komplizen auf und stimmte an: »Happy birthday to you ...«

Wini, Claire und Fabien stellten sich wie Joscha zur Tür und sangen lauthals, wenn auch zum Teil schief, mit.

Andris traute seinen Augen und Ohren nicht. Sein Gesicht sprach Bände. Soeben hatte er noch seine finstere Miene aufgelegt, jetzt trug er sein arrogantes Lächeln. Als Joscha jedoch die letzte Strophe wie ein Bariton sang und spannungsgeladen die Hände hob, konnte er nicht mehr und musste lachen.

»Mein alter, alter, alter Freund.« Joscha legte gespielt dramatisch eine Hand auf sein Herz. »Erwähnte ich schon das Wörtchen „alt". Meine Güte, *vierundzwanzig*, du bist fast erwachsen!« Joscha räusperte sich. »Andris, ich wünsche dir in deinem hohen Alter alles erdenklich Gute.«

Andris reagierte auf Joscha wie eh und je gelassen und schnalzte lediglich arrogant mit der Zunge. »Ich nehme an, das Buch brauchst du nicht mehr?!«

»Lass dich drücken, alter Knabe!« Joscha nahm Andris als Erster in den Arm, danach folgten Fabien, Wini und als Letzte Claire.

Länger als Claire vermutet hatte, hielt Andris sie ihm Arm, zudem drückte er sie viel fester. Er war warm, Claire fror wie so häufig – sie hätte es also genossen, wenn nicht etwas Befremdliches in ihrer Umarmung gelegen hätte – und er roch gut. Nach sauberer Wäsche, seinem Parfum und etwas, was Claire nur als Sicherheit beschreiben konnte. Er roch nach Andris. »Ich wünsche dir alles Gute zum Geburtstag, Andris Pettersson.« Und heimlich dachte sie, »*Auf die nächsten Hundert Streitigkeiten.*« Bei Joscha hätte sie sich getraut und den Scherz laut ausgesprochen, bei Andris war dies keine gute Idee.

»Vielen Dank, Frau Wittgenstein.« Andris ließ sie los. Verlegen, was er normalerweise nie war, kratzte er sich am Hinterkopf und lächelte in die Runde.

»Was ist *das?*«, staunte Wini empört und griff ihm ans Handgelenk. »*Er* bekommt eins und *ich* nicht?!«, beschwerte sie sich lauthals in Fabiens Richtung, da sie es sich schon lange wünschte. »Und vor allen Dingen, wann hast du es ihm gegeben? Die Bescherung kommt doch erst noch!«

Andris trug an seinem linken Handgelenk solch ein breites Lederarmband wie Fabien besaß. – Fabien nutzte es, um darunter seinen Stein der Livonten zu verbergen. Andris trug seinen Stein jedoch weiterhin an seinem Ring.

»Wer hat Geburtstag, du oder er?! Und sagt dir das Wort „Nachtwache" vielleicht was. Ich habe ihm bereits um zwölf Uhr gratuliert.«, rechtfertigte er sich. Fabien sah entspannt aus, seine hellbraunen Augen schienen ruhig. Er nahm Winis Genörgel nicht wirklich ernst. Zumal er ein zweites besorgt hatte und es ihr an ihrem Geburtstag schenken wollte.

Wini schnaufte.

Claire sah sich das Armband genauer an. *»Das ist die Lösung! Das Armband wird mein Tattoo verdecken. So wird es ihm gefallen.«*

»Seht mal! Da will ihm scheinbar noch jemand zum Geburtstag gratulieren.«, machte Joscha sie aufmerksam und deutete in Richtung des Guus, das hinter Andris' Kopf aufgetaucht war.

Das Guus schwebte gelassen in die Mitte der Freunde, drehte und machte dann vor Andris' Nase eine beschwingte Bewegung. Sogleich flog es weiter zu Joschas Hand, in der er hinter seinem Rücken ein Geschenk versteckte.

Wini, die über dessen Anblick ihren Unmut vergessen hatte, kam nun auf ihre Überraschung zurück. »Geschenke, jetzt gibt es die Geschenke!«, verkündigte sie im Singsang und eilte zu einem der Schreibtische, auf dem der Schokomuffin mit der bereits zur Hälfte abgebrannten Kerze stand. Der bunte Kerzenwachs war längst auf die Glasur gelaufen und verdeckte manche der rosa Zuckerherzen. Unbeirrt von diesem Anblick brachte Wini den Muffin zu Andris. »Wünsch dir was!«

Andris brauchte nicht nachdenken und pustete die Kerze sofort aus. Er nahm den Muffin in die Hand und schaute skeptisch auf ihn hinab.

»Nur unter *todesmutigem Einsatz* war es mir möglich, dir diesen prachtvollen Muffin zu besorgen. Die rosa Zuckerherzen waren übrigens auch meine Idee.«, scherzte Joscha. »Uu-

und das hier!« Zeitgleich zog er das versteckte Geschenk hervor. »Es ist von uns allen. Ich weiß, es ist nicht so toll wie ein Transporterschlüssel, aber annähernd. Ich habe es zufällig in Alexanders geheimen Bibliothek entdeckt.« Joscha reichte ihm einen kleinen, schwarzen Samtbeutel.

Andris nahm den Beutel nur widerwillig entgegen. Er wusste scheinbar, was er enthielt. »Joscha, das kann ich nicht –«

»Doch du kannst!«, schnitt sein Freund ihm das Wort ab.

»Weißt du, wie selten –«

»Du hast recht, gib ihn zurück!«, flachste Joscha.

Andris schüttelte den Kopf. »Danke.«

Das Guus folgte dem Beutel in Andris' Händen. Es schien, interessiert zu sein.

Da Joscha zwar von den anderen beauftragt worden war, ein Geschenk für Andris zu besorgen, er aber nicht verraten hatte, was er letztendlich besorgt hatte, waren alle sehr neugierig.

»Was ist es?«, murmelte Wini.

Andris öffnete den Beutel und holte einen dünnen, dunkelblauen Fäustling heraus. Der Stoff glich dem ihres Fidesamts. Behutsam fühlte er den Stoff zwischen seinen Fingern und stellte wieder einmal fest, dass er viel robuster war, als er aussah. Das schlangenlederartige Material, dessen Oberfläche im Gegensatz zu einer Schlange sehr rau war, pikste ihn sogar an manchen Stellen.

»Ein Venasamt.«, bemerkte Fabien.

»Warum wundert es mich jetzt nicht, dass du weißt, was es ist.«, kommentierte Joscha grinsend.

Fabien zuckte belustigt mit den Schultern.

»So ein Venasamt wie in der Kammer?«, hakte Wini nach.

Andris nickte vielsagend. »Das ist wirklich sehr nützlich, wenn man bedenkt, in welcher Lage wir uns gerade befinden. – Ich denke, das bleibt unter uns.«, fügte er nach kurzem Zögern hinzu. Ohne es weiter herum zu zeigen, steckte Andris es schnell ein. »Danke, das ist wirklich ein tolles Geschenk. Damit hätte ich nicht gerechnet. Na ja, ich hatte überhaupt nicht mit einem Geschenk gerechnet.«

»Keine Ursache.«, erwiderte Joscha.

»Gut …, sollen wir dann mal frühstücken? So viel Freundlichkeit am frühen Morgen vertrage ich nicht auf leerem Magen.«, versuchte Andris auf seine zynische Art abzulenken.

»Moment, ich … ich habe auch noch ein Geschenk für dich.«, stoppte ihn Claire.

Joscha lächelte ihr aufmunternd zu. Er wusste, was sie vorhatte.

Andris blickte verunsichert, auf seine arrogante Art.

Das Guus kam nun auf Claire zu und pausierte neben ihrem Kopf, als wolle es alles beobachten.

Claire versuchte, Andris' Blick zu ignorieren und konzentrierte sich. Verhalten nahm sie seine linke Hand in die ihre. Andris hatte wie immer sehr warme Hände, überhaupt schien er immer eine gewisse Hitze auszustrahlen. Claire kam nicht umher, dies festzustellen. Gleich darauf sah sie auf die Innenseite seines Handgelenks und auf sein neues Lederarmband, das es ein Stück verbarg. Sie blickte ins Leere und stellte sich Andris' Handgelenk unter dem Lederarmband vor. Und sie stellte sich Amartus' Handgelenk vor mit seinem Tattoo, daneben den handschriftlich geschriebenen Lieblingsspruch seiner verstorbenen Mutter: *Frieden mit dir, in deinem Herzen.* In ihren Gedanken sah Claire, wie sich der Spruch Wort für Wort auf seinem Handgelenk abmalte, mit der Handschrift seiner Mutter. Es dauerte keine zehn Sekunden, da blickte sie auf. Sie fühlte, als es fertig war. »Ich hoffe, es gefällt dir.« Mit ihrem Blick gab sie ihm einen Wink auf sein Handgelenk.

Andris verstand sofort und sah nach. In dem Moment spiegelte sein Gesicht all das wider, was er dachte: Zunächst war er erschrocken, dann freute er sich, darauf schien er traurig, dann beunruhigt und zuletzt schien er sich mit dem Gedanken anzufreunden.

»Wenn's dir nicht gefällt. Du musst es nur sagen.«, bot ihm Claire an.

Langsam blickte Andris auf. »Danke.«, war alles, was er sagte. Er war wieder kühl und distanziert, aber dieses eine

Wort schien ehrlich und so wusste Claire, dass es ihm gefiel, und freute sich.

»Gern geschehen.«

Sogleich kamen Joscha, Fabien und Wini näher, um es sich anzusehen. Das Guus gleichermaßen interessiert, schwirrte um sie herum.

Die Freunde waren vollends mit Andris' Tattoo beschäftigt und so bekam auch niemand von ihnen mit, wie sich jemand näherte. »Guten Tag.«, hauchte eine sanfte, warme Stimme.

Blitzartig drehten sie sich um.

»Feiert ihr Geburtstag?«, fragte die fremde Stimme. Anmutig kam der Livont aus einer der Ecken der Bibliothek auf sie zugeschwebt. Sein dunkelblaues Gewand wirkte matt, so wie bei vielen Livonten dieser Tage. Insgesamt schien der Livont jedoch weniger geschwächt zu sein. Als hätte er die Hände gefaltet, überlappten sich die Enden der Ärmel seines Gewands. Seine Hände waren dabei nicht zu sehen. – Bei keinem Livont waren jemals die Hände zusehen. – Als er sie erreicht hatte, verneigte er sich.

Die Freunde taten es ihm gleich.

Da die Livonten durch ihr wunderschönes, aber auch machtverströmendes Äußeres auf Menschen zuweilen einschüchternd wirkten, hielt er, wie die meisten es taten, zu den Menschen ein wenig Abstand. Er gab ihnen Freiraum, klar denken zu können.

»Guten Tag. Und ja, wir feiern einen Geburtstag. Andris Pettersson hat Geburtstag.«, antwortete ihm Claire und deutete auf Andris, für den Fall, dass er ihn nicht kannte.

Der Livont schaute mit einem kaum zu erkennenden Lächeln zu Andris. »Meine allerbesten Wünsche.«

»Danke. Aber, bitte, wem verdanke ich die Glückwünsche?«, erkundigte er sich förmlich. Vom fröhlichen Andris von noch vor ein paar Minuten war nichts mehr geblieben.

»Oh, entschuldigt. Ich vergaß. Mein Name ist Oxandrius. Es freut mich, euch kennenzulernen.«

»Oxandrius ...? Oxandrius! Cyrillus' Schutzpatron!«, erkannte Claire. *»Interessant ...«*

»Ich nehme an, eine Vorstellung unsererseits ist nicht erforderlich?!«, mutmaßte Andris.

»Nein, vielen Dank. Ihr seid mir alle bekannt.« Oxandrius ließ seinen Blick schweifen und sah sich gedankenverloren um. Kurz erblickte er das Guus, woraufhin es selbst im gleichen Augenblick verschwand. Eine Reaktion auf das Guus zeigte er nicht, als wusste er bereits um den Umstand.

»Was verschafft uns die Ehre deines Besuches?«, fragte nun Wini, die neugierig war.

»Ich war hier für ein Gespräch mit dem Rat und als ich hörte, dass auch ihr hier seid, beschloss ich, euch zu besuchen. Wisst ihr, Radomil hat mir viel über euch berichtet. Er scheint euch sehr verbunden. Ich war neugierig, ich wollte selbst sehen, wie ihr seid.«

Dies brachte Claire ins Grübeln. *»Radomil! Er hat Radomil getroffen. Und wir, wir haben immer noch nichts von ihm gehört. Ich verstehe das einfach nicht. Warum bleibt er fern von uns?«*

»Und, wie sind wir?«, erlaubte Wini sich einen Spaß.

Oxandrius zeigte erneut ein kleines Lächeln. Durch seinen Schleier war es nur andeutungsweise zu erkennen. »Auch wenn ich mir für üblich eine Meinung über Menschen erst viel später bilde, kann ich zumindest sagen, ihr scheint freundlich zu sein. Aber dies sind die meisten Aperbonen. Ich will wohl meinen, keine einzige unflätige Person in den Kreisen der Aperbonen zu kennen. Nun, mit einer Ausnahme.«

Jeder der Freunde wusste, wen er meinte: Cyrillus, seinen abtrünnigen Schutzbefohlenen.

»Wie dem auch sei. Zudem denke ich, ihr seid mit die misstrauischsten Aperbonen, die mir je begegnet sind. Ihr schaut freundlich, aber dahinter verbirgt sich etwas. Ihr seid auf der Hut. Wenn ich allerdings bedenke, wie man euch zuweilen entgegentritt, kann ich dies gut verstehen.«

»Das ist wirklich sehr interessant. Dafür, dass er so naiv sein soll, sieht er verdammt viel. Und wie viel er überhaupt redet ...«

»Ich kann euch wahrscheinlich besser verstehen, als ihr denkt. Als Cyrillus auf die helle Seite wechselte, durfte ich mir so manches anhören. Natürlich nicht von den Livonten, aber von den Menschen. Nicht, dass sie es mir persönlich gesagt hätten, aber als Livont bekomme ich häufig mehr mit, als ich möchte.«

»Wie war das denn mit Cyrillus? Ich meine, wie konnte er dich täuschen? Ich – wir alle haben gedacht, dies wäre nicht möglich.«, interessierte Claire.

»Ich glaube zu wissen, dass es daran gelegen hat, weil er sich langsam von uns entfernt hat. So eine Wandlung geschieht nicht über Nacht. Sie wächst langsam in einem. Zudem ist er nicht mehr der Jüngste. Wie ihr wisst, haben wir Livonten zu jungen Schülern einen engen Kontakt, um sie zu beschützen. Cyrillus ist Anfang sechzig und er benötigte schon lange keinen Schutz mehr. Ich sah niemals etwas, was mich beunruhigte. Er konnte mich täuschen, weil ich keine Verbindung mehr zu ihm hatte. Aus diesem Grund sehe ich auch keine Schuld in mir. Cyrillus hat sich für diesen Weg entschieden und die Zeit wird zeigen, was er davon behält.«

»Von mir aus kann er bleiben wo der Pfeffer wächst. Ich hasse ihn!«, fluchte Joscha, der durch Cyrillus' Angriff seinen Urgroßvater Alexander verloren hatte. Mit verkniffener Miene sah Joscha auf seinen blauen Stein an seinem Armband.

»Ich kann deinen Gram sehr gut verstehen und es tut mir leid. Alexander war ein lieber Mensch.«

Andris, der von diesem Thema ablenken wollte, begann mit einem neuen. »Oxandrius, könntest du uns bitte über die momentane Lage berichten. Wir sind immerhin schon den dritten Tag hier. Ich hatte eigentlich gedacht, da wir hier an der Quelle sind, bekommen wir mehr mit, allerdings scheint das Gegenteil der Fall zu sein.«

»Gerne. Wisst ihr, ich bin einer der Livonten, die um die Welt reisen, um nach dem Rechten zu sehen. Manche Aperbonen nennen uns *Beobachter* oder *Beschützer der Menschen*. Ich weiß daher sehr gut, was im Moment vor sich geht.«

Die Freunde lauschten auf.

»Beobachter der Menschen?«, hakte Wini nach.

»Ja. Ich bin wie die Maludicioren, die durch die Welt ziehen. Die Maludicioren wandeln unter den Menschen, um sich an deren Kummer, Ärger und Hass zu nähren. Natürlich provozieren sie häufig die Schmach, um an ihr Ziel zu gelangen. Ich bin dafür zuständig, sie davon abzuhalten.«

»*Wie Serafina.*«, stellte Claire heimlich fest.

»Ein schwieriges Unterfangen. Die Maludicioren sind gegenüber den Menschen angriffslustiger denn je. Arme Menschen. Überhaupt scheinen die Pravalben wie von Sinnen.«

»Das mit der Angriffslustigkeit können wir nur bestätigen.«, mischte sich Fabien ein, der bislang nichts gesagt hatte, sondern nur interessiert zugehört hatte. Kurz erzählte er Oxandrius vom Angriff der Pravalben in Russland.

»Ihr seid ihnen ein Dorn im Auge. Unter all unseren menschlichen Aperbonen seid ihr mit die mächtigsten. Natürlich gibt es noch andere, aber ihr seid schließlich auch Toms Verbündete gewesen. – Tom soll ein netter Junge gewesen sein, so berichtete es mir Carolina Danska. Sie hatte ihn einst kennengelernt. Tom war, so scheint es mir, eine Laune der Natur. Ich habe nie zuvor von *solch* einem Kind gehört.« In Oxandrius' Worten lag ein Hauch von Missbilligung, was Claire nicht gefiel.

»Du kennst Carolina?«, fragte Wini.

»Ja aber natürlich. Carolina und Lilja sind meine Schutzbefohlenen.«

Carolina und Lilja waren Schwestern und beide Aperbonen. Sie waren eine seltene Ausnahme, denn normalerweise gab es nur einen Aperbonen in der Familie. Damals vor vielen, vielen Jahren hatte ein Livont, wie die Freunde nun wussten: Oxandrius, einen sehr großen Stein erschaffen, der jedoch zu groß, zu mächtig war und geteilt werden musste. Fortan suchte sich der nun zweigeteilte Stein immer ein weibliches Geschwisterpaar in der Erbfolge und so blieb er, wenn auch mit ein wenig Distanz, ein Ganzes.

»Das bedeutet, er hat diesen mächtigen Stein erschaffen, der zweigeteilt werden musste. Mmh ... Abgesehen von dieser blöden Bemerkung zu Tom, scheint er recht in Ordnung zu sein.«

»Nun denn, es wird Zeit für mich zu gehen. Ich habe euch lange genug aufgehalten. Nur eins noch. Ich erinnere mich, etwas gesehen zu haben. Ihr wisst, wir schlafen weder, noch träumen wir, aber manchmal sehen wir Dinge. Ich habe etwas sehr Düsteres ... und gleichzeitig sehr Helles gesehen. Ich weiß nicht, wo es war, aber ich bin mir sicher, dass ...« Angestrengt versuchte er sich zu erinnern. »Es war ein irritierender Ort, so viel Leid und Freude zur gleichen Zeit. Irritierend. Ich kann mich nicht erinnern, schon einmal dort gewesen zu sein. Wenn ihr an diesem Ort sein solltet, irgendwann, dann gebt acht aufeinander. Dort wartet etwas auf euch ... Ihr könnt es nur gemeinsam schaffen. Ich bitte euch, versucht es nicht allein.« Schnell kam er aus seiner Erinnerung zurück. »Also, auf bald. Gebt acht auf euch!« Oxandrius verneigte sich und trat zurück. Er wurde blasser, je weiter er zurückwich; er verflüchtigte sich. Allein ein dünner, blauer Dunst erinnerte an ihn und nach wenigen Augenblicken war auch dieser verschwunden.

»Was wollte er hier?«, wunderte sich Joscha.

Seine Freunde verstanden ihn, irgendetwas war komisch an Oxandrius' Besuch gewesen.

»Glaubt ihr, er weiß von unserer Recherche?«, gab Wini zu bedenken.

»Durchaus möglich. Aber er scheint sich, *wenn* nicht dafür interessiert zu haben. Er hat nichts in die Richtung gefragt.«, überdachte Fabien.

»Hoffentlich ...« Andris war misstrauisch.

Claire sah ihn grübelnd an. Oxandrius' Erinnerungen hatten sie aufhorchen lassen.

Andris wusste es. »Keine Ahnung. Ich muss darüber nachdenken ...«

Einige Zeit später, die Freunde waren soeben bei James gewesen, um mit ihm in seinem Büro ein paar Fragen zu besprechen, als sich auf dem langen Flur eine weitere Tür öffnete und eine ihnen bekannte Person heraustrat.

»Das glaube ich jetzt nicht!« Wini schüttelte mehr fröhlich als verwundert den Kopf. »Amartus?«

Amartus drehte sich sogleich zu ihnen, er stand nur drei Türen weiter. Er lächelte und ging sofort auf sie zu. »Da sieh einer mal an!«, sagte er mit seiner dunklen, rauen Stimme. Er schien wenig überrascht und freute sich sichtlich. Jeden von ihnen nahm er kurz in den Arm. Da er in seiner linken Hand wie eh und je Block und Bücher trug, umarmte er sie nur mit seinem rechten Arm. Zuletzt drückte er Andris und wünschte ihm alles Gute zum Geburtstag. – Amartus hatte ein sehr maskulines Gesicht und einen muskulösen Körper, wodurch er wie das typische Raubein wirkte. Er trug dunkle Jeans und einen eng anliegenden anthrazitfarbenen Rollkragenpullover. Die längeren, braunen Haare waren ordentlich nach hinten gekämmt. Sein Körper und seine Kleidung hätten einen Kontrast bilden sollen, aber bei ihm passte alles zusammen. Amartus hatte eine bestimmende und gleichzeitig für sich einnehmende Art, und er strahlte Vertrauenswürdigkeit aus. »Wie geht es euch?«, fragte er, als er sie sich reihum angesehen hatte.

»Uns geht es gut, danke. Und dir?«, erwiderte Andris.

»Du siehst leicht erschöpft aus.«, sorgte sich Claire.

»Mir geht es gut. Ich habe die letzten Wochen nur zu wenig Schlaf abbekommen. Aber du siehst gut aus. Hast du dich erholt? Was macht die Verletzung?«

»Sie heilt – endlich!«

»Schön zu hören. Sagt mal, was haltet ihr davon, wenn wir uns etwas *ungestörter* unterhalten. Ihr habt sicherlich einiges zu erzählen.« Amartus wies in Richtung eines Büros.

»Sicher.«, antwortete Andris.

Amartus ging wie selbstverständlich zurück zu dem Büro, von dem er gekommen war. »Das Büro gehört Mabel Killigrew. Wenn sie nicht da es, steht es mir frei, es zu nutzen.«, erklärte er beim Eintreten, als er Claire und Wini sich wundern sah.

Andris schloss hinter allen die Tür. »Wir haben gehört, du, Carolina, Massimo und Richard, ihr konntet einen Anschlag vereiteln?«

Amartus wies sie an, sich zu setzen. Er selbst nahm im großen Lehnstuhl hinter dem Schreibtisch Platz. – Das Büro von Mabel Killigrew sah im Grunde wie das von James aus: alte Möbel und Tapeten, warmes Licht und viele Bücher. Nur dass hier mehr Ordnung herrschte. – »Ja, das haben wir; gemeinsam mit weiteren Aperbonen. Die bittere Pille dabei ist, dass sich der Rat maßlos über Richards Einmischen aufgeregt hat. Die anderen Ratsmitglieder waren vehement dagegen, aber er ließ sich nicht abbringen. Ich persönlich war froh, ihn an meiner Seite zu wissen. Er ist ein hervorragender Kämpfer. Er behält selbst in brenzligen Situationen einen kühlen Kopf, was nur wenigen gegeben ist. Man kann sich auf ihn verlassen, was … beruhigend ist.« Amartus und Richard waren sich ähnlich, auch Amartus strahlte Ruhe und ein unerschütterliches Selbstbewusstsein aus. In seiner Nähe fühlten sich die Freunde sicher.

»Wir wären gerne dabei gewesen.«, bemerkte Fabien schmunzelnd. Es war klar, dass er von sich und Andris sprach.

»Ja, das denke ich mir.« Amartus grinste höhnisch.

»Und was gibt es sonst Neues? Was tust du im Moment?«, erkundigte sich Wini.

»Neues? Es gibt nichts Neues. Ich denke, ihr wisst durch James sogar mehr als ich. Was meine Aufgaben anbelangt. Es ist alles beim Alten. Ich versuche die meiste Zeit, ältere, schwächere Aperbonen aus der Schusslinie zu bringen. Die Pravalben schrecken vor nichts zurück. Ich bringe sie dann zu jüngeren und bitte sie, sich um sie zu kümmern. Auf diese Weise konnten wir schon viel Schlimmes verhindern. Wir sind organisiert und deshalb geht unsere Strategie langsam auf. Die Pravalben werden müde.«

»Und dann, irgendwann werden wir uns rechen!«, mischte sich Joscha ein und grinste böse.

»In Joscha steckt manchmal so viel Hass …« Claire sah ihn von der Seite argwöhnisch an. »Wenn die Angriffe endlich auf-

hören, sollten wir die Letzten sein, sie wieder anzustacheln. Gleiches mit Gleichem zu vergelten, das funktioniert nicht, oder zumindest ist es nicht richtig. Außerdem die Pravalben werden immer da sein, wir werden sie nie alle schlagen können und vielleicht ist dies auch falsch. Es wird sie genauso geben, wie es uns, die Aperbonen, stets geben wird. Es wird immer Gutes und Böses geben. Der Illusion, dass dies einmal nicht mehr so sein wird, brauchen wir uns nicht hingeben.«

»Ich gebe mich dieser Illusion aber sehr gerne hin.«, brummte Joscha. Sein sonst so freundliches Gesicht wirkte angestrengt und finster.

»Wir werden sehen, was die Zukunft für uns bereithält.«, entgegnete Amartus trocken.

Wini, der beim Stichwort „Pravalben" vor allem eines durch den Kopf ging, wechselte das Thema. »Konntest du denn etwas über Jeanne oder Niklas in Erfahrung bringen?«

»Leider, nein. Hätte ich etwas erfahren, wärt ihr die Ersten gewesen, die ich benachrichtigt hätte. Es ist wirklich ein Trauerspiel. Es gibt nicht den geringsten Anhaltspunkt, was Jeanne betrifft. Die Pravalben haben sie gut versteckt. Ich habe auch Carolina und Lilja gebeten, sich umzuhören, aber nichts. Im Übrigen soll ich euch liebe Grüße von ihnen ausrichten. Was Niklas anbelangt. Ich hatte Gerüchte gehört, er wäre kurze Zeit zurück in Irland gewesen, wobei ihn niemand wirklich gesehen haben wollte. Sie haben mich aber leider zu spät erreicht. Als ich nach ihm in den Wicklow Mountains sah, war er nicht dort. Wo er jetzt steckt, weiß ich nicht. Aber, was ist mit Tiberius?«

»Tiberius sucht und sucht und sucht. Und alles vergeblich.«, berichtete Wini. »Ich würde so gerne helfen.«, seufzte sie.

»Ich bin mir sicher, über kurz oder lang, wird er sie finden.«, sprach ihr Amartus gut zu. Er wusste, wie viele Sorgen sie sich machte. »Zudem wird nun auch Gorla ihre Augen und Ohren offen halten.«

»Du hast Gorla getroffen! Wann?«, interessierte Fabien.

»War es gestern …? Ja. Sie hat mir von eurem kleinen Tête-à-Tête mit den Pravalben in Russland erzählt.« Amartus schmunzelte. »Ihr wollt nicht wissen, was sie mir über euch berichtet hat.«

»Ich verzichte liebend gern.«, erwiderte Andris trocken.

»Nicht nur du.«, pflichtete ihm Joscha bei.

»Ach, ihr hättet ihr einfach nur mehr Gegenwind bieten sollen. Das mag sie.«, meinte Wini.

»Ich denke, du hast recht. Du bist die Einzige, an der sie ansatzweise ein gutes Haar gelassen hat. Obwohl, Norwin ist sowieso für euch alle in die Bresche gesprungen und hat sie fauchend als boshaftes Weib – ja, das war sein Wortlaut – beschimpft. Da haben sich zwei gefunden! Von ihm soll ich euch übrigens auch Grüße ausrichten. Er bedauert es sehr, nicht bei euch sein zu können.«

»Norwin ...«, seufzte Claire innerlich. *»Das wäre echt klasse, wenn er uns helfen könnte ... Ja, ich weiß, andere brauchen seine Hilfe mehr als wir – leider.«*

»Zugegeben, bin ich etwas neidisch auf ihn.«, flachste Amartus. »Sein Transporterschlüssel funktioniert nämlich wieder einwandfrei. Ich wünschte mir manchmal, ich hätte auch einen. Ich könnte so viel mehr bewirken. Na ja, andererseits sollten wir froh sein, dass wir überhaupt noch die Energieströme haben. Es könnte viel schlimmer sein. – Trotzdem war es richtig, was Tom tat. Bedauerlich, dass dies keiner sieht.«

»Wir durften uns deswegen auch wiederholt Klagen anhören. Der Rat hat dazu eine *ganz eigene Meinung*. Und Thierry und Serge, die Wärter, haben uns darüber hinaus mit Herablassung gestraft.«, erwiderte Andris.

»Tja, und das wird wohl auch noch eine Weile so bleiben. Ihr könnt nicht erwarten, dass sich das Denken der Aperbonen so schnell wandelt. Im Moment sehen sie nur, dass ihnen geschadet wurde, nicht aber, dass es den Pravalben ebenso ergangen ist. Und dass ihr jetzt versucht, gegen Gawril vorzugehen, ist für den Rat nur ein sehr schwacher Trost.«

»Woher –« Wini unterbrach sich selbst. »Ach, was frag' ich. Gorla und Richard.«

»Ja, sie haben es mir erzählt. Aber ich würde gerne mehr erfahren, von euch.«, bat Amartus und lehnte sich auf die Ellenbogen gestützt nach vorn.

Andris als Hauptredner und die Freunde kamen seiner Bitte gerne nach. Sie wollten seine Meinung dazu hören und erzählten ihm deshalb die Geschichte in allen Einzelheiten.

»Sehr seltsam, dass jemand in eure Träume eindringen und sie manipulieren kann. Ich kenne wahrlich niemand, der dies bewerkstelligen könnte. Und ihr habt gesagt, ihr träumt fortwährend denselben Traum?«

»Mit einem Unterschied, dass sich der Traum der Örtlichkeit angepasst hat. In Russland hatten wir das Gefühl, durch das Landhaus zu wandern, hier durch die Bibliothek.«, erläuterte Wini.

»Die Frage ist, wie glaub- oder unglaubwürdig das Ganze durch die Anonymität des Absenders ist.«, gab Joscha zu bedenken. »Von den Hinweisen zur Waage wussten wir zunächst auch nicht, woher sie kamen, und trotzdem hat sich die Suche als richtig erwiesen. Und wer weiß, wohin uns letztendlich dieser Traum, dieser Hinweis führt.«

»Ich persönlich halte es für richtig, sich umzusehen. Was der Rat davon hält, brauche ich euch nicht erzählen. Er hat *mir* natürlich deutlicher als euch gesagt, was er denkt.« Amartus zuckte voller Unverständnis mit den Schultern und gab damit den Freunden eindeutig zu verstehen, dass er auf ihrer Seite war. »Nun, was gedenkt ihr, weiter zu unternehmen?«

Auch dies berichtete ihm Andris.

»Mmh, keine einfache Aufgabe hier zu suchen. Wenngleich feststeht, dass ihr vermutlich nichts finden werdet. Der Rat kennt jedes Buch. Sie wüssten, wenn es Hinweise auf Gawril gäbe. Wobei aus unterschiedlichen Blinkwinkeln Dinge manchmal anders aussehen. Wer weiß, worauf ihr stoßt … Was ich mich frage, ob die Bücher, die euch bei der Suche der Waage geholfen haben, euch erneut helfen könnten?«

»Die haben wir schon durch.«, winkte Claire ab. »Wir haben uns natürlich als Erstes das Buch vom Geschichtenerzähler, das die Waage beschreibt, vorgeknöpft, aber nichts. Andris hatte es zum Glück dabei.«

»Schade, aber sucht weiter. Vielleicht werdet ihr irgendwann fündig.«

»Das werden wir.«, versprach Fabien.

»Und was ist, wenn wir nichts finden? Was hat der Rat – beziehungsweise, was mich vielmehr interessiert – was hast *du* dann mit uns vor?«, beschäftigte Andris.

»Der Rat hat nach dem Gespräch mit euch noch einmal darüber nachgedacht und ist zu dem Entschluss gekommen, dass jetzt nicht die richtige Zeit ist, um euch eigene Aufgabenbereiche zuzuteilen. Überhaupt ist er unentschlossen, welche Aufgaben für euch richtig wären. Friedrich aber hat auf jeden Fall ein Auge auf Wini geworfen.«

»Das habe ich bereits gemerkt.«, brummelte Wini.

»Magst du Friedrich nicht?«, fragte Amartus gerade heraus.

»Ich mag es nicht, dass er mich für eine Art Werkzeug hält. Und kannst du dir mich als Assistentin des Rates vorstellen?! Ich würde unter diesen ganzen Konventionen *ersticken.* – Nichts für ungut.« Wini hatte noch nie nachvollziehen können, wie Amartus als Ratsassistent und Lehrer unter den strengen Augen des Rates arbeiten konnte.

»Du wärst sehr einflussreich.«, gab er ihr zu bedenken.

»Nichts, was mir wichtig wäre.«

»Gut zu wissen.«, murmelte Amartus leise und schaute für den Bruchteil einer Sekunde nachdenklich ins Leere.

Claire hörte es dennoch. *»Was soll das denn jetzt schon wieder heißen …?«* Innerlich schüttelte sie den Kopf.

»Stand der Dinge ist: Andris, du wirst natürlich als Erster mit einem eigenen Aufgabenbereich rechnen dürfen. Wenn es ruhiger wird, wirst du in meine Fußstapfen treten und als Lehrer arbeiten dürfen. Fabien, dich soll ich erst mal eine Zeit lang unter meine Fittiche nehmen. Joscha und Claire, ihr seid noch außen vor.«

»Warum wundert mich das jetzt nicht.«, entgegnete Claire zynisch. Sie war nicht beleidigt, eher amüsiert. Sie wusste, dass sie mit ihrer liberalen Einstellung beim Rat aneckte und deshalb nicht so offen empfangen wurde.

»Die haben Angst vor dir.«, foppte Joscha sie. »Keiner aus dem Rat kann jemandem, der das Changing beherrscht, das Wasser reichen. Das schüchtert sie bestimmt ein.«

Amartus korrigierte Joscha. »Sie haben natürlich *keine Angst*.«, betonte er und warf Joscha einen mahnenden Blick zu. »Nur, wie sollen sie jemandem, der solche Kräfte besitzt, Vorgaben machen.«

Claire wollte gerade widersprechen, sagen, dass sie alle gleich wichtig seien, als Joscha sie weiter ärgerte. »Claire hat also einen Freifahrtschein. Jetzt bin ich neidisch.«

Amartus weigerte sich, ihm darauf eine Antwort zu geben. Claire übernahm dies und stieß ihm mit dem Ellenbogen in die Rippen. »Gefällt mir, wozu ich meinen *Freifahrtschein* alles nutzen kann.«

Wini lachte.

»Jaja, jetzt beruhigt euch mal wieder!«, rief Amartus sie lächelnd zur Ordnung. Er freute sich, dass die Freunde trotz der Umstände ihre Fröhlichkeit nicht vollständig verloren hatten. »Außerdem, vielleicht werde *ich* eines Tages deine Hilfe benötigen.« Aufmunternd zwinkerte er Claire zu.

»Gerne.«

»Schön. – Die nächsten Tage, Wochen werden entscheiden, was geschieht, und bis dahin werdet ihr euch gedulden müssen. Und langweilen werdet ihr euch sicherlich nicht.«

»Was hast du jetzt vor?«, interessierte Wini.

»Für mich geht es nach Indien, eine alte Freundin besuchen. Ihre Urenkelin wird sich uns bald anschließen und allein wird sie sich vermutlich nicht um sie kümmern können. Ich will nach dem Rechten sehen.« Gleichzeitig stand Amartus auf. Es war Zeit, sich zu verabschieden.

»Wir werden dich auf dem Laufenden halten.«, versprach Fabien.

»Ich bitte darum.« Amartus kam um den Tisch herum und begleitete sie zur Tür. Er umarmte Claire und Wini und klopfte Joscha freundschaftlich auf die Schulter. Dann schaute er zu

Fabien und Andris. »Ihr bleibt bitte! Ich möchte euch noch einen kurzen Augenblick sprechen.« Bestimmend nickte er den anderen Dreien zu. Es war klar, er duldete keinen Widerspruch.

»Sicher.«, antwortete Andris kühl und schloss hinter Claire, die argwöhnisch guckte, die Tür.

»Das ist wiedermal typisch …«, brummelte sie, als die Tür ins Schloss fiel.

Andris und Fabien setzten sich Amartus gegenüber an den Schreibtisch. Beide wirkten ernster als zuvor.

Fabien ergriff das Wort. »Was gibt es Neues?«

Amartus kam ohne Umschweife zum Punkt. »Ihr könnt euch sicherlich denken, dass wir den letzten großen Angriff der Pravalben nur vereiteln konnten, weil Wellem und Konrad uns geholfen haben. Wellem hat, als er in Cornelius Jakobs' Haus zu Gast war, zufällig etwas belauscht und es sofort an Konrad weitergegeben, der dann mich benachrichtigt hat.«

»So etwas habe ich mir schon gedacht.«, sagte Andris.

»Und, ahnt Cornelius jetzt was?«, hakte Fabien nach. Interessiert lehnte er sich nach vorn.

»Nein. Wellem dürfte sicher sein. Da er es nur zufällig belauscht hat, wird Cornelius andere verdächtigen. Zumal Wellem ein Meister darin geworden ist, ihm Honig um den Bart zu schmieren. Cornelius mag Wellem und dies nutzt er natürlich für sich. Und auf Konrad kann er erst recht nicht kommen, weil er zu der Zeit in der Schweiz war.«

»Was ist mit Richard und Massimo, haben sie sich nicht gewundert?«, kam Andris in den Sinn.

»Du meinst, woher wir die Information über den Angriff hatten. Nein. Richard vertraut mir und Massimo vertraut Richard. Ich habe ihnen erzählt, ich hätte einen Pravalben belauscht. Zudem war Carolina dabei und die wickelt eh jeden um den Finger. Massimo glaubt, dass jede Frau seinem Charme erliegt, und merkt gar nicht, dass er längst ihrem erlegen ist.« Amartus konnte sich ein Schmunzeln nur schwer verkneifen, wurde gleich darauf aber wieder sehr ernsthaft. In Gedanken

202

rieb er sich sein mit Bartstoppeln übersätes Kinn. »Es war gut, Richard bei diesem Unterfangen dabei zu haben. Er unterscheidet sich stark von den übrigen Ratsmitgliedern. Er ist weniger halsstarrig – im Grunde ist er es überhaupt nicht. Darüber hinaus kann ich mich auf ihn verlassen. So jemanden in der Zukunft für sich – für uns – zu wissen, wäre wichtig. Allerdings ist er ein Ratsmitglied und ich weiß nicht, ob wir ihm vollends vertrauen können. Die Zeit wird zeigen, ob wir ihn in unserer Truppe willkommen heißen können, oder nicht. Zudem ich das nicht allein zu entscheiden habe.«

»Bevor wir Richard einweihen, sollten wir lieber Claire und Wini miteinbeziehen.«, erwähnte Fabien.

»Du hast Sorge, dass Wini bald dahinter kommt, stimmt's?«, ahnte Amartus.

»Es fällt langsam auf, dass wir beide ihr Flammenauge, nicht nur das erweiterte auch das einfache, umgehen können. Zumal sich Winis Flammenauge, wie du ja erfahren hast, noch einmal verbessert hat.«, verdeutlichte Andris. »Und nicht nur Wini wundert sich. Claire fragt sich schon länger, warum sie keine Flammen mehr in meinen Augen sieht. Ich kann es in ihrem Blick sehen. Ihr kennt ihren Röntgenblick, als wolle sie einem das Gehirn durchleuchten, wenn sie einen nicht versteht.«

Amartus und Fabien schmunzelten über seine Erklärung. Sie verstanden nur zu gut, was er meinte. Claire wollte jeden verstehen. Sie mochte es nicht, über jemanden im Dunkeln zu tappen.

Eindringlich versuchte Amartus seinen Standpunkt zu erläutern. »Irgendwann wird es unumgänglich sein, die beiden einzuweihen, schon allein, weil sie mit die mächtigsten aller Fähigkeiten besitzen. *Jedoch* werden wir es bis zuletzt herauszögern. – Ich weiß, dass Claire uns verstehen wird. Sie hat sich ihre Aufgeschlossenheit, ihr freies Denken von Anfang an bewahrt und Wini genauso. Aber ich möchte sie nicht in Gefahr wissen. Dass ich euch schon ins Vertrauen ziehen musste reicht. Solange Carolinas Essenzikum wirkt und sie nichts über uns herausfinden, werden wir es ihnen nicht sagen. Verstanden!« Dies war keine Bitte, dies war ein Befehl. Amartus wusste, Andris mussten sich innerlich die Nackenhaare aufstellen. Er verabscheute Befehle; erst recht, wenn sie von ihm kamen.

»Schon klar.«, willigte Fabien locker ein. »Andererseits hoffe ich, dass es bald ein Ende hat. Ich *hasse* dieses Essenzikum. Es schmeckt … es schmeckt … Es ist ein öliges, schmieriges Gebräu! Bäh!« Sein Gesicht sprach Bände.

Andris weniger gewillt darauf einzugehen, lenkte mit einem anderen Thema ab. »Hast du was von Esmond gehört?«

»Esmond geht es gut. Er ist gerade zu Hause in Irland. Er bekommt zwischendurch kleinere Aufträge von Cornelius und *dieser Hexe* Galina Pawlow. – Gott, wie ich diese Frau verabscheue. Sie ist wirklich das Paradebeispiel eines pravalbischen Ratsmitglieds.«

»Ich vermute ja, dass sie Tammo, Natalia und Dora in Russland auf uns gehetzt hat. Obwohl Konrad meinte, als wir uns zwischendurch heimlich in Petschora getroffen haben, dass keiner weiß, dass wir dort sind. Na ja, Konrad kann schließlich nicht überall sein.«, überlegte Fabien.

»Konrad hat zwar davon erfahren, aber da war es schon zu spät.«, erzählte Amartus. »Übrigens, er hat Nora Collins besucht, um zu erfahren, wie es Jeanne geht. Selbstverständlich unter einem Vorwand. Jeanne darf laut Cornelius' Anweisung weiterhin mit niemandem Kontakt haben; außer mit Nora. Niemand außer ihr, ihren Brüdern und Cornelius selbst soll wissen, wo sie ist. Tja, da hat Cornelius die Rechnung ohne uns gemacht. Nora hat Jeanne auf mein Anraten hin nach Südamerika gebracht: Iquitos. Empfangen hat sie Konrad aber natürlich in Irland, damit Cornelius nichts ahnt. Cornelius hat bis jetzt nicht gemerkt, dass Jeanne nicht mehr in Irland ist.«

»Und wie geht es ihr?«, fragte Andris mehr interessiert als sich sorgend.

»Gut. Sie entwickelt ihre Fähigkeit stetig weiter, und das haben wir allein Nora zu verdanken. Wir planen daher bald ihre Rückkehr. Nora überlegt sich bereits, wie sie Cornelius glaubhaft vermitteln kann, dass Jeanne entkommen konnte.« Ein breites, selbstgefälliges Grinsen zog sich über Amartus' Gesicht.

»Tiberius wird erleichtert sein …«, dachte Fabien, »Und er wird uns den Kopf abreißen, wenn er irgendwann erfährt, dass wir die ganze Zeit wussten, dass sie bei Nora in Sicherheit war.«

»Nichts, womit wir nicht klarkommen.«, winkte Andris ab.

»So, die anderen jetzt mal beiseite. Wie geht es euch?«, wollte Amartus erfahren.

Andris antwortete ihm, »Uns geht es gut. Claires Wunde heilt endlich. Wini hat sich auch erholt. Die Ruhe und der viele Schlaf in Russland haben ihnen gut getan. Und Joscha ist, wie du weißt, eh ein Stehaufmännchen. Im Großen und Ganzen ist alles in Ordnung.«

»Das ist schön zu hören … Was mich allerdings beunruhigt, sind eure Träume. Ich kann nicht glauben, dass euch jemand wahrhaftig auf Gawril ansetzt. Ich weiß nicht sehr viel über ihn – nicht mehr, als ihr bereits selbst wisst –, nur dass ihr allein nicht den Hauch einer Chance gegen ihn habt. Und wer von Gawril weiß, weiß auch das. Es ist Selbstmord, sich ihm entgegenzustellen. Ich verstehe nicht, was sich dieser jemand, dieser Dreamsnatcher, davon erhofft.«

»Dennoch glaubst du, dass wir weitersuchen sollten.«, erwiderte Fabien.

»Mehr über die Pravalben zu erfahren, schadet nie. Und falls ihr doch etwas über Gawril in Erfahrung bringen könnt, was uns hilft, uns gegen ihn zu behaupten: Ausgezeichnet! Dagegen habe ich nichts. Überdies bieten euch diese Räume Schutz.«

»Und was ist, *wenn* wir mehr erfahren?«, bohrte Andris nach.

»*Wenn*, was einer Chance von 0,01 Prozent gleichkommt, seid ihr befugt, eure Fühler weiter auszustrecken. Vorausgesetzt, ihr haltet mich auf dem Laufenden!«

»Klar!«, stimmte Fabien zu.

»Dann sind wir uns einig. Ich erwarte also euren Bericht.«

»Und wir deinen.« Damit forderte Andris Amartus heraus.

Er wusste, dass er so viel wie möglich von ihnen fernhalten wollte.

Amartus nickte widerwillig.

Als Andris und Fabien zurück in die Bibliothek kamen, warteten ihre Freunde gespannt auf ihre Rückkehr.

»Gehe ich recht in der Annahme, dass das, was ihr mit Amartus besprochen habt, unter euch bleibt und wir mal wieder nichts erfahren oder zumindest jetzt nicht, sondern erst zu einem späteren Zeitpunkt?«, mutmaßte Joscha mehr amüsiert als beleidigt. Er stand lässig angelehnt an einem der Schreibtische, rechts und links von ihm die Mädchen.

»Yeap!«, antwortete Fabien knapp.

Andris sparte sich einen Kommentar und vermied vor allem Claire und Wini anzusehen.

»Gut, dann wissen wir, woran wir sind, und können uns an unsere eigentliche Aufgabe machen.«, schloss Joscha das Thema für sich.

Claire verzog verständnislos das Gesicht und schnaubte leise. Sie hasste diese Geheimniskrämerei, obgleich sie wusste, dass sie nichts daran ändern konnte. Zudem erinnerte sie sich, dass auch sie zeitweilen so ihre Geheimnisse hatte. *»Ich sollte aufhören, zu schmollen!«*, maßregelte sie sich selbst. *»Was immer es ist, Andris und Fabien werden ihren Grund haben.«*

Schnell schob Wini etwas hinterher, damit Claire abgelenkt wurde. Sie wusste, dass sie nicht bester Laune war. »Wo machen wir weiter?«

»Wir sollten bei den menschlichen Büchern bleiben.«, schlug Joscha vor. »Die Menschen waren früher unbedacht. Sie haben vielleicht Sachen erfahren und niedergeschrieben, von denen sie gar nicht wussten, wie wichtig sie waren.«

»Okay, die menschlichen Bücher.«, stimmte Wini zu und ging dorthin zum Regal, wo sie das letzte Mal aufgehört hatten.

»Schade, dass wir nichts im Buch vom Geschichtenerzähler gefunden haben.«, meinte Fabien, der ihr gleich gefolgt war.

Langsam folgten ihnen auch die anderen. Jeder nahm sich

ein Buch heraus und fing an, es zu durchforsten. Es wurde eng am Regal und so setzten sich bis auf Fabien und Wini alle auf die angrenzenden Sitzgelegenheiten.

Fabien ließ ein Gedanke nicht los. »Weißt du, was mir einfach nicht aus dem Kopf will.«, sagte er zu Wini. »Dieser Geschichtenerzähler konnte die Waage beschreiben. Wer war er also, dass er überhaupt über sie wusste. Die Livonten haben uns erzählt, kein Mensch außer Renee Tillion hätte jemals die Waage zu Gesicht bekommen und dennoch hat ein Mensch über die Waage geschrieben. Wer war er, dass er so wichtig war, dass er davon erfuhr. Und wenn er das mit der Waage wusste, was wusste er noch?«

»Wer weiß, wem sich Renee anvertraut hat, schließlich wissen wir nichts über sie. Vielleicht hatte sie Freunde, denen sie all dies anvertraut hat, und sie haben es aufgeschrieben.«

Fabien legte sein breitestes Grinsen auf. »Typisch Frau! Statt es einer wichtigen Persönlichkeit ihrer Zeit zu berichten, musste sie es natürlich ihren Freundinnen erzählen, die es dann für sie aufgeschrieben haben.«

»Tja, wäre Renee ein Mann gewesen, so hätten wir vielleicht nie von der Waage erfahren.«

»Stimmt, die Frauen und ihr Mitteilungsbedürfnis. Nur so konnte das Wissen um die Waage überdauern.«, nahm Fabien sie aufs Korn.

Wini strafte ihn mit einem hochnäsigen Blick, woraufhin Fabien lediglich lachte.

Ein paar Bücher weiter musste Wini schmunzeln. Wini sah den Einband eines ihr nur allzu bekannten Buches. Sie erkannte es sofort, so oft hatte sie es in den Händen gehalten. »Hier dein Lieblingsbuch!« Sie zog das Buch vom Geschichtenerzähler heraus und presste es mit Schwung gegen Fabiens Brust.

Fabien holte erstickt Luft. »Danke!«, keuchte er.

Bislang hatten sie immer Andris' Exemplar benutzt, das er im Rucksack mit sich trug. Auf dieses in der Bibliothek waren sie erst jetzt gestoßen.

»Ha! Es steht sogar zweimal hier!«, stellte sie fest, zog es heraus und schleuderte es ihm ebenso entgegen.

Dieses Mal jedoch reagierte Fabien schneller und riss ihr das Buch, bevor es gegen seine Brust klatschen konnte, aus der Hand. »Wie zuvorkommend!«

»Ja, so bin ich.« Sie schenkte ihm ein schelmisches Lächeln und federte mit ihrer Hand unter ihr kinnlanges Haar, sodass es wippte. Schmunzelnd nahm sie sich das nächste Buch. Jäh wurde sie unterbrochen.

»Band *zwei!*«, murmelte Fabien und stieß sie an.

»Wie, Band zwei?« Nachdem Wini zur Seite geblickt hatte, wusste sie sofort, was er meinte. In genau derselben verschnörkelten Schrift von Band eins stand dort:

Das Buch vom Geschichtenerzähler
Und in kleinerer Schrift darunter:
Band 2

»Joscha!«, rief ihn Fabien her.

»Was ist? Ich sitze hier gerade so gemütlich.« Joscha hatte es sich in einem dick gepolsterten Ohrensessel gemütlich gemacht und gähnte genüsslich.

»Sei nicht so ein Faulpelz und komm her!«, forderte ihn Wini weniger höflich auf und warf ihm einen mahnenden Blick zu.

Joscha wusste, er sollte es nicht übertreiben. Mit einem gedehnten Seufzer erhob er sich. Betont langsam, um Wini doch ein wenig zu ärgern, kam er zu ihnen.

Claire und Andris waren längst dort, auch sie hatten sie gehört und waren neugierig.

Fabien hielt das Buch so, dass es jeder sehen konnte.

Das Buch war in ein grobes, fuchsrotes Leder gebunden und auf der Vorder- sowie Rückseite war ein rankenartiges Muster als Rahmen eingestanzt. Ebenso ins Leder eingestanzt waren der Titel und Untertitel.

»Dan–ke!« Joscha riss Fabien das Buch dreist aus den Händen. Unbeirrt von Fabiens entgeistertem Gesichtsausdruck begann er es auf seine Weise zu lesen: Mit einer Hand ergriff Joscha den Buchrücken, mit der anderen umschloss er alle Seiten. Darauf lockerte er seinen Griff und ließ die Seiten an seinem Daumen, als wolle er Karten mischen, vorbeigleiten. Dabei hielt er die Augen geschlossen, wenn auch seine Augen unter den Lidern nur so rasten. In weniger als fünf Sekunden hatte er das gesamte Buch gelesen.

»Und?«, fragte Wini ungeduldig.

»Das Buch ist genauso wie das erste. Der Typ ist total verschroben. Na ja, aber was hat Norwin noch mal gesagt: Verrücktheit und Genialität liegen oft beieinander. – Was nur komisch ist, dass es nicht richtig im Register aufgeführt ist. Die müssten hier echt mal aufräumen.«

»Heißt das, du hast was gefunden?«, schlussfolgerte Andris unsicher.

»Bedingt … Es gibt zwei Dinge, die mich stutzig machen.« Joscha blätterte in die Mitte des Buches. »Es gibt viele Geschichten und Sagen in diesem Buch und Gedichte. Eine der Geschichten und eines der Gedichte sind nicht uninteressant.« Joscha hielt das aufgeschlagene Buch Claire hin. »Möchtest du vorlesen?«

»Klar.« Claire nahm das Buch entgegen und begann.

»Die Ostara

Eine Frau, sanftmütig, geduldig und bedingungslos verliebt, das war die Ostara.
Verliebt bis in alle Ewigkeit in einen Gott, der keiner war und doch alle bezwang. Ein Herrscher mit einer dunklen Seele und einem fast kalten Herzen. Nur ein Stück dessen schlug noch wie das eines Menschen. Es schlug für sie, die Ostara. Bedingungslos.
So bedingungslos, dass er eine Waffe schuf. Für ihn, um sich selbst zu töten, wenn sie starb. Für sie, dass sie ihn töte, wenn das Böse ihn bezwang.
Die Waffe war ein Geheimnis, nur sie kannten es. Versteckt ge-

halten an einem kalten Ort, so kalt wie einst sein Herz, blieb sie für immer unentdeckt.

Und dort soll sie noch heute liegen. Denn ja, sie starb und er lebte weiter, bis in alle Ewigkeit. Als gebrochener Mann, gebrochen bis in alle Zeit.

Die Ostara, geliebt als Göttin, brannte, wie er verbrannte sein Gottes Herz. Ihre Asche sank in der Brandung Bombays in den seichten Strömen des Arabischen Meers. Und noch heute lauscht der böse Gott seiner Ostara am Ufer des Arabischen Meers.«

»Ganz schön starker Tobak!«, bemerkte Wini und atmete laut aus.

»Es gibt auch noch ein Bild.«, warf Joscha ein, woraufhin Claire das Buch für alle ersichtlich hielt.

Das Bild, eine Art Bleistiftzeichnung, zeigte das Porträt einer Frau. Detailliert zeigte die Zeichnung ihr Gewand, das einer römischen Tunika und einem indischen Sari glich. Die Frau selbst schien Ende vierzig. Sie war unscheinbar, aber ihre Augen strahlten eine unbändige Zuversicht aus, sodass jeder, der das Bild betrachtete, automatisch zu ihren Augen blickte.

»Darf ich?«, bat Wini und streckte die Hände nach dem Buch aus.

Claire reichte es ihr. *»Sie will bestimmt sehen, ob dort die Wahrheit geschrieben steht. Ich bin gespannt, ob die Geschichte stimmt.«*

Noch einmal las Wini die Erzählung. Als sie damit fertig war, schaute sie gedankenverloren auf. »Ihr werdet es nicht glauben, aber die Story ist echt. Kein Wort ist gelogen.« Wini schüttelte den Kopf, als könne sie es selbst kaum glauben.

»Bist du dir sicher, dass deine Fähigkeit dafür schon ausgereift genug ist? Ich meine, du hast erst gestern entdeckt, dass du Lügen auch am geschriebenen Wort erkennen kannst.«, stellte Andris infrage.

»Ob ich sicher bin? Keine Ahnung! Ich kann nur sagen, was ich jetzt sehe. Und jetzt sehe ich keine Flammen. Aber ich kann es später ja noch mal versuchen, wenn es dich beruhigt?«

»Ja, das würde es.«

»Dann gerne.« Wini setzte ihr zuckersüßestes Lächeln auf.

Andris grinste auf seine arrogante Art. »Danke.«

»So oder so, sollten wir uns Gedanken darüber machen. Was haltet ihr von der Geschichte?«, brachte Joscha die Sache ins Rollen. »Die Frage, die sich mir nämlich unweigerlich stellt: Haben wir es hier etwa mit Gawril zu tun? Ehrlich gesagt, ich bin mir nicht sicher.«

»Dann lasst uns die Geschichte doch zusammenfassen und dabei Schritt für Schritt überlegen, was passt und was nicht.«, schlug Fabien vor.

»Gute Idee.«, stimmte Claire zu.

»Wenn ihr nichts dagegen habt, übernehme ich das.«, bot Joscha an, da er als Wissensläufer das Geschriebene abgespeichert hatte und jede noch so kleine Information wie ein Computer jederzeit abrufen konnte.

Seine Freunde nickten zustimmend.

»Okay. Eine Frau, ihr Name ist Ostara, ist verliebt in einen Gott. Der ist aber eigentlich gar kein Gott, jedoch so mächtig, dass er alle bezwingt und deshalb als solcher bezeichnet wird. – Wobei ich nicht weiß, wer mit *alle* gemeint ist. Später, erst mal weiter. – Er ist ein Herrscher mit einer dunklen Seele und einem kalten Herzen. – Was passt. – Ein Teil seines Herzens schlägt dennoch wie das eines Menschen, und zwar für Ostara. Das heißt, sie waren verliebt. – Das passt leider gar nicht. Jetzt wird's aber spannend! – Er liebt sie so sehr, dass er sie vor sich schützen will und erschafft deshalb eine Waffe, mit der sie ihn im Notfall töten kann. Und für den Fall, dass sie stirbt und er nicht allein weiterleben will. – Das mit der Waffe ist natürlich das, was wir uns wünschen. Eventuell könnten wir mit ihr ihn schwächen. Aber dass Gawril wirklich eine Waffe erschaffen hat, um sich selbst zu töten, ist so abwegig … Na ja, machen wir weiter. – Die Waffe ist ihr Geheimnis und da sie sie verstecken, erfährt kein anderer von ihr – außer unserem Geschichtenerzähler. Die Waffe wird versteckt, an einem kalten Ort und dort soll sie heute noch liegen, denn der Gott überlebte – wie Gawril heute noch lebt. Trotz Ostaras Tod nahm er sich nämlich nicht das Leben. Er lebte weiter und setzte Ostara im Arabischen Meer vermutlich mit einer Feuerbestattung bei. – Solche Beisetzungen im Wasser waren früher durchaus üblich. Daran kann ich nichts aussetzen.«

»Die Frage, die meiner Meinung nach alles beantwortet, ist: Haben Malus Frauen? Nein, haben sie nicht, und deshalb ist diese Geschichte Schwachsinn.«, riegelte Andris ab.

»Die Geschichte ist überhaupt kein Schwachsinn. Es mag sein, dass sie nicht auf Gawril passt, aber so hat es sich zugetragen. Ich bin mir sicher.«, beteuerte Wini.

»Gerade warst du dir aber nicht sicher.«, hielt ihr Andris vor.

»Jetzt schon.«

»Ist es wirklich so abwegig, dass Maludicioren jemanden mögen? Wenn Malus jeden hassen würden, dann hätten sie sich niemals mit Menschen verbündet. Also, wenn man einräumt, dass sie Zuneigung empfinden können, warum nicht auch Liebe.«, überdachte Claire.

»Zuneigung vielleicht, aber Liebe?«, stellte Joscha infrage.

»Wenn wir uns vor ein paar Monaten auch damit abgefunden hätten, dass die Waage endgültig zerstört wurde, und wir gar nicht erst gesucht hätten, dann hätten wir niemals die Wahrheit erfahren. Wenn wir also jetzt sagen, dass Gawril oder welcher Maludicior auch immer keine Liebe für jemanden empfinden kann, weil es das ist, was offensichtlich ist, ja dann können wir das mit dieser Geschichte direkt lassen.«, konterte Claire.

»Außerdem, Liebe kann ein stärkeres Gefühl sein als Hass, also ... möglich wär's.«, gab ihnen Fabien zu denken.

»Mal weg von dieser ganzen *Gefühlsgeschichte*. Das, was der Geschichtenerzähler beschreibt, kommt einem Malu sehr nahe. Maludicioren sind mächtige Wesen, aber eben keine Götter, und sie sind böse. Fraglich ist eben, ob Gawril wirklich eine Waffe erschaffen würde, um sich selbst zu töten ...«, dachte

Joscha laut nach. »Wenn ich es mir recht überlege, muss ich Claire zustimmen. Wir sollten die Logik mal für einen kleinen Augenblick beiseiteschieben. Nehmen wir mal an, Gawril hatte eine Frau und erschuf tatsächlich eine Waffe, damit sie sich vor ihm schützen konnte, was könnte dies für eine Waffe gewesen sein? Und, wusste sonst noch jemand davon? Nach dieser Erzählung, nein, aber der Geschichtenerzähler wusste es schließlich auch. Und wenn es diese Waffe gab, wo wurde sie versteckt? Und jetzt die aller wichtigste Frage: Existiert die Waffe noch oder hat Gawril sie vielleicht längst vernichtet?«

»Die wichtigste Frage ist nicht, ob die Waffe noch existiert und wir ihm damit Einhalt gebieten können. Die wichtigste Frage ist, was das Ganze über die Maludicioren, über die Pravalben und letztendlich über unser aller Geschichte aussagt. Denn wenn die Geschichte vom Geschichtenerzähler stimmt, das heißt Maludicioren auch eine gute Seite haben können, wirft das die komplette aperbonische Weltanschauung über den Haufen. Dann müssen wir uns ganz andere Dinge fragen.«, erwiderte Claire.

»Was ist denn mit dem Bild?«, erinnerte Fabien sie. »Joscha, sagt es dir etwas? Die Robe der Ostara ist sehr außergewöhnlich. Kann man das Bild vielleicht auf eine bestimmte Zeit zurückführen und darüber Rückschlüsse erlangen?«

»Darüber habe ich auch schon nachgedacht, aber nein. Die Robe ist wirklich sehr außergewöhnlich. Wäre sie in Farbe würde sie uns wahrscheinlich alle in Staunen versetzen. Eindeutig die Robe einer Königin oder einer Göttin. Eine Zeit kann ich leider nicht festmachen.«

»Auf all diese Fragen werden wir *hier und jetzt* keine Antworten finden. Es gibt nur zwei Möglichkeit, entweder wir entscheiden uns dazu, diesem Gedanken nachzugehen, wie abstrus er auch sein mag, und reisen nach, wie es aussieht, Indien, weil dort die Geschichte endete, oder wir lassen es und suchen in anderen Büchern weiter.«, brachte Wini die Sache auf den Punkt.

»Jetzt wartet mal …! Joscha, was war das mit dem Gedicht,

das du erwähnt hast?«, fiel Claire ein.

»Das Gedicht. Na ja, es ist kein richtiges Gedicht. Es steht auf einer der letzten Seiten. Die Überschrift lautet: *Meine Welt.* Der Text ist sehr – ach, seht selbst! Wini, ließ du mal vor!«

Wini, die das Buch in den Händen hielt, blätterte zu den letzten Seiten. Sogleich hatte sie es gefunden und las vor, *»Meine Welt«*

Abrupt stoppte sie. Vor ihr war plötzlich das Guus aufgetaucht. Beschwingt schwebte es über die Seiten des Buches und tauchte die Wörter, an denen es vorbeizog, in hellblaues Licht.

»Hallo!«, begrüßte Wini es.

Das Guus hielt inne, als beäugte es Wini, und schwebte dann weiter. Zwischen Claire und Andris kam es zur Ruhe. Scheinbar wollte es mithören.

»Also gut. Noch einmal von vorn.«, setzte Wini an.

»Meine Welt

Geboren im Licht ist alles vorbestimmt:
Macht, Selbstvertrauen, Leidenschaft: all dies gibt dir Freiheit.
Hass, Besessenheit, Kontrolle: all dies sperrt dich ein.

Ich sehne mich nach ein Stück Dunkelheit:
Vertrauen, Freundschaft, Vergebung: all dies gibt dir Freiheit.
Perfektion, Erwartungen, Stolz: all dies sperrt dich ein.

Nirgends ist Freiheit zu finden, weder hier noch dort.
Für welche Seite du dich entscheidest ist gleich.
Denn Frieden wirst du nirgends finden, wenn nicht in deinem
Herzen.«

Andris musste bei den letzten Worten blinzeln, denn sein Lieblingsspruch war *Frieden mit dir, in deinem Herzen* und stand dank Claire als Tattoo auf der Innenseite seines Handgelenks.

»Ich frage mich ernsthaft, ob wir es hier wirklich mit einem Menschen zu tun haben oder nicht doch mit einem Pravalben.

Mit einem schwankenden, zugegeben, aber mit einem Pravalben.«, bemerkte Joscha trocken und sichtlich amüsiert.

»Geboren im Licht … und die Beschreibung dazu. Du könntest recht haben.«, stimmte Fabien zu.

Claire war derweilen mit ihren eigenen Gedanken beschäftigt. *»Ein Pravalbe … Mmh, was haben wir: alte Geschichten, Gedichte, Verse, verrückte, verschrobene Erzählungen. Genau wie bei der Waage, wie im ersten Band vom Geschichtenerzähler und wie in Renees Tagebuch … Oh – mein – Gott!«* Jetzt sprach Claire laut zu den anderen. »Es ist ein Pravalbe und einen, den wir kennen. Denkt mal nach! Gedichte. Verse! Verschrobene Erzählungen. Die Waage!« Claire nickte auffordernd.

Wie aus einem Mund sagten Claire und Wini gemeinsam: »Renee Tillion!«

Das Guus kam zwischen sie geschwebt, offenkundig interessiert, worüber sie sprachen.

Claire und Wini tauschten vielsagende Blicke. Claire versuchte, ihre Gedanken zusammenzufassen. »Die einzige Person, die jemals die Waage zu Gesicht bekommen hat, war Renee, und deshalb konnte auch nur sie darüber schreiben. – Dass wir da nicht früher drauf gekommen sind! – Renee hat die Waage zerstört, niemand anders war dort. Nur sie kann die Waage beschrieben haben. Ein Livont – und wir wissen, dass nur wenige Livonten überhaupt die Waage gesehen haben – hätte es nie getan.«

»Wenn wir allerdings das Gedicht berücksichtigen, was uns den Eindruck von einem schwankenden Pravalben vermittelt, fällt es mir schwer, zu glauben, dass dies Renee geschrieben haben soll.«, hielt Joscha dagegen.

»Warum?«, entgegnete Claire. Sie war aufgeregt und redete daher sehr schnell. »Guck dir Tiberius an. Zukünftiges pravalbisches Ratsmitglied. Niemand hätte je für möglich gehalten, dass er sich auf unsere Seite schlägt und dennoch hat er es getan. Das Gedicht macht nur deutlich, dass sie nicht so ein strenger Pravalbe war und sie auch eine kritische Meinung zu ihrer

Welt hatte. Aber scheinbar nicht kritisch genug, um die Waage zu erhalten.«

Für einen kurzen Augenblick war es still. Jeder der Freunde überlegte. Joscha konnte praktisch Claires graue Gehirnzellen rattern hören. Und auch Winis Gehirn lief auf Hochtouren.

Claire ließ ihren Gedanken freien Lauf. »Wisst ihr, was sie alles getan haben muss.« Eine Feststellung, keine Frage. »Sie hat die Waage zerstört, sie hat das Erscheinen des Raums der Waage verändert, sie muss die Teilstücke der Waage versteckt und die Hinweise dazu verfasst haben. Und sie hat diese Bücher geschrieben.«

Wini klinkte sich nun ein und lieferte sich mit Claire einen rasanten Schlagabtausch. – Das Guus schwebte aufgeregt zwischen ihnen umher. – »Es macht Sinn, dass sie die Teilstücke versteckt und die Hinweise geschrieben hat. Ihre Aufgabe war es, die Waage zu zerstören, und wenn sie wirklich so ein schwankender Pravalbe war, dann war sie sich vielleicht nicht sicher, ob es richtig war, was sie tat, und so waren die Verstecke und die Hinweise ihr Hintertürchen.«

»Nur, dass die Hinweise, die wir haben, nie im Leben die Originale sind. Ich meine, sie sind alt, sehr alt sogar, aber so alt nun auch wieder nicht … Zumal die Verstecke ebenfalls nicht so alt waren. Die Winchester Bibliothek in Irland zum Beispiel, wo wir das erste Teilstück der Waage entdeckt haben, existierte zu Zeiten von Renee noch gar nicht.«

»Stimmt …, aber … aber was ist, wenn sie jemand ins Vertrauen gezogen hat, damit das Wissen nicht verloren ging. Und was ist, wenn dieser jemand oder wiederrum seine Nachfolger zwischendurch neue Verstecke gefunden und neue Hinweise geschrieben haben. Nur, hätte sich das rumgesprochen? Hm! Anscheinend nicht. Ich frage mich allerdings, wie Cornelius an sie herangekommen ist?«

»Mmh … Renee wird nicht zu vielen Menschen Kontakt gehabt haben, sie lebte ja vermutlich versteckt, vielleicht aber zu den Ratsmitgliedern. Nehmen wir mal an, dass sie sich eben einem dieser Ratsmitglieder – Cornelius' x-tem Vorfahren – anvertraut hat, dann ist es logisch, dass irgendwann Cornelius davon erfuhr. Zumal wir berücksichtigen sollten, dass neben Cornelius nur Tiberius von den Hinweisen wusste, sonst niemand. Vorausgesetzt, dass stets nur ein Pravalbe von den Hinweisen wusste und er es streng geheim gehalten hat, ist es durchaus denkbar, dass es niemand sonst erfuhr.«

»Mensch sind wir gut!«, grinste Wini und schlug mit Claire ein.

Joscha schmunzelte. »Frauen ticken einfach anders.«, kommentierte er das Ganze. »Und in diesem Fall mal positiv. – Da soll noch mal einer sagen, *ich* wäre ein Streber.«

Claire hätte ihm gerne wie im Kindergarten die Zunge herausgestreckt, ließ es aber. Zudem war sie damit beschäftigt, nicht zu lachen. Fabien war dermaßen die Kinnlade heruntergefallen, dass er unwillkürlich einen lustigen Anblick bot.

Andris war ihnen aufmerksam gefolgt und dachte über ihre Überlegungen nach. Er sah ernst und leicht beunruhigt aus. Seine Augen standen weiter auf, als machte er sich Sorgen. »Ich glaube, ihr zwei liegt verdammt nah an der Wahrheit. Und trotzdem, warum sollte sie all dies getan haben?«

»Warum nicht. Im Grunde wissen wir über sie als Person, über ihren Charakter rein gar nichts. Sie ist ein Pravalbe und deshalb in unseren Augen schlecht. Aber Tiberius ist es auch nicht. Wir wissen nicht, wer sie wirklich war. Selbst die Pravalben wissen es nicht. Sie ist und bleibt ein Mysterium.«, wandte Fabien ein.

»Und wenn sie wirklich so dachte, wie im Gedicht beschrieben, dann ist es doch logisch.«, versuchte Wini ihn zu überzeugen.

»Auch wenn ihr sie euch gerade als nette Person ausmalt, vergesst nicht, dass selbst Auberlin, Cornelius' Schutzpatron, von den Verstecken der Teilstücke wusste. Was meines Erachtens so viel bedeutet, dass die Teilstücke überhaupt nicht zerstört werden konnten und sie so wohl oder übel versteckt werden mussten. Sonst hätten die Malus sie doch längst zerstört gehabt.«, konterte Andris.

»Dann hätte Renee aber auch keine Liste zum Erscheinen des Raums der Waage anfertigen müssen. *Vielleicht* müssen wir uns einfach mit den Gedanken anfreunden, dass sie ein besserer Mensch war, als wir bisher glaubten.«, argumentierte Claire.

Andris war unentschlossen, dennoch lenkte er ein. »In Ordnung, dann einigen wir uns darauf: Renee ist der Geschichtenerzähler, eine schwankende Pravalbin! *Nur* klärt das nicht, ob sie auch etwas über Gawril wusste.«

»Wenn nicht *sie*, wer dann!«, wunderte sich Wini, für die es glasklar war. »Bezweifelst du, dass sie ihn kannte? Sie war diejenige, die die Waage zerstört hat. Gawrils Dank musste ihr sicher sein. Wenn jemand als Mensch ihn kennenlernen durfte und etwas über ihn erfuhr, dann sicherlich sie.«

Fabien versuchte, einen Schlussstrich zu ziehen. »Hin oder her. Mal ehrlich, trotz der vielen Erkenntnisse tappen wir was Gawril betrifft ziemlich im Dunkeln. Aber wenn wir schon ein Buch in den Händen halten, das von Renee stammt, dann sollten wir es wenigstens wagen, über diese eine Geschichte mehr herauszufinden. Eine zuverlässigere Quelle werden wir kaum finden. Insofern, wer ist für Indien?«

Jeder der Freunde nickte.

»Also auf nach Indien.«, schloss Fabien die Abstimmung.

Zeitgleich verschwand unauffällig das Guus.

Unberührt davon, dass das Guus wieder einmal völlig willkürlich aufgetaucht war und verschwand, machten sie weiter. Lediglich Wini und Claire schauten sich schmunzelnd an.

»Dann brauchen wir jetzt einen Plan.«, begann Joscha.

Andris übernahm wie selbstverständlich die Leitung. »Okay. Wie es aussieht, starten wir in Bombay, oder wie es heute genannt wird Mumbai. Joscha, was weißt du über Mumbai? Wir sollten uns erst einmal einen Überblick über die Stadt verschaffen, bevor wir blindlings losziehen.«

Joscha, der sich bislang bequem am Bücherregal angelehnt hatte, setzte sich auf eine der Chaiselongues und stützte sich auf seine Beine. Seine Freunde gesellten sich dazu. »Es stimmt, was Andris gesagt hat, Mumbai hieß früher wirklich Bombay. Eigentlich gab es beide Namen, nur dass man sich vor ein paar Jahren auf Mumbai geeignet hat. Zudem solltet ihr wissen, dass das frühere Bombay lediglich eine Insel war, die erst durch Landgewinnungsmaßnahmen mit weiteren sechs Inseln zur heutigen Halbinsel Mumbai erweitert wurde. Wissenswert ist auch, dass es zwei Distrikte auf der Halbinsel gibt: Mumbai City im Süden und Mumbai Suburban im Norden. Wichtig für unsere Recherche ist, die frühere Insel Bombay bildet den heutigen Kern der Stadt. Man kann das Gebiet noch recht gut eingrenzen. Ist die Frage, ob wir uns auf diesen Teil beschränken wollen. Ich würd's nicht überschätzen, aber wir sollten es im Hinterkopf behalten. In beiden Distrikten gibt es einiges, was für uns interessant sein könnte.«

»Das Problem ist, dass wir nicht wissen, wonach wir suchen. Wir haben lediglich einen Hinweis, der uns nach Mumbai führt. Was uns dort erwartet, darüber können wir nur spekulieren.«, gab Andris zu bedenken.

Jetzt klinkte sich Claire ein. »Wenn etwas für uns von Interesse sein sollte, dann nur solche Dinge, die *sehr* alt sind. Das heißt, wir knöpfen uns vor allem Museen, alte Denkmäler, et cetera vor. Außerdem, wir haben doch den perfekten Fremdenführer.« Claire zwinkerte Joscha zu, der daraufhin leise lachte.

»Ja, wie dem auch sei.«, unterbrach Andris sie ernst. »Wir müssen uns vorab festlegen! Wir sollten nämlich dort übernachten, wo wir suchen wollen. Es ist zwar riskant, aber so haben wir keine langen Wege, die viel gefährlicher werden könnten. Mumbai ist kein ungefährliches Pflaster. Komischerweise stehen Pravalben auf Indien – und Mumbai.«

»Warum ist das so?«, fragte Wini.

»Schönheit. Reichtum.«, warf Joscha ein. »Indien, Mumbai ist teilweise ein schönes Fleckchen Erde. Und Pravalben fühlen sich angezogen von Schönheit. Früher wahrscheinlich noch mehr als heute. Heute spielt mit Sicherheit der Reichtum eine größere Rolle. Wobei gerade in dieser Stadt Armut und Reichtum hart aneinander prallen. Es gibt wahnsinnig viele arme

Menschen in den Slums und wenige Reiche, die wie die Made im Speck leben. Das ist nicht so wie in Europa, wo die Grenzen fließender sind.«

»Hilft uns das eventuell bei der Überlegung, wo wir übernachten sollten?«, bedachte Fabien. »Ich meine, die Slums, das können wir vergessen, logisch. Aber die reiche Gegend wird uns, glaube ich, genauso wenig weiterhelfen. Neureiche haben anderes im Kopf als Geschichte.«

»Na, da wäre ich mir nicht so sicher.«, unterbrach ihn Joscha. »Vielleicht stehen sie gerade auf alte Kunst. Zudem können sie sich sie leisten. Und in vielen Ländern ist die eigene Kultur oft sehr wichtig, wichtiger als für uns.«

Claire brachte die Sache auf den Punkt. »Logisch ist, wir können weder zwischen den Reichen leben noch zwischen den Armen. Wir wollen unentdeckt bleiben und ich glaube, das schaffen wir, indem wir uns wie immer wie normale Touristen verhalten. Also in ganz normalen Unterkünften übernachten. Und da wir nun mal junge Leute sind, wird das kein Fünf-Sterne-Hotel sein. Irgendein normales Hotel werden wir in der City schon finden. Und die City wird auch genau der richtige Ausgangspunkt für unsere Suche sein. Von dort haben wir bestimmt viele Möglichkeiten.«

»Darüber hinaus haben wir gar keine Möglichkeit, groß zu planen. Wir haben hier kein Internet und kein Telefon. Es bleibt uns gar nichts anderes übrig, als dass wir nach Mumbai reisen und vor Ort alles Weitere planen.«, machte ihnen Wini klar.

Andris seufzte. »Das wird verdammt gefährlich.«

»Wieso? Die Pravalben wissen nicht, dass wir dort hinreisen. Und wenn wir uns nicht gerade wie ein Elefant im Porzellanladen verhalten, fallen wir in so einer großen Stadt auch nicht auf.«, widersprach ihm Wini; sie war zuversichtlich.

»Sie hat recht.«, pflichtete ihr Joscha bei. »In Mumbai leben so viele Menschen, da fallen wir fünf kaum auf.«

»Trotzdem, das wird kein Spaziergang. Es ist einfach eine viel schwierigere Zeit als vor ein paar Monaten.« Andris rieb sich angestrengt die Stirn. »Joscha, was gibt es noch, was wir wissen sollten? Je mehr *wir alle* wissen, desto besser.«

»Im Grunde, nichts Wildes ... Mumbai liegt in der tropischen Klimazone, das heißt, es wird heiß. Und feucht. Wenn wir Pech haben, schüttet es noch wie aus Eimern. Ende September geht gerade die Monsunzeit vorüber. Was noch ... Mumbai hat ein gutes Eisenbahnnetz, es gibt Taxis und Autorikschas, aber die fahren nicht überall. Wir werden keine Probleme haben von A nach B zu kommen. Ansonsten ... viele Einwohner sind Hindus und viele können Englisch. Na ja, das spielt für uns keine Rolle. – Das sollte reichen. Mehr würde den Rahmen sprengen.« – Durch ihre gemeinsame Fähigkeit, die Erdsprache, konnten die Freunde sich nicht nur untereinander verstehen, sondern auch normale Menschen, die fremdsprachig waren.

»Gut. Was sollten wir weiter überlegen ...? Wir werden natürlich mit den Energieströmen reisen. Die Frage ist bloß, wie weit wir mit ihnen kommen. Das müssen wir noch klären ...«, erwiderte Andris.

Eine kurze Pause entstand.

»Dann bleibt doch nur eins zu sagen: Wann geht es los?«, versuchte Wini, die Sache voranzubringen.

»Jetzt, oder?«, nahm Joscha an.

»Lasst uns packen.«, stimmte Andris zähneknirschend zu. Er hätte gerne mehr geplant, schließlich sah er sich in der Verantwortung. »Eins noch!«, unterbrach er seine Freunde, die gerade aufstanden. »Wir informieren James. Der den Rat. In Indien versuchen wir, Amartus Bescheid zu geben, und ansonsten bleibt das unter uns! Und, wir bauschen das *nicht auf.* Sonst meint der Rat hinterher noch, er wäre dafür zuständig, und wir können die Hände wieder in die Hosentaschen stecken. Verstanden! Also, keine Euphorie.«

»*Selbstverständlich, Herr Oberkommandant!*«, scherzte Claire im Stillen.

»Claire!«, sprach Andris sie direkt an, da er an ihrer Mimik praktisch sah, was sie dachte. Ein genervter Unterton schwang in seiner Stimme mit.

»Aber natürlich.«, antwortete sie übertrieben freundlich, was ihr einen bösen Blick einbrachte.

Die Freunde packten zusammen. Wenngleich sie nicht viel zu packen hatten. Der zweite Band vom Geschichtenerzähler sollte jedoch mit und ein paar weitere Dinge, die sie für ihre Recherche benötigt und in der Bibliothek verteilt hatten. Im Anschluss zogen sie auf der Toilette ihr Fidesamt unter ihre Kleidung – mit Ausnahme von Fabien, der als Lyncis nie eins trug. Danach ging es zu James.

»Unglaublich! Simon Chevalier, ich meine, Renee Tillion ist der Geschichtenerzähler.«, staunte James, nachdem die Freunde ihm ihre Entdeckung mitgeteilt hatten. Seine ohnehin schon großen Augen hatte er vor Begeisterung weit aufgerissen und die Nasenlöcher seiner spitzen Nase blähten sich leicht. Gleich darauf normalisierten sich seine Gesichtszüge jedoch wieder, er war nachdenklich. »Dennoch, dass diese kleine Geschichte mit Gawril zu tun hat, ist schwerlich vorstellbar.« – Wini guckte enttäuscht, was James sofort bemerkte. – »Ich will eure Hoffnung ja nicht zu Nichte machen, aber ihr müsst das Ganze doch realistischer betrachten, hm!« James lehnte sich auf seinen im Chaos versinkenden Schreibtisch. Bücher stapelten sich und beschriebene Blätter lagen wahllos umher.

»Was heißt Hoffnung. Es ist eine Möglichkeit, der wir nachgehen, nicht mehr und nicht weniger. Mal sehen, was dabei rumkommt.«, erwiderte Andris gleichgültig, um wie besprochen das Thema nicht aufzubauschen.

»Vernünftige Einstellung. Und jetzt möchte ich euch ein paar Dinge mit auf den Weg geben.«

Die Freunde horchten allesamt auf.

»Indien war mal ein ziemlich heißes Pflaster. Die Pravalben mögen Indien. Die Schönheit und heute auch der Reichtum einiger Städte ziehen sie an. Natürlich leben auch Aperbonen in Indien, unter anderem ein ehemaliges Ratsmitglied. Na ja, ihr könnt euch vorstellen, dort, wo Aperbonen und Pravalben aufeinandertreffen, kann es zeitweilig heiß hergehen. Heute natürlich nicht mehr so schlimm wie früher, aber ich will euch nichts vormachen.«

Sogleich hakte Fabien nach. »Wie sieht es derzeit in Mumbai mit Angriffen aus?«

»In Mumbai leben sehr, sehr viele Menschen. Wie jede Großstadt ist Mumbai ein perfekter Tummelplatz für Maludicioren. Die Livonten setzen ihnen natürlich einiges entgegen, aber bislang konnten sie sie nicht endgültig vertreiben. Sehr ärgerlich … Nun gut, aber das ist nicht die Antwort auf deine Frage. Ja, im Moment gibt es auch Angriffe in Indien, aber sie konzentrieren sich nicht auf Mumbai. Überall im Land versuchen die Pravalben ihr Glück. Letztendlich kann ich euch nur raten, sehr wachsam zu sein. *Zudem*« James betonte das Wort, um ihre ungeteilte Aufmerksamkeit zu erlangen. »habt ihr das Problem, dass die Energieströme nicht einwandfrei funktionieren. Wer weiß, wo euch der zugewiesene Energiestrom in Mumbai rausschmeißt. Eigentlich müsste euch der Energiestrom ins Rathaus der Stadt führen, genau dorthin, wo das Portal liegt. Das Portal liegt nämlich in einem Raum für alte Akten im ersten Stock. Nur, dass der Energiestrom euch wahrscheinlich nicht dort hinbringen wird. Und wenn ihr zurückreisen wollt, werdet ihr das Portal unter Umständen dort auch nicht finden können. Wie ich weiß, ändert es in letzter Zeit öfters seine Position. Es *zittert*, wie wir sagen. Die Livonten können leider nichts dagegen tun. Es befindet sich aber auf jeden Fall im ersten Stock. Andris, mit deinem Wissen wirst du es bestimmt ausfindig machen können. Seid aber vorsichtig!«

»*Was heißt mit seinem Wissen?*«, grübelte Claire. »*Das ist wieder typisch. Statt, dass wir alle solch ein Wissen vermittelt bekommen, erfährt es nur Andris. Mal abgesehen von der Tatsache, dass er das Venasamt besitzt und das Portal eh findet. Na ja okay, das weiß James nicht, und er es auch nicht erfahren wird. Wie ich Andris kenne, wird er den Teufel tun, ihm es zu erzählen.*«

»Vielen Dank für deine Ratschläge.«, bedankte sich Andris

steif.

»Ha! Hatte ich mal wieder recht.«, schmunzelte Claire innerlich.

»Gerne. Ich wünsche euch viel Glück. Vielleicht bringt euch diese Reise weiter. Wenn nicht, dann kommt zurück. Der Rat, Amartus wird sicherlich kleinere Aufgaben zur Überbrückung für euch finden.« James ging zur Tür. »Tut mir leid, dass ich euch jetzt rausschmeißen muss, aber ich habe heute noch einige Verpflichtungen, die keinen Aufschub dulden, zumindest wenn es nach dem Rat geht.« James lächelte so herzlich wie immer.

Nacheinander verabschiedeten sie sich von ihm. Auf dem Flur bog James in Richtung des Ratsbüros ein. Die Freunde gingen, geführt von Andris, in die entgegengesetzte Richtung.

Als James im Vorzimmer zum Ratsbüro verschwunden war, stellten sie weitere Überlegungen an.

»Ich bin froh, dass uns James noch ein paar Infos gegeben hat.«, begann Wini.

»Tja, im Großen und Ganzen bekommen wir nicht viel Hilfe. Die denken eh alle, das ist für die Nüsse.«, erwiderte Joscha.

»Gar nicht so verkehrt. Dann kann uns keiner reinpfuschen.«, meinte Fabien.

Claire war derweil mit einem anderen Gedanken beschäftigt. *»Wie erreichen wir eigentlich von hier den Raum der Energieströme? Mit den Mosaiken im Boden gelangen wir direkt zum Ziel, aber ich bin mir nicht sicher, ob wir sie nehmen können.«* Still ging Claire an einem der Ls im Boden vorüber.

Andris, der neben ihr ging und ihr die Frage deutlich ansah, sprach sie an. »Wir können, oder besser gesagt, wir sollten nicht über die Mosaike reisen, weil wir alle noch nie in Mumbai, in diesem Rathaus waren. Wenn einer von uns schon einmal dorthin gereist wäre, wüssten wir, wie es dort aussieht, und das Mosaik wüsste genau, wohin wir wollten. Aber so sollten wir auf Nummer sicher gehen.«

»Wie dann?«, fragte Claire.

»Die letzte Tür geradeaus führt direkt in den Raum der Energieströme. Wir werden wie gewohnt reisen.«

Wini beschäftigte eine Frage; sie ließ sie einfach nicht los. »Ich frage mich wirklich, ob dieser Dreamsnatcher wissen konnte, dass wir all dies herausfinden. Glaubt ihr, er oder sie wusste davon?«

»Wohl kaum.«, winkte Joscha ab. »Sonst hätte er sich doch längst selbst auf die Suche gemacht.«

»Wer weiß, wer dieser jemand ist …«, murmelte Wini misstrauisch.

Vor der letzten Tür am Ende des Flures kamen sie zum Stehen.

Andris, ganz Anführer, ermahnte sie vorab. »Wenn wir gleich in Mumbai ankommen, wird es später Abend sein. In Mumbai ist es bereits nach zehn. Wenn wir wirklich im Rathaus landen, wird es eventuell ein Problem, unbemerkt das Gebäude zu verlassen. Draußen wird es dunkel sein. Obwohl wahrscheinlich nicht, weil das Rathaus mitten in der Stadt liegen wird. Dadurch, dass wir uns nicht auskennen und es Abend ist, kann es sehr gefährlich werden. Wir müssen uns zurechtfinden und gleichzeitig auf der Hut sein. Macht also keine Witze und konzentriert euch!« Andris sah Joscha warnend an, der daraufhin mit den Augen rollte. »Prägt euch so viel von dem, was ihr seht, ein, damit wir uns später auf dem Rückweg besser zurechtfinden. Wir bleiben zusammen und es gibt keine Einzelaktionen!« Jetzt sah er Claire mahnend an, die infolgedessen den Mund verzog. »Das Erste, was wir tun, wir besorgen uns einen Stadtplan, den Joscha auswendig lernen darf, und dann suchen wir uns so schnell wie möglich ein Hotel. Das dürfte, denke ich, kein Problem werden. Wir können nur hoffen, dass der Monsun schon vorüber ist. – Alles klar?«

»Von mir aus kann's losgehen!« Joscha war gelassen. Seine Art machte den anderen Mut.

»Ja dann.« Andris öffnete die Tür. Direkt dort hinter lag der Raum der Energieströme.

In diesem Moment wurde den Freunden allzu klar, dass die Räume des Rates wirklich versteckt im Raum der Energieströme lagen. Hinter der Tür war nichts als die Unendlichkeit von dunkelblauem Licht. Kein Boden, kein Halt – zumindest schien es so. Die Freunde schauten hinter dem Türrahmen in die dunkle Tiefe.

Zu ihrer Überraschung war sogleich Eilmar an ihrer Seite. »Tretet ein, junge Schüler.«, bat er sie und neigte leicht seinen Kopf.

Die Freunde erwiderten die Geste und traten ein. Sie wussten, dass ein unsichtbarer Boden ihnen Halt geben würde. Dünne Lichtwellen unter ihren Füßen, die wie Reflexionen nur kurz aufblitzten, zeugten davon. Hinter ihnen schloss sich ohne ihr Zutun die Tür.

»Guten Tag, Eilmar.«, grüßte ihn Andris.

Eilmar wirkte wie bei ihrer ersten Begegnung geschwächt. Sein Dunkelblau war matt. Er selbst schien blasser. Sein Gesicht wirkte streng, was dadurch kam, dass er seine mandelförmigen Augen nicht boshaft, aber kritisch zu Schlitzen verengt hatte. »Guten Tag, Andris.«, sagte er mit fester Stimme. »Was führt euch zu mir?«

»Wir müssen nach Indien, Mumbai. Eine neue Aufgabe.«, erklärte sein Schutzbefohlener ohne weitere Ausschweife.

»Mumbai?! Ihr wisst, dass wir Probleme mit den Energieströmen haben!«, belehrte er sie.

»Natürlich, wir sind uns der Schwierigkeiten bewusst. James hat uns außerdem bereits erklärt, dass das Portal im Rathaus manchmal seinen Standort wechselt.«

»Sehr richtig. Ich kann euch nicht versprechen, genau im Rathaus anzukommen. Es ist schwierig, den Strom genau dorthin zu steuern. Auch wird es für euch ein Problem sein, das Portal vor Ort ausfindig zu machen. Ich hoffe für euch, dass sich das Wagnis lohnt.«

»Wir werden zurechtkommen. Danke.«, versicherte ihm Andris kühl.

»Wie ihr meint. So dann.« Eilmar winkte mit einer sanften Armbewegung einen der Ströme zu sich. »Viel Erfolg, junge Schüler.« Mit einer erneuten Verneigung schwebte er zur Seite.

Andris sah mit finsterer Miene zurück zu seinen Freunden, die nach ihm springen sollten. Sein Gesicht war markanter als sonst, angespannt wegen dem, was kommen sollte.

Nachdem Andris gesprungen war, folgten Claire und Wini. Sanft landeten sie in dem aus Energiewirbeln geformten Strom. Umschlossen von zahlreichen durchsichtigen, blauen Wirbeln schwebten sie für einen kurzen Augenblick fast schwerelos wie Federn in der Luft, bis sie ein mächtiger Sog erfasste und sie mit einer unfassbaren Geschwindigkeit nach vorne trieb. Kühler, rauer Wind wirbelte ihre Haare auf, ihre Kleidung.

13

Ein dunkler, dämmriger Punkt schoss mit einer immer schneller werdenden Geschwindigkeit auf sie zu. Erst kurz vorher wurden Claire und Wini ausgebremst. Stolpernd kamen sie an.

Vor Claires Augen flackerte es unruhig. Ihre Sicht war so konfus, dass sie beinahe das Gleichgewicht verlor. Dunkelheit hüllte sie ein, warme, gelbe Lichtpunkte strahlten ihr von der Seite entgegen und blaue Lichtstrahlen querten ihre Sicht. Ihren Augen mussten sich an die Lichtverhältnisse gewöhnen und schwankten zwischen normaler Sicht und der Sicht aus türkisblauen Umrissen, durch die Träne des Nachtfalken, hin und her.

Wini ging es genauso.

Nach ein paar Sekunden war es vorüber und Claire sah normal.

Andris stand direkt vor ihr, er schwieg. Joscha und Fabien tauchten hinter ihr auf. Auch sie schwankten kurz.

»Heftig!«, kommentierte Joscha.

»Pssst!«, ermahnte Andris sie.

Jetzt sah sich Claire um. Sie standen auf einem langen Flur, scheinbar eines Verwaltungsgebäudes – dem Rathaus. Wo sie sich genau befanden, konnte sie nicht sagen. »Neugotischer Baustil, wenn ich mich nicht täusche. Cool!«, stellte sie murmelnd fest.

Andris riss sie aus ihren Gedanken. »Claire!«, sagte er leise, aber bestimmend. »Kannst du uns bitte unsichtbar machen! Nicht, dass uns eine der Sicherheitskameras filmt.«

»Oh!« Schnell warf Claire einen Blick an die Decke. Direkt in ihrer Nähe war keine Kamera zusehen, jedoch weiter den Flur hinunter entdeckte sie eine. »Verstehe. Kein Problem.« Es dauerte nicht mal zwei Sekunden, da waren alle verschwunden.

»Joscha, jetzt bist du dran. Wo sind wir? Fabien, ist jemand in der Nähe?«, kommandierte Andris.

Joscha sah sich mithilfe des Throughnerns um. Seine normale Sicht schwand, tiefblaue Umrisse bestimmten nun seine Wahrnehmung. Alles wirkte deutlicher, klarer. Er sah durch Wände und Türen und nahm das große Gebäude wie eine dreidimensionale Zeichnung wahr. Weiter entfernte Punkte zoomte er näher heran.

Fabien horchte derweilen auf. Dafür wandelte er seine Ohren in die eines Luchses. Er antwortete als Erster. »Nichts. Es scheint niemand mehr hier zu sein.«

»Ja.«, bestätigte Joscha. »Die Luft ist rein. Im Übrigen, wir befinden uns *Tatsache* im ersten Stock und wir sind gar nicht so weit vom Haupteingang entfernt. Ich allerdings würde die etwas entferntere, seitliche Tür – kann sein, dass es ein Notausgang ist – bevorzugen.«

»Klingt gut. Nach dir!«, bat Andris.

»Und *wie*, wenn wir uns nicht sehen?«, wandte Wini ein.

»Kommandos. Links. Rechts. Hoch. Runter.«, erklärte Fabien. »Obwohl, wir können uns auch alle an den Händen fassen.«, scherzte er.

»Kommandos!«, protestierten Joscha und Andris wie aus einem Mund.

»Also …, Joscha!«, forderte ihn Wini auf. – Die Freunde gingen los, allen voran ihr Throughner.

»Geradeaus – Stopp – Rechts – Die Treppe nach unten …«

Noch ein paar Anweisungen folgten, dann standen sie im Freien. Augenblicklich wurden sie wieder sichtbar.

»Puhhh, ist das warm!«, stöhnte Joscha sogleich. Durch die Wärme und die hohe Luftfeuchtigkeit begann er zu schwitzen. Das Rathaus war klimatisiert gewesen, erst jetzt bemerkten sie den enormen Klimaunterschied.

»Wenigstens kein Regen. Vielleicht haben wir Glück und der Monsun ist schon vorüber.«, bemerkte Fabien.

»Kommt, lasst uns weitergehen! Je schneller wir hier wegkommen, desto besser.«, sorgte sich Andris.

Die Freunde standen im Nirgendwo neben einer hohen Mauer und mussten sich zunächst orientieren. Joscha führte sie auf die große Straße vor dem Rathaus.

Das Rathaus erstrahlte in der Nacht im dunkelgelben Licht der Straßenlaternen und sah beinahe mystisch aus. Schräg gegenüber lag ein noch riesigeres altes Gebäude im selben Stil. Davor standen rote Doppeldeckerbusse und Taxis.

»Ist das ein Bahnhof?«, mutmaßte Wini.

»Könnte sein.«, gab Claire zurück. »Sollen wir es dort versuchen?«

»Ich wäre für Taxi oder Bus.«, schlug Joscha vor.

»Wir sind *fünf* Personen, wir passen nicht *alle in ein* Taxi.«, meckerte Andris und schüttelte den Kopf. »Lasst uns den Bus nehmen. Wir fahren am besten erst einmal in die Richtung, die jetzt etwas belebter ist. Dort kaufen wir uns einen Stadtplan und dann suchen wir uns ein Hotel. – Und passt auf!« Die letzten Worte zischte er. Er war sehr angespannt.

Die Freunde überquerten die Straße.

»Und die Richtung, die jetzt etwas belebter sein soll, ist?«, fragte Joscha schmunzelnd. Er nahm sich von Andris' Übellaunigkeit nichts an. Er wusste, er meinte es nicht so, sondern machte sich lediglich Sorgen.

»Ich frage gleich ein paar Leute. Weiblicher Charme bringt uns am ehesten weiter.«, erwiderte Wini.

»Das kannst du gleich wieder vergessen!« Fabien sah sie irritiert an. »Du bist 'ne Frau. Du sprichst hier doch nicht abends, *mitten in der Nacht* irgendwelche wildfremden Typen an, ob sie ein Hotel wüssten!«

Wini schnaufte genervt.

Claire musste schmunzeln. Andris, der neben ihr ging, sie beobachtete ihn von der Seite, zuckte nicht mal mit der Wimper. »*Andris braucht auch nicht fragen. So wie der guckt, mag ihm keiner helfen. Obwohl, er wird es eh tun.*«, dachte Claire heimlich.

Bei den Bussen angelangt, wurde es unruhiger. Musik tönte aus einer Ecke, Menschen unterhielten sich, die Motoren der stehenden Busse brummten und aus dem Gebäude schallte eine Durchsage.

»Ein cooler Bahnhof.«, stellte Wini fest, sprach dabei aber nur Claire an. »Irgendwie hat das hier was vom St Pancras in London.«

»Mhm, stimmt.« Claire staunte über den Anblick, schaute dann jedoch Andris nach, der zu einer Gruppe junger, indischer Männer ging.

Die Männer sahen ihn kommen und wandten sich ihm bereits zu.

Claire prüfte ihre Augen und als sie darin keine Flammen sah, wusste sie, dass sie ihm wohlgesonnen waren. Andris selbst wirkte selbstbewusst und freundlich. *»Auf einmal kann er lächeln! Andris kann so ein Schauspieler sein ... Manchmal glaube ich, das ist er immer.«*

Fabien und Joscha sahen sich derweil wachsam um und versuchten dabei möglichst unauffällig zu sein.

Als Andris zurückkam und den Männern den Rücken zugewandt hatte, blickte er wieder ernst. »Der zweite Bus dort.« Andris ging voran. »Er fährt ein Stück Richtung Norden. Dort finden wir viele Hotels und Kioske mit Stadtplänen. – Nette Leute.«, bemerkte er leiser.

Die Freunde stiegen in den Bus, kauften Tickets und setzten sich. Nach ein paar Minuten fuhr der Bus los.

Andris atmete sichtlich auf.

Claire sah aus dem Fenster und versuchte, alle Eindrücke in sich aufzunehmen.

Nach ein paar Stationen wies Andris sie an auszusteigen. In der Nähe der Bushaltestelle befand sich ein kleiner, bunter Kioskstand. Wenig später hatten sie einen Stadtplan gekauft. Nach einem Hotel fragten sie nicht mehr, dies wollten sie selbst finden. Andris und Fabien führten die Gruppe. Sie kamen an einem großen, luxuriösen Hotel vorüber, das jeder zu übertrieben fand. Zudem wären sie bestimmt aufgefallen, wenn sie, fünf junge Leute, sich in so einem Luxustempel eingemietet hätten. Sie gingen weiter. Viele Menschen waren unterwegs, Einheimische und Touristen. Reges Treiben herrschte auf den Straßen: Menschen, die sich unterhielten und quer über die Straßen liefen, Autos und Busse, die hupten, und Musik, die von hier und dort aus den Häusern und Lokalen tönte. Die Stadt schien selbst in der Nacht nicht zu ruhen und so fühlten sich die fünf sicherer, nicht aufzufallen. Wenig später entdeckten sie ein kleines, modernes Hotel, wie für sie gemacht. Dort checkten sie ein. Da Monsunzeit war, hatten sie kein Problem, zwei Zimmer zu bekommen. Allerdings gab es ein anderes Problem.

»Ich lasse Wini auf keinen Fall allein in einem Zimmer schlafen, weil *du* ...«, zischte Claire Joscha leise an, mit dem sie allein an der Rezeption stand.

»Sie kann doch mit Fabien und ...«, flüsterte er zurück.

Es genügte, dass Claire die Augenbrauen nach oben zog, Joscha verstummte.

»Na gut! Dann schlafe ich eben bei Andris und Fabien.« Seufzend gab er der Dame am Empfang seine Kreditkarte.

Als sie die Schlüsselkarten erhalten hatten, fuhren sie allesamt mit dem Aufzug nach oben. Joscha schaute Claire wie ein schmollendes Kind von der Seite an. Wini wusste warum, verkniff sich aber einen witzigen Kommentar, auch wenn es sie sehr reizte.

Auf ihrer Etage – der dritten und letzten – angekommen, trennten sich ihre Wege. Sie alle waren verschwitzt. Das Wetter war körperlich anstrengend. Die Wärme, selbst jetzt noch in der Nacht, und die hohe Luftfeuchtigkeit machten ihnen zu schaffen. Jeder der Freunde wollte duschen, und so verabredeten sie sich für später auf dem Zimmer der Jungs.

Auch das Zimmer der Jungs war modern und einfach eingerichtet. Eine Klimaanlage sorgte für eine angenehme Temperatur. Jetzt, wo sie alle geduscht und frische Kleidung angezogen hatten, fühlten sie sich wohler. Claire und Wini saßen in Shorts, buntbedruckten T-Shirts und Flip Flops, das einzig Luftige, was ihr Rucksack hergab, neben Joscha auf seinem Bett.

Fabien saß allein auf seinem benachbarten Bett und Andris saß ihnen in einem Stuhl, der zu einem Schreibtisch gehörte, gegenüber. Die Jungs trugen lange Jeans und T-Shirts. Das Einzige, von dem sie sich getrennt hatten, waren ihre Sneakers. Sie alle liefen barfuß.

»Schon klar, dass wir unsere Suche heute nicht mehr starten.«, meinte Wini zu Andris.

»Aber das heißt ja nicht, dass wir gar nichts tun können.«, hakte sich Fabien ein. »Ich würde mich gerne vorsichtshalber draußen mal umsehen. Pravalben, Malus, ihr versteht.«

»Tu das!«, pflichtete ihm Andris bei.

»Ich stürze mich auf den Stadtplan und überlege, wann wir uns was ansehen. Zum Glück haben wir Internet.«

»Da ich eh nicht mit raus kann, oder sollte ich sagen, *darf*.«, vermutete Wini mürrisch. »Werde ich mich wohl Joscha anschließen. Außerdem wollte ich mir Renees Tagebuch und den ersten Band des Geschichtenerzählers noch einmal ansehen. Vielleicht finde ich mit unserem jetzigen Wissen einen weiteren Hinweis, den wir vorher nicht gesehen beziehungsweise nicht verstanden haben.«

»Gute Idee.«, bemerkte Andris trocken, ohne auf ihre Nörgelei einzugehen.

Plötzlich klingelte Joschas Handy. Im Raum der Energieströme hatte es nicht funktioniert und weil es solange nicht mehr geklingelt hatte, erschraken sie.

»Das sind bestimmt meine Eltern. Keine Ahnung, was ich denen jetzt sagen soll.« Joscha nahm das Handy vom Nachttisch und schaute auf das Display. »Tiberius!« Er ging dran. »Ja?«

»Hi, Joscha, ich bin's Tiberius!«

»Hi! Warte, ich mach auf laut. Dann können die anderen mithören.«

»Huhu!«, begrüßten ihn Claire und Wini.

Andris setzte sich zu Fabien aufs Bett, um ihn besser zu hören.

»Hallo, zusammen! Wie geht es euch? Und wo zum Teufel

seid ihr? Die Verbindung ist echt mies.« Auch Tiberius' Stimme klang weit entfernt und ein Rauschen durchzog die Übertragung.

»Wir sind in Mumbai. Lange Story. Können wir selbst kaum glauben.«

»Mumbai?! In Mumbai war ich schon ewig nicht mehr.« Andris lehnte sich interessiert nach vorn. »Du kennst die Stadt?«

»Ach, unser Geburtstagskind! Herzlichen Glückwunsch! Ich wünsch dir was.«

»Danke, danke. Na ja, die Uhr tickt. In ein paar Minuten ist er vorüber.« Andris schmunzelte.

»Sag bloß, ihr habt deinen Geburtstag auf dem Hotelzimmer verbracht?«

»Nein, im Raum der Energieströme. In der großen Bibliothek neben den Büros des Rates, von der ich dir erzählt habe. Wir sind erst vor knapp zwei Stunden hier angekommen.«

»Interessant! Andris hat Tiberius, wohlgemerkt seinem früheren Erzfeind, doch tatsächlich von unseren geheimen Räumen erzählt. Er muss viel von ihm halten, sonst hätte er das nie getan.«, grübelte Claire. *»Das ist ... gut. Andris scheint endlich begriffen zu haben, dass Tiberius, trotz dessen, dass er ein Pravalbe ist, auf unserer Seite steht. Er vertraut ihm mehr, als ich gedacht habe ... Jaja, wie war das noch mit dem Schauspielern. Andris Pettersson ist wirklich die undurchsichtigste Person, die mehr je begegnet ist.«*

Das Gespräch ging weiter. Andris erzählte bereits, was sie herausgefunden und vor hatten. »... Ob Renees Erzählung nun passt? Keine Ahnung. Nichtsdestotrotz versuchen wir unser Glück. Ab morgen startet die Suche.«

»Ein Ansatzpunkt ist es allemal. Da habt ihr mehr als ich.«, seufzte Tiberius.

»Konntest du nichts in Erfahrung bringen?«, fragte Wini ungläubig.

»Nichts. Das ist so frustrierend. Zumal ich ziemlich schmerzfrei geworden bin. Ich war sogar bei Cornelius. Ich habe ihn belauscht, konnte aber nichts erfahren. Ihr Name ist kein einziges Mal gefallen. Das war schon ziemlich gefährlich, weil Auberlin, sein Schutzpatron, oft da ist – zum Glück nicht an diesem Tag. Trotzdem, ich gebe nicht auf. Das heißt aber auch nicht, dass ich euch nicht helfen kann. Wenn ihr Hilfe braucht, sagt Bescheid, dann komme ich.«

»Du kannst natürlich jederzeit dazu kommen, das weißt du. Die Entscheidung liegt bei dir.«, bot ihm Andris an.

Tiberius schnaufte. »Ich suche weiter. Irgendwann werde ich irgendwo etwas aufschnappen und dann finde ich sie. Ich weiß es.«

»Wir halten dich auf dem Laufenden.«, versprach Joscha.

»Und ich euch. – Wie gesagt, wenn ihr Hilfe braucht, meldet euch.«

»Natürlich. Dann hören wir uns, sagen wir, spätestens in zwei Tagen?«, schlug Andris vor.

»Ich melde mich. Macht's gut!«

»Du auch!«, erwiderte Claire.

»Viel Glück!«, wünschte ihm Wini.

»Wir hören uns.«, schloss Joscha das Gespräch und legte auf.

»Das kann doch nicht sein, dass er nichts herausfindet. Wie gut müssen sie sie versteckt halten?!« Wini seufzte schwer. »Das ist so ätzend!«

»Er wird sie bestimmt finden.«, versuchte Joscha sie zu beruhigen.

»Hoffentlich …« Wini war traurig und voller Sorge. Gerne hätte auch sie nach ihrer Freundin gesucht. Sie wünschte, Tiberius helfen zu können. Sogleich schwappte ihre Traurigkeit in Zorn um. »Dann lasst uns herausfinden, was es mit Gawril auf sich hat. Vielleicht können wir den Pravalben so in den Arsch treten. Die gerechte Strafe, dass ich so viel Kummer habe.« Wini nahm sich Joschas Laptop und klappte ihn auf ihrem Schoß auf. »Sollen wir!«, forderte sie Joscha auf.

Joscha nahm den Stadtplan und schloss sich ihr an. Er faltete den Stadtplan auf seinem Bett hinter sich und Wini auf. »Wir suchen nach Museen, alten Gebäuden, alter Kunst. Vielleicht sollten wir uns auch das Rathaus näher ansehen. Erst einmal konzentrieren wir uns jedoch auf das Gebiet des alten Bombays, bevor die Inseln zusammengeschlossen wurden.«, gab er ihr vor. »Wenn wir alle Infos haben, stellen wir eine Route für morgen auf.«

»Ich sehe mich draußen um.«, verabschiedete sich Fabien, nachdem er die Szenerie mit Wini und Joscha auf dem Bett mit einem erst argwöhnischen und dann schmunzelnden Blick beäugt hatte.

»Ich schaue nach etwas Essbarem. Unten habe ich etwas entdeckt, was uns über die Runden bringt. Wir können schließlich nicht alle am PC hocken.«, entschied Claire und folgte Fabien zur Tür.

»Was Essbares, unten?«, fragte Andris irritiert.

»Nicht das Restaurant, das hat ja schon zu. Ich meine den Süßigkeitenautomaten. In einer der Ecken des Foyers steht einer.«

Joscha nickte ihr kurz zustimmend zu und streckte zwei Finger in die Luft. Eine Aufforderung, dass sie ihm zwei Schokoriegel mitbringen sollte.

Andris schüttelte den Kopf. »Aber nicht allein!«

»Fabien geht doch auch allein.«

»Das ist was anderes. Bei ihm brauche ich mir keine Sorgen machen, dass er was anstellt. Ich komme mit.«

»*Typisch! ... Nicht aufregen! Nicht aufregen! Sollte ich diskutieren? Nein.*«, dachte Claire genervt und antwortete knapp, »Gut, dann komm eben mit.« Claires Stimme klang ruhig, was sie einiges an Selbstbeherrschung kostete.

Andris blinzelte. Er war verdutzt, was Claire ihm deutlich ansah. Er hatte sich innerlich schon auf ihren Protest eingestellt und war überrascht, dass er ausblieb.

»Bringt bitte auch ein paar Flaschen Wasser mit, ja?!«, bat Joscha beiläufig.

»Gerne!«, trällerte Claire zuckersüß, um Andris zu ärgern, und verließ schnell mit Fabien das Zimmer. Er hatte gewartet und sich über das kleine Schauspiel köstlich amüsiert.

Andris eilte hinterher.

Wini grinste. »Andris mutiert noch zu Claires Beschützer.«

»Hm?« Joscha guckte fragend.

»Ja, weil er immer auf sie aufpasst.«, antwortete Wini wie selbstverständlich.

»Andris passt auf jeden von uns auf. Auf dich, auf Claire.« Joscha rümpfte über die folgenden Worte die Nase. »Sogar auf Fabien und mich. Ich bin bloß froh, dass sie sich nicht mehr ständig die Köpfe einschlagen. Obwohl, ab und zu …«

»Zwei Dickköpfe, mehr braucht man nicht sagen. Ich glaube aber, dass beide versuchen, sich am Riemen zu reißen.«

»Ich habe ja auch beide darum gebeten.«

»Wie jetzt, echt?« Wini war baff.

Joscha grinste selbstgefällig. »Ja. Und anscheinend wirkt's.«

Auf dem Weg nach unten unterhielt sich Claire hauptsächlich mit Fabien. Beide wollten später ihre Familien anrufen. Im Foyer angekommen, trennten sich ihre Wege. Fabien verließ das Hotel. Claire und Andris gingen zum Süßigkeitenautomaten in einer der hinteren Ecken.

In dem Automaten gab es für Claire vielerlei zu entdecken: Schokoriegel, Bonbons und Kaugummis und die meisten waren von Marken, die sie nicht kannte. Im Dämmerlicht beugte sich Claire hinunter und studierte die bunten Aufschriften. Sie überlegte, was sie ihren Freunden und sich zog. Ihre lockigen Haare fielen ihr dabei störend ins Gesicht und als sie merkte, dass sie im Nacken zu schwitzen begann, band sie sich einen Zopf.

Andris stand kerzengerade halb neben, halb hinter ihr und beobachtete den Eingang.

Das Foyer war wie leer gefegt. Leise Musik tönte durch Lautsprecher. Die hübsche, junge Empfangsdame saß konzentriert vor ihrem PC.

Claire warf Geld ein – Joscha hatte zuvor von seinem einen Teil getauscht – und drückte die erste Nummer. Nach und nach überlegte sie, wer was haben wollte. *»Jetzt stehen wir hier seit* *zig Minuten und er sagt kein Wort. Da hätte ich auch allein gehen können ...«* Innerlich seufzte Claire. »Andris, was willst du?«, fragte sie wie nebenbei.

»Hm?« Andris drehte sich um. Er entschied sich innerhalb von zwei Sekunden und drückte die Nummer.

Claire nahm den Schokoriegel heraus. »Ganz schön warm hier.«, versuchte sie ein Gespräch ins Rollen zu bringen und zipfelte kurz an ihrem T-Shirt. – Trotz Klimaanlage war es schwül im Foyer.

Andris sah sie mit seinem typisch arroganten Blick an, als er antwortete, »Diese Hitze ist nicht meins. Da war mir Salla um einiges lieber.«

»In Salla ist es aber *ziemlich* kalt. Weißt du noch den einen Tag am See, als die Temperatur plötzlich so stark abfiel. Wir hatten alle tiefblaue Lippen. Obwohl, dies ging ja auf Tiberius' Kappe.«

Andris sah für eine Millisekunde auf ihre Lippen und schaute dann wieder zum Eingang. »Wo würde es dir denn gefallen?«, fragte er nach kurzem Zögern.

»In Irland.«, kam wie aus der Pistole geschossen. »Hier ist es mir auch zu warm. Aber die Leute sind nett, scheint jedenfalls so.«

»Stimmt. Bist du fertig?«

»Wie gesprächig!« Claire gab ihm einen Wink in Richtung Getränkeautomat, der ein paar Meter entfernt stand. »Schon vergessen?« Gemütlich ging Claire zum Automaten.

Andris folgte ihr angespannt.

»Hier riecht es jedenfalls ganz anders. Auf den Straßen ist so ein Geruch, den ich gar nicht kenne. Hm, keine Ahnung, woher der kommt. Und ich finde, wenn man in die Geschäfte schaut, sieht alles so farbenfroh, so fröhlich aus.«

»Wir sind ja auch in Indien.«

»Warum sag ich eigentlich was?! Ich könnte genauso gut mit der Wand reden. Und die wäre vermutlich freundlicher.«

Da es im Foyer ruhig blieb, wandte sich Andris nun Claire zu. »Wie geht es deiner Verletzung?«, fragte er völlig zusammenhangslos.

Claire tippte gerade die erste Nummer in den Getränkeautomaten und stoppte dabei. »Gut. Also, Schmerzen habe ich keine mehr.«

»Vielleicht hatte Gorla recht.«, sagte er leise, mehr zu sich selbst als zu Claire.

Claire hörte es dennoch und antwortete ebenso leise, »Ich weiß nicht, ob sie recht hat. Ich weiß nicht, ob man sich unterbewusst versagen kann, gesund zu werden.«

Andris trat näher und tippte die Nummer, die sie in den Automaten eingeben wollte, zu Ende ein. Es polterte, eine Wasserflasche schnellte nach unten. Andris nahm sie heraus, öffnete sie und nahm einen Schluck.

Eine Antwort bekam sie vorerst keine. Sie tippte die Nummer ein weiteres Mal ein. Eine zweite Flasche folgte.

»Hauptsache ist, dir geht es wieder gut.«, sagte er plötzlich lauter, lehnte sich lässig an den Automaten und lächelte. Er lächelte genauso warm und freundschaftlich, wie es Joscha tat und wie sie es von ihm überhaupt nicht kannte; er tat es unbewusst.

Ein »Oh mein …« war alles, was in diesem Moment in ihrem leergefegten Gehirn Platz fand. Sofort tippte sie die Nummer ein drittes Mal ein.

Das Poltern der nächsten Wasserflasche mischte sich mit den Stimmen und dem Lachen von Gästen, die zur selben Zeit durch den Eingang ins Foyer kamen.

Andris versteifte sich und stellte sich dicht vor Claire.

Es machte Schnipp und ihr Gehirn arbeitete wieder normal. »Was?«, wunderte sie sich empört und versuchte, ihn beiseitezuschieben. »Jetzt bleib mal locker!«

An der Rezeption standen drei junge Männer in ihrem Alter. Sie lachten und flirteten in gebrochenem Englisch mit der Empfangsdame.

Mit zu Schlitzen verengten Augen sah er die Männer an, dann Claire.

»Du bist manchmal unmöglich!«, zischte ihn Claire von der

Seite an.

»Und du hast mal wieder den Ernst der Lage nicht begriffen!«, blaffte er zurück.

Claire konnte nicht anders, sie musste mit den Augen rollen. Und sie machte keinen Hehl daraus. Sie wandte sich von ihm ab und zog die nächste Flasche.

Augenblicklich schnellte eine Hand neben sie auf die Front des Automaten. Andris starrte sie von hinten böse an.

Claire schaute abfällig auf seinen nackten, angespannten Arm, der nur wenige Zentimeter neben ihrem Gesicht lag. *»Der hat echt Nerven ... Und scheinbar noch nicht mal Schiss. Wenn ich wollte, wäre er in der nächsten Sekunde wer weiß was. Aber darüber scheint er sich ja gar keinen Kopf zu machen. – Okay, ich würde ja so was auch nie tun, aber.«* Innerlich stöhnte Claire. Sie bückte sich und zog die Flasche aus dem Automaten. *»Und was noch viel interessanter ist. Er hat noch nicht mal Flammen in den Augen. Er tut zwar so, als wäre er sauer, aber ist er das ...?«* Als Claire sich aufrichtete, stand Andris wie zuvor mit angelehntem Arm dicht vor ihr. Wieder auf ihren Beinen, drehte sich Claire um und schaute ihn herausfordernd und überheblich, wie er sonst nur konnte, an.

Nur wenige Zentimeter trennten ihre Gesichter.

Andris, der einen halben Kopf größer war als Claire, blickte grimmig auf sie hinab. Sein Brustkorb hob und senkte sich, als wäre er soeben ein paar Kilometer gelaufen.

Als er gerade etwas sagen wollte, schaute Claire über seine Schulter und fing langsam, ohne ihn dabei anzusehen, zu sprechen an. »Du solltest mal einen Ticken runterfahren. Sonst fallen wir noch auf.« Claire war sich sicher, ihre Worte würden Wirkung zeigen.

Sekunden des Schweigens folgten.

»Wieso, guckt wer?«, reagierte Andris völlig unbeeindruckt. Seine Stimme wirkte gelassen.

»Nein.« Claire verzog das Gesicht. »Wenn du es genau wissen willst, sie gehen gerade.«, antwortete sie ruhig. Jetzt sah Claire ihm ins Gesicht.

Andris wirkte überraschend entspannt und ließ seinen Arm wieder sinken. Da er keinen Schritt zurückwich, standen sie weiterhin dicht beieinander.

Andris' Geruch stieg Claire in die Nase und das erste Mal seit sie dort unten im Foyer standen, nahm sie Andris wirklich wahr. Unbewusst setzte Claire ihren Röntgenblick auf. Im gleichen Moment kippte die Stimmung in etwas Undefinierbares. Etwas schwebte zwischen ihnen, wie elektrische Spannung. Ein, zwei Sekunden verstrichen und plötzlich war es so, als wenn ein kleiner Gong in ihrem Kopf sie wieder wachrüttelte. Zeitgleich trat Andris zurück und Claire zur Seite.

»Was war das?«, dachte Claire beunruhigt und zwang sich, ihre Gedanken in eine andere Richtung zu lenken. »Wir sollten damit aufhören.«, meinte Claire, als sie eine weitere Wasserflasche zog.

»Was meinst du?«, fragte Andris bedacht.

»Zu streiten?!«

»Du hast diesmal angefangen!«, warf er ihr vor.

»Wenn du dich nicht wie ein Holzfäller benehmen würdest, bräuchten wir auch nicht streiten.«

»Ich bin für euch verantwortlich!«, erklärte er, als wäre dies Grund genug.

»Sagt wer! Wir *alle* sind füreinander verantwortlich. Du bist nicht unser Aufpasser!«

Dies war eine Argumentation, die Andris kalt ließ.

Claire hatte die letzte Flasche gezogen.

»Gib her!« Andris nahm ihr die Flaschen ab und ging schnurstracks zum Aufzug.

Im Schneckentempo ging Claire resignierend hinter ihm her. Am Aufzug wartend, nahm sie das Gespräch wieder auf. »Mach dir nicht so viele Sorgen. Es wird uns schon nichts passieren.«

»Tom ist aber was passiert und *dir*.«

Der Aufzug kam und sie stiegen ein.

Bei Toms Namen wurde ihr für einen Augenblick schwer ums Herz. Sie versuchte, sich zusammenzureißen. »Das war …

das war, weil wir nicht vorbereitet waren. Wir konnten nicht ahnen, dass Menschen … Aber jetzt sind wir's.«

»Ich kann aber nicht anders.«, gestand er.

Für die nächsten Sekunden herrschte wieder Stille.

Kurz bevor sich die Tür öffnete, seufzte Claire. »Ich hätte mir für dich einen schöneren Geburtstag gewünscht. Tut mir leid wegen gerade.« Flüchtig berührte sie mit einer Hand seine Schulter.

Andris blieb für einen Wimpernschlag wie angewurzelt stehen. Dann antwortete er ihr, »Mir auch.«

Schweigend gingen sie zurück zu Joscha und Wini.

Claire und Joscha sahen aus dem Fenster des Mädchenzimmers. Es war der folgende Morgen und es regnete wie aus Eimern. Eine Nachwehe des Monsuns hatte ihre Pläne für den Morgen zu Nichte gemacht. Das Wasser floss überall ein paar Zentimeter hoch über die Straßen – noch harmlos, wie ihnen die junge Frau vom Empfang verraten hatte.

»Meinst du, das hört heute noch mal auf?«, fragte Claire niedergeschlagen.

»Priya vom Empfang meinte, ja.« – Claire schmunzelte. Dass Joscha sich bereits mit der jungen Frau am Empfang bekannt gemacht hatte, wunderte sie nicht, aber es störte sie auch nicht. – »Am späten Mittag, vermutet sie, wird es sich legen.«

Ein Stöhnen kam über Claires Lippen. »Ich schätze, dann müssen wir rüber gehen und uns Fabien und Wini anschließen und indisches Fernsehen gucken. Oder wir ringen uns zu einer Konzentrationsübung durch.«

»Fürs Relaxen bin ich zu haben. – Hätte ich das gewusst, wäre ich im Bett geblieben.« Genüsslich kratzte sich Joscha seine Brust.

»Apropos schlafen. Hat sich der Traum bei dir auch verändert? Ich bin diesmal hier im Flur durch die Gegend gewandert, sogar bis in den Aufzug.«

»Dito. Bei mir war es ähnlich. Ich war unten an der Rezeption. Andris hat mir erzählt, er hätte im Aufzug gestanden. Wer auch immer dahinter steckt, er ist ein Meister seines Faches. Ich würde mich zu gerne mal mit ihm unterhalten.«

»Wer weiß, vielleicht bekommst du irgendwann die Gelegenheit dazu.«

»Nur, wenn er sich zu erkennen gibt.«

»Oder wir herausfinden, wer er ist.« Claire lächelte diebisch. Joscha ließ sich von ihrem Lächeln anstecken. »Oder dann.«

Am Nachmittag hatte sich der Regen gelegt und die Freunde nahmen ihre Suche auf. Sie konzentrierten sich auf das Gebiet des alten Bombays, das Gebiet der früheren Insel. Sie sahen sich alte Gebäude und Monumente an. Da unzählige Menschen, Autos und Busse auf den Straßen unterwegs waren und sie kaum auffallen konnten, fühlten sie sich weniger beklommen. So viele Menschen auf einem Fleck, in einer Stadt hatten die Freunde zuvor nie gesehen. Mumbai war eine rastlose, bunte, laute Stadt. Die fünf sammelten viele Eindrücke der ihnen fremden Kultur und stellten fest, dass Inder sehr freundliche Menschen waren. Das Einzige, was ihnen zu schaffen machte, war das Klima. Die Hitze und die hohe Luftfeuchtigkeit schlugen allen aufs Gemüt. Sie schwitzten, ihre Kleidung klebte unangenehm auf ihrer Haut. Sie hatten das Gefühl, zu zerfließen, und tranken deshalb viel Wasser.

Andris war permanent auf der Hut. Da die Stadt dafür bekannt war, dass dort öfters Maludicioren umherwanderten und das Leben der Menschen störten, war Vorsicht geboten. Mit entschlossener Miene ging er entweder neben Claire oder Wini her, als wäre er ihr Aufpasser.

Am Abend überkam die Freunde das ungute Gefühl, beobachtet zu werden. Sie sahen sich öfters um, entdeckten jedoch nichts, was ihre Ahnung bestätigte.

Als es dunkel wurde, kehrten sie ins Hotel zurück. Dort riefen sie Amartus an und informierten ihn über die Lage und beschlossen dann, früh am nächsten Morgen ihre Suche fortzusetzen.

Der nächste Morgen kam. Und es war ein sonniger Morgen. Der Regen hatte endlich ein Ende genommen. Zwar waren die Straßen noch feucht, aber die Geschäftigkeit störte dies nicht. Die Freunde machten sich auf weiter Richtung Süden der Stadt. Dort lagen einige öffentliche, alte Häuser und Museen.

Da ihre Vorsicht ihnen riet, mehr auf der Hut zu sein, vor allem nachdem sie sich gestern Abend verfolgt gefühlt hatten, setzte jeder von ihnen bestmöglich seine Kräfte ein. Claire und Wini sahen sich die Menschen an und suchten nach blauen Flammen in ihren Augen, die sie warnen würden. Fabien wandelte dann und wann seine Ohren in die eines Luchses. Damit sie niemand bemerkte, öffnete er seinen Zopf und bedeckte sie mit seinen langen, blonden Haaren. Auch veränderte er seine Augen, was, wenn ihm niemand in die Augen schaute, keinem auffallen sollte. Joscha durchkämmte entlegene Winkel mithilfe des Throughnerns. In den Gebäuden, die sie besuchten, las er alles, was er zu Gesicht bekam. Als Wissensläufer sog er jede Information auf.

Wenn sie draußen auf der Straße waren, kesselten Andris und Fabien die Mädchen zu ihrem Schutz ein. Die Mädchen selbst konnten darüber nur mit den Augen rollen. Joscha war der Entspannteste von allen und kommentierte dies nur mit einem Schulterzucken.

Am Mittag sahen sie sich auf einem weitläufigen Basar um, der teilweise in einem großen, altertümlichen Gebäude Platz fand. Die Freunde waren in dem Abschnitt für Kleidung, Accessoires und Schmuck unterwegs. Es war laut, bunt durch die farbenfrohen Stoffe und unruhig. Die Menschen unterhielten sich lautstark, die Händler diskutierten mit ihren Kunden und Musik tönte ab und an aus unterschiedlichen Richtungen.

»Ich finde das Ganze ziemlich unbefriedigend.«, sagte Andris mürrisch. »Ich glaube nicht, dass wir hier richtig sind.«

Fabien strich sich angestrengt durch seine langen Haare. »Wir sind scheinbar nirgends richtig.«, seufzte er. »Wir machen irgendetwas falsch. Wir suchen und suchen und *Nichts*.«

»Wir haben zu wenig Hinweise, das ist das Problem. Renees Hinweis im Buch reicht einfach nicht aus.«, klinkte sich Wini ein, die in den teilweise engen Gassen zwischen den Ständen dicht neben ihm ging.

»Nur, wie sollen wir hier an weitere Hinweise kommen? Bis jetzt tappen wir dermaßen im Dunkeln. Alles, was wir uns bislang angesehen haben, hat uns nicht weitergeholfen. Nichts weist auf Pravalben hin.«, erwiderte Fabien.

»Na ja, irgendwie logisch. Die Pravalben wären schließlich ganz schön blöd, wenn sie mit irgendetwas auf sich aufmerksam machen würden, oder?!«, argumentierte Claire, die schräg hinter Andris ging und mit ihm die Spitze bildete.

»Wir werden schon was finden.«, versuchte Joscha sie aufzubauen.

Andris blickte sich argwöhnisch um. »Mich beunruhigt außerdem … Kommt ihr euch auch wieder so beobachtet vor?«

»Ein hübscher Armreif für Ihre hübsche Freundin?«, sprach plötzlich ein Händler Andris an und sah sogleich zu Claire. Der Händler war ein kleiner Mann mit dunklem, dünnem Schnauzbart. Er hielt einen Stock mit unzähligen goldfarbenen Armreifen in der Hand. »Suchen Sie sich bitte einen aus!«, bot er Claire an und nickte ihr ermutigend zu.

Andris runzelte die Stirn und guckte den Mann perplex an.

Claire lächelte verhalten und schüttelte den Kopf. *»Warum hält er mich denn für seine Freundin? Hm.«*

»Komm, Claire, such dir einen aus!«, forderte Joscha sie auf und zückte sein Portemonnaie. »Wini, willst du auch einen?«

»Danke, aber die passen nicht wirklich zu mir. Außerdem du vergisst wohl, ich habe bereits einen.« Wini grinste. Es war klar, dass sie auf ihren Armreif mit ihrem dunkellila Stein der Livonten anspielte.

»Nein, danke. Das ist nicht meins. Du kannst mir später lieber 'ne Tüte Weingummis ausgeben.«, bedankte sich Claire.

»So schöne Armreife finden Sie nirgends!«, versuchte der Händler sie zu überzeugen.

»Tut mir leid. Sie hören ja, die Damen haben kein Interesse.«, lehnte Joscha ab.

Enttäuscht verschwand der Mann hinter seinem Stand. Die Freunde gingen weiter.

»Hätte er ein Lederarmband gehabt. Ich hätte sofort ja gesagt, aber so.« Wini sah auf Fabiens Armband. Seit Andris eben solch eins von ihm geschenkt bekommen hatte, sie aber nicht, schmollte sie ein wenig.

Andris ging über ihren Kommentar hinweg und kam zum eigentlichen Thema zurück. »Wenn ich's nicht besser wüsste, würde ich sagen, uns folgt jemand. Aber ich sehe niemanden. Joscha, du?«

Mittlerweile nahm der Basar ein Ende und es wurde ruhiger. Joscha nutzte die Chance, sich ungestört umzusehen. »Ich kann nichts Verdächtiges sehen.«

»Wie sollte uns auch hier jemand entdecken.«, überlegte Wini. »Sie wissen doch gar nicht, dass wir hier sind. Da hätte uns schon ein Pravalbe, der uns kennt, per Zufall über den Weg laufen müssen. Und *das* scheint mir in dieser Stadt recht unwahrscheinlich.«

Die Freunde wurden langsamer und kamen zum Stehen.

»Und jetzt?«, fragte Claire. Sie blickte zurück auf das Treiben zwischen den Ständen und war froh, dem Trubel entkommen zu sein. Im gleichen Augenblick ließ etwas ihre Sinne wacher werden.

Dünne, weiße Schwaden säumten in einiger Entfernung den Boden, erst nur zarte Schlieren, dann dichter Nebel.

Claire wusste, was dies zu bedeuten hatte, und schärfte ihren Blick. Nur zwanzig Meter entfernt von ihnen tauchte aus einem Zwischengang ein Maludicior auf. Noch hatte er sie nicht bemerkt.

Andris und Fabien, die gespürt hatten, dass sich Claire die Nackenhaare aufgestellt hatten, und ihrem Blick gefolgt waren, fluchten leise.

Sofort tauchte das Guus an ihrer Seite auf.

Wini und Joscha brauchten nur einen Bruchteil einer Sekunde, um die Situation zu erfassen. Alle fünf starrten auf den Maludicior.

Das Guus schwebte aufgeregt zwischen ihnen umher.

»Wir ziehen uns *ganz langsam* zurück.«, wies Andris sie an. Seine Stimme war kaum hörbar.

Die Freunde taten wie ihnen geheißen. Das Guus folgte ihnen langsam, als behielte es den Maludicior weiterhin im Auge.

Der Maludicior schwebte zwischen den Menschen umher, er beobachtete sie. Bei einem Stand blieb er stehen. Er grinste boshaft, voller Vorfreude. – Maludicioren waren wunderschöne Geschöpfe wie die Livonten, nur waren sie hellweiß. Silberne Punkte wie Sterne reflektierten in ihrem zarten Gewand. Sie wirkten auf jeden anziehend und Furcht einflößend zugleich. Die Menschen, zwischen denen der Maludicior wandelte, sahen ihn nicht. Nur Aperbonen und Pravalben war es vergönnt, sie zu sehen. Wie die meisten Livonten war auch dieser Maludicior geschwächt. Er war durchsichtiger, wirkte matter.

Die Freunde gingen um eine Ecke, einen letzten hohen Stand mit bunten Tüchern. Der Maludicior war aus ihrem Blickfeld verschwunden. Sie wussten, er hatte etwas Arglistiges vor, er wollte Unruhe stiften. Nur konnten sie nichts tun. Sie konnten sich nicht zu erkennen geben, denn dies hätte ihr Vorhaben gefährdet. Schnurstracks, ohne einen Ton zu sagen, gingen sie weiter. Sie mussten Abstand gewinnen, damit er sie nicht mehr bemerken konnte.

Eine weitere Ecke folgte. Sie bogen nun in einen anderen Abschnitt des Basars ein, den für Obst und Gemüse.

»Gleich haben wir's geschafft!«, atmete Fabien leise auf und lächelte. Er und Andris gingen vor.

Das Guus, das von den Menschen ebenfalls nicht gesehen werden konnte, bildete das Schlusslicht.

Allmählich wurden sie langsamer.

Fabien sah nach hinten zu Wini und zwinkerte ihr aufmunternd zu. Als er wieder nach vorne sah, blieb er abrupt stehen.

Andris stoppte genauso plötzlich.

Claire stieß fast gegen ihn. »Was?«, brachte sie erstickt vor.

Sie atmete erschrocken ein und begriff in diesem Moment, dass etwas nicht stimmte. Schlagartig war in ihrem Gehirn nur noch Platz für einen Gedanken. Alles: ihr Denken, ihre Bewegungen verlangsamten sich. Es war, als liefe alles in Zeitlupe ab. *»Bitte nicht, nein. Lass es kein Pravalbe sein.«* Entgegen ihrer Vermutung, dass in ihr Panik aufloderte, blieb sie ruhig. Es war eine wartende, vorsichtige Ruhe. Ihr Körper war angespannt, kampfbereit. Sie hatte das Gefühl, ihren Herzschlag zu hören. Noch immer schaute Claire auf Andris' Hinterkopf. Langsam wandte sie ihren Blick ab und schaute an ihm vorbei. Fast verzerrt schien ihr Blick zu wandern.

Ein braunes Augenpaar, wachsam, fragend, war auf sie gerichtet.

14

»Keine Flammen ... Sie hat keine Flammen in den Augen. Sie hat keine bösen Absichten.«, stellte Claire sogleich fest und war erleichtert. Ihr Puls verlangsamte sich wieder. *»Nur, wer ist sie? Und was will sie von uns?«*

Als Andris Claire neben sich spürte, drückte er sie mit seinem Arm augenblicklich zurück. Fabien hatte sich weiter vor Wini gestellt. Bedacht schwebte das Guus zwischen Wini und Claire. Joscha war der Einzige, der lässig da stand.

Etwas in Andris hielt ihn zurück, die alte Frau vor sich anzugreifen. Sie war eindeutig ihres gleichen, doch war sie eine Pravalbin oder eine Aperbonin? Er kannte sie von irgendwoher. Von einem Bild, nicht persönlich. Nur auf welcher Seite stand sie?

»Mein Gott, Leute, jetzt macht doch nicht direkt so 'ne Welle!« Joscha kämpfte sich zwischen Andris und Fabien hindurch und ging geradewegs auf die alte Frau zu. »Namaste.«, sagte Joscha, legte seine Handflächen auf Brusthöhe aneinander und neigte leicht seinen Kopf.

Die alte Frau erwiderte die Geste und grüßte ihn mit ihrer warmen und zugleich bestimmenden Stimme zurück, »Namaste.« Sie lächelte und blickte dann erwartungsvoll zu seinen Freunden.

»Darf ich euch vorstellen, Himani Desai. Himani, das sind Claire, Wini, Andris und Fabien. Du hast sicherlich von unserer Combo gehört.«

Jetzt dämmerte es Andris. Himani Desai war vor vielen Jahren einmal Ratsmitglied gewesen. Er kannte sie von einem Foto, allerdings wo sie noch jünger war. Auch erinnerte sich Andris daran, dass Amartus davon gesprochen hatte, nach Indien zu gehen, um vermutlich sie zu besuchen.

Zeitgleich beobachtete Claire die alte Frau aufmerksam.

Himani war Ende neunzig, was ihr deutlich anzusehen war. Sie war klein und stand leicht gebeugt. Ihre braune Haut im Gesicht und an den dünnen Armen war weich und runzelig. Die grauen Haare mit vereinzelt schwarzen Strähnchen dazwischen hatte sie zu einem Zopf geflochten. Wie in Indien typisch trug sie einen Sari, ein traditionelles Gewand aus farbenfrohen Stoffen, und Armreife an den Handgelenken.

»Sie sieht wirklich wie eine typische Inderin aus. Na ja, soweit ich das beurteilen kann. Ich kenne ja keine. Und mein begrenztes Wissen aus dem einen Bollywoodstreifen, den ich gesehen habe, berechtigt mich nicht wirklich zu einer Einschätzung. Hm ... Aber sie trägt diesen farbigen Punkt auf der Stirn nicht, den zwischen den Augenbrauen.«

Himani unterbrach ihre Gedanken. »Kinder, Kinder!«, begann sie ermahnend. »Ich dachte schon, ihr wolltet mich angreifen. Vor allem du, Andris Pettersson. Du guckst so finster. Wie sagt ihr in Europa noch gleich: Das lässt die Hölle gefrieren.« Fast hoheitlich schätzte sie ihn von Kopf bis Fuß ab. »Namaste.«, begrüßte sie ihn mit einem erhabenen Nicken.

»Namaste.«, erwiderte Andris mit einem in Stein gemeißelten Gesicht. Himanis Rüge hatte genau den gegenteiligen Effekt.

Nach und nach begrüßte sie nun die anderen. Das Guus, das zwischen Claire und Wini schwebte, nahm sie lediglich mit einem matten Lächeln wahr.

Das Guus dagegen flog sie einmal ab. Als es mit seiner Begutachtung fertig war, verschwand es urplötzlich.

»Anscheinend wurde ich für gut befunden.«, kommentierte Himani mit einem Schmunzeln auf den Lippen. Darauf wurde sie ernster. »Wir sollten aufbrechen. Wir sind hier nicht sicher. Ein Maludicior streift durch die Gegend. Kommt mit! Wir gehen zu mir nach Hause. Dort können wir reden.«

»Gerne.«, nahm Joscha die Einladung an.

Auf dem Weg zu ihrem Haus, sie wohnte nicht weit entfernt, sodass sie zu Fuß gingen, unterhielt sich vornehmlich

Joscha mit ihr. Er kannte sie aus Kindertagen. Himani war eine Freundin seines verstorbenen Urgroßvaters Alexander gewesen und so hatten sie viel zu erzählen. Während der ganze Zeit herrschte eine andächtige Stille. Um sie herum herrschte zwar durch die vielen Menschen Trubel, aber sie selbst waren still, sprachen nur vereinzelt miteinander. Sie lauschten dem, wovon Joscha und Himani sprachen, um sich ein besseres Bild von ihr machen zu können.

Am Haus angelangt, es lag im Westen der Stadt, in einer vornehmeren Gegend, atmeten sie allmählich auf.

Das freistehende Haus war klein, viktorianischer Baustil und umsäumt von einem Garten mit hohen Bäumen, die mehr Privatsphäre zuließen, sowie geschützt durch einen Zaun.

Im Flur des Hauses, der mit weißen und hellgrünen Fliesen gefliest war, zogen sie ihre Schuhe aus. Dann bat sie Himani ins Wohnzimmer, einen Raum mit beigen Wänden, großen Fenstern, luftig, weißen Vorhängen, die der Wind wiegte, und antiken, rotbraunen Möbeln. Im Großen und Ganzen war der Raum bescheiden aber gemütlich eingerichtet.

»Setzt euch!«, bat sie die Freunde. »Ich werde Varisy, meine Urenkelin, holen.«

Die fünf nahmen auf dicken Kissen am Boden Platz. In der Mitte stand ein großer, flacher Tisch.

»So lässt sich's leben.«, meinte Wini, die neben Fabien saß.

Andris, der zwei weiter, zwischen Fabien und Claire, saß, sah sie stirnrunzelnd an. »Ich finde diese Hitze unerträglich.«, meckerte er. Seine Stimmung hatte sich noch nicht gebessert.

»Aber hier ist es doch schon viel angenehmer.« Claire schaute an die Decke, an der ein Ventilator rotierte.

Joscha, der zu ihrer anderen Seite saß, schien belustigt. »Himanis Spruch von eben hat Andris jetzt den ganzen Tag vermiest. Da kannst du nichts machen, Claire. Der schmollt und wir müssen es ertragen.«

Andris musste schmunzeln. Irgendwie schaffte es Joscha als Einziger, ihn immer wieder aufzumuntern.

Nun kam Himani zurück. Verschüchtert folgte ihr Varisy.

Sogleich waren alle Augen auf sie gerichtet. Verlegen schaute sie zu Boden.

»Darf ich euch meine Urenkelin vorstellen, Varisy Chao. In ein paar Wochen wird sie einundzwanzig und meine Nachfolge antreten.«

»Namaste.«, kam leise über Varisys Lippen.

»Namaste!«, grüßten die Freunde zurück.

Zusammen mit ihrer Urgroßmutter nahm sie ebenfalls auf einem der Kissen am Boden Platz.

»Wenn ich es nicht besser wüsste, würde ich sagen, sie steht ganz schön unter dem Pantoffel ihrer Urgroßmutter. Wie schüchtern sie ist.«, schüttelte Claire innerlich den Kopf.

Varisy trug wie Himani ein traditionelles Gewand, ein Salwar Kameez. Eine Tunika mit Seitenschlitzen, getragen über einer luftigen Hose aus leuchtend grünem Material mit kleinen Pailletten. Varisys Haltung war anmutig, beherrscht, dennoch war ihr ihre Unsicherheit deutlich anzusehen. Ihre Haut war heller als die ihrer Urgroßmutter und ihre Gesichtszüge hatten neben dem Indischen auch etwas Asiatisches. Sie hatte ein außergewöhnliches Gesicht, das auffiel. Insgesamt war sie jedoch unscheinbar. Varisy wirkte jünger als zwanzig, eher wie siebzehn, mehr wie ein Mädchen als eine Frau.

»Varisy weiß natürlich Bescheid. Also habt keine Sorge. Sie ist hier, um von mir vor meinem Ableben in alles eingeweiht zu werden. Ihre Eltern glauben, sie unterstützt mich im Alltag. In Indien verlassen junge Frauen ihr Elternhaus normalerweise nicht vor der Hochzeit. Unser Glück, dass ihr Vater Asiate ist. Er ist kein strenger Mann. Er hat ein gutes Herz und ziemlich moderne Einstellungen. Zu modern, wie ich zuweilen finde.«, klärte Himani sie auf.

Bei diesen Worten lächelte Varisy verhalten.

»Und es ist eindeutig, dass sie deine Nachfolgerin wird?«, fragte Andris gerade heraus.

Himani sah ihn empört an. *»Natürlich!* Ihr Bruder kann es nicht sein. Ich gebe zu, bis zu ihrem achtzehnten Geburtstag war ich mir nicht sicher, es stand fünfzig fünfzig, aber jetzt spricht alles für sie. Mein Stein, den sie bereits trägt, reagiert auf sie, nicht auf ihren Bruder. Es ist unumstößlich.«

Varisy schaute schüchtern durch die Runde. Ihr Blick blieb bei Fabien hängen. Irgendetwas an ihm schien sie zu faszinieren. Als er es bemerkte und sie fragend ansah, nahm ihr Gesicht einen grüblerischen Ausdruck an. »Deine Haare.«, erklärte sie. »Ich habe noch nie so lange, blonde Haare bei einem Jungen gesehen. Ich meine im Fernsehen schon, aber noch nie in echt.«

Die Freunde mussten unweigerlich lachen.

»Varisy, ich bitte dich, sei nicht so unhöflich!«, rügte Himani sie.

»Entschuldigt, ich ...«

»Ach was! Macht doch nichts!«, winkte Fabien ab. Dass ihn vielmehr störte, dass sie ihn als Junge und nicht als Mann bezeichnet hatte, ließ er sich nicht anmerken.

Himani lächelte Fabien verbunden zu und sah darauf zu Varisy. »Mein Schatz, sei bitte so lieb und hole unseren Gästen eine Erfrischung.«, bat sie, woraufhin Varisy dankbar für die Ablenkung in Richtung Küche verschwand.

»Mir ist aufgefallen«, begann Claire, nachdem sie Varisy hinterher geschaut hatte, »ihr beide tragt gar nicht diesen einen Punkt auf der Stirn. Wie kommt das?«

»Du meinst den Segenspunkt, den Tilaka. Er ist Teil des Hinduismus, deswegen tragen wir ihn nicht. Zum Glück gibt es hier in Mumbai viele verschiedene Religionen, so fallen wir nicht auf.«

Mit einem Male drang von der Küche fröhliche indische Popmusik bis ins Wohnzimmer und Claire erinnerte sich an ihr zu Hause. Wenn sie zu Hause gekocht hatte, hatte sie auch stets Musik gehört und war durch die Küche getanzt.

Himani nickte kurz zustimmend, sie schien mit der Musikwahl einverstanden zu sein.

Andris, den vieles beschäftigte, setzte das Gespräch fort. »Wie ist es eigentlich hier zu leben? Ist es nicht zu gefährlich, ihr zwei allein?«

»Deine Sorge ehrt dich, danke. Aber ich denke, wir sind recht sicher. Natürlich, in Anbetracht der momentane Lage ist niemand nirgends sicher, aber sie würden sich an uns eh nur die Zähne ausbeißen.«

Joscha grinste verschwörerisch. »Darf ich?«

»Nur zu.«

Joscha erklärte es seinen Freunden. »Himani hat ein stärkeres Schutzschild als wir. Noch nicht einmal ein Maludicior kann ihr schaden. Das ist ihre Kraft. Sehr nützlich in Zeiten wie diesen.«

Himani lächelte ihm zu. »Die Pravalben wissen um meine Kraft. Ich wurde schon ewig nicht mehr angegriffen. Selbst jetzt nicht. Und bei Varisy werden sie sich erst einmal auch nicht trauen. In diesem Punkt sind sie ein Stück weit feige. Zum Glück, wie ich meine. Denn ein bisschen habe ich durch Tom Young doch von meiner Kraft eingebüßt. Zwar nicht viel, aber immerhin.«

»Dann stellt sich mir die Frage, wie viel der Energie von ihrem Stein für Varisy übrig sein wird?«, dachte Claire.

»Deine Fähigkeit hat dir doch bestimmt auch während deiner Amtsperiode gute Dienste geleistet?«, vermutete Fabien.

»Wohl wahr. Vermutlich hat sich niemand sicherer gefühlt als ich. Dafür habe ich dauernd die gefährlichsten Aufgaben zugeschrieben bekommen. Mein Leben war vor und nach meiner Ehe, nun ja, eigentlich permanent, ein einziges Abenteuer.«

»Und jetzt bist du ... Wie soll ich es sagen ...« Wini zögerte.

»Im Ruhestand?«

»Ja, das meine ich.«

»Ja, das bin. Wenngleich meine Nachfolger oft Rat bei mir einholen. Erst kürzlich bat mich Richard um Hilfe. Vorgestern war Amartus da. Außerdem, kümmere ich mich um Varisy. Mir wird also nicht so schnell langweilig. Zudem ...« Himani schien in Gedanken. »Nach dem Tod meines Mannes vor dreißig Jahren habe ich gelernt, allein zurechtzukommen.«

Augenblicklich kam Varisy mit Tee, Lassi – einem Joghurtgetränk – und Gebäck zurück. Wie selbstverständlich bediente sie jeden ihrer Gäste. Bei Andris hielt sie einen Moment länger inne und schaute ihn verstohlen aus den Augenwinkeln an.

Claire bemerkte dies und war belustigt. *»Ach ne, sieh einer mal an!«*

Als Varisy Andris einen Tee reichte und sich dabei nach vorne beugte, fiel ihr plötzlich eine Kette mit einem Stein aus ihrem Ausschnitt. Sofort begann der tropfenförmige Stein fluoreszierend zu leuchten an. Der Stein war hellgrün und durchsichtig. Eben solche hellgrünen Töne schimmerten in ihm auf.

Der Stein baumelte genau vor Andris' Augen, sodass er blinzelte.

Erschrocken riss Varisy die Augen auf und steckte ihn zurück unter ihr Oberteil, wo gleich das Leuchten erlosch. Hecktisch ging ihr zweiter Blick zu ihrer Urgroßmutter.

»Alles gut, mein Liebes. Der Stein erwacht für dich. Bald ist es soweit.«

Varisy blickte zurück zu Andris.

»Mach dir keinen Kopf! Da mussten wir alle durch. Das ist ganz normal.«, versuchte er ihr gut zuzureden und lächelte.

Varisy errötete leicht und schaute schnell weg. Sie überlegte sichtlich, ob sie etwas erwidern sollte, ließ es jedoch.

»Tja, meine Süße, an dem beißt du dir die Zähne aus. Der hat andere Dinge im Kopf.« Claire musste sich zusammenreißen, um nicht zu grinsen.

Wini schien dasselbe zu denken und schaute schmunzelnd zu Claire.

»Wer wird Varisy ausbilden?«, fragte Andris Himani.

»Ich überlege noch, ob ich sie Amartus anvertrauen soll. Mabel Killigrew kam mir nämlich auch in den Sinn. Mabel ist zwar keine Lehrerin, aber eine überaus fähige Aperbonin mit guten Kontakten.«

»Ach so, Mabel …«, murmelte Andris in Gedanken.

»Wir werden sehen. Wie sage ich so gerne: Die Zeit wird es zeigen … Nun, aber mal zu euch. Was führt euch nach Indien? Ein Auftrag?«

Joscha sah fragend zu Andris.

Himani beobachtete den Blickwechsel. »Was frage ich. Natürlich ein Auftrag! Und wartet, ich nehme euch die Arbeit ab! Ihr dürft gewiss nicht darüber reden. Richtig?«

»Der Kandidat hat hundert Punkte.«, flachste Joscha.

»*Anscheinend nimmt sie es gelassen, dass wir ihr nichts verraten können.*«, atmete Claire auf. »*Zum Glück! Das Letzte, was wir jetzt gebrauchen können, ist ein neugieriges ehemaliges Ratsmitglied.*«

»Bedauerlich. Aber wie ich selbst feststellen musste, ist Vertraulichkeit unabdingbar. Ihr seid also entschuldigt.« Himani hatte plötzlich wie einen Geistesblitz und schweifte mit ihren Gedanken weit ab. »Ich denke, ich sollte euch von meinen Erlebnissen des heutigen Morgens erzählen.«

Die Freunde lauschten auf.

»Mir ist ein Mann begegnet. Ein Engländer. Und wenn ich mich nicht täusche, ist er mit einigen von euch vertraut.« Himani sah ins Leere. »Ihr seid mit ihm verbunden … Nur wie, das kann ich nicht spüren.«

Andris' Augen verengten sich misstrauisch zu Schlitzen.

»Der Engländer schien gebildet. Und er hatte eine zurückhaltende, unauffällige Art, wie die eines Butlers.«

»Wie sah er aus?«, hakte Fabien nach.

»Er hatte weiße Haare und blasse Haut. Vermutlich ist er über sechzig. Obgleich seine Kleidung recht modern war. Wenige ältere Männer wissen sich so apart zu kleiden. Er war dünn, aber nicht zerbrechlich, und groß. Er hatte etwas Fideles an sich.«

»*Henry?!*«, fiel Claire ein. »*Kann das sein? Sieht man einmal von der Kleiderbeschreibung ab und von dem Wörtchen „fidel“, könnte er es durchaus gewesen sein. Wer sonst, den wir kennen, passt auf diese Beschreibung. Nur, wenn es stimmt, was will er hier?*«

Die Freunde sahen sich wissend an. Jeder hatte die gleiche Vermutung, das war klar.

»Habt ihr … habt ihr eine Ahnung, wer es ist?«, fragte Varisy schüchtern.

»Nun ja, ich denke, die Beschreibung passt auf jemanden, den wir kennen. Nur, dass sich diese Person niemals hier in Indien aufhalten würde.«, winkte Andris ab.

Himani schien amüsiert. Sie wusste, Andris wollte es ihr nicht verraten.

Varisy verstand ebenfalls und ließ es auf sich beruhen.

Fabien sorgte zudem für Ablenkung. »Mich persönlich würde etwas ganz anderes interessieren. Was genau meintest du damit, dass du eine Verbindung zwischen uns spüren kannst?«

»Dies, meine Lieben, ist meine zweite Fähigkeit. – Nun, ich kann es euch ja ruhig erzählen. Ich werde nicht mehr ewig leben, also wem sollte es schaden. – Ich bin eine Senpendire. Ich spüre Verbindungen zwischen Menschen. Die zwischen Claire und Wini. Die zwischen Joscha und Andris. Um nur einige Beispiele zu nennen. Heute Morgen habe ich die Verbindung zwischen euch und diesem Mann natürlich nicht gespürt, aber jetzt, wo ihr hier seid, sehe ich es. Allerdings nur verschwommen, weil er nicht hier ist. Außerdem bin ich je nach Mensch unterschiedlich empfänglich. Einige Menschen sind sehr verschlossen.« Himani blickte unauffällig zu Andris. »Darüber hinaus hat auch diese zweite meiner Fähigkeiten in ihrer Kraft nachgelassen.«

»Und was genau spürst du? Ich meine, spürst du nur, dass Personen sich kennen oder auch die Art der Verbindung? Also, ob sie sich gut oder schlecht verstehen?«, wollte Wini erfahren.

»Auch die Art der Verbindung. Freundschaft, familiäre Banden, Liebe, Hass. Emotionen sind Nahrung für meine Fähigkeit.«

»Interessant … Weil das bedeutet doch auch, dass Menschen dich nur begrenzt täuschen können. Du siehst ihre wahren Absichten gegenüber jemandem. Darüber können sie dir nichts vormachen.«, überdachte Wini.

»Ja, das stimmt.«

»Himani?«, lenkte Joscha die Aufmerksamkeit auf sich. »Nur mal so aus Neugierde. Wo hast du diesen Mann heute

Morgen gesehen?«

»Nur mal so aus Neugierde – ich verstehe. Es war ganz hier in der Nähe. Am alten Prince of Wales Museum.«

Andris und Fabien schauten fragend. Himani ließ sich nicht bitten, sie erklärte ihnen den Weg und gab ihnen eine kurze Info zum Museum. Den Freunden brannte es unter den Nägeln, mehr zu erfahren, was Himani nur zu gut verstand.

»Es hat mich gefreut, euch kennengelernt zu haben. Vielleicht werden wir uns eines Tages wiedersehen. Ich wünsche euch Glück auf eurem Weg in Indien, wo auch immer er euch hinführen mag. Namaste!«

»Namaste!«, verabschiedeten sich die Freunde und bedankten sich für die Gastfreundschaft.

Als die Freunde das Haus verlassen hatten und wieder draußen im Freien standen, traf die Hitze sie wie ein Schlag. Am liebsten wären sie sofort wieder umgekehrt und ins Haus gegangen.

Im Schatten einer der Bäume in Himanis Garten blieben sie kurz stehen und besprachen das Erlebte.

»Tolle Frau!«, bemerkte Wini.

»Süße Urenkelin! Ein bisschen schüchtern, aber wartet mal in ein, zwei Jahren.«, freute sich Joscha.

Claire schmunzelte und zog scherzhaft eine Augenbraue hoch.

Joscha lachte und tippte ihr mit dem Finger auf die Nase.

»Sie ist nicht nur ein bisschen schüchtern. Sie kann uns ja kaum ansehen. Wer auch immer sie ausbilden soll, hat viel Arbeit vor sich.«, kommentierte Andris. »Sie muss viel selbstbewusster werden und den ganzen Mädchenkram müsste man ihr auch abgewöhnen.«, sagte er abfällig.

»Ich sehe schon, du würdest diese Aufgabe liebend gerne übernehmen.«, scherzte Joscha.

»Wenn ich wirklich demnächst ausbilden darf, dann wünsche ich mir eher einen unkomplizierteren Fall.«

»Leute, wir schweifen ab.«, unterbrach Wini sie. »Lasst uns über die Sache mit Henry sprechen. Ihr glaubt doch auch, dass er es ist, oder? Und lasst uns weitergehen! Wenn Himani raus sieht, machen wir sie, wenn wir hier weiter rumstehen und alles diskutieren, nur noch neugieriger.«

»Du hast recht, Wini. Lasst uns gehen! Und ich schlage vor, direkt zum Museum. Joscha, du hast dir den Weg gemerkt. Du führst uns!«, bestimmte Andris ganz Anführer.

Wie gewünscht leitete ihnen Joscha den Weg. Dabei unterhielten sich die Freunde weiter.

»Das mit Henry ist schon eine kuriose Geschichte.«, meinte Claire. »Ich denke, wir sind uns alle sicher, dass er es ist. Er ist der Einzige, auf den die Beschreibung passt und zu dem wir gleichzeitig auch eine emotionale Verbindung haben. Nur, warum hat Himani ihn als so fit beschrieben? Und sie hat gesagt, er sah modern gekleidet aus. Ich kann mich nicht erinnern, Henry mal in modernen Klamotten gesehen zu haben. Ich kenne ihn nur in seinem Butler-Outfit. – Und ganz nebenbei, alles, was Himani gesagt hat, war die Wahrheit. Wir können uns also darauf verlassen.«

»Wie du schon sagtest, er ist der Einzige, der passt.«, überlegte Fabien, »Und vielleicht, wenn wir ihn auch mal privat gesehen hätten, wären wir nicht verwundert.«

»Also ich kenne ihn nur in spießigen Klamotten.«, beantwortete ihnen Joscha die Frage, der ihn am längsten kannte.

»Eine andere wichtige Frage ist auch, was tut er hier? Weiß er von unserer Suche? Und wenn ja, von wem und warum hat er dann keinen Kontakt mit uns aufgenommen?«, interessierte Claire.

»Ich könnte mir vorstellen, dass er Amartus einen Gefallen tut.«, glaubte Joscha. »Amartus ist mit der Einzige, der von unserer Recherche weiß, und folglich der Einzige, der ihn bitten konnte, uns zu helfen. Ich gehe jedenfalls davon aus, dass er uns helfen will. Und Henry genießt großes Vertrauen. So wird es ... sein.«

Wini hatte denselben Gedanken wie Claire. »Ja aber, warum nimmt er dann keinen Kontakt mit uns auf?«

»Vermutlich, weil Amartus ihn darum gebeten hat. Mich

würde es nicht wundern, wenn Amartus denkt, uns damit verärgern zu können, dass er Henry geschickt hat, um uns zu unterstützen.«, nahm Joscha an. Kurz blieb er stehen, um sich zu orientieren, und führte dann die Gruppe weiter.

»Meinst du, Amartus wird auf seine alten Tage noch einfühlsam?«, spaßte Wini, die Amartus wie jeder von ihnen als Raubein kannte.

»Ich glaube eher, dass er nicht will, dass wir Aufmerksamkeit erregen.«, vermutete Fabien. »Wir sind jetzt schon eine große Gruppe.«

»Stimmt.«, sah Wini ein.

»Meint ihr, Himani ist ein Problem?«, beschäftigte Claire.

Andris antwortete ihr, »Schlecht einzuschätzen. So oder so sollten wir sehen, dass wir hier schnell vorankommen.«

Claire schaute der Sache misstrauisch entgegen, was Joscha sofort bemerkte. »Mensch, Andris, jetzt steck sie nicht mit deinem Pessimismus an!«, warf er ihm vor.

»*Wir* gleichen nur *deinen* Mangel daran aus.«, erwiderte er schlagfertig.

Joscha lachte.

»Meint ihr, wir sehen ihn vielleicht gleich – Henry?«, gab Wini zu bedenken.

»Vielleicht. Ist nur die Frage, ob wir ihn treffen wollen?« Fabien begann zu schmunzeln. »Oder ihn lieber nur beobachten?«

»Beobachten!«, entschied Andris. »Nicht, dass Henry bereits Pravalben aufgefallen ist, und wir dadurch auch noch in ihr Visier geraten.«

»Wie soll Henry denn den Pravalben aufgefallen sein?«, fragte Joscha ungläubig.

»Weil er ihnen durch Alexanders und seine – nennen wir es mal – Abenteuer bekannt ist.«, hielt Andris dagegen.

»Meinst du wirklich?«, zweifelte Wini. »Für die Pravalben ist Henry nur ein Mensch, also ziemlich unbedeutend. Ich glaube nicht, dass er irgendwem auffällt. Da müsste ihn jemand schon verdammt gut kennen. Dazu ist er alt. Kein Pravalbe hält hier nach einem alten Menschen Ausschau.«

»Abwarten!«, schloss Andris das Thema.

In der Nähe des Museums wurden die Freunde langsamer. Sie wollten sich in Ruhe ein Bild von der Umgebung machen. Noch viele Meter entfernt kamen sie zum Stehen, nur so konnten sie alles überblicken.

Das Museum war riesig. Von vorne waren zwei Flügel zu erkennen, deren Mauern von kleinen Bögen geziert wurden. In der Mitte des Gebäudes thronte eine hohe Kuppel. Rasen und Palmen säumten das Museum. Ein paar Meter vor dem Eingang stand eine Statue auf einem Podest.

»Scheinbar müssen wir durch den Haupteingang. Anders würden wir nur auffallen. Ansonsten scheint die Lage recht sicher.«, meinte Joscha, nachdem er sich mit dem Throughnern umgesehen hatte.

Bedacht machten sie sich auf den Weg. Da viele Menschen unterwegs waren, hofften sie nicht aufzufallen.

Auf Höhe der Statue erblickte Joscha auf einmal einen alten Bekannten. »Shit! Henry!«

Die Freunde drehten sich schnell vom Eingang weg, sodass sie mit dem Rücken dazu standen.

Verstohlen blickte Claire sich um. »Er nimmt den gegenüberliegenden Pfad zum Tor.« – Zum Gebäude führte vom Haupttor aus links und rechts abzweigend jeweils ein Weg. Henry nahm den linken, die Freunde warteten auf dem rechten.

Verwundert schauten sie ihm nach. Er trug, wie Himani beschrieben hatte, moderne Kleidung. Und entgegen, wie sie ihn von Prag kannten, wirkte er sehr fit und in keiner Weise alt oder gar müde.

»Sollte uns das jetzt nachdenklich stimmen?«, fragte Claire mit einem unzufriedenen Unterton. »Seht ihn euch mal an! Von wegen alt und langsam!« Claire schnaufte und runzelte die Stirn.

»Jeder hat seine Geheimnisse, Claire.«, erinnerte Joscha sie. »Und wenn seins ist, schwächer zu wirken, als er ist, um vielleicht uninteressant für die Pravalben zu sein, dann ist das das kleinste Übel.« Joscha ließ auf Henry nichts kommen, schließlich war er mit ihm aufgewachsen. Er wusste, er konnte ihm vertrauen, wie es auch sein Urgroßvater getan hatte.

»Lasst uns reingehen! Irgendwann werden wir die Umstände schon erfahren.«, machte Andris dem Thema ein Ende und ging voran.

Claire blickte ein letztes Mal zurück. *»Und wie ich diese Umstände in Erfahrung bringe. Wenn diese Geschichte erst einmal vorüber ist, schnappe ich ihn mir.«*, schmunzelte sie in sich hinein.

An der Kasse bezahlte Joscha den Eintritt, darauf führte er sie hinein. Er warf einen kurzen Blick auf den Plan des Museums und hatte direkt alle notwendigen Informationen intus, um sie zu leiten.

Unter der Kuppel, auf einer großen kreisrunden Fläche blieben sie zunächst stehen. Der Boden des Museums war aus hellgrauem Stein. Säulen desselben Steins zierten den Raum. Nach oben hin blickten die Freunde in die nächsten zwei Etagen, die mit Holzgeländern umrahmt waren. Überall standen Glasvitrinen mit Schätzen der Geschichte.

Andris blickte sich misstrauisch um, Joscha begann mit einer kurzen Info. »Wir finden hier Kunstwerke, archäologische Funde, Waffen, Rüstungen – unter Umständen sehr interessant für uns – und ein Teil beschäftigt sich mit der Naturkunde. Ihr seht, wir haben viel zu tun.«

»Fabien, hörst du etwas Auffälliges?«, interessierte Andris, der als Erstes wissen wollte, ob ihnen von irgendwoher Gefahr drohte.

Fabien, der seine Ohren längst auf die eines Luchses umgestellt und sich umgehorcht hatte, schüttelte den Kopf. »Die Luft ist rein.«

»Joscha?«

Joscha, der sich gerade mithilfe des Throughnerns umsah, gab ihm nicht sofort eine Antwort. »Niemand, den ich kenne. Es sieht gut aus. Wobei ich euch gleich wieder enttäuschen muss. Ich habe nicht die geringste Ahnung, wo wir beginnen sollen. Da wir nicht wirklich wissen, wonach wir suchen, und auch nicht wissen, was Henry hier wollte, bleibt uns, fürchte ich, nichts anderes übrig, als das gesamte Museum zu durchkämmen.«

»Teilen wir uns auf?«, schlug Wini vor.

Andris schnaufte. »In deinen Träumen!«

»Uuuh, in einem Museum ist es ja auch *so gefährlich*. Hier drinnen wird uns keiner angreifen.« Wini rollte mit den Augen.

»Dass wir uns aufteilen, ist vielleicht auch gar nicht nötig.«, sagte Fabien in einem grüblerischen Ton. »Schnell!« Sogleich eilte er in einen der abzweigenden Gänge.

Ohne zu zögern folgten ihm die anderen. Als sie den Gang betraten, wussten sie, warum es Fabien so eilig hatte. Das Guus wanderte vor ihnen in der Mitte des langen Ganges umher.

Beschwingt schwebte es über den Köpfen der Besucher und zog einen winzigen, türkisfarbenen Schweif hinter sich her. Im dämmrigen Licht des Ganges schien das warme Blau des Guus' und sein inneres, türkisfarbenes Schimmern kräftiger zu leuchten.

Fabien hatte es eingeholt und nachdem auch die übrigen vier dazu kamen, schwebte das Guus zwischen ihnen weiter.

»Meint ihr, es weiß, wonach wir suchen, beziehungsweise was uns weiterhelfen könnte, und zeigt uns den Weg?«, hoffte Wini. »Hm! Findet ihr es nicht auch komisch, immer *es* zu sagen? Können wir ihr oder ihm nicht einen Namen geben?«

»Ein Guus ist ein Guus. Und ein Guus braucht keinen Namen.«, winkte Joscha lästig ab.

Das Guus bremste ruckartig.

»Hab ich … was *Falsches* gesagt?«, fragte Joscha unbehaglich.

»Vielleicht hat es einen Namen, und nur, wenn es eben der richtige ist, darf man es so nennen. Du wolltest doch auch nicht mit falschem Namen angesprochen werden, oder.«, kam Claire in den Sinn.

Das Guus schwebte ruhig zu Claire, als schaute es ihr ins Gesicht und überlegte. Dann schoss es blitzartig wieder nach vorn zu Fabien und setzte seinen Weg fort.

»Vermutlich hast du den Nagel auf den Kopf getroffen.«, sagte Wini amüsiert.

Joscha schenkte ihr ein gekünsteltes Lächeln.

»Leute!«, zischte Andris genervt. »Kann's weitergehen oder wollt ihr noch Kaffee und Kuchen dabei?!«

Joscha, Wini und Claire schlossen auf.

Das Guus schwebte bedacht weiter. Da die Besucher des Museums es nicht sehen konnten, musste es häufig ausweichen. Es war ein Spießrutenlauf. In einem großen Raum, der gerade nicht so stark besucht war, hielt es inne.

»Sollen wir hier suchen?«, fragte Andris das Guus leise.

Abrupt flog das Guus weiter. Vor einer Nische, zwischen einer Wand und einer Glasvitrine, stoppte es. Es verweilte kaum eine Sekunde und verschwand.

»Und … jetzt?« Joscha runzelte die Stirn.

»Lasst uns nachsehen!«, erwiderte Fabien neugierig.

Von Weitem schon erspähten die Freunde, dass in der Nische ein Bild hing. Es war von mittlerer Größe und wirkte sehr präsent, obwohl es wie verwiesen nur in dieser kleinen Ecke hing.

Als sie davor standen, sahen sich Wini und Claire um. Sie betrachteten die Menschen im Raum, um festzustellen, ob jemand von ihnen Flammen in den Augen trug. Schließlich konnten sie auch von Pravalben beobachtet werden, die sie nicht kannten. Fabien hörte sich nochmals um. Als sie sich einigermaßen sicher fühlten, konzentrierten sie sich auf das Bild.

»Joscha, du bist an der Reihe.«, forderte ihn Andris auf.

Joscha brauchte nur einen Augenblick, um das Bild und all seine Feinheiten aufzunehmen. Wie ein Foto hatte er es abgespeichert.

Das Bild war kein gewöhnliches Bild. Es war eine Holztafel, in die ein Bild und selbst der Rahmen geschnitzt waren. Das Holz war rotbraun, glänzte speckig, als wäre es eingeölt, und sehr gut erhalten. Das Bild war filigran, viele Einzelheiten führte es auf. Es zeigte eine Frau, mit dem Rücken zum Betrachter, das Gesicht einem Mann zugewandt, der direkt neben ihr stand und selbst zum Betrachter schaute. Unweigerlich fiel der Blick der Freunde auf ein bestimmtes Detail: Ein Dolch, versteckt hinter dem Rücken der Frau. Sie hielt ihn in ihrer Hand, mit der anderen streichelte sie die Wange des Mannes. Um sie herum lagen Umrisse, wie die einer Landkarte. Auf dem eingeschnitzten Rahmen waren Verse zu finden.

Unter dem Bild hing ein kleines, metallenes Schild:

Künstler: unbekannt
Ursprung: geschätzt, frühes 15. Jahrhundert

Die Holztafel schlug sie in ihren Bann. Die Freunde hatten das Gefühl, je länger sie sie betrachteten, desto mehr spannende Details gab es zu entdecken.

Andris trat nach vorn, um die Tafel genauer in Augenschein zu nehmen, und sogleich schien das Bild auf ihn zu reagieren.

Die eingeschnitzten Verse im Rahmen begannen sich zu bewegen. Unwirklich und zäh bewegten sie sich im Holz vor und zurück. Die verschnörkelte Schrift verschwamm durch die Bewegung. Erschrocken wich Andris zurück, hastig sah er sich um. Hatten es auch andere Museumsbesucher gesehen?

Der Raum war weitläufig und nur auf der schräg gegenüberliegenden Seite waren momentan Menschen unterwegs und die sollten nichts gesehen haben.

Erneut lehnte sich Andris nach vorn und wieder geriet die Schrift in Bewegung. Die verschwommene Schrift trübte seinen Blick, machte ihn beinahe benommen und da war noch etwas. Von der Tafel ging für Andris eine enorme Anziehungskraft aus. Es war, als zöge sie ihn zu sich.

Noch mehr des Bildes geriet in Bewegung. Die Landkarte im Hintergrund formte sich neu: Die Linien, die der Landkarte ihre Form verliehen, lösten sich voneinander. Manche davon verblassten still und manche schlängelten sich langsam über das Bild und fügten sich anderer Orts wieder zusammen. Markierungen und Punkte tauchten auf.

Andris war wie hypnotisiert. Blind starrte er auf die sich windenden Linien. Er sah und spürte nichts außer dem Bild. Ruhe und schläfrige Wärme hüllten ihn ein. Ein Zwang überkam ihn, als müsste er das Bild berühren, als müsste er hineinschlüpfen, obgleich ein letzter Rest seines Verstandes ihn davor warnte.

»Andris?« Joscha griff ihn an der Schulter und zog ihn zurück.

Erschrocken atmete Andris aus und trat gleich mehrere Schritte zurück. »Kommt – kommt bloß da weg!« Angestrengt strich sich Andris durch die Haare. Er sah aus, als könne er es kaum glauben, was soeben geschehen war. »Dieses Ding ... das macht etwas mit einem.«, sagte er atemlos.

Die Freunde traten zurück und schauten argwöhnisch zur alten Holztafel. Auch sie hatten die Veränderungen bemerkt und Andris' Reaktion darauf. Dünne, hellblaue Nebelschwaden waren zuletzt aus Andris' Kopf zum Bild entschwunden. Es war unheimlich gewesen.

»Das haben wir gemerkt.«, brummte Joscha; er hatte sich Sorgen um seinen Freund gemacht.

»Verdammt, was hat das zu bedeuten?«, fluchte Andris leise.

»Frag mich nicht. Ich weiß nicht, warum es auf dich reagiert hat. Und deine Reaktion darauf kann ich mir auch nicht erklären. – Wir sollten von hier verschwinden. Wir haben alles, was wir brauchen.«

Die Freunde sahen Joscha verwundert an.

»Das Bild hat uns alles gezeigt, was wir wissen müssen.« Joscha senkte seine Stimme, sodass sie niemand belauschen konnte. »Die Frau ist Ostara. Und glaubt mir, sie ist es. Die Frau ist eindeutig die aus Renees Geschichte. Das Gesicht der Frau ist dasselbe wie in dem Buch. Der Dolch ist die Waffe. Und der Ort, wo wir sie vermutlich finden, ist Kanada. Cape St. Marys um genau zu sein. Ein Punkt, das pravalbische Zeichen, wohlgemerkt in Miniaturausführung, sodass ihr es wahrscheinlich nicht bemerkt habt, zeigt uns die genaue Stelle.«

»Aber das Bild hat sich verändert. Wie kannst du dir sicher sein?«, zweifelte Wini.

»Jetzt, in seiner ursprünglichen Form zeigt es irgendwas, aber keinen realen Punkt auf der Landkarte. Als es sich jedoch bewegt hat, zeigte es Cape St. Marys. Ich bin mir sicher.«

»Und was haben die Verse zu bedeuten?«, hakte Claire nach.

»Irgendwelches Gefasel von Krieg, Ehre, Mut und solchem Kram. Wenn ihr mich fragt, alles zur Ablenkung. Renee hat das Bild so erschaffen, dass derjenige, der die Geschichte kennt, etwas mit der Abbildung anfangen kann. Jemand, der die Hintergründe jedoch nicht kennt, also 99,99 Periode Prozent der Menschheit, kann mit dem Bild nichts anfangen. Die Verse im Rahmen lenken von der eigentlichen Geschichte ab.«

»Glaubst du wirklich, es ist von Renee? Das Bild ist so gut erhalten. Kann das sein?«, hinterfragte Wini.

»Die Verse sind typisch für Renee. Sie scheint mit die Einzige gewesen zu sein, die etwas über die Ostara wusste und sie beherrschte das Changing, was ihr ermöglichen konnte, das Bild über die Jahre so gut zu erhalten. Zumal das Bild auf uns, auf Andris reagiert hat, was wiederum aufs Changing schließen lässt.«

»Nur, was soll der Mann? Wieder wird von einem *Mann* gesprochen – beziehungsweise er wird gezeigt?«, bedachte Fabien.

»Anscheinend müssen wir das noch herausfinden.«, meinte Claire. »Zumindest passt es zu Renees Geschichte, in der sie eben von einem Herrscher, einem Mann spricht.«

»Also … von mir aus können wir. Alles abgespeichert.« Joscha tippte sich gegen die Schläfe und grinste.

»Wir sollten los.«, stimmte Andris zu. »Den Rest besprechen wir später. Kommt, lasst uns zusehen, dass wir ins Hotel kommen!«

Auf dem Weg zur Bushaltestelle war es voll. Ebenso voll war der Bus, in den sie es nicht mehr schafften, sodass sie zu Fuß gehen mussten. Ein Vorteil war, sie konnten sich im Getümmel unbemerkt unterhalten.

»Das ist so krass! Wir haben wirklich etwas gefunden. Ich kann's kaum glauben. Und wisst ihr, was das heißt: Es geht nach *Kanada*!«, freute sich Wini und grinste bis über beide Ohren.

»Langsam, langsam!«, bremste Andris sie aus. »Lasst uns das Ganze erst noch mal durchdenken. Also: Die Frau ist laut Joschas Superhirn die richtige. Der Dolch würde auch passen, schließlich geht es um eine Waffe. Nur ... ich verstehe nicht, und da muss ich Fabien zustimmen, was soll der Mann auf dem Bild?«

»Dass Götter in Form menschlicher Gestalt abgebildet werden oder in Erzählungen, um nicht erkannt zu werden, sich selbst als Menschen tarnen, ist nicht selten.«, begann Claire. »Darüber hinaus müssen wir bedenken, dass es einfach keine Abbildungen von Livonten oder Maludicioren gibt und es wird sie auch nie geben. Und Renee hätte auch niemals ein Bild von einem Malu angefertigt. Aber dieser Mann auf der Holztafel – und wehe, es lacht jetzt jemand! – ist die personifizierte Gottheit: groß, muskulös, schön, mächtig und zugleich Furcht einflößend. Und somit das Sinnbild der Pravalben, von Gawril.«

»Der Typ ist doch nicht schön!«, flachste Joscha.

Andris sah sie ebenso verdutzt an.

Claire seufzte. »Ich habe ja auch nicht gesagt, dass *ich* ihn schön finde, sondern dass er vermutlich gemeinhin als schön betrachtet wird. Und kurze Info an die Männerwelt: Die meisten Frauen stehen auf große Männer *mit* Muskeln *und* Grips!«

»Welch Glück für mich, dass ich all dies vereine.«, lachte Joscha.

»Ja ...«, entgegnete Andris trocken. »Zurück zum Thema! Um ehrlich zu sein, ich bin nicht restlos davon überzeugt, dass die Holztafel wirklich das ist, was uns weiterbringt. Das Problem ist nur, was anderes haben wir nicht.«

»Das pravalbische Zeichen, die Abbildung der beiden Menschen. Ich bin mir sicher, dass uns die Holztafel in die richtige

Richtung weist.«, argumentierte Joscha.

»Wie schon gesagt, ich bin für Kanada.«, fügte Wini an.

»Sie haben recht.«, pflichtete ihnen Fabien bei. »Es gibt nur die eine Möglichkeit. Und entweder finden wir mehr über Gawril heraus und entdecken vielleicht sogar den Dolch oder eben nicht. Etwas anderes bleibt uns gar nicht übrig. Einen weiteren Anhaltspunkt haben wir nicht.«

»Also Kanada. Ich bin gespannt.«, sagte Andris mehr zu sich selbst als zu seinen Freunden.

»Ob der Dreamsnatcher jetzt ahnt, was wir herausgefunden haben. Meint ihr, er weiß von der Tafel?«, überlegte Wini aufgeregt.

»Unwahrscheinlich! Dann hätte er oder sie ja selbst etwas unternommen und uns nicht darauf ansetzen müssen.«, glaubte Andris.

»Trotzdem stellt sich mir die Frage, ob wir nicht vielleicht zu spät kommen. Vielleicht hat längst jemand das Versteck entdeckt oder Gawril den Dolch im Nachhinein selbst zerstört.«, spekulierte Claire.

»Ich glaube nicht, dass bislang jemand darüber etwas in Erfahrung bringen konnte.«, winkte Joscha ab. »Alles, was wir entdeckt haben, basiert auf Zufall, Glück und dem Guus. Hätte das Guus uns nicht geleitet, ständen wir noch immer dumm da.«

»Nur interessant, dass uns das Guus überhaupt zur Holztafel gebracht hat.«, gab Fabien zu bedenken.

Claire ahnte, worauf er hinaus wollte. »Das Guus, glaube ich, hat nicht an Ostara gedacht. Das Guus hat das pravalbische Symbol, die Energie im Bild gespürt und hat uns deshalb dorthin geführt.«

»Ja, das glaube ich auch.«, stimmte ihr Andris zu.

»Und was machen wir jetzt?«, drängte Wini, die es kaum erwarten konnte, aufzubrechen.

»Packen, zum Rathaus und mit den Energieströmen Richtung Cape St. Marys.«, antwortete ihr Fabien.

»Das Problem ist nur, dass wir nicht wissen, wo das Portal

im Rathaus liegt. Und wir haben Samstagnachmittag. Das Rathaus wird geschlossen sein. Und es ist noch hell. Oh Mann, das wird nicht leicht werden.«, machte sich Claire Gedanken.

»Ich mach das schon – zumindest das mit dem Portal. Der Rest wird sich irgendwie … fügen.«, versuchte Andris sie zu beruhigen.

»Er meint sein Venasamt. Mit dem Venasamt kann er das Portal mit Sicherheit aufspüren. Danke für Joschas Weitsicht, ihm solch ein Geschenk gemacht zu haben.«

Abrupt kamen Andris und Fabien zum Stehen. Joscha, der merkte, dass Claire in Gedanken war, hielt sie fest, damit sie nicht gegen sie stieß.

Claire erschrak. »Was?« Im selben Moment begriff sie.

Vor ihnen war erneut das Guus aufgetaucht.

»Joscha, kannst du was sehen!«, forderte ihn Andris, ohne lange nachzudenken, auf.

»Es warnt uns.«, dachte Claire laut.

»Vermutlich.«, bestätigte Fabien knapp.

Die Freunde waren eine Abbiegung von ihrem Hotel entfernt. Kurz vor der Abbiegung schwirrte das Guus aufgeregt umher und plötzlich, als es scheinbar wusste, dass sie die Warnung verstanden hatten, verschwand es wieder.

»Danke!«, rief Claire dem Guus flüsternd hinterher.

»Pravalben!«, verkündete Joscha, als er sich mithilfe des Throughnerns umgesehen hatte. Seine Augenfarbe wechselte von einem tiefen Schwarz zu einem warmen Braun; seine riesigen Pupillen bildeten sich gerade zurück. »Vor dem Hoteleingang. Alte Bekannte: Saori, Nora Collins' Brüder, John und Owen, und Esmond.«

Fabien, der seine Ohren in die eines Luchses verwandelt hatte und ihnen lauschte, schaute konzentriert. Seine Ohren mit den langen, zipfeligen Haaren zuckten dabei.

»Woher wissen sie, dass wir hier sind?«, wunderte sich Wini.

»Ein Informant, hier aus Mumbai, hat uns gestern gesehen.«, erklärte Fabien.

»Mist!«, fluchte Andris leise. Mit Bedacht näherte er sich der Ecke und schaute herum.

Saori, eine große, dünne, asiatische Frau mit sehr kurzen, schwarzen Haaren, gekleidet in eng anliegender Jeans und Rippenshirt, lehnte lässig an der Wand neben dem Eingang. Noras Brüder, die zwei muskulösen Riesen, saßen gelangweilt und einfältig blickend auf der tiefen Mauer, die das Hotel vom Bürgersteig abgrenzte. Esmond stand mit wachen Augen neben Saori. Dann und wann wechselten sie ein Wort. Esmond war ein großer und von Natur aus sportlicher Mann, aber nicht so ein Raubein wie Niklas. Er hatte braune Haare mit einem rötlichen Stich, die in der Sonne glänzten, und ein sympathisches Gesicht.

»Okay, Vorschlag!«, begann Andris, als er sich wieder umgedreht hatte. »Ich weiß, wir wollten uns eigentlich nicht trennen, aber, ich denke, das ist die einzige Möglichkeit. Wir teilen uns auf. Claire und ich versuchen uns über den Hintereingang Zutritt zum Hotel zu verschaffen und holen unsere Sachen. Fabien, Joscha und Wini, ihr geht vor zum Rathaus und sondiert dort schon einmal die Lage.«

Wini sah ihn spöttisch an.

»Wir alle zusammen werden mit Sicherheit entdeckt.«, rechtfertigte er sich. »Außerdem können wir beide uns am unauffälligsten aus dem Staub machen, falls was passiert. Ich durchs Windwandeln und Claire durchs Changing.«

»Toll, finde ich das nicht! Mal ganz davon abgesehen, wenn ich so was vorschlage, ich angesehen werde, als wäre ich übergeschnappt.«, konterte Wini.

»Das ist nicht die Zeit für Diskussionen! – Wenn sich Claire die ganze Zeit Sorgen um dich macht und sich ständig nach dir umsieht, können wir das hier nicht vernünftig durchziehen!«, blaffte er sie genervt an.

»Meinetwegen!«, stimmte sie zähneknirschend zu.

»Gut. Wir treffen uns also am Rathaus. Am Seiteneingang.«, gab Andris die Instruktion. »Egal was passiert, das ist unser Treffpunkt.«

Wini und Claire nahmen sich noch einmal in den Arm.

»Pass auf dich auf!«, sagten sie gleichzeitig und schmunzelten daraufhin.

»Und du, pass bloß auf meine Freundin auf!«, spaßte Joscha und klopfte seinem Freund auf die Schulter.

»Krieg ich gerade noch hin.«, konterte Andris selbstgefällig.

Claire sah ihn ungläubig an. *»Das werden wir noch sehen, wer auf wen aufpasst.«*

Die Freunde trennten sich. Joscha, Fabien und Wini nahmen den Weg zurück zum Rathaus. Andris und Claire machten sich in Richtung Hintereingang des Hotels auf.

Dafür mussten sie zunächst einen Umweg nehmen, schließlich wollten sie einen großen Bogen um die Pravalben machen. Andris erklärte ihr unterdes, worauf sie gleich achten sollten. Kurz vor dem Hintereingang, der Zufahrt für Lieferanten, als kein Mensch in Sichtweite war, wurden sie durch Claires Changing unsichtbar. Langsam und mit flüsternden Kommandos, da sie einander nicht sahen, pirschten sie sich an die Rampe für LKWs. Niemand hielt dort Wache und so kamen sie, wenn auch mit einigen Umwegen, unbemerkt zu ihren Zimmern.

Auf dem Flur ihrer Etage war es still. Der Teppich dämpfte ihre Schritte und außer ihnen war kein Gast zu sehen. Das helle Licht der Halogenlampen schien kühl auf sie hinab und ließ sie wachsamer werden.

»Meinst du, es wartet da drin jemand auf uns?«, fragte Claire sehr leise, als sie vor ihrer und Winis Tür zum Stehen kamen. Im Flur hatte sie sich und Andris wieder sichtbar werden lassen. Wenn jemand auf sie gelauert hätte, hätte er sie sofort bemerkt.

»Das werden wir jetzt gleich sehen.«, flüsterte Andris. *»Wenn*, dann halte dich nicht zurück. Du weißt, was ich meine. Fressen oder gefressen werden.«

»Ja, super. Sehr aufmunternd.«, stellte Claire für sich fest. Sie hielt die Schlüsselkarte vor das Schloss und drückte die

Türklinke zaghaft nach unten. Unbehagen stieg in ihr auf. *»Sie können mir nichts tun.«*, versuchte sie sich selbst zu beruhigen. *»Ich muss nur schnell genug sein. – Nur, dass ich jetzt auch noch auf jemand anderen aufpassen muss.«* Verstohlen blickte Claire zu Andris und verzog in Gedanken versunken ihr Gesicht.

Andris, der längst die Geduld verloren hatte, legte seine Hand auf die ihre und schob sie ein Stück beiseite. Er drückte die Klinke die restlichen Millimeter nach unten und setzte, versteckt gehalten hinter der Tür, den ersten Fuß über die Schwelle.

Stille. Nichts geschah.

Ein zweiter, dritter Schritt.

»Die Luft ist rein.«, flüsterte Andris. Schnell warf er einen Blick ins Bad. Und tatsächlich, sie waren sicher – vorerst.

Claire eilte, ohne groß nachzudenken, zu ihren Rucksäcken und packte die wenigen Sachen, die herumlagen, ein.

Andris lehnte sich mit dem Rücken an die Wand und sah ihr interessiert zu. Sein Blick wechselte zwischen ihr und der Tür. Er war konzentriert und lauschte jedem Geräusch in der Nähe. Keiner sagte ein Wort.

Als Claire fertig war, stellte sie die Rucksäcke vor sich auf den Boden. »Ich hoffe, das klappt jetzt.«, murmelte sie.

»Was?« Mit gerunzelter Stirn trat Andris näher, als im gleichen Moment die Rucksäcke zu schrumpfen begannen, zur Größe von Streichholzschachteln.

Anerkennend hob Andris die Augenbrauen. »Nicht schlecht! Cooler Einfall.«

»Bedingt. Heb sie mal hoch! Das Gewicht reduziert sich nämlich nicht vollständig. Warum auch immer?! Das hab ich noch nicht raus.«

Andris kniete sich leicht und versuchte, einen der Minirucksäcke aufzuheben. Er musste ihn mit allen fünf Fingern greifen, um ihn aufzuheben. »Wenn man ihn einmal hat, geht's.« Sogleich hob er den zweiten hoch.

»Dann los, in euer Zimmer!«

Ebenso vorsichtig machten sie sich zum Zimmer der Jungs auf. Auch dort ließ Claire die Rucksäcke schrumpfen. Als sie diese auf sich aufgeteilt hatten, ging es zurück nach unten.

Der Hintereingang war frei. Langsam schlichen sie hinaus. Da sie sichtbar waren, mussten sie auch aufpassen, dass sie niemand vom Personal entdeckte.

Claire machte nur ein paar Schritte auf der schmalen Straße hinter dem Hotel, als ihr plötzlich ein frostiger Schauer über den Rücken lief. Reflexartig stoppte sie und drehte sich um.

Ein dunkelbraunes Augenpaar fixierte sie.

Andris, der ihr Zögern sofort bemerkte, hatte den Mann in derselben Sekunde gesehen.

Der Mann bewegte sich kein Stück. Genauso wie Andris und Claire ihn ansahen, beobachtete er sie.

»Esmond.«, flüsterte Andris.

Esmond schien stocksteif, nur seine Augen bewegten sich. An seinen Händen, die er zu Fäusten geballt hatte, traten die Knöchel weiß hervor.

Claire, die versuchte, sich zu konzentrieren, nahm Andris' Erklärung nur nebenbei war. *»Denk nach, Claire! Woher kennst du ihn, woher ...?«* Im Bruchteil einer Sekunde schossen ihr Tausend Bilder durch den Kopf. Sie versuchte, sich zu erinnern. Sie kannte ihn, sie wusste es. *»Oh mein Gott! Er ist es. Er ist der Mann von damals. Der Mann vor meinem Fenster, als Wini bei mir war. Ich wusste, dass es ein Pravalbe war!«*

Plötzlich stupste Andris sie am Arm an; eine stumme Aufforderung, sich langsam zurückzuziehen.

Esmond rührte sich noch immer kein Stück. Wie gebannt starrte er zu Claire. Mehr prüfend als boshaft kniff er die Augen zusammen. Und dann mit einem Male senkte er den Blick und lief los. Er lief fort, ohne zurückzublicken, und ließ die beiden stehen.

»Er holt die anderen.«, warnte Andris. »Los!«

Claire und Andris rannten. Bis sie die nächste Hauptstraße erreichten, schauten sie nicht zurück, denn dies hätte sie nur langsamer werden lassen. Hektisch riss Claire die Tür des nächst freien Taxis auf, der Fahrer erschrak. Hastig stiegen sie ein und wiesen ihn an, sofort loszufahren. Ihr letzter Blick galt der schmalen Straße, von der sie gekommen waren. Noch war ihnen keiner gefolgt.

»Du kennst ihn.«, stellte Andris fest, nachdem sie wieder zu Luft gekommen waren.

»Ja. Vor ein paar Monaten hat er Wini und mich beschattet. Weißt du, wo ich bei meinen Eltern war.«

»Ausgezeichnet!«, entgegnete Andris ironisch. »Das zum Thema: Sicherheit unter normalen Menschen.«

»Nur, warum hat er jetzt gerade nichts getan? Hast du gesehen, wie er uns angestarrt hat. Hatte er Angst …? Nein, das war es nicht. Irgendwie war das merkwürdig …«

»Esmond war allein, wir zu zweit. Natürlich hatte er Schiss. Und überleg mal, wer du bist. Wenn er nur halb so schlau ist, wie ich gehört habe, hat er gerne auf das Vergnügen verzichtet, mit dir zu kämpfen.«

Am Rathaus angekommen bogen sie direkt zum Seiteneingang ab. Um sicher zu gehen, dabei von niemandem gesehen zu werden, sahen sie kurz über die Schulter. Mit Erschrecken mussten sie feststellen, sie waren nicht allein.

»Shit!«, fluchte Andris. Er sah ein Stück weit die Straße hinauf, als Saori aus einem Taxi stieg, gefolgt von Esmond und Noras Brüdern.

Suchend sah sich Saori um.

Es gab keine Zeit mehr zu verlieren. Andris gab Claire einen Wink; erst Richtung Saori, dann Richtung Seiteneingang. Sie rannten los. Ob sie jetzt noch einem Menschen auffielen, war gleichgültig.

Im gleichen Augenblick sah Saori sie rennen. Ohne zu zögern schoss sie los.

Andris und Claire liefen so schnell sie konnten. Das Problem waren die Rucksäcke in ihren Händen, die zwar klein waren, aber gleichzeitig schwer. Sie behinderten sie. Die beiden waren viel langsamer als üblich.

Joscha, der am Seiteneingang auf sie wartete, winkte sie herein. Als er Saori hinter den beiden auftauchen sah, winkte er noch hektischer. Saori war eine schnelle Läuferin, sie war ihnen dicht auf den Fersen.

Andris und Claire stürmten in die offene Tür, Joscha schloss sie sogleich hinter ihnen. Es wurde dämmrig.

»Claire, du musst sie verschließen!«, forderte Joscha sie auf.

Claire drehte sich um. Reflexartig ließ sie die Rucksäcke fallen und legte ihre Hand auf das Schloss.

Die breite, schwere Holztür war augenblicklich verschlossen.

Fäuste knallten gegen die Tür und ein verärgerter Schrei schallte ihnen entgegen. Saori ruckelte wie wild an der Tür, hatte jedoch nicht die geringste Chance.

Sekunden tickten vorüber.

Claire und Andris sahen sich schnaufend an, beide rangen nach Luft.

Plötzlich knallten wieder Fäuste gegen die Tür – fester, behäbiger.

Das Holz knackste.

»John und Owen. Wenn die so weitermachen, ist die Tür gleich durch.«, sorgte sich Wini, die mit Fabien wenige Schritte von der Tür entfernt stand.

Wieder legte Claire ihre Hände auf die Tür und schloss die Augen. Ruhig versuchte sie ein- und auszuatmen, denn weiterhin schossen die Fäuste laut gegen die Tür und brachten sie zum Vibrieren und Knacksen. Claire versuchte, all dies auszublenden. »... *Das Holz muss viel dicker und fester sein, sodass sie kaum dagegen schlagen können, ohne sich wehzutun ...*« Claire konzentrierte sich und stellte sich in Gedanken hartes Metall vor, unzerstörbar durch bloße Muskelkraft. Die Tür musste robust sein und fest verschlossen. Noras Brüder sollten daran verzweifeln.

»Ahhh!«

»Au!«, tönte es plötzlich dumpf durch die Tür.

Die Schläge hatten aufgehört.

Claire öffnete schmunzelnd die Augen, sie hatte es geschafft.

»Ein Problem weniger.«, kommentierte Joscha zufrieden.

»Dennoch, wir werden nicht viel Zeit haben. Irgendwie werden sie es hier rein schaffen.« Andris sah sich um. »Was ist mit den Sicherheitskameras?«

»Sie sind ziemlich verstreut, aber, ich denke, das kriegen wir hin.«, antwortete Joscha, der sie mithilfe des Throughnerns ausfindig gemacht hatte. »Claire, kannst du die Linsen der Kameras schwarz färben, wenn ich dir sage, wo sie sind? Das müsste doch gehen.«

Claire lächelte. »Auf jeden Fall.«

So machten sich die fünf auf den Weg. Die Rucksäcke teilten sie auf sich auf, nachdem Claire diese auf Normalmaß hatte anwachsen lassen.

Die Freunde mussten eine Etage weiter nach oben, das wussten sie. Joscha und Claire eilten vor. Joscha zeigte ihr die Kameras und Claire färbte die Linsen schwarz. Im Blitztempo arbeiteten sie sich voran.

Da die Türen auf den Fluren geschlossen waren, erhellte nur die Sicherheitsbeleuchtung die Gänge. Es war dämmrig und still; ein Gegensatz zu ihrer Hast.

Oben angekommen griff Andris gezielt nach dem kleinen Beutel, den er von Joscha geschenkt bekommen hatte. »Ich hoffe, mithilfe des Venasamts finden wir das Portal. Und hoffentlich funktioniert das Portal dann. Sonst haben wir echt ein Problem. Die werden bestimmt gleich hier sein.«

Andris nahm den kleinen Fäustling aus dem Beutel. Die Oberfläche kratzte auf seiner Haut. Kaum hatte er das Venasamt übergezogen, verschwand das Gefühl und wurde sogleich durch ein neues ersetzt: Druck, Enge. Der schlangenlederartige Stoff presste sich dicht an seine Handfläche, seinen Handrücken und die Finger. Angestrengt bewegte Andris seine Hand. Das Venasamt sog sich fest an seine Haut, noch fester, als es das Fidesamt tat. Erst als es sich richtig angepasst hatte, wurde der beklemmende Druck schwächer. Das Venasamt hatte sich an jede Pore, jede Linie seiner Haut angepasst und Andris spürte es kaum noch. »Es kann losgehen!« Andris streckte seine Hand aus und sah sich um. Es schien, als suchte er mit seinen Augen und seiner Hand. Als hätte seine Hand, das Venasamt Augen, die mehr sahen, als er selbst. »Achtet auf ein Flimmern! Dort, wo ihr das Flimmern seht, liegt das Portal verborgen.«

»Ein Flimmern?«, hakte Wini nach und folgte seinen schnellen Bewegungen.

»Wie wenn Hitze aufsteigt. Im Sommer auf der Straße, in der Wüste. Nur mit einem Blaustich. So heißt es zumindest. Ich selbst habe es noch nie gesehen.«, erklärte er knapp, ohne sich wirklich ablenken zu lassen. Er musste sich beeilen und gleichzeitig konzentriert sein.

Wie Wini folgten auch Claire, Joscha und Fabien seinem suchenden Blick.

Als sie um die nächste Ecke gingen, blieb Wini abrupt stehen. »Was war das?! Andris, du warst zu schnell!« Wini griff ihn am Arm und lenkte ihn dorthin, wo sie meinte, etwas gesehen zu haben. »Da ... da hinten!«

Die Freunde schärften ihren Blick, und tatsächlich, ein paar Meter entfernt von ihnen schien die Luft im Dunkeln zu schimmern. Dunkle türkisfarbene Reflexionen stiegen in zarten Wellen auf.

Zeitgleich entfuhr der Stille ein unruhiges Kriechen und Krabbeln. Noch war es weit entfernt, aber es schien näher zu kommen.

»Was – ist – das?« Claire horchte angestrengt hin und hatte eine böse Ahnung.

Fabien verzog angewidert das Gesicht. Mit seinen Lyncisohren hörte er, was auf sie zu kam. »Das willst du nicht wissen. – Andris, beeil dich!«

Andris eilte weiter vor und konzentrierte sich dabei auf die eine Stelle. Das türkisfarbene Flimmern verdichtete sich, wurde heller, flackerte beinahe wie eine Flamme im luftleeren

Raum. Das Portal musste mitten im Gang liegen.

Das Krabbeln wurde lauter.

Joschas, Fabiens und Claires Augen waren auf die Abbiegung gerichtet, von der sie gekommen waren.

»Macht euch auf was gefasst! Claire, kannst du Tiere verwandeln?«, fragte Fabien aufgeregt.

Claire sah ihn zweifelnd an. Er wusste doch, dass sie es konnte.

»Hunderte auf einmal.«, erklärte Joscha, der längst gesehen hatte, was auf sie zu kam.

»Das ist nicht euer Ernst!«

»Mäuse, Spinnen, Käfer. Denk nach, Claire! Die Viecher sind verdammt schnell. Denk nach, wie du es schaffen kannst!«, forderte Joscha sie auf.

Claire begriff, was gleich geschehen sollte, und sie packte der Ekel. Tief atmete sie aus. »Bleib ruhig! Aber Käfer. Ich hasse Käfer. Und ich hasse Spinnen. Mäuse! Mäuse sind gut. Mäuse sind niedlich. Ich muss an Mäuse denken.«

Joscha begann die verbleibende Zeit rückwärts zu zählen. »Fünf«

»Shit!« Hinter ihnen fluchte Andris. Das Portal ließ sich von ihm nicht öffnen, sodass es Wini versuchen musste.

»Vier … drei«

»Mäuse sind süß. Mäuse sind weich und knuddelig. Käfer sind ekelig, kalt und hart.«

»Zwei«

»Das ist es!«

»Sie kommen!«

15

Das Krabbeln war nun so laut, dass es keinen Zweifel daran gab, wie viele es waren.

Automatisch blickte Andris sich um.

Wini schaffte, das Portal zu öffnen.

Augenblicklich krabbelten Hunderte Käfer, Spinnen und Mäuse um die Ecke – am Boden, an der Decke, an den Wänden. Die Mäuse fiepten in einem schrillen Ton.

Den Freunden standen die Münder offen. So etwas hatten sie noch nie gesehen.

»Oh – mein – Gott!« Blindlinks griff Claire nach hinten und suchte nach einer Hand. Sie fand sie und schloss die Augen. Claire schnaubte panisch, aber die Hand in ihrer beruhigte sie. Claire wusste, wie sie es schaffen konnte, und dachte nur an diesen einen Gedanken.

Millisekunden tickten vorüber.

Ein lautes Klack, Klack, Klack, Klack, Klack erfüllte den Flur. Dann Stille.

»Du hast es geschafft.«, sagte eine vertraute, ruhige Stimme.

Claire öffnete die Augen und fand ihre Hand in Andris' wieder. Sie sah zu Boden. Nur wenige Zentimeter von ihren Füßen entfernt lagen die Tiere am Boden – zu Holz erstarrt. Vereinzelte lebendige Käfer und Spinnen folgten.

»Beeilt euch!«, rief Wini, die Angst hatte, das Portal nicht länger offen halten zu können.

Ohne weiter nachzudenken, stürmten sie los.

Um sie herrschte die blaue Dunkelheit. Das vertraute leise Rauschen der Energieströme beruhigte sie. Sie waren in Sicherheit und konnten wieder durchatmen.

»Warum zum Teufel habe ich seine Hand gehalten?!« Hinter

dem Rücken streckte Claire angestrengt ihre Hand, als wäre sie eingeschlafen. *»Ich dachte, es wäre Joscha. Oder? Kurz habe ich gedacht, es wäre etwas anders, aber ... Ich bin so was von bescheuert! Natürlich dachte ich es wäre Joscha!«*

»Das war haarscharf!«, unterbrach Fabien ihre Gedanken.

»Wir dürfen jetzt keine Zeit mehr verlieren. Je schneller wir vorankommen, desto sicherer ist es, dass die Pravalben nichts von unserem Vorhaben erfahren.«, mahnte Andris. »Und ich habe auch schon einen Plan. Wir reisen mit den Energieströmen nach Halifax. Das ist am dichtesten am Cape St. Marys dran. Ein Portal weiter im Norden gibt es nicht. Vor Ort rufen wir dann Tiberius an und machen uns gemeinsam mit ihm und seinem Transporterschlüssel – das müsste funktionieren – zum Cape St. Marys auf.«

»Andris, Eilmar kommt!«, machte ihn Wini aufmerksam.

»Wir sagen nichts!«, wies Andris sie noch kurz an und übernahm fast fließend das Gespräch mit Eilmar. – Andris hielt das Gespräch kurz und da Eilmar keine Fragen stellte, sondern selbst daran interessiert schien, schnell weiter zu können, verabschiedeten sie sich gleich wieder.

Claire wünschte sich Radomil an seiner Stelle. Radomil war ihr Vertrauter und hatte stets gute Ratschläge parat gehabt. Das Problem war, im Raum der Energieströme hielt er sich nicht mehr auf und sie wussten nicht, wie sie mit ihm Kontakt aufnehmen konnten. Kurz bevor Claire in den Energiestrom sprang, entdeckte sie einen langen, dünnen Riss im Raum. Türkisfarbenes Licht flackerte darin auf. Es erinnerte sie daran, wie geschwächt der Raum tatsächlich war.

Im Energiestrom selbst, als der Sog sie erfasste, bemerkte sie davon nichts mehr. Der Sog war so mächtig und sie schoss mit einer so hohen Geschwindigkeit vorwärts, dass es für sie nur schwer vorstellbar war, dass der Raum von seiner Kraft verloren hatte.

Sekunden später näherte sich das Ende des Stroms und das Portal wurde sichtbar. Ein heller Fleck erschien, der sich schnell zu einer hellgrauen Wand vergrößerte. Der Strom wurde langsamer.

Andris, der voraus gesprungen war, kam als Erster an. Er winkte sie schon zu sich und sah sich dabei wiederholt um.

Claire kam vor dem Portal langsam und ruhig zum Stehen und mit einem Schritt hatte die Realität sie wieder.

Die Freunde standen im Freien, in einer schmalen Gasse zwischen zwei riesigen Lagerhallen, deren Wände aus gewellten Metallbahnen bestanden. Über ihnen hing eine dünne, hellgraue Wolkendecke. Menschen waren keine zu hören, nur dumpfe Stemm- und Fahrzeuggeräusche aus der Ferne.

Claire sah Andris fragend an.

»Wir sind am Hafen von Halifax. Joscha, wie viel Uhr haben wir?«

Joscha sah auf seine Uhr. »Wenn ich mich bei der Umrechnung nicht täusche … 7:48 Uhr. Morgens.«

Wind zog auf und fegte durch die Gasse. Jetzt erst bemerkten die Freunde wie kalt es im Vergleich zu Indien war. Da die Mädchen froren, holten sie schnell Pulli und Jacke aus ihren Rucksäcken. Die Jungs taten es ihnen gleich.

»Wir sind nicht weit vom Point Pleasant Park. Am besten treffen wir uns dort mit Tiberius. Um die Uhrzeit sollten wir recht ungestört sein. Joscha, rufst du ihn an! Sag ihm, wir treffen uns an dem kleinen See im Nordwesten des Parks. Der ist nicht weit vom Eingang, sodass er ihn gut finden wird.«

»Sicher.« Joscha holte sein Handy heraus und rief sofort an.

Dabei machten sich die Freunde auf den Weg. Andris allen voran, der den Weg scheinbar sehr gut kannte. »Ich glaube nicht, dass hier Pravalben auf uns lauern werden. Aber wir sollten zusehen, dass wir den Menschen nicht auffallen.«, erklärte er. Am Ende der Gasse blieb er kurz stehen. Als sie niemanden sahen, gingen sie weiter.

»Warum kennst du dich hier eigentlich so gut aus und woher wusstest du das mit dem Portal?«, interessierte Wini.

Andris, der sich gerade umsah, wandte sich ihr zu und schenkte ihr einen argwöhnischen Blick.

Joscha, der ein weiteres Mal versuchte, Tiberius zu erreichen, was bislang nicht geklappt hatte, grinste. Dann begann er mit, »Hallo, mein alter Freund!«, und war abgelenkt.

»Ihr wisst doch sowieso alle warum.«, reagierte Andris genervt.

Wini schaute als Reaktion ebenso genervt.

»Meine … *Exfreundin*« Andris presste dieses Wort praktisch durch die Zähne. »ist eine Portwächterin. Sie hat dieses Portal zusammen mit den Livonten vor knapp drei Jahren hierhin verschoben. Ich war dabei, den geeigneten Ort für das Portal zu finden. Daher kenne ich mich hier aus.«

»Das scheint echt ein schlechtes Thema für ihn zu sein.«, dachte Claire heimlich.

»Ach so.«, antwortete Wini knapp, ohne weiter darauf einzugehen, was Andris sichtlich aufatmen ließ. Sein finsteres Gesicht hielt er jedoch noch für einige Zeit bei.

»Hab ich was verpasst?«, meldete sich jetzt Joscha zu Wort und grinste.

»Was hat Tiberius gesagt?«, überging Andris seine Frage.

»Er versucht, so schnell wie möglich bei uns zu sein. Er ist gespannt. Von Jeanne fehlt allerdings nach wie vor jede Spur.«

»Sollen wir auch Amartus Bescheid geben?«, gab Fabien zu bedenken. Sie passierten gerade ein großes Tor und verließen das Hafengelände.

»Gute Idee. Irgendjemand muss ja schließlich wissen, was wir hier tun. Ich rufe ihn an.«, beschloss Andris.

Joscha reichte ihm ohne Aufforderung sein Handy.

In der Zeit, in der Andris telefonierte, tat Joscha sein Wissen über Halifax kund. Kurz darauf erreichten sie den Park und Andris beendete das Telefonat.

»Sobald wir mehr herausgefunden haben, sollen wir uns bei ihm melden. Dem Rat erzählt er vorerst nichts.« Andris musste schmunzeln. »Ist auch besser so. – Hier entlang!«

An dem kleinen See angekommen, setzten sie sich auf ein paar flache Steine ringsum.

Claire zog ihre Jacke nach unten, unter ihren Po, um überhaupt auf dem kalten Stein sitzen zu können.

Jetzt hieß es abwarten. Die Freunde hatten Zeit zum Verschnaufen und so kamen sie auf das zu sprechen, was in Mumbai geschehen war.

»Wie seid ihr eigentlich ins Rathaus gekommen? Das hatte doch zu.«, hakte Claire nach.

»Bestechung!« Joscha schmunzelte. »Und mein Charme natürlich.«

»Das war ganz großes Kino.«, machte sich Wini über ihn lustig. »Bei *mir* hätte das nicht funktioniert.«

»Du bist für so was ja eh nicht empfänglich.«, konterte er mürrisch.

»Wenn du meinst.« Wini rollte mit den Augen.

Joscha erzählte munter weiter. »Also, was eigentlich passiert ist. Wir haben zufällig eine Putzfrau am Seiteneingang getroffen. Ich habe ihr tief in die Augen geschaut, ihr erzählt, dass drinnen jemand auf uns wartet, vorne aber alles abgeschlossen ist, und ihr ein paar Dollar Scheine in die Hand gedrückt. Und das hat gewirkt.«

Andris, der neben Claire saß, lenkte das Gespräch in eine andere Richtung. »Die Tiere in Holz zu verwandeln, war übrigens eine gute Idee.«, lobte er sie.

Claire war verdutzt. *»Ein Lob?!«*

»Das Problem ist jetzt nur, dass wer auch immer als Nächstes das Rathaus betritt Hunderte Holztierchen dort vorfindet. Ich hoffe bloß, das kommt nicht in den Nachrichten.«

»Du glaubst doch nicht, dass Claire sie so gelassen hat!«, belehrte ihn Wini und schüttelte über ihn den Kopf.

Claire lächelte. »Ich hab's rückgängig gemacht, bevor ich ins Portal bin.«

Eindringlich sah Andris sie einen Moment an.

»Ja, unsere Claire. Sie hat einfach ein großes Herz. Selbst für Spinnen und Käfer.«, scherzte Joscha.

Jetzt rollte Claire mit den Augen.

»Ich frage mich allerdings, woher die ganzen Tiere kamen?«, wunderte sich Wini.

»Das war Esmond.«, antwortete ihr Fabien. »Er kann mit Tieren sprechen. Er kann mit ihnen sprechen, sie rufen und er kann sie dazu verleiten, Dinge zu tun.«

»Aber es waren Hunderte!« Wini konnte es kaum glauben.

Fabien zuckte mit den Schultern. »Er beherrscht seine Kraft schon ewig. Das war vermutlich kein großer Auftrag für ihn.«

»Esmond O'Brien, wer hätte das gedacht.«, staunte Wini.

»Ein interessanter Mann dieser Esmond O'Brien. Er taucht hier auf. Er war derjenige, der Wini und mich bei mir zu Hause beobachtet hat. Und ich kenne ihn noch woher ... Stimmt, er war derjenige, der Tom im Internat beschattet hat.«

»Was viel wichtiger ist.«, meinte Joscha, »Woher wussten sie, dass wir in Indien waren?«

»Du glaubst doch nicht etwa, sie wussten, warum wir dort waren?«, beunruhigte Wini.

»Nein. Fabien hat sie doch belauscht. Es gab einen Informant.«, gab Andris die Antwort. »Sie wissen nichts von unserer Recherche zu Gawril oder gar vom Dolch – vorausgesetzt, es ist überhaupt ein Dolch. Ich denke, der Einzige, der von dem Dolch, der Waffe weiß, ist wenn Gawril. Und er wird es niemandem erzählt haben, denn damit macht er sich verwundbar, wenn wir Renees Geschichte glauben dürfen. Es wird niemand wissen, wonach wir suchen. Saori und ihr Gefolge haben uns zufällig ausfindig gemacht und die Gelegenheit für sich genutzt. Nichtsdestotrotz sollten wir zügig vorankommen. Ich will endlich wissen, was hinter Renees Geschichte steckt!«

»Wie also gehen wir vor?«, fragte Joscha.

»Sobald Tiberius zu uns stößt, geht es zum Cape St. Marys. Du sagtest doch, dass der Ort auf der Landkarte eindeutig zu erkennen war.«, erwiderte Andris.

»Ja, war er. Zur Erklärung: Cape St. Marys ist ein Vogelreservat auf Neufundland. Im Süden gibt es wie zwei Zipfel, die von der Insel ins Meer ragen. Und auf dem Kartenausschnitt der Holztafel lag genau auf einem der Zipfel das pravalbische Zeichen. Es lag direkt auf der Küstenlinie. Wir werden es finden.«

»Tiberius …?«, sagte Claire leise und kniff, um besser sehen zu können, die Augen zusammen.

Andris, der sie gehört hatte, sah sich um. Sogleich stand er auf. »Tiberius ist da!«

Tiberius kam denselben Weg, den auch sie genommen hatten. Er lächelte, sah aber erschöpft aus. Seine Haut war blass, er hatte dunkle Augenringe. Und er hatte sich seine blonden Haare kurz abgeschoren. Dafür trug er nun einen Dreitagebart, der ihn älter wirken ließ. Insgesamt sah er mitgenommen aus; seine Kleidung war zerknittert und staubig.

»Was ist denn mit dir passiert?«, sorgte sich Wini und nahm ihn in den Arm.

Sein Lächeln wurde breiter. »Ein paar *alte Freunde* hatten die schlechte Idee, mich anzugreifen.«

Jetzt nahm Claire ihn in den Arm. Sie lächelte, als sie mit der Handfläche zaghaft über seine kurzen, piksigen Haare fuhr. »Und das?«

»Das ist die Folge eines anderen Angriffs. Meine Haare waren angesengt, mir blieb nichts anderes übrig.«

»Du siehst echt fertig aus, Mann!«, sagte Joscha und klopfte ihm auf die Schulter.

Darauf begrüßten ihn Andris und Fabien.

»Habt ihr zufälligerweise etwas zu essen dabei?«, fragte Tiberius, als er sich zu ihnen auf die Steine setzte. Er war sichtlich froh, sich kurz ausruhen zu können.

»Schokoriegel aus Indien!«, bot ihm Claire an und reichte ihm gleich zwei.

»Warum wundert mich das jetzt nicht.«, foppte er sie, als er einen auspackte und genüsslich hineinbiss.

»Schoki ist das neue Grundnahrungsmittel. Das haben Frauen verstanden, die Süßwarenindustrie, nur noch nicht die Männerwelt. Aber ist nicht schlimm, in ein paar Jahren kommt ihr auch noch drauf. Schmeckt's?«, konterte sie und lächelte so breit wie schon seit Langem nicht mehr.

Tiberius musste so lachen, dass er sich verschluckte. »Ich stimme dir vollends zu. Schokolade: das neue Grundnahrungsmittel!« Und packte den zweiten Riegel aus. Den Zucker hatte er dringend gebraucht. Er seufzte glücklich.

»Was gibt es Neues?«, erkundigte sich Andris, um das Gespräch wieder, wie er fand, in die richtige Bahn zu lenken.

»Außer drei Angriffen, nichts. Jeanne ist wie vom Erdboden verschluckt. Egal wen ich beschatte, belausche: Nichts. Mein Urgroßvater ist eine echte Plage. Er muss so viel Energie darauf verwenden, sie zu verstecken. Das ist *unfassbar!*« Tiberius zischte die letzten Worte. Er war so wütend auf seinen Urgroßvater. Mehr noch, jene Zuneigung, die er einmal für ihn empfand, hatte in Hass umgeschlagen.

»Umso mehr wird es dich freuen, dass wir etwas herausgefunden haben, womit wir ihnen einen ordentlichen Schlag versetzen können.«, verkündete Joscha und begann von ihren Erlebnissen zu erzählen.

»Und ihr glaubt wirklich, es gibt diesen Dolch? Denn ehrlich, ich bezweifle, dass Gawril jemals eine gute Seite hatte.«, stellte Tiberius infrage.

»Was heißt glauben?! Es ist eine Möglichkeit, nicht mehr und nicht weniger. Wobei Renee eigentlich eine verlässliche Quelle ist.«, erwiderte Andris. »Die Frage ist einfach, existiert die Waffe noch, ja oder nein. Und wenn ja, stellt sich mir die Frage, ob wir sie wirklich an diesem Ort finden. – Ganz zu schweigen von der Frage, was wir dann mit ihr machen wollen. Du kennst unsere Einstellung. Wir wollen Gawril lediglich Einhalt gebieten. – Aber reden bringt uns nicht weiter, wir müssen uns den Ort ansehen. Und jetzt kommen wir zu dir. Hier in Halifax ist das nahe gelegenste Portal zum Cape. Dichter kommen wir nicht ran. Wir dachten, du nimmst uns mit deinem Transporterschlüssel mit.«

»Mmh … Cyrillus reist auch mit Pravalben. Es müsste also funktionieren. Wann wollt ihr los?«

»Jetzt.«, antwortete Andris und reichte ihm seine Hand zum Aufstehen.

»Okay! Dann los. Wir sollten uns nur ein versteckteres Plätzchen suchen. Ihr wisst, der Transporterschlüssel produziert ziemlich viel Licht.«

Die Freunde suchten nach einem Platz versteckt in den umliegenden Gebüschen. Den geeigneten Ort fanden sie auf einer kleinen freien Fläche, umgeben von hohen, ineinander verflochtenen Sträuchern. Das Geäst und die Blätter sowie die Bäume ringsum sollten sie vor neugierigen Blicken schützen. Das helle Licht des Transporterschlüssels jedoch sollten sie nicht abschirmen können, sodass sie sich beeilen mussten, wenn sie ihn einmal aktiviert hatten.

Tiberius begann mit einer Erklärung. »In Ordnung ... Wie ihr wisst, funktioniert mein Transporterschlüssel anders als der der Aperbonen. So bildet sich bei uns ein Portal und ihr tretet in eine Art hellen Lichtstrahl hinein. Sobald ihr drin steht, zieht euch ein Sog fort und ihr findet euch dort wieder, wo ihr hin wolltet. Im Prinzip ganz einfach.«

Seine Freunde nickten.

Tiberius genügte dies als Aufforderung, nahm den Transporterschlüssel in die Hand und warf ihn in die Luft.

Der Transporterschlüssel, eine kleine, silbrige, kunstvollverzierte Kugel, stieg auf, stoppte jedoch auf halber Strecke. Schwerelos verharrte die Kugel in der Luft, sie vibrierte leicht und brach schließlich in mehrere Teile auf. Ein weißer, gleißender Lichtwirbel bahnte sich seinen Weg aus ihr. Leuchtend und kraftvoll malte er ein großes Oval in die Luft. Als das Oval vollständig war, öffnete sich zugleich das Portal. Helles Licht strahlte ihnen entgegen.

Tiberius nickte auffordernd in dessen Richtung und ging voran.

Andris folgte ihm, ohne zu zögern, als Erster, danach Claire.

Das strahlende Licht blendete Claire. Sie trat langsam ein. Kühle, frische Luft wie die am Meer wehte ihr sanft entgegen. Claire sah nichts weiter als warmes, weißgelbes Licht und musste blinzeln. Sie konnte nicht sehen, was unter, vor oder über ihr war. Der Boden war fest unter ihren Füßen. Es war kühl, auf eine angenehme Art. Im gleichen Moment bemerkte sie, sie war bereits allein. Und schon erfasste sie der Sog. Erst sanft und dann immer stärker. Er riss sie mit sich, obgleich sie nicht sagen konnte, in welche Richtung es ging. Alles, was sie sah, war helles Licht. Das Gefühl, was sie umgab, erstaunte sie, sie fühlte sich wie in Watte gepackt, beschützt. – Claire musste ein weiteres Mal blinzeln, verschiedenste Farben stürzten auf sie hinein, und sie erschrak. Blitzschnell hielt sie ihre Hände vor die Augen. Sie schwankte.

»Alles okay, Claire. Das geht gleich weg.«, erklärte ihr Andris in einem beruhigenden Ton und hielt sie am Ellbogen, damit sie nicht taumelte. »Ging mir genauso.«

Claire hörte Tiberius leise lachen. »Reine Gewöhnungssache!«

Langsam öffnete Claire die Augen. Schlagartig ging es ihr besser. »Heftig!«

Jetzt tauchte Wini umgeben von weißgelbem Licht neben ihr auf. Ihr ging es genauso und so half sie ihr.

Sogleich kamen auch Joscha und Fabien an, denen Andris und Tiberius halfen.

Claire hatte das erste Mal Zeit, sich umzusehen.

Um sie am Boden war es grün und steinig. Hellblauer Himmel mit dünnen, weißen Schwaden lag über ihr, hüllte sie ein. Dort gab es nichts weiter als Gestein, Wiese und den Himmel. Es war leicht diesig und windig. Vor ihr, in ein paar Meter Entfernung, schien das Land schlagartig abzufallen.

Die Freunde standen auf einem riesigen Landausläufer, der fast in gerader Linie zig Meter nach unten abfiel, bevor er in den tosenden Fluten des Meeres endete. Dieser Ort war atemberaubend. Die Luft roch frisch, salzig und trotz des lauten Rauschen des Meeres und des Pfeifen des Windes strahlte der Ort Ruhe aus.

»Das ist so viel cooler als unser Transporterschlüssel!«, meinte Wini. Ihre Augen leuchteten vor Aufregung.

Joscha rieb sich angestrengt den Nacken. Er war nachdenklich. »Es ist noch früh, aber auf Touristen müssen wir bestimmt nicht lange warten. Wir sollten uns beeilen.«

Andris, der sich gerade prüfend umsah, hatte denselben Gedanken. »Na dann, führ uns hin!«, forderte er ihn auf.

Joscha schaute sich um und verschaffte sich einen Überblick. Er ahnte, was ihnen bevorstand, und sah zerknirscht aus. »Etwas weiter links, ungefähr zehn Meter vor dir.«

»Die Klippe?!« Andris unterdrückte ein Stöhnen.

Die Freunde gingen bis zum Rand. Etliche Meter fiel die steinige Klippe fast gerade nach unten ab.

»Wie sollen wir da was finden? Da ist doch nichts.«, seufzte Wini.

»Meinst du, du schaffst es, die Klippe abzusuchen?«, fragte Fabien Andris.

»Ich muss es schaffen. Was anderes bleibt uns nicht übrig.« In Sekundenschnelle löste sich Andris auf, in Tausend Teile wie winzige Papierschnipsel, und verschwand dann vollends aus der Sicht seiner Freunde. Als Windwandler suchte er die Klippe ab. Ein schwieriges Vorhaben, denn der Wind vom Meer presste ihn gegen den Fels, drückte ihn von der einen zur anderen Seite, sodass er nur schwerlich an einem Ort verharren konnte, um sich in Ruhe umzusehen. Zuletzt stieg er weit empor in die Luft, um die Klippe von oben zu betrachten. Aber nirgends war etwas zu finden.

»Ich befürchte«, sagte Andris, als er sich wieder vor ihnen zusammensetzte, »wir müssen ins Wasser.« Kaum sichtbar für das menschliche Auge fügte sich Teilchen um Teilchen seines Körpers wie ein Puzzle zusammen.

»Klar!«, flachste Wini.

Andris zog arrogant die Augenbrauen nach oben.

»Weißt du, wie kalt es ist?! Gefühlte zehn Grad! Und weißt du, wie kalt dann das Wasser ist!«, rechtfertigte sie sich.

Mehrere kleine Kratzer, die Andris sich am Felsen zugezogen hatte, zeichneten plötzlich eine blutige Spur über seine Wange. Andris fasste sich dorthin, seine Finger waren blutbenetzt und er verzog genervt das Gesicht.

Claire ging, ohne etwas zu sagen, zu ihm, legte die Fingerspitzen auf seine Wange und die Wunden schlossen sich. Die Haut wuchs zusammen, die Rötungen verblassten, zurück blieb weiße Haut.

»Danke.«

»Gerne.« Claire reichte ihm ein Taschentuch, um das restliche Blut zu entfernen. *»Seine Wunden kann ich heilen und meine nicht ...«* Claire schüttelte über sich selbst den Kopf.

»Ich denke, dass mit der Kälte bekomme ich vielleicht in den Griff.«, bemerkte Tiberius und nickte Wini aufmunternd zu. Tiberius konnte als Caelumer die Wetterlage beeinflussen und somit auch die Temperatur des Wassers.

»Okay.«, gab sich Wini geschlagen.

»Am besten versuchen wir dort vorne hinunterzukommen!« Fabien zeigte auf eine Schräge ein paar Hundert Meter entfernt von ihnen, die hinunter auf einen flachen Felsvorsprung führte, von dem sie ins Wasser konnten. »Das ist zwar halsbrecherisch, aber das müssten wir schaffen.«

Die Freunde machten sich auf. Wie Fabien vermutet hatte, war es halsbrecherisch. Sie mussten teilweise klettern und hatten nur selten guten Halt. Durch lockere Gesteinsbrocken, die sich bewegten, abbrachen und hinunterfielen, sodass die Freunde leicht abrutschten, brauchten sie lange, bis sie endlich ankamen.

Unten auf dem Felsvorsprung war es beinahe windstill, so versteckt lag er. Kleine Kuhlen im Felsen waren mit Wasser gefüllt. Wellen spritzten auf den Felsvorsprung und spülten ihn mit Wasser. Die Luft war feucht, voller kleiner Wassertröpfchen.

Joscha sah den Weg zurück. »Wenn jetzt Pravalben auftauchen, haben wir echt schlechte Karten.«

»Ich glaube nicht, dass irgendein Pravalbe, sei es Mensch oder Maludicior, von diesem Ort weiß.«, beruhigte Tiberius sie.

»Ich halte freiwillig Wache.«, bot Fabien an und sah mit leicht angewidertem Blick zum Wasser, das gegen die Felsen schellte.

»Sag bloß, du hast Schiss!«, foppte ihn Wini.

»Nein, darum geht es nicht! Es ist ... es ist, die Katze in mir warnt mich.«

»Dann bleib du mit Tiberius hier.«, beschloss Andris. »Tiberius bleibt eh draußen, weil er das Meer in Schach halten muss. Dann behältst du die Gegend im Auge.«

»Mann, ich hoffe, das hat keinen Einfluss auf deine Körperpflege.«, flachste Joscha.

Fabien seufzte frustriert und brummelte leise, »Duschen mag ich. Duschen ist warm. Das hier ist einfach nur …«, und schüttelte sich.

»Ich werde versuchen, das Wasser zu erwärmen. Ich weiß allerdings nicht, ob das so gut funktioniert, wie ich es mir vorstelle. Ich kann den Wind wegnehmen, sodass das Wasser an der Oberfläche ruhiger ist. Nur unter Wasser werde ich nichts ausrichten können. Ihr müsst also auf Strömungen achten.«, machte ihnen Tiberius deutlich und ging in die Hocke, um die Temperatur des Wassers zu prüfen. »Das ist echt übel!«, stellte er fest. »Lange werdet ihr das nicht aushalten können.«

Claire kniete sich ebenfalls und fühlte das Wasser. Sie bekam sofort eine Gänsehaut. Ihr schwante, was ihnen bevorstand, und sie suchte nach einer Lösung.

»Wir sollten unsere Klamotten ausziehen. Die ziehen uns im Wasser nur runter. Jeans und das Fidesamt lassen wir an. Pulli, T-Shirt und Schuhe sollten wir ausziehen.«, überlegte Andris.

»Das Problem ist doch vielmehr, dass wir wahrscheinlich lange tauchen müssen und es nicht können. Nicht wegen der Kälte und auch nicht wegen der Luft.«, wandte Wini ein.

»Dafür bin ich da. Ich habe eine Idee. Ihr müsst es nur ein paar Sekunden so im Wasser aushalten.«, entgegnete Claire.

»Versprochen?«, fragte Wini leise nach.

»Versprochen.«

Andris machte den Anfang und zog sich als Erster den Pulli über den Kopf. Die anderen taten es ihm gleich. Als sie nur noch das Fidesamt, ihre dunkelblaue, schlangenlederartige Weste, und Jeans trugen, ging es los.

»Scheiße, ist das kalt!«, fluchte Joscha.

»Gebt mir zehn Sekunden.«, bat Claire.

»Los geht's! Lasst es uns hinter uns bringen.« Andris ging voran, dicht gefolgt von Claire, Wini und Joscha.

»Viel Glück!«, wünschte ihnen Fabien.

Tiberius konzentrierte sich auf das Wasser. Der Wind hatte bereits nachgelassen.

Vom Felsvorsprung konnten sie ein paar Schritte ins Wasser machen, dann ging es steil abwärts.

»Fünf Sekunden!«, sagten Wini und Joscha wie aus der Pistole geschossen, als sie knietief im Wasser standen.

Andris machte den letzten Schritt und tauchte ein. Als er mit dem Kopf wieder über Wasser kam, holte er erstickt Luft. »Claire, beeil dich!«, presste er mühsam hervor. Seine Haare klebten ihm wild am Kopf, seine Haut wurde sofort weiß und er verzog angestrengt das Gesicht. Das Wasser musste mehr als kalt sein.

Claire sprang hinter ihm her, so auch Wini und Joscha. Auch sie holten mühsam Luft. Sofort hatten sie blaue Lippen.

»Clai–aire!«, forderte Wini sie bibbernd auf und verschluckte dabei Salzwasser. Sie prustete.

»Konzentrier dich, Claire! Konzentrier dich! – Scheiße, ist das kalt! – Denken, denken! Wir müssen Wasser sein. Wir müssen wie Wasser sein. Wie Wasser.« Claire hatte unbewusst die Augen zusammengekniffen. Dass sie wild mit den Füßen strampelte, half ihr nur wenig bei der Konzentration.

Joscha griff sie am Arm. »Halt–halt dich an–an mir fest!«, forderte er sie auf.

Claire legte die Hände auf Joschas Schultern und ließ sich halten. Wie blind starrte sie aufs offene Meer und wurde ruhiger. *»Wir sind wie Wasser. Wasser und doch Menschen. Wir sind aus Wasser ... aus Wasser ... aus Wasser.«*

»Oh Shit!«, hörte sie Fabien staunen.

Die Kälte war mit einem Male wie verflogen. Claire öffnete die Augen. Vor sich sah sie Joschas, Winis und Andris' Gestalt durchsichtig, aus Wasser geformt. Licht spiegelte sich auf ihnen wider, wie auf einer Wasseroberfläche. Erst jetzt stellte sie fest, wie leicht sie sich fühlte, beinahe schwerelos. Claire schaute an sich hinab und erkannte, dass sie genauso aussah.

»Claire, du bist ein Genie!«, begeisterte sich Wini. Selbst ihre Zähne waren wie aus Wasser.

»Hut ab!«, lobte Andris sie.

»Taucht mal kurz unter! Könnt ihr atmen?«, wollte Claire wissen.

Die Freunde taten wie geheißen. Und ja, sie konnten es.

»Dann los!« Andris schwamm voran. Sie wollten zu der Stelle, die auf der Holztafel markiert war.

Die Freunde fühlten sich leichter, kraftvoller. Sie brauchten nicht lange und hatten die Stelle erreicht. Das Wasser war ruhiger, dank Tiberius. Dennoch wurden sie durchgerüttelt. Wellen brachen sich am Fels, was ihnen die Suche erschwerte.

»Hier scheint nichts zu sein.«, bemerkte Joscha, als er sich umgesehen und auch die Felswand mithilfe des Throughnerns ein Stück weit durchleuchtet hatte.

»Wir müssen tauchen.«, erklärte Andris.

Plötzlich schwebte ein türkisfarbenes Glühen direkt vor ihren Augen.

Erschrocken wichen die Freunde zurück.

»Was machst du denn hier!« Wini freute sich über das Guus.

Das Guus näherte sich langsam ihrem Gesicht, als wolle es ihr antworten, stieg dann aber empor in die Luft. Es holte Anlauf und schoss ins Wasser.

»Ich schätze, da hast du deine Antwort.«, grinste Joscha und tauchte unter.

Andris, Claire und Wini folgten ihm.

Das Guus tauchte tiefer und tiefer. Sein Licht wurde kleiner. Die vier mussten sich beeilen, ihm zu folgen.

Schnell wurde es dunkler und, wie sie bemerkten, kälter. Es wurde leiser, das Rauschen der Wellen verstummte. Nur ein leises Gluckern war dann und wann zu hören.

Wini erzeugte einen Energieball und versuchte, ihnen damit zu leuchten, was nicht einfach war während des Tauchens.

Der Fels ging nicht gerade hinunter, Spitzen ragten oft ins Wasser, weshalb die Freunde ausweichen mussten.

Das Guus wurde langsamer und so schnell, wie es gekommen war, verschwand es.

Die Freunde stoppten sogleich und sahen sich um. Um sie herum war es, wenn Wini ihnen nicht geleuchtet hätte, tiefschwarz. Sie mussten zig Meter unter Wasser sein. Sie selbst waren in der Dunkelheit matter geworden, ihre Umrisse weniger deutlich. Allein das Licht des Energieballs reflektierte auf ihnen.

»Das ist gruselig.«, stellte Wini fest und die Freunde hörten sie so, als spräche sie an Land mit vorgehaltener Hand. Ihre Stimme klang dumpf.

»Gibt es hier unten Dinge, die uns gefährlich werden könnten?«, sprach Andris Joscha an. Auch seine Stimme klang dumpf; es schien allen so zu gehen.

»Ehrlich gesagt, ich weiß es nicht.«

»Dann sollten wir uns beeilen. Wini, du musst uns weiter leuchten. Wir müssen den Fels absuchen.«

Wini versuchte, den Energieball zu vergrößern, und erhellte Stück für Stück den Fels. Sie tauchte tiefer, gefolgt von Joscha, der den Stein zusätzlich mit dem Throughnern durchkämmte.

»Warte!«, rief er auf einmal. »Weiter nach links, da ist was!«

Joscha hatte recht. Etwas war tief in den Stein geritzt: das pravalbische Zeichen. Und noch etwas. Ein Kreis umschloss das Symbol.

Die Freunde versammelten sich darum. Es war nahezu einen halben Meter breit wie hoch. Die Kanten des Symbols, die damals, als es in den Stein geschlagen wurde, scharf gewesen sein mussten, waren vom Meer rund und weich geschliffen.

»Wir haben's gefunden!«, freute sich Wini.

»Nur, was hat der Kreis zu bedeuten?«, dachte Andris laut.

»Das ist kein Kreis ... Das ist ein O. Ein O für Ostara.«, schlussfolgerte Claire und schmunzelte.

»Dahinter liegt etwas.«, erklärte Joscha, der weitaus mehr sah als seine Freunde. »Claire, meinst du, du kannst hineingreifen?«

Claire antwortete nicht, sie war abgelenkt. Etwas hatte ihren Fuß gestreift. Sie sah nach unten, konnte jedoch nichts erkennen. Es war zu dunkel. Nichts als tiefes Schwarz war unter ihren Füßen zu erkennen. Claire überlief ein Schauer. Ihre Sinne waren vollkommen auf ihre Umgebung gerichtet. Jetzt streifte etwas ihren Unterarm. Voller Panik zuckte sie zusammen und drehte sich um.

Wini hatte längst gemerkt, dass Claire beunruhigt war, und war ihrem Blick gefolgt.

Hinter ihnen schwammen ein paar kleine, hässliche Fische. Winzige Glubschaugen beäugten sie.

Claire seufzte erleichtert. Sie hatte mit weitaus mehr gerechnet.

»Was seid ihr für komische Fische?!« Wini verzog misstrauisch das Gesicht. Sie wedelte mit ihrem Energieball und verscheuchte sie so. Wirr, aufgeschreckt durch das intensive Licht suchten sie das Weite. »Hoffentlich habt ihr keinen großen Bruder ...«

»Können wir weitermachen?«, fragte Andris ungeduldig.

Claire ließ sich nicht lange bitten und tastete das Symbol ab.

Joscha nahm ihre Hand und legte sie auf die richtige Stelle am Fels. »Eine halbe Armlänge und du kannst danach greifen. Und Claire, es ist ein Dolch. Er liegt dort eingewickelt in einem Tuch.«, beschrieb er ihr grinsend. »Meinst du, du schaffst das? Du musst den Fels irgendwie erweichen, damit du durchgreifen kannst.«

»Ich weiß.«

»Du kriegst das hin.«, ermutigte Andris sie.

Claire schloss erneut die Augen. Um sie war Stille und Dunkelheit. Sie fühlte sich leicht, was ihr half, sich zu konzentrieren. Auf ihrer Haut spürte sie den Fels, hinter dem der Dolch verborgen lag. Vor ihrem geistigen Auge, sah sie alles deutlich vor sich. Sie sah, wie der Fels weicher wurde, ohne jedoch von oben nachzurücken. Claire spürte, wie sich bei diesem Gedanken ihre Fingerspitzen in den Fels drückten. Er war wie weicher Kunststoff, nur kalt. Claire streckte ihre Hand weiter aus und hielt an ihrem Gedanken fest. Das, was sie tat, lief wie ein Film in ihrem Kopf ab. Plötzlich spürte sie Luft um ihre Finger. Sie hatte einen Hohlraum erreicht. Bedacht, ohne von ihrer Konzentration zu verlieren, suchte sie ihn ab.

»Greif nach unten, Claire!«, gab ihr Joscha leise die Anweisung, um sie nicht zu erschrecken.

Claire griff nach unten und bekam etwas Schweres zu packen. Es war mit Stoff umwickelt, wie Joscha gesagt hatte. Claire verfestigte ihren Griff und zog ihre Hand ebenso konzentriert und langsam aus dem Fels hinaus. »*Das* war gruselig!«, atmete sie auf und blinzelte.

»Geht's dir gut?«, fragte Andris. Oft hatten pravalbische Verstecke eine schwächende Wirkung auf Aperbonen. Einst hatte Jeanne schwer mit Nachwirkungen zu kämpfen gehabt.

»Alles okay.«

»Ich glaub's nicht! Ist es wirklich ein Dolch?«, staunte Wini, die nur den grauen Leinenstoff in Claires Händen sah.

»Es fühlt sich zumindest so an.« Claire musste unweigerlich grinsen.

»Dann halt ihn gut fest! Los, nach oben!« Andris nickte, sodass sie und Wini vorweg schwammen. Joscha und er folgten ihnen.

Die Mädchen beeilten sich. Sie wussten nicht, ob ihnen dort im Wasser noch Gefahr drohte. Das Ganze war so einfach gewesen. Nichts und niemand hatte sie aufgehalten. Claire und Wini schwammen daher sehr schnell, ihre leichte Gestalt half ihnen dabei.

Die Mädchen waren zu leicht, ein Meeresstrom packte sie, zog sie tief in die offene Flut. Sie selbst waren machtlos.

Wini schrie erschrocken auf.

Das laute Gluckern der Strömung übertönte sie fast.

Ihre Körper wurden durchgerüttelt, fortgerissen, sie konnten nichts tun. Alle Kraft schien aus ihren Gliedern entschwunden zu sein.

Alles, was Claire zustande brachte, sie umklammerte schmerzhaft den Dolch.

Winis Energieball flog frei und erlosch in der Ferne.

Und dann war es plötzlich vorbei. Die Strömung war abgeebbt, das Meer wieder ruhig.

Claire und Wini griffen sich panisch an den Händen und sahen sich ängstlich um. War dies ein Werk von Gawril? Wo war Andris, wo Joscha?

Um sie war es heller geworden, sie mussten dichter unter der Wasseroberfläche sein. Nur wo? Das weite, tiefe Meer machte ihnen Angst.

Sekunden tickten vorüber und es blieb ruhig. Die Mädchen schöpften Hoffnung, aber sie waren unentschlossen. Sollten sie auftauchen oder auf ihre Freunde warten? Ging es ihnen gut oder mussten sie nach ihnen suchen?

Sie warteten ungeduldig, als auf einmal Andris und Joscha vom Weiten sichtbar wurden.

»Alles okay bei euch?«, sorgten sich die Jungs.

»Ja. Und bei euch?«, fragte Wini.

»Uns geht es gut. Wir haben nur euch vermisst.«, scherzte Joscha.

»Die Strömung war so stark. Ihr wart so schnell weg. Wir konnten nichts tun.« Andris machte sich Vorwürfe, dass er nicht hatte helfen können.

»Ich weiß.«, beschwichtigte ihn Wini.

»Leute …, ich will hier raus!«, murmelte Claire. Sie blieb misstrauisch.

Am Ufer warteten Tiberius und Fabien auf sie. Im flacheren Wasser wandelte Claire alle zurück. Sofort spürten sie die eisige Kälte des Wassers und sie eilten hinaus.

»Geht es euch gut?«, fragten Tiberius und Fabien und halfen ihnen. – Die vier sahen sichtlich erschöpft aus.

Andris nickte steif.

Claire war es so kalt, dass der Dolch erst mal Nebensache war. Ohne Kommentar drückte sie ihn Tiberius in die Hand und hob ihren Pulli auf. Ihre Jeans klebte unangenehm an ihren Beinen und so versuchte sie, das Wasser aus dem Stoff zu drücken. Ihre Haare lagen platt an ihrem Gesicht und ihrem

Hals. Die kalte Luft wehte über ihre Haut. Sie hatte das Gefühl, zu erfrieren.

Tiberius, der sah, wie seine Freunde froren – ihre Lippen waren tiefblau –, schloss kurz die Augen. Die Wolken am Himmel verschwanden und es wurde merklich wärmer. »Nur für den Augenblick, damit ihr mir nicht erfriert.«

»Dan–Dan–Danke!«, bibberte Wini.

Da Tiberius und Fabien nichts weiter tun konnten, warfen sie einen Blick auf das, was Claire mitgebracht hatte. Behutsam wickelten sie den Dolch aus dem kalten, nassen Stoff. Als sie sich ihn näher angeschaut hatten, reichten sie ihn weiter.

Der Dolch war auf den ersten Blick schlicht, lang und dünn. Erst der zweite Blick verriet, dass er besonders war. Zum einen durch die Klinge, die aus zwei miteinander verwobenen Strängen bestand. Sie war weder scharf noch nützlich. Die verwobenen Stränge waren abgerundet. Der Dolch wirkte mehr wie ein Kunstgegenstand als eine Waffe. Zum anderen durch den schmalen Griff, der aus demselben Metall gefertigt und perfekt zur Klinge ausbalanciert war. Der Dolch, so empfindlich wie er aussah, war schwer. Sein Äußeres erweckte den Eindruck nur Kunst zu sein, seine Machart bestimmte ihn als Waffe.

»Der Dolch ist recht unscheinbar, dafür dass er von Gawril stammen soll. Die Pravalben stehen für Macht, Geld und Schönheit. Da passt dieser Dolch nicht wirklich ins Bild ... Wobei, vielleicht soll der Dolch auch gar nicht mit den Pravalben in Verbindung gebracht werden. Andererseits, warum markiert dann das pravalbische Zeichen das Versteck ...? Seltsam!«

Andris schaute sich den Dolch als Letzter an und steckte ihn daraufhin ein. »Wir sollten zusehen, dass wir hier wegkommen.« Er sah sich um.

»Es ist niemand hier.«, versicherte ihm Fabien, der sich mit seinen Lyncisohren die ganze Zeit über umhörte. »Es scheint wirklich niemand hiervon zu wissen. Interessant, nicht?!«

»So oder so. Leute, ich sterbe vor Kälte! Ich will hier weg! Wo also sollen wir hin?«, drängte Wini.

»Ich habe da eine Idee ...« Tiberius nahm seinen Transporterschlüssel und warf ihn in die Luft. Ihre Reise ging weiter.

16

Auf einem hell erleuchteten, modernen Flur eines scheinbar riesigen Hotels fanden die Freunde sich wieder.

»Ihr bleibt hier!«, erklärte Tiberius und eilte los. »Ich besorge uns ein Zimmer. Dann können wir uns ungestört unterhalten und ihr euch was Warmes anziehen.«

»Wo sind wir?«, fragte Wini verwundert und sah sich zitternd um. Die Kälte hüllte sie noch immer ein.

»Sydney!«

»Sydney?«

»Ich erkläre es euch gleich. Seht zu, dass euch keiner sieht!« Tiberius verschwand hinter der nächsten Ecke.

Fünfzehn Minuten später betraten die Freunde ein supermodernes Zimmer. Alles glänzte und strahlte wie neu.

Die Freunde stellten ihre Rucksäcke ab und schauten aus dem Fenster.

Wini drehte die Klimaanlage ein paar Grad höher.

»Dreißigster Stock.«, klärte Tiberius sie auf, als sie in die tiefschwarze Nacht blickten. Lichter der Straßen und der Gebäude malten bunte Farbkleckse in das Dunkle der Nacht.

»Wie viel Uhr haben wir?«, interessierte Fabien und setzte sich auf eines der zwei Einzelbetten.

»Kurz vor zwölf.«, hatte Joscha nachgeschaut und zog darauf sein nasses T-Shirt aus.

»Claire, Wini, ihr solltet euch umziehen. Geht ihr ins Bad! Wenn ihr fertig seid, überlegen wir, wie es weitergeht.«, schlug Andris in seinem Befehlston vor.

»Nichts lieber als das.«, meinte Wini und zog an ihrer Jeans, die sich eng an ihre Beine gesogen hatte.

»Ihr könnt natürlich auch gerne hierbleiben.«, scherzte Joscha und verzog den Mund zu seinem typisch neckischen Grinsen.

Andris zog dabei sein T-Shirt und sein Fidesamt aus und Claires Blick blieb automatisch an ihm hängen. Eine Sekunde später schüttelte sie über sich selbst den Kopf. *»Gott, was tue ich da!«,* schimpfte sie mit sich selbst. *»Ich bin schon total verstört. Ich habe eindeutig zu viel kaltes Wasser abbekommen. Anscheinend setzen da zeitweilig einige Gehirnzellen aus.«*

Wini rollte über Joschas Bemerkung die Augen, nahm ihren Rucksack und ging ins Bad.

Claire folgte ihr mit zusammengekniffenen Augen.

Nachdem sich die Mädchen umgezogen und ihre Haare geföhnt hatten, setzten sie sich mit den Jungs verteilt im Zimmer hin. Claire saß neben Joscha und Andris auf einem Bett; Wini mit Fabien und Tiberius auf dem zweiten ihnen gegenüber.

Claire wollte sich auf das weitere Vorgehen konzentrieren, aber eine Beobachtung, die sie machte, als sie gerade das Zimmer betreten hatte, beschäftigte sie mehr. *»Andris hat schon wieder dieses Essenzikum genommen und Fabien auch. Das ist nie im Leben gegen Kopfschmerzen. So oft, wie sie die Tropfen nehmen, können sie keine Kopfschmerzen haben. Das kann mir keiner erzählen. Die Frage ist nur, wofür sie dann sind ...? Wenn das hier vorüber ist, werde ich ihn fragen. Hm ... Wenn das hier vorüber ist. Wir wissen ja noch nicht einmal, was wir jetzt tun sollen.«* Dieser Gedanke ließ Claire wieder aufhorchen.

»Du schuldest uns eine Erklärung.«, erinnerte Wini Tiberius. »Warum Sydney?«

»Weil, wenn wir wirklich zu Gawril wollen, sei es, um Antworten zu bekommen oder um uns ihm in den Weg zu stellen, wir von hier am besten seinen Parasum erreichen können.« – Seine Freunde schauten ihn zweifelnd an. – »Ihr seid verwundert wegen Australien! Natürlich, Australien ist ein ruhiges Pflaster, aber gerade deshalb ist es das perfekte Versteck für Gawrils Parasum.«

»Bevor wir uns über Gawrils Versteck unterhalten, sollten

wir überlegen, was wir von der ganzen Geschichte halten und was wir letztlich mit unserem Wissen anfangen wollen.«, meinte Andris und faltete das Tuch um den Dolch auf.

»Schon Wahnsinn, dass wir ihn gefunden haben.«, schmunzelte Wini. »Und Wahnsinn, dass es wirklich ein Dolch ist wie auf der Holztafel.«

»Das heißt Renees Story über Gawril ist tatsächlich wahr.«, schloss Fabien. »Er hatte eine Frau. Und er hat eine Waffe erschaffen, um sich selbst zu töten.«

»Nur … können wir das glauben? Wie soll ein Maludicior eine Frau und zudem noch eine menschliche gehabt haben? Das wirft ein vollkommen neues Licht auf ihn. Ich frage mich, wer er wirklich ist?«, grübelte Andris.

»Meint ihr der Dreamsnatcher wusste von den Dingen, zumindest von einem Teil? *Ich* bin mir darüber nicht mehr sicher.«, bedachte Joscha. »Weil, ihr wisst, was das alles bedeutet, oder?! Dieser jemand schickt uns wirklich, Gawril zu töten.«

Bei diesem Gedanken wurde den Freunden ganz anders zumute, denn sie begriffen, welche Macht sie in den Händen hielten. Sie hatten sich auf die Suche gemacht, um etwas zu finden, was den Pravalben Einhalt gebieten könnte, um mehr über Gawril herauszufinden und um Klarheit zu bekommen über Renees Geschichte, nicht aber um den Dolch zu finden und damit Gawril zu töten. Der immer wiederkehrende Traum, der Ausgangspunkt ihrer Suche gewesen war, sagte ihnen genau das. Nie aber hatten sie es zum Ziel, dies in die Tat umzusetzen. Der Traum war lediglich der Anstoß in Richtung Gawril gewesen. Renees Geschichte war es, was sie eigentlich interessiert hatte. Konnte ein Maludicior auch eine gute Seite haben?

»Gawril zu finden und zu töten, war nie eine Option und ist es auch jetzt nicht. Ich will niemanden umbringen. Keinen Pravalben und auch keinen Maludicior.« Damit sprach Andris das aus, was alle dachten. – Aperbonen verteidigten sich und schützten andere, gingen jedoch nie selbst auf Pravalben los. »Zugegeben, ich hatte gehofft, durch unsere Suche mehr über sie zu erfahren und somit etwas zu finden, womit wir sie schwächen könnten; aber nicht auf diese Weise.«

»Viel wichtiger ist auch, was uns Renees Geschichte über Gawril verrät: Wer er ist.«, erwiderte Wini.

»Renees Geschichte hin oder her: Gawril ist schlecht. Und daran besteht kein Zweifel.«, klinkte sich Tiberius ein. »Ich muss allerdings gestehen, dass ich ihn nicht wirklich kenne. Ich bin ihm ein paar Mal begegnet, jedoch nur flüchtig. Zu mir war er stets freundlich, aber das sagt ja nichts aus. Ich weiß nicht, wer er in Wahrheit ist und ob er auch eine gute Seite hat.«

»Was wir aber wissen, er hat geliebt und Zuneigung für Renee empfunden, denn sonst hätte sie all dies nie erfahren. Es wirft zwar unsere komplette Anschauung über die Maludicioren über den Haufen, aber mal ehrlich, anscheinend hat Gawril auch Gutes in sich, beziehungsweise hatte es mal.«, gab ihnen Fabien zu bedenken.

»Vielleicht wäre es sinnvoll, mehr über ihn zu erfahren. Renees Geschichte wirft ein vollkommen neues Licht auf ihn, auf die Maludicioren. Haltet mich für verrückt, aber ich denke, wir sollten ihn kennenlernen, ihn treffen. Vielleicht haben wir die Chance, ihn zu überzeugen, dass all dies langsam mal eine Ende haben muss.«, schlug Claire vor.

Joscha sah nachdenklich aus, als wäre er zwiegespalten. »Ich glaube, dass wir nur schwer an ihn herankommen werden. Und wenn, wir wären vermutlich ein Himmelfahrtskommando. Gawril mag eine klitzekleine gute Seite vielleicht vor Hunderten Jahren gehabt haben, aber dies ist wahrscheinlich vorbei. Ostara, Renee sind schon lange tot. Er wird heute ein anderer sein als damals.«

Andris nickte Tiberius auffordernd zu. Er wollte seine Meinung erfahren.

Tiberius schaute ernst. »Gawril ist schlecht und zu ihm zu gehen, ist mehr als riskant. Ganz ehrlich, es bleiben uns nur zwei Möglichkeiten. Entweder wir gehen zu ihm und versuchen, mit ihm zu reden, oder wir lassen es und wenden uns anderen Aufgaben zu. Dann frage ich mich allerdings, wofür wir und vor allen Dingen ihr dies alles auf euch genommen habt. Ich denke, wir sind an einem Punkt angekommen, wo wir uns fragen müssen, was uns unser Frieden wert ist. Natürlich, die Chance, ihn zu überzeugen, mag gering sein, aber wenn wir es wirklich schaffen und sie auch Jeanne freilassen, dann ist es das wert … Wir müssten mit Logik trumpfen. Unsere beiden Seiten sind geschwächt. Den Pravalben geht langsam die Puste aus und Gawril weiß dies. Und irgendwie sagt mir mein Gefühl, er wird es nicht auf alles oder nichts hinauslaufen lassen. Dafür ist der Überlebenswille der Pravalben zu stark. Wenn wir Argumente vorbringen, die ihm aufzeigen, dass ein Waffenstillstand auch für die Pravalben von Nutzen sein kann, könnten wir eine Chance haben.«

Für einen Augenblick herrschte Stille. Jeder dachte für sich nach, was er wollte.

»Ich bin dabei.«, stimmte Joscha dem Plan zu und sah auf seinen lang gezogenen, meeresblauen Stein an seinem Armband. »Ich habe mich gefragt, was Alexander an meiner Stelle tun würde, und dafür musste ich nicht lange nachdenken. Er hätte alles getan, um uns zu schützen. Wenn wir Frieden wollen, nicht nur für uns, sondern auch für unsere Familien, ist das vielleicht unsere letzte Chance. Auf den Rat können wir nicht bauen. Und ich sag's euch: Dafür gehen wir noch als Revoluzzer in die aperbonischen Geschichtsbücher ein!« Joscha grinste bei den letzten Worten.

»Ich hoffe nur, im positiven Sinne.«, gab Fabien sein Okay.

»Ich bin einverstanden. Unter der Voraussetzung, dass wir den Dolch als unsere Versicherung mitnehmen.«, verlangte Andris.

»Natürlich. Und wenn ihr wollt, dann übernehme ich das.«, schlug Tiberius vor.

Claire und Wini nickten.

Im selben Augenblick kam ein dumpfes Kratzen auf. Schnell wurde es lauter. Die Freunde brauchten nur ein paar Sekunden, bis sie begriffen, was los war. »Niklas!« Suchend sahen sie sich um.

Auf der Wand über den Betten löste sich in dünnen Linien die Tapete ab. Filigrane Tapetenstreifen fielen wie Federn sanft hinab und lösten sich, kurz bevor sie die Kissen auf den Betten erreichten, im Nichts auf. Wörter ritzten sich in die Wand. Niklas schrieb ihnen mithilfe des Seelenschreibens.

Meine Freunde,
ich bin bereit, euch zu helfen. Amartus hat mir alles erzählt.
Sagt mir, wo ihr seid, und ich werde kommen.
Eurer Niklas

Andris sah auf die Worte, die langsam wieder verschwanden und die Wand schließlich unversehrt zurückließen. Er war derjenige, der antwortete. »Niklas, gut von dir zu hören. Wir sind im Sydney Harbour Exclusive Hotel in Australien, dreißigster Stock, Zimmer 3032. Wir werden auf dich warten. Andris.«

»Ich glaub's nicht, Niklas!«, freute sich Wini.

Glaub es! Ich freue mich, euch wiederzusehen. Ich beeile mich.

Zeitgleich malten sich Bilder um Niklas' Schrift. Es waren die Blätter von Bäumen. Sie bewegten sich leicht, zuckten und begannen dabei strahlend blau zu leuchten. Auf einmal wehten ihnen verwelkte Blätter mit einem sanften Windstoß entgegen.

Niklas' Fähigkeit, durch das Seelenschreiben Gegenstände zu übertragen, musste sich verbessert haben. So gut war er noch nie gewesen. Zumal die Freunde vermuteten, dass er es nicht mit Absicht getan hatte, sondern seine Kraft in ihm so stark geworden war, dass es von selbst geschah.

Die Freunde lächelten. Endlich hatten sie ein Lebenszeichen von Niklas erhalten und er wollte ihnen helfen.

Andris und Fabien wechselten einen vielsagenden Blick, woraufhin Andris zu sprechen begann. »Wir sollten Amartus Bescheid geben. Fabien kann das übernehmen. Ansonsten denke ich, sind wir ausreichend aufgestellt. Ich will nicht noch mehr Leute mit hineinziehen.«

»Gut.«, stimmte Tiberius zu. »Dann sollten wir jetzt besprechen, wie wir vorgehen wollen. Zuerst, muss ich euch vom Parasum erzählen, damit ihr wisst, was euch erwartet.«

Seine Freunde lauschten aufmerksam.

»Gawril lebt sehr zurückgezogen in diesem Parasum. Es ist
ein riesiges, wunderschönes Höhlengewölbe. Es ist endlos
hoch. – Das mögen die Pravalben. – Viele Risse, manche sogar
ziemlich gefährlich, ziehen sich durch den Boden und die Wände. Weißes Licht schimmert dort. Es ist wirklich wunderschön,
aber zugleich sehr kalt und Furcht einflößend. Bevor wir allerdings in die Höhle kommen, müssen wir durch einen schmalen
Gang, der ebenfalls schon zum Parasum gehört. Das ist wie
eine Art Vorzimmer, aber eben nur ein Gang mit kahlen Wänden. Dafür, dass die Pravalben das Schöne lieben, ist er ziemlich hässlich. Na ja, das Problem ist, dass dieser Gang bewacht
wird, meist von Malus.«

»Was so viel heißt, dass wir erst gar nicht in die Höhle kommen?!«, warf Joscha ein.

»Den Weg zu Gawril müssen wir uns erkämpfen, denn die
Malus dort werden nicht zuhören. Aber Wini kann ihnen mit
ihren Energiebällen einheizen und Claire mithilfe des Changings. Es wird nicht einfach, trotzdem denke ich, wir können es
schaffen. Was dann letztendlich in der Höhle geschieht, steht
auf einem anderen Blatt. Ich kann nicht einschätzen, wie Gawril reagiert. Planen können wir im Endeffekt gar nichts.«

»Lebt Gawril allein im Parasum?«, fragte Claire.

»Er hat meist zwei weitere Maludicioren um sich: Beryl und
Siegram. Sie hören auf ihn. Es hängt alles davon ab, wie er reagiert.«

»Wir müssen gut aufeinander achtgeben.«, mahnte Andris.
»Das ist die einzige Chance, da lebend wieder rauszukom-
men.« Andris sah zu Claire, die neben ihm saß. »Also, keine
Alleingänge!«

»Warum ich?!«, empörte sie sich. *»Wini kann das genauso
gut.«* Claire sah ihn genervt an, was ihr wiederum einen bösen
Blick bescherte. »Meine Güte, so bescheuert bin selbst ich

nicht, dass ich in der Höhle des Löwen irgendetwas allein unternehme!«

»Das ist alles, was ich hören wollte.«, erwiderte er knapp.

»Wann sollen wir los?«, fragte Joscha, auch um das Gespräch in eine unverfänglichere Richtung zu lenken.

»Sobald Niklas da ist.«, antwortete ihm Andris mit weiterhin finsterer Miene.

Wini beschäftigte eine andere Frage. »Und wie kommen wir dorthin?«, wollte sie von Tiberius erfahren.

»Mit meinem Transporterschlüssel. Das ist mit die einzige Möglichkeit.«

Die Freunde diskutierten weiter. Sie überlegten, wie sie vorgehen und was sie beachten wollten, als plötzlich Fabien abgelenkt schien. Er spitzte seine Ohren zu denen eines Luchses und lauschte. »Jemand ist auf dem Flur ... Er geht so energisch, so zielstrebig. Es ist ein Mann.«

»Es ist Niklas.«, klärte Joscha sie auf, der sich durchs Throughnern vergewissert hatte.

Andris ging zur Tür. Gerade als Niklas klopfen wollte, öffnete er ihm.

»Andris!«, staunte Niklas. – Niklas hatte eine dunkle, raue Stimme, die sehr zu ihm passte. Denn auch äußerlich war er ein Raubein, sogar mehr wie vor ein paar Monaten, als Claire ihn kennengelernt hatte. Niklas war ein großer, kräftiger Mann. Er hatte gebräunte Haut und sich einen kurzen Vollbart stehen lassen. Er trug Jeans, ein kariertes Frotteehemd, das er an den Armen hochgekrempelt hatte, und klobige Wanderschuhe. Seine Kleidung war staubig, als wäre er gerade im Australischen Outback wandern gewesen.

»Er sieht so finster aus ...«, war Claires erster Gedanke.

Niklas sah kurz an Andris vorbei. »Ihr seid wohl auf. Das ist gut.«, stellte er fest und trat ein. Er legte seine Hand auf Andris' Schulter und drückte sie. Er lächelte und all seine Wärme, die er in sich verborgen trug, kam zum Vorschein. Die harte Schale wich für den Augenblick. »Schön, euch zu sehen.« Niklas ging reihum und begrüßte jeden Einzelnen.

Als er Claire gegenübertrat, hatte sie Tränen in den Augen. Sie konnte nicht vergessen, dass Tom, sein Sohn, gestorben war und sie ihm nicht hatte helfen können. Sie fühlte sich elend. »Ach, Claire.«, seufzte er und nahm sie in seine kräftigen Arme. »Wie oft soll ich dir noch sagen, dass es nicht deine Schuld war. Es gibt nichts zu verzeihen.«, flüsterte er, sodass nur sie es hörte.

Claire genoss seine Umarmung. Niklas roch nach Herbstwald und Tannennadeln. Seine Umarmung hatte etwas Tröstliches und Claire fühlte sich gleich beschützt. Langsam löste sie sich von ihm und wischte sich eilig die Tränen von den Wangen.

Niklas strich ihr mit seiner rauen Hand, die sich wie Schmirgelpapier anfühlte, über die Wange und lächelte. »Es ist gut. Okay?«

Claire nickte stumm.

»Wie geht es dir?«, erkundigte sich Andris und deutete auf einen Stuhl. »Und wie bist du so schnell hierhergekommen?«

Niklas strich Claire noch einmal tröstend über den Rücken, dann nahm er Platz und fing an zu erzählen. »Mit dem Seelenschreiben. Vor einiger Zeit habe ich es endlich geschafft, auch mich selbst zu übertragen. Das hat mich sehr viel Übung gekostet. Ich schaffe es allerdings nur, wenn ich sehr viel Ruhe habe und mich konzentrieren kann. Und ich muss den Ort, wo ich hin will, kennen. Es ist anders als das eigentliche Seelenschreiben. Es ist kompliziert.«

Die Freunde staunten. Das war ja besser als der Transporterschlüssel.

Niklas erzählte weiter, »Ansonsten, ich bin viel durch die Gegend gereist … und habe vielen Pravalben in den Arsch getreten.« Niklas' Freude über ihr Zusammentreffen rückte in den Hintergrund. Er kniff die Augen zu Schlitzen zusammen, als er sich an die vergangenen Kämpfe erinnerte. »Ich hasse dieses Pack! – Tiberius, du weißt, du bist außen vor.«

Tiberius nickte.

»Ich kann euch sagen, das, was ich in den letzten Wochen

erlebt habe, übertrifft alles. Sie sind rücksichtslos, boshaft und dazu unfassbar arrogant. Nun ja, zumindest waren sie das. Bis zu dem Zeitpunkt, als sie es mit meinen Fäusten zu tun bekommen haben.« Niklas' Stimme klang schadenfroh, sein Blick jedoch war leer. Ohne Zweifel, er hatte sich für den Tod seines Sohnes gerecht, aber es hatte ihm nicht genutzt, seine Trauer zu überwinden. Im Gegenteil, er war in ein dunkles, trostloses Loch gefallen. Äußerlich wirkte er kräftiger denn je, innerlich war er ausgebrannt. »Gerade eben war ich bei Babette. Ihr wisst, meine Cousine, die damals Tom groß gezogen hat. Na ja, sie ist mehr wie eine Schwester für mich als eine Cousine.« Verhalten tauchte ein Lächeln auf Niklas' Lippen auf. »Irgendwann müsst ihr sie kennenlernen. Einen besseren Menschen kenne ich nicht. Sie weiß von uns, von euch, also wenn ihr mal Hilfe braucht, sie lebt in Athy. Das ist circa eine Stunde von meinem Haus in den Wicklow Mountains entfernt. – Aber genug jetzt von meinen Geschichten. Was habt ihr vor? Amartus erzählte mir, ihr seid auf der Suche nach einer Waffe, die Gawril töten kann. Ist das wahr?«

Andris sprach für alle. »Wir sind nicht mehr auf der Suche. Wir haben sie gefunden. Es ist ein Dolch.« Er zeigte Niklas den Dolch und erzählte ihm, was sich alles zugetragen hatte.

»Sicherlich, es wirft ein neues Licht auf Gawril.«, gab Niklas zu. »Dennoch ändert es nichts daran, dass er ein Maludicior ist und zudem auch noch der schlimmste. Natürlich könnt ihr versuchen, mit ihm zu reden. Nur wird dies nicht von Erfolg gekrönt sein. Ich begleite euch, keine Frage, und ihr sollt auch die Gelegenheit bekommen, mit ihm zu sprechen. Aber wenn ich recht habe und er uns angreift, werde ich diesen Dolch benutzen und ihn zur Strecke bringen. Also, wenn ihr nichts dagegen habt, nehme ich den Dolch an mich.« Seine Stimme war eisig geworden und Claire fragte sich, wie viel vom alten Niklas übrig geblieben war.

»Wir werden Gawril nicht töten. Das war nie eine Option und es ist auch jetzt keine. Wir sind nicht wie sie. Der Dolch ist lediglich unsere Versicherung.«, beharrte Claire.

»Claire, du bist viel zu gutherzig. Und du solltest schlauer sein nach –«, gab Niklas barsch zurück.

»Niklas, wir haben uns längst entschieden. Wir werden versuchen, mit ihm zu reden und ihn davon zu überzeugen, dass dieser Irrsinn aufhören muss. Claire hat recht. Wir sind *nicht* wie sie. Der Dolch ist nur für den Notfall und Tiberius wird ihn an sich nehmen.«, entgegnete Andris in einem Ton, der keinen Widerspruch duldete.

»Sechs gegen einen. Dem muss ich mich wohl fügen.«, brummelte er.

Claire und Wini sahen sich wortlos an. Sie wussten, sie mussten in der Höhle ein Auge auf Niklas haben. Claire hatte seichte Flammen in seinen Augen gesehen und Wini ebenso. Zudem hatte Wini in seinen Gedanken Unentschlossenheit beobachtet. Sie hatte Bedenken, dass er sich nicht an ihren Plan hielt.

»Niklas!«, lenkte Tiberius die Aufmerksamkeit auf sich. »Ich hätte eine Bitte. Ich weiß, es ist nicht der beste Augenblick dafür, aber könntest du versuchen, Jeanne mithilfe deines Seelenschreibens zu erreichen?«

»Dies habe ich längst getan. – Du kennst mich noch nicht so gut wie die anderen. – Seit ich von Jeannes Entführung weiß, versuche ich es jeden Tag. An jedem Ort auf der Welt, wo ich war, habe ich es versucht. Es tut mir sehr leid. Ich bekam nie eine Antwort.«

Ein sehr leises »Oh« kam über Tiberius' Lippen und Panik flammte in seinen Augen auf.

Wini, die durch das Flammenauge all die Sorgen in seinen Augen sah und es nicht ertrug, stoppte ihn. »Hör auf!«, sagte sie harsch. Sie atmete durch. »Hör auf!«, sagte sie ruhiger. »Mach dich nicht verrückt. Wir werden sie finden.«

»Gott, ich könnte sie alle …«, fluchte Tiberius und schlug mit der Faust gegen die Wand.

»Beruhige dich! Wenn das hier vorbei ist, werden wir sie finden. Wir werden sie zurückholen.«, redete Andris auf ihn ein und nickte daraufhin Fabien zu.

»Ich muss mich jetzt auf den Weg machen. Ich muss Amartus holen. Wir stoßen im Gang zur Höhle zu euch.«, erklärte er. »Das ist doch möglich, Tiberius, oder?«

Tiberius beschrieb ihm genau, was er zu tun hatte, denn leicht würde es nicht werden. Sie verabredeten sich für in einer Stunde und so verließ Fabien sie.

Wini brachte ihn zur Tür.

Fabien blieb vor ihr stehen und sah sie ernst an. Er beugte sich vor und flüsterte ihr ins Ohr. »Bleib dicht bei Claire. Ihr seid ein gutes Team. Hab ein Auge auf Niklas. Er scheint mir unberechenbar zu sein. Hör auf Andris, egal wie abstrus es ist, was er von dir verlangt, und pass auf Joscha auf. Er ist manchmal genauso waghalsig wie Claire und da er keine Kräfte hat, die ihn schützen, steht er bei den Pravalben ganz oben auf der Abschussliste.«

Wini verzog das Gesicht. »Ich weiß.«, flüsterte sie.

Fabien zog sich ein Stück zurück und sah ihr in die Augen. »Und wenn das hier vorbei ist …, dann beschäftigen wir uns damit.«, sagte er mit dem tiefen Schnurren des Luchses in seiner Stimme.

Wini blinzelte perplex.

Ohne Vorwarnung zog er sie an sich und küsste sie.

Joscha lachte im Hintergrund, was Wini nur gedämpft mitbekam.

Als die beiden sich voneinander lösten, antwortete ihm Wini leise, »Damit sollten wir uns auf jeden Fall weiter beschäftigen.«, und lächelte verführerisch, dass Fabien für einen kurzen Augenblick die Kinnlade hinunterfiel.

Nachdem Wini die Tür hinter Fabien geschlossen hatte und sich umdrehte, blickte sie in Claires schmunzelndes Gesicht.

»Na endlich! Ich dachte schon, ich müsste euch irgendwann mal auf die Sprünge helfen.«

Wini lächelte verlegen und setzte sich ihr wieder gegenüber.

Claire beugte sich nach vorn und flüsterte, »Ich erwarte Details – später!«

Andris, der sie gehört hatte, schüttelte den Kopf. Er lächelte ebenfalls leicht, was Claire überraschte.

»Leute, wir kriegen Besuch!« Joscha machte sie auf den dunkelblauen Nebel am Boden aufmerksam. Ein Livont kündigte sich an.

Der Nebel verdichtete sich am Boden zur Tür hin und wenige Sekunden später stand der Livont vor ihnen.

Andris stand auf. »Eilmar, willkommen.«, begrüßte er seinen Schutzpatron und verneigte sich.

Niklas trat in den Hintergrund, lehnte sich an die Wand am Fenster und sah Eilmar argwöhnisch an.

Eilmar erwiderte Andris' Geste. Mit einem knappen Nicken begrüßte er die anderen.

Niklas bewegte sich im Gegenzug keinen Millimeter.

»Warum verneigt sich Niklas nicht? Und wie Eilmar jetzt guckt. Sie können sich nicht leiden ... Oder verneigt sich Niklas vor keinem Livont mehr?«, kam Claire in den Sinn.

Langsam, argwöhnisch wandte Eilmar seinen Blick von Niklas ab und schaute in die Runde. »Der Rat ist über euren Fortschritt informiert. Er weiß, was ihr erreicht habt, und gratuliert euch.«, sagte er mit seiner kühlen Stimme. »Woher wir es wissen. Wir beobachten euch natürlich. Seit eures *Fehlschlages* mit der Waage« Eilmar schaute mit einem missbilligenden Blick zu Claire. »können wir euch mit solch einer Angelegenheit, wie unnütz sie zunächst auch scheinen mag, leider nicht allein lassen. Dennoch der Rat ist euch wohlgesonnen. Er bittet euch, als eine Art Wiedergutmachung, den letzten Schritt zu vollführen.«

»Was? Nein, nein, das kann nicht sein Ernst sein. Sie würden uns doch nicht bitten, Gawril zu töten ... Doch, das tun sie. Ich glaub's nicht!« Claire riss fassungslos die Augen auf. – All die Schönheit, die die Livonten verkörperten, verflog mit diesen Worten, war nunmehr ohne Belang. Eilmars Schönheit verblasste vor ihren Augen. Das Blau seiner Gestalt wurde fad. Die goldenen Lichter in ihm wirkten nun matt. Claire sah nur noch seine dunkelblaue Hülle, das mächtige Wesen, kalt, mit

strenger, herablassender Miene. Und sie wünschte sich Serafina statt seiner, denn sie wusste, sie würde anders reden. – Claire schaute zu Wini und sah, dass sie sich nur knapp beherrschen konnte. Den Jungs schien es ebenso zu gehen.

»Allein werdet ihr jedoch nicht sein. Der Rat hat mich auserwählt, euch ein Stück zu begleiten. Euch den Weg zu ebnen, wenn ihr versteht, was ich meine. Ich werde im Gang vor Gawrils Höhle zu euch stoßen und euch helfen, sein Reich zu betreten. Von da seid ihr wieder auf euch selbst gestellt.«

»Danke.«, antwortete Andris beherrscht. »Wir brechen in Kürze auf. Ich nehme an, du wirst uns zu gegebener Zeit finden?«

»Natürlich. Ich werde wissen, wo ihr seid, und so zu euch stoßen können.«

»Gut.«, erwiderte Andris knapp.

»Dann ist es entschieden.« Eilmar nickte zufrieden, trat zurück in den Schatten der Tür, von wo er gekommen war, und verließ sie.

Als er verschwunden war, platzte Wini mit all ihren Gedanken heraus. »Die schicken uns echt, um Gawril zu töten. Das ist unfassbar! Das hätte ich nie erwartet. Und der Knaller ist, sie schicken uns, Menschen, obwohl sie genau wissen, dass Livonten viel mehr ausrichten könnten. Ich kann das gar nicht glauben.«

»Wen wundert's.«, kommentierte Niklas trocken.

»Mich hat vielmehr seine Arroganz geärgert.«, bemerkte Andris in einem abfälligen Ton. »Er ist zwar mein Schutzpatron, aber auf *so einen* kann ich gut verzichten.«

Alle starrten Andris an.

»Aber du hast ihm zugestimmt?!«, verstand Wini nicht.

»Ja, meinst du, ich binde ihm auf die Nase, dass wir gar nicht vorhaben, Gawril zu töten, sondern versuchen wollen, mit ihm zu reden. Weißt du, wie schnell die Sache dann für uns vorbei gewesen wäre. Sie hätten uns den Dolch abgenommen und uns daran gehindert, zu ihm zu gelangen. Und dann hätten wir mal wieder gar nichts erfahren. Sie sollen ruhig denken, wir würden das tun, was sie wollen.«

»Das Schlimme an der ganzen Sache ist, dass sie uns wirklich allein lassen. Natürlich, sie schicken Eilmar, der uns hilft, in Gawrils Höhle zu gelangen, aber ab da sind wir auf uns gestellt. Ihr wisst, was das heißt, oder? Sie machen sich die Hände nicht schmutzig. Dafür sind wir zuständig.«, bemerkte Niklas ruhig, als würde er sich nicht wundern, als hätte er damit gerechnet.

»Ich kann das gar nicht glauben. Könnt ihr euch vorstellen, dass Richard, ein Mensch, ein Ratsmitglied von uns verlangt, das zu tun?«, zweifelte Claire.

»Anscheinend.«, brummelte Joscha in Gedanken und sagte dann lauter, »Ich finde es vielmehr beunruhigend, dass sie uns die ganze Zeit beobachtet haben. Klar, einerseits hat es etwas Positives, sie passen auf uns auf – wobei sie uns beim pravalbischen Angriff in Mumbai nicht geholfen haben und auch sonst nicht –, aber andererseits … Findet ihr es nicht auch scheiße. Ich meine, sie haben uns die ganze Zeit bespitzelt!«

»Manchmal sind die Aperbonen den Pravalben gar nicht so unähnlich.«, bemerkte Tiberius still.

Wini grübelte laut, »Ich wünschte Serafina oder Radomil wären dabei. Und nicht Eilmar. Auf sie könnten wir uns verlassen. Sie würden uns nicht allein lassen.«

»Aber sie haben uns schon allein gelassen. Wir haben seit Wochen nichts mehr von ihnen gehört.«, konterte Joscha.

»Hey!« Claire sah ihren Freund böse an. »Du weißt doch gar nicht, warum. Vielleicht geht es ihnen nicht gut. Vielleicht sind sie geschwächt.«

»Okay! Sorry!« Joscha nahm die Hände in die Luft, als würde er sich ergeben.

»So oder so, wir müssen versuchen, das Beste daraus zu machen.« Andris stoppte und sah durch die Runde. »Und es gäbe niemanden außer euch, mit dem ich das hier wagen würde. Ich vertraue euch. Wir müssen nur zusammenhalten. Bleibt also *bitte* dicht beieinander. Ich will nicht einen von euch bei einem Alleingang sehen. Das ist das Gefährlichste, was ihr tun könnt.«

Seine Freunde nickten, selbst Niklas.

Eine halbe Stunde später ging es los. Jeder von ihnen zog wieder sein Fidesamt an, die bereits getrocknet waren. Tiberius nahm entgegen Niklas' Wunsch den Dolch. Alles übrige ließen sie dort.

»Irgendwie habe ich ein schlechtes Gefühl. Ob Gawril wirklich mit uns reden wird? Bis jetzt haben wir nie länger als vielleicht eine Minute mit einem Maludicior gesprochen. Wenn nicht, haben wir echt schlechte Karten. Und das Üble daran ist, wir haben keine Rückzugsmöglichkeit. Wir kennen uns dort nicht im geringsten aus. Falls Gawril wirklich auf uns losgeht, haben wir wahrscheinlich keine Möglichkeit zu fliehen.«

»Ich weiß, Claire.«, sagte Wini, die all ihre Gedanken wie einen Film in ihren Augen ablaufen sah. »Ich mache mir die gleichen Sorgen.«

Andris, der in ihre besorgten Gesichter blickte, kam zu ihnen. Ein leises »Hey!« kam über seine Lippen, dann seufzte er. »Ich würde euch gerne sagen, macht euch keine Sorgen, aber das kann ich nicht. Und das würde auch nichts bringen, denn Sorgen macht ihr euch so oder so. Aber ich verspreche euch, ich passe auf euch auf. Ich bin immer in eurer Nähe.« Er sah sie eindringlich an, um seinen Worten Bedeutung zu verleihen.

Wini schaute suchend in seine Augen, um dort wie bei Claire seine Gedanken zu sehen. Ohne Erfolg. »Machst du dir denn keine Sorgen?« Sie runzelte die Stirn.

»Natürlich. Ich versuche nur, sie nicht so dicht an mich heranzulassen, damit ich weiter klar denken kann.«

»Und funktioniert's?«, fragte Wini.

»Nicht, wenn wir gerade darüber reden.« Andris schmunzelte selbstironisch.

»Können wir?«, wollte Tiberius wissen. Er hatte sich mit Joscha und Niklas schon Richtung Tür aufgestellt. Dort war der meiste Platz, um mit dem Transporterschlüssel das Portal zu öffnen.

Andris nickte. Daraufhin drehte er sich noch einmal zu ihnen um, nahm sie flüchtig in den Arm, was Claire und Wini vollkommen überraschte, und flüsterte Wini ein »Viel Glück!« zu und Claire eine brummige Warnung: »Keine Alleingänge!«

Claire wollte ihn ein letztes Mal ansehen und ihm eine Antwort geben – nämlich, dass es ihr überhaupt nicht in den Sinn kam, etwas im Alleingang zu versuchen –, aber da war er schon weg.

Claire und Wini folgten Andris, sie stellten sich hinter Niklas und Joscha auf. Die Spitze bildeten Tiberius und Andris.

Es ging los. Tiberius warf seinen Transporterschlüssel in die Luft und bald war das Portal geöffnet. Er und Andris, dessen Gesicht wie in Stein gemeißelt schien, traten als Erste in das helle Licht.

Kaum waren sie verschwunden, tauchte plötzlich vor Joschas Nase das Guus auf. Erschrocken wich er zurück. »Wenn du wolltest, dass ich vorher noch einen Herzinfarkt bekomme, so wäre dir das beinahe gelungen.«

Niklas war perplex. »Ihr kennt es?«

Claire und Wini nickten.

»Wir müssen los!« Joscha trat eilig einen Schritt vor.

Das Guus streifte dabei seine Wange; es war bewusst geschehen.

Joscha blinzelte irritiert. Das Guus war warm und verursachte ein Kribbeln auf seiner Haut. Unbeirrt ging Joscha weiter, er hatte keine Zeit, darüber nachzudenken, und betrat das Portal.

Das Guus flog zu Niklas. Es kannte ihn nicht und beäugte ihn kurz. Darauf verschwand es gleich im Nichts.

Die Mädchen und Niklas konnten sich nur wundern. Schnell folgten sie Joscha in das Portal.

Mit dem letzten Schritt ins Portal war Claire vollends von hellem, strahlendem Licht umgeben. Kühle, frische, weiche Luft hüllte sie wie in Watte ein, als der kräftige Sog sie erfasste und forttrug.

Es dauerte keine fünf Sekunden und ihre Reise war vorüber.

Claire holte angestrengt Luft und blinzelte. Sie konzentrierte sich, um nicht ihr Gleichgewicht zu verlieren, um schnell deutlich sehen zu können. Instinktiv stellte sie sich in Kampfposition auf.

Stille herrschte an diesem Ort. Die Jungs und Niklas deuteten ihr, dort stehen zu bleiben und leise zu sein. Noch waren sie allein.

Sogleich kam Wini an.

Claire versicherte sich, dass es ihr gut ging, und sah sich dann um.

Die Freunde standen in einem leeren Gang, ohne auch nur eine Tür. Es war ein breiter, kahler, hässlicher Gang ohne Fortkommen. Die alten, brüchigen Wände gingen etliche Meter in die Höhe. Licht von alten, heruntergekommenen Kronleuchtern an der Decke erhellte den Raum. Alles war alt und verkommen, so gar nicht der Stil der Pravalben.

Immer noch waren sie allein. Entgegen Tiberius' Vermutung hielt kein Maludicior Wache. Warum auch? Da es keine Türen gab, kamen die Freunde schließlich nicht voran.

Fragend schauten die Freunde zu Tiberius, der nur mit den Schultern zuckte, als mit einem Male blauer Nebel aufstieg.

Eilmar kam, um sein Versprechen einzulösen. Am Ende des Ganges, weit hinter Wini und Claire nahm er Position ein.

Von Fabien und Amartus fehlte bislang jede Spur. Hatten sie Schwierigkeiten, den Parasum zu betreten?

»Es geht los!«, rief Tiberius.

Alle sahen zu ihm.

Vor ihm tauchte weißer Nebel auf. Wie eine feinporige, durchsichtige Wand schwebte er in der Luft. Der Nebel stieg empor und verdichtete sich. Zwei Maludicioren wurden sichtbar, strahlend weiß und wunderschön. Ohne ein Wort an sie zu richten, ohne überhaupt die Menschen eines Blickes zu würdigen, schossen sie weiße, nebelartige Blitze in Eilmars Richtung. Ein dünner Schweif und ein Zischen folgte den Blitzen, ein Donnern als sie Eilmar verfehlten und hinter ihm in die Wand einschlugen.

Die Freunde duckten sich und aktivierten ihre Schutzschilde. Dicht rückten sie zusammen, auch um Tiberius zu schützen, der kein eigenes Schutzschild besaß. »Closlin und Wibalt«, erklärte er.

Eilmar reagierte sofort und schützte sich ebenfalls durch sein Schutzschild. Er holte aus und schoss eben solche nebelartigen Blitze aus dunkelblauem Licht zurück.

Closlin und Wibalt wirkten blasser, matter als noch vor einigen Wochen. Sie waren eindeutig schwächer als Eilmar.

Dies machte vor allem Wini Mut, die hoffte, mit dem Nightflowen helfen zu können. Sie zögerte nicht und bildete einen mächtigen Energieball zwischen ihren Händen. Kräftige, dunkelblaue Wirbel gaben ihm seine Form. Mit aller Kraft schoss sie ihn auf die Maludicioren.

Wibalt, den sie traf, jedoch kaum verletzen konnte, funkelte sie böse an. Er holte aus, um auch auf sie einen seiner Nebelblitze zu schießen, als Eilmar die Gunst der Stunde für sich nutzte und ihn traf. Ein schmerzerfüllter, kreischender Schrei hallte durch den Gang. Er war so schrill, dass die Freunde sich die Ohren zuhalten mussten. Wibalt krümmte sich.

Closlin wehrte sich weiter, doch Eilmar besaß mehr Kraft. Allein sollte Closlin keine Chance haben.

Wibalt erholte sich schnell. In seinen Augen brannte die Wut und er setzte erneut zum Angriff an – noch rücksichtsloser als zuvor.

Ein Fehler, wie die Freunde beobachteten, denn sogleich nahmen die Schutzschilder der Maludicioren Schaden. Feine, lange Risse zogen sich durch ihre unsichtbaren Schilde; sie schimmerten an wechselnden Stellen auf, sodass die Schilde für die Menschen sichtbar wurden.

Die Wände des Flures erzitterten. Die fehlgeleiteten Blitze zerstörten die Wände. Putz und Steine fielen hinab. Kraterförmige Löcher blieben zurück. Sekunden später schlossen sie sich wieder.

Die Freunde duckten sich. Sie konnten nichts weiter tun, als es auszuharren. Verängstigt beobachteten sie das Schauspiel über ihnen. Noch nicht einmal Tiberius wusste etwas zu unternehmen.

Auf einmal hielten Closlin und Wibalt mitten in der Bewegung inne, als hörten sie etwas. Kurz bevor einer von Eilmars Blitzen sie treffen konnte, verschwanden sie im Nichts. Eine dünne Nebelspur war das Einzige, was von ihnen blieb.

Die Freunde erschraken und sahen sich wachsam um. Sollten die Maludicioren irgendwo anders im Raum auftauchen?

Es war totenstill. Jeder lauschte und beobachtete.

»Was soll das?«, fragte Joscha flüsternd.

Eine Antwort ließ nicht auf sich warten.

Ein Kratzen und Grollen ging durch den Gang. Es war ein Geräusch, als würden Mahlsteine aneinander reiben. Am Ende des Ganges, dort wo sich die Maludicioren aufgestellt hatten, wurde eine Tür sichtbar. – Erst nur die Umrisse. Sie zeichneten sich in der Tapete, im Putz und Stein nieder. Gleich darauf das Material. Tapete wich Stein, Stein wich Holz. Eine Flügeltür aus schwerem, dunkelbraunem, fast schwarzem Holz wurde sichtbar.

Jeder schaute wie gebannt und voller Vorsicht auf die Tür. – Sie war alt und unscheinbar, barg jedoch das größte und gefährlichste aller pravalbischen Geheimnisse.

Ein abgehacktes Quietschen erfüllte den Raum. Langsam bewegte sich die rechte Türklinke nach unten.

Die Nerven der Freunde waren zum Zerbersten gespannt und sie traten instinktiv einen Schritt zurück.

Mit einem leichten Knarzen öffnete sich nun die Tür einen Spalt weit. Dann wurde es still, nichts rührte sich mehr.

»Der Rest liegt nun bei euch.«, hörten sie Eilmar sagen, bevor seine Gestalt vollends verblich. Von jetzt an waren sie auf sich gestellt.

Andris schnaubte abfällig.

»Er lässt uns wirklich allein.«, stellte Wini empört fest.

Claire drückte ihre Hand. »Und wir werden es trotzdem schaffen.«, ermutigte sie ihre Freundin.

Wini sah, dass es Claire ernst war, und so nickte sie zuversichtlich.

Tiberius, der die Tür, den Zugang zu Gawrils Höhle, kannte, trat wachsam nach vorn.

Der Zugang reagierte sofort auf ihn und öffnete sich wenige Zentimeter weiter.

Unerschrocken ging Tiberius voran; auch als er sah, was ihm am Boden entgegen kam.

Gras und Moos wuchsen ihm entgegen, suchten kriechend den Weg in den Gang.

Tiberius stand nun direkt vor der Tür. Er sah geradewegs in den Raum und atmete sichtlich ein. Leichter Wind wehte ihm entgegen. Kurz hielt er inne und er schien ruhiger zu werden. Er nickte gedankenverloren, als versicherte er sich selbst, dass es in Ordnung sei, den Raum zu betreten, und deutete dann mit einem Nicken seinen Freunden, ihm zu folgen.

17

Langsam traten die Freunde ein. Das Gras raschelte unter ihren Füßen. Weitläufig sahen sie nichts als Wald: Gras, Bäume mit satten grünen Blättern, Sträucher, kleine Felsen und mittendrin einen Teich mit fluoreszierendem Wasser. Der Ort schien verlassen. Kühler Wind wehte durch die dichten Baumkronen und wiegte säuselnd die Blätter. Vogelgezwitscher war in der Ferne zu hören. Nach oben hin war ihre Sicht begrenzt. Es war, als wenn die Bäume, eine Glocke aus Blättern die Sicht auf das Eigentliche verbarg.

»Normalerweise sieht es hier ganz anders aus.«, bemerkte Tiberius leise, als sie vollzählig waren. – Von Fabien und Amartus fehlte weiterhin jede Spur. Sie vermuteten, als Aperbonen hatten sie es nicht geschafft, dorthin zu gelangen. Sie mussten allein weiter.

Nach Joscha, der als Letzter eintrat, schloss sich die Tür von selbst. Das Knarzen des schweren Holzes wirkte unwirklich an diesem Ort. Die Blätter an den Bäumen und Sträuchern begannen zu zittern. Die Tür und die Wand verblassten, der Wald nahm ihre Stelle ein.

Wieder herrschte Stille. Der Wald war wunderschön und strahlte Ruhe und Frieden aus. Doch die Freunde blieben misstrauisch, sie ließen sich nicht täuschen. Sie blieben dicht beieinander und beobachteten die Umgebung. Zu Recht!

Mit einem Fingerschnips waren sie plötzlich gefangen; in einem weißen Nirgendwo. Die Welt um sie hatte sich verkehrt. Auf einmal standen sie in einem weißen, kahlen Raum, gefangen in zwei Käfigen. Der Wald war von der einen auf die andere Sekunde verschwunden. Sie waren eingesperrt in großen Löwenkäfigen. Claire, Wini und Tiberius in einem, Niklas, Joscha und Andris in einem zweiten.

»Oh, nein. Nein!«, ängstigte sich Wini. Ihre Augen hatten sich stark geweitet, nervös sah sie sich um.

Jetzt wussten sie, worauf sie sich eingelassen hatten.

»Gawril?«, rief Tiberius; seine Stimme war laut, klang jedoch vorsichtig. »Wir kommen in Frieden!«

Sekunden verrannen. Keine Antwort.

»Alles okay bei euch?«, rief Andris herüber, der in knapp fünf Meter Entfernung gefangen war.

»Alles – okay …«, antwortete Tiberius. Er versuchte, sich einen Reim darauf zu machen.

Die Freunde waren versucht, in Panik zu geraten, doch sie mussten weiterhin fokussiert bleiben, sie mussten den Raum im Auge behalten. Sie stellten sich Rücken an Rücken und sahen sich um.

»Wo steckt er?«, fragte Claire Tiberius leise.

»Keine Ahnung. Aber, überleg mal, was gerade passiert: Der spielt mit uns!«

»Mmh … Wenn das so ist, dann spielen wir mal ein bisschen mit.«, erklärte sie und trat an die weißlackierten Sprossen des Käfigs. »Solange er uns nicht für voll nimmt, wird er auch nicht mit uns reden.« Claire konzentrierte sich auf die robusten, metallenen Sprossen und umfasste zwei nebeneinanderliegende. Sie wollte sich aus dem Käfig befreien und dies ging nur über die Sprossen. Um sich besser zu konzentrieren, schloss sie die Augen und stellte sich vor, wie das Metall porös wurde, empfindlich wie Kinderspielzeug. Unter ihren Fingern merkte sie, wie die Sprossen nachgaben. Es knackte und sogleich hielt sie ein Stück der einen Sprosse in der Hand.

Tiberius und Wini halfen ihr und brachen weitere Stücke heraus, bis sie genügend Platz hatten, um zu entkommen.

Claire grinste und ließ Tiberius den Vortritt. Als er am Boden war, half er ihnen beim Herausklettern.

Wini wollte zum zweiten Käfig, als Claire sie zurückhielt. »Warte! Darauf spekuliert er.« Erneut schloss sie die Augen. »Andris, Joscha, jetzt!«

Die beiden Jungs wussten sofort, was zu tun war, und drückten gegen die Sprossen, zerstörten sie. Nun waren auch sie befreit.

Noch immer herrschte Stille, nichts geschah. Es war nervenzerreibend, als säßen sie auf einer tickenden Zeitbombe. Die Freunde hatten mit einem Kampf gerechnet, aber nicht mit solchen Spielchen. Es war auf eine Art erleichternd, nicht sofort angegriffen zu werden, andererseits sehr bedrohlich. Denn sie wussten, wenn Gawril wollte, konnte er sie mit Leichtigkeit bezwingen. Was also hatte er vor?

Langsam näherten sie sich einander und je weiter sie sich von den Käfigen entfernten, desto blasser, durchsichtiger wurden sie. Jetzt standen sie nur noch in einem riesigen, leeren, weißen Raum.

»Geht es euch gut?«, fragte Niklas mit finsterer Miene.

Die Mädchen nickten.

»Was bezweckt er damit?«, versuchte Andris zu verstehen.

»Er stellt uns auf die Probe. Er will wissen, wie wir reagieren, was wir, was *ihr* könnt.«, machte ihm Tiberius klar.

»Sie haben Angst.«, hallte es plötzlich durch den Raum. Eine warme, ruhige Männerstimme. »Ihre Augen verraten sie.«

Giftiges, zischendes Gelächter zweier weiterer Stimmen schallte ihnen entgegen.

Reflexartig drehten sich die Freunde um, suchten nach der Quelle. Sie rückten dicht aneinander, Rücken an Rücken. Nichts sollte ihnen entgehen. Claire und Wini fassten sich an den Händen.

»Tiberius, der Verräter. Was willst du mit ihm?«, zischte eine Stimme.

Die einzig warme Stimme der dreien antwortete geduldig, »Er ist ein Verräter, aber mächtig. Ich werde sehen …«

»Verräter müssen sterben.«, zischte die zweite Stimme voller Inbrunst. »Und sein Gefolge! Aperbonen-Pack!«

Die zischenden Stimmen gingen den Freunden durch Mark und Bein. Sie hatten schwer zu kämpfen, dass ihre Angst nicht überhand gewann.

»Na, na, na, na.«, erwiderte die warme Stimme, die anscheinend am meisten zu sagen hatte und wie die Freunde ahnten, zu Gawril gehörte. »Sie sind mächtiger als die meisten von uns. Ich möchte sie kennenlernen.«

»Aber sie kommen mit bösen Absichten.«, protestierte eine der anderen Stimmen. – Die Freunde trauten sich nicht, zu widersprechen.

»Schweig!«, grollte Gawril.

Schneller als sie gucken konnten, veränderte sich der Raum ein weiteres Mal. Das Weiß verschwand und wich grauem Stein. Ein riesiges Höhlengewölbe tat sich um sie auf. Die Temperatur sank schlagartig ab, es wurde kalt. Das Gewölbe war Furcht einflößend. Es hatte mehrere Risse im Boden und in der Wand, die weißes Licht durchschimmern ließen. An manchen Stellen waren die Risse so groß, dass das weiße Licht wie aus Strahlern schoss. Der Boden bestand aus dunkelgrauen Marmorplatten, die in sich verziert waren. Kleine und große nach oben ragende Felsen durchbrachen stellenweise den Boden. Die Freunde standen auf einer großen Fläche aus Marmor. Ein Rauschen wie das im Raum der Energieströme erfüllte das Gewölbe.

Außer Niklas zuckte jeder von ihnen merklich zusammen. Die Veränderung kam so unerwartet, dass Panik in ihnen aufwallte. In diesem einen Augenblick begriffen sie vollends, sie hatten nicht die geringste Chance gegen Gawril. Wenn Gawril nicht gewillt war, ihnen zuzuhören, ihnen zuzustimmen, waren sie des Todes.

Auf einer meterhohen Empore mitten im Fels tauchte nun ein Maludicior auf. Strahlend weiß, mächtiger, als sie je zuvor einen gesehen hatten. Zeitgleich tauchten auf zwei nahe gelegenen Emporen, eine rechts, eine links, zwei weitere Maludicioren auf, die jedoch leicht blasser und kleiner wirkten. Einer von ihnen schien eindeutig weiblich; ihre Gesichtszüge verrieten sie.

»Links Beryl, rechts Siegram und in der Mitte Gawril.«, erklärte Tiberius knapp.

»Er wird nicht mit uns reden.«, flüsterte Wini Claire in böser Voraussicht zu. »Wie konnten wir nur so dumm sein.«

»Willkommen!«, richtete Gawril das Wort an sie. Seine Stimme klang warm, tief wie die eines Mannes. »Willkommen in meiner Arena.« Gawril stoppte, sah sich um und fügte hinzu, »Viel Glück, euch Menschenkindern.«

Sogleich tauchten vier menschliche Pravalben hinter einem Felsen auf. Zwei von ihnen erkannten die Freunde sofort: Danilo, angehendes Ratsmitglied, und Saori. Diese zwei traten ihnen von vorne entgegen. Die zwei anderen von hinten.

Andris sah zu Claire und Wini. »Wellem und Gloria. Zu Wellem: Seht zu, dass er euch nicht berührt! Zu Gloria: Sie kennt jeder eurer Stärken und Schwächen. Unterschätzt sie nicht wegen ihrer Größe!«

Wellem war mit Anfang vierzig in Niklas' Alter. Er hatte hellbraune Haare und einen schlanken Körper. Zudem hatte er etwas Aristokratisches an sich und wirkte elegant und wenig geeignet für den Kampf.

Gloria war klein und füllig. Sie hatte lange, wellige, braune Haare und karamellfarbene Haut.

Claires Blick wechselte zwischen den vieren, denn in drei der vier Augenpaare brannten dunkelblaue Flammen. Größer konnte die Warnung ihres Flammenauges nicht sein. Wini, die darüber hinaus einige ihrer Absichten sah, erschauderte. Sie sah Danilos und Saoris Hass. Die beiden hatten keine Skrupel, bis zum Äußersten zu gehen. Sie sah Glorias Überheblichkeit, wie sie sich ausmalte, den Freunden ihre Energie zu entziehen und dies mit Leichtigkeit. Nur bei Wellem sahen sie beide nichts.

Stetig kamen die Pravalben näher, langsam, mit selbstgefälligen Grinsen in den Gesichtern. Die Maludicioren standen wie auf Zuschauerplätzen einer Arena. Es war klar, sie würden nur im Notfall eingreifen. Sie sahen es als ihr persönliches Schauspiel an.

Niklas nutzte diese letzte Chance für sich, trat dichter zu Tiberius und sah ihn vielsagend an. Gezielt griff er ihm an den Rücken, wo er den Dolch versteckt hielt.

Tiberius ließ es ungerührt geschehen.

Niklas nahm den Dolch an sich und versteckte ihn auf die gleiche Weise bei sich.

Claire, die es beobachtete, schüttelte verhalten den Kopf. Sie ahnte, was er vorhatte, und wollte ihn davon abbringen.

Niklas jedoch lächelte sie nur an.

In diesem Moment wusste Claire, dass sie nichts mehr tun konnte. Sie konnte Niklas nicht abhalten. Schnell wanderte ihr Blick zurück zu den Pravalben.

Und die waren bereits sehr nahe.

Tiberius hatte genug davon, zu warten. Er fixierte Danilo und stürzte sich brüllend auf ihn.

Dies war der Beginn.

Saori und Gloria stürmten auf Andris und Joscha zu. Wini und Claire traten Wellem entgegen.

Zugleich trat Niklas unbemerkt zurück. Er wusste, dass seine Freunde zurechtkamen, auch ohne ihn. Er blickte in die Höhe, dorthin wo Gawril stand, und ging weiter. »Ich habe euch gewarnt, reden bringt nichts.«, sagte er laut zu sich selbst. Seine Freunde konnten ihn nicht hören. Noch einmal blickte er verstohlen zu Gawril und schlich sich dann seitlich zu der Steinwand, von der er Gawril erreichen konnte.

Gawril, der den Kampf beobachtete, nahm Niklas' Versuch, zu ihm zu gelangen, nur mit einem matten Lächeln wahr. Zum Handeln blieb noch viel Zeit.

Saori registrierte Niklas in einem kurzen Augenblick, konzentrierte sich dann jedoch wieder auf Andris, ihren ärgsten Feind.

Der Kampf war schneller und brutaler, als es Claire je erlebte. Jeder der Freunde setzte all seine Fähigkeiten ein.

Wini nutzte das Nightflowen und versuchte, nicht nur Wellem außer Gefecht zu setzen, sondern auch ihren Freunden damit zu helfen und schoss ihre Energiebälle ebenso auf Saori, Danilo und Gloria. Da die Pravalben keine Schutzschilde besaßen, war ihre einzige Möglichkeit, auszuweichen, was den anderen Luft verschaffte.

Andris wandelte sich in Wind und schaffte es so, Saori mit ihren schnellen, schlangenartigen Bewegungen auszuweichen und im Gegenzug sie einzukesseln.

Tiberius versuchte mit Wind und Nebel, Danilo zu stürzen, die Sicht zu nehmen, doch der war schlauer geworden und wich ihm gezielt aus. – Danilo war auch dahin gehend schlauer geworden, den Boden nicht erbeben zu lassen und sich so selbst zu verletzen. Wenn er wollte, konnte Danilo die gesamte Höhle zum Einsturz bringen.

Claire überlegte, mit dem Changing allen Pravalben gleichzeitig zuzusetzen, sie erstarren zu lassen, allerdings war sie so aufgeregt und abgelenkt, dass sie dafür die Konzentration nicht fand. Zumal sich alle wild bewegten und es ein höllisches Durcheinander war.

Die Pravalben dagegen versuchten ohne Unterlass, den Freunden ihre Energie zu entziehen. Ohne großen Erfolg. Ihr Schutzschild und das Fidesamt schützten sie. Die Pravalben hatten nahezu keine Chance.

Plötzlich schrie Saori hasserfüllt auf und drückte Andris mit aller Kraft an einen nahe gelegenen Felsen.

Die spitzen Kanten des Steins drückten sich in Andris' Rücken und er verzog schmerzerfüllt das Gesicht.

Saori griff mit den Händen um seinen Hals und versuchte, ihn zu würgen. Ihre schmalen, langen Finger pressten sich in sein Fleisch, würgten ihn wie mehrere kleine Schlangen.

Andris keuchte und wandelte sich augenblicklich in Wind. Er musste ihrem Griff sofort entkommen. Ein paar Sekunden länger und er wäre erstickt.

Claire und Wini waren kurz abgelenkt, sie hatten nach Andris geschaut. Dies nutzte nun Wellem für sich. Er packte Wini am Arm.

Sogleich schrie Wini erstickt auf. Etwas brannte unerträglich auf ihrer Haut. Der Schmerz raubte ihr die Kraft.

Claire handelte, ohne lange zu denken, sprang von hinten auf Wellems Rücken und griff mit einem Arm um seinen Hals. Sie erblickte das pravalbische Zeichen versteckt hinter seinem rechten Ohr und wusste sofort, was zu tun war.

Urplötzlich stiegen weiße Nebelschwaden aus Wellems Brust empor. Claire entzog ihm seine Energie. Sein Tattoo schimmerte verzerrt. Wellem war wie gelähmt. Er hatte noch versucht, sich zu wehren, aber nun konnte er sich nicht mehr rühren. Sein Griff um Wini lockerte sich.

Wini befreite sich und Claire ließ Wellem los. Schnell stellten sich die beiden ihm gegenüber. In dem Moment sah Claire, was Wini solche Schmerzen bereitet hatte. Auf ihrem Arm war ihre Haut stark gerötet. Wie ein Brandmal prangerte das pravalbische Zeichen auf ihrer Haut. Wini fühlte vorsichtig darüber, es war heiß. Noch immer pochte der Schmerz darin.

Wellems Augen waren für einen Augenblick weiß umschleiert, er hatte keine Orientierung. Dann blinzelte er. Er schaute auf und lachte leise. »Dumm und feige.« Aber sein Lachen war mehr als höhnisch, in ihm schwang Erleichterung mit. Claire hätte ihm all seine Fähigkeiten nehmen können und das wusste er.

Erneut änderte sich sein Blick. Verwunderung flammte darin auf. Seine Augen weiteten sich und er schaute an Claire und Wini vorbei. Beunruhigt wich er zurück.

Die Mädchen sahen sich automatisch um.

Nora Collins, die blonde, verrückte Schönheit, Toms Mutter, tauchte mithilfe ihres Transporterschlüssels nur wenige Meter entfernt von ihnen auf. Doch dies war nicht, was Wellem beunruhigte. Es war, weil sie kam nicht allein. Nora kam in Begleitung von Freunden, ihren Freunden: Fabien und Jeanne.

Claire und Wini trauten ihren Augen nicht.

Der Kampf kam allmählich zum Erliegen. Jeder hatte es gesehen und die Pravalben wichen zurück. Niklas, der bislang nicht weit gekommen war, drehte sich um und erstarrte. Was hatte das alles zu bedeuten?

»Fabien, geh du zu Claire und Wini.«, gab ihm Nora die Anweisung. Jeanne nickte sie nur zu. Sie lief zu Tiberius.

Jeanne sah kerngesund aus und war überglücklich ihn wiederzusehen. Tiberius konnte es nicht glauben und hielt sie einfach nur fest.

Nora selbst stellte sich augenblicklich zu Andris und zwinkerte ihm zu. Sie wirkte viel ruhiger und ernsthafter als sonst. Das Summen und ihre verrückte Art hatte sie abgelegt, bis auf ein waghalsiges Funkeln in ihren Augen.

Andris schmunzelte und nickte ihr amüsiert zu.

Joscha, Claire und Wini reichte die Geste, um zu verstehen, was vor sich ging. Nora Collins hatte sich auf ihre Seite geschlagen. Wie schon einmal vor vielen Jahren als sie mit Niklas zusammengekommen war.

Claire schüttelte den Kopf. »Ich glaub's nicht!«

»Solltest du aber.« Fabien lächelte.

»Soll das heißen, Jeanne war nie in Gefahr?!«, schlussfolgerte Wini.

Fabien nickte schuldbewusst. Ihm war klar, dass sich Wini große Sorgen gemacht hatte. Mit der folgenden Reaktion hatte er deshalb überhaupt nicht gerechnet.

»Gott sei Dank.«, atmete sie auf.

Unverzüglich stellten sich die Freunde neu auf. Sie bildeten eine Front gegen die menschlichen Pravalben.

Die Pravalben wussten, ohne die Maludicioren hatten sie keine Chance, und so wichen sie weiter zurück.

Danilo schrie erbost über Nora, »Du Heuchlerin, du Verräterin! Ich bringe dich um!«

Nora konterte gleichgültig. »Versuch's doch!« Seine Worte ließen sie völlig kalt.

Danilo schrie vor Wut. Es schien so, als wenn nicht Nora, die aufgrund ihres Summens immer als ein wenig verrückt galt, den Verstand verloren hatte, sondern Danilo.

Gawrils dunkle Stimme hallte durch die Höhle und brachte Danilo zum Schweigen. »Welch interessante Wendung. Noch ein Abtrünniger.«, stellte er amüsiert fest. – Auf beiden Seiten herrschte Verwunderung. Warum amüsierte er sich darüber?

Für einen kurzen Augenblick sah Niklas zu Nora und ihre Blicke trafen sich. In Noras Blick lag eine Entschuldigung, Traurigkeit und Schmerz, in Niklas' Blick die pure Verwirrung.

Gawril trat nun auf der Empore zwei Schritte vor und blickte auf die Menschen hinab. Seine Gestalt strahlte unbändige Macht aus und wirkte auf jeden Furcht einflößend. Sein Gesichtsausdruck jedoch spiegelte etwas ganz anderes wider. Er schien aufgeschlossen, fast heiter, als wäre er ein freundliches Wesen. Zum Erstaunen aller senkte Gawril seinen Kopf und begrüßte die Freunde.

Jeder erwiderte die Geste.

Darauf traten die menschlichen Pravalben automatisch weiter zurück. Sie gaben das Feld frei.

»Es ist lange her, dass ich mit Aperbonen gesprochen habe.«, richtete Gawril mit warmer Stimme das Wort an sie.

»Du solltest nicht mit ihnen reden. Wir sollten sie *vernichten!*«, zischte Siegram.

»Willst du mir etwa widersprechen, Siegram? Was fällt dir ein! Ich bin eurer Ursprung, eurer Quell. In Demut habt ihr mir zu folgen!«, verwies Gawril Siegram erbost in seine Schranken. Langsam wandte er sich wieder den Freunden zu. Er blickte zu Nora und Tiberius und begann ein Gespräch. »Nora Collins, angesehene, gefürchtete Pravalbin. Tiberius Jakobs, angehendes Ratsmitglied, reich, einflussreich, der Klügste der drei Nachfolger und der begabteste. Wie kam es dazu, dass ihr abtrünnig wurdet?« Gawril atmete nachdenklich aus und schloss kurz die Augen. Als Gawril die Augen wieder öffnete, räusperte sich Andris.

»Nicht!«, wollte ihn Nora abhalten.

Gawrils Aufmerksamkeit war jetzt auf die beiden gerichtet. Er betrachtete sie interessiert von oben bis unten und plötzlich schwebte er zu ihnen hinunter. Sanft schwebte er zu Boden. Sein strahlendes, weißes Gewand flatterte sanft im Wind. Silberfarbene Reflexe blitzten in ihm auf. Seine Gestalt war groß und zart zugleich wie die aller Maludicioren und Livonten. Gawril umgab eine hypnotische Präsenz. Keiner konnte den Blick von ihm abwenden, sich seiner Schönheit entziehen. Sein elfenähnliches Gesicht, das verborgen hinter einem dünnen

Schleier lag, war kantig und eindeutig männlich. In seinen großen, mandelförmigen Augen lagen Weisheit und das Wissen
seiner unbändigen Macht. Gawril war vollkommen unerschrocken, er kannte keine Angst.

Andris deutete seinen Freunden, ein Stück zurückzuwei-
chen. Er wollte Abstand wahren, auch wenn dies vermutlich
nur wenig nutzte.

»Du bist zerrissen, wie viele von uns in diesem Raum.«,
wandte er sich an Andris und blickte dann zu Niklas hinter
sich. Er wusste genau, dass er dort war. Schlagartig wechselte
er das Thema. »Hm … Renee konnte es wirklich nicht lassen … und ich habe nichts gemerkt.«, sagte er laut vor sich her.
Er sprach zusammenhanglos, dennoch die Freunde wussten, er
sprach von Renee und ihrem Wissen über den Dolch. »Wieder
jemand, der mich hintergangen hat.«, entfuhr ihm grimmig.
Sein Blick wanderte völlig in Gedanken versunken durch den
Raum.

Wini und Claire sahen sich irritiert an. Alle waren verwundert, so hatten sie sich ihn nicht vorgestellt. Er war viel
menschlicher, als sie geglaubt hatten. Von seinen Gefühlen ge-
trieben – launisch. Was eine Gefahr sein konnte.

Dann schmunzelte Gawril und seine Stimme klang wieder
freundlich. »Es gibt nur einen Grund, warum ich es ihr erzählt
habe. Ich wusste immer, dass ich mich auf sie verlassen kann.«
Was er sagte, machte keinen Sinn. War er nun sauer auf Renee
oder nicht? »Nach ihr gab es keinen Menschen, den ich wieder
so mochte. Nur … vorher. Ja, vorher.« Gawril wirkte traurig.

Mit einem Male erschien ein Schatten, eine Illusion über
den Köpfen der Freunde. Es war eine Frau, es war Ostara. Die
Ostara aus dem Buch, die von der Holztafel mit ihrem prächti-
gen Gewand und ihren voller Zuversicht strahlenden Augen.
Ihre Illusion wandelte wie in einem Film im Raum, lachte und
blickte liebevoll.

In diesem Augenblick wussten sie, dass Renees Geschichte
der Wahrheit entsprach. Gawril hatte wirklich eine Frau gehabt, sie geliebt und die Trauer bis zu diesem Tage nicht über-

wunden. Aber wie konnte dies sein? Sie war Mensch, er Maludicior. Er war das Böse. Wie konnte er Liebe für irgendwen empfinden?

Sein menschliches Gefolge war ebenso sprachlos und verstand noch weniger.

Die Illusion verblasste und Gawril sah sich mit schmerzerfüllten Augen um. Er sah zu Andris, dessen Blick besorgt auf Wini und Claire ruhte. Gawril schaute zu Joscha und wieder zurück zu Claire.

Claire, die seinen Blick erwiderte, fühlte mit ihm. Für sie spielte es keine Rolle, dass er ein Maludicior war. Er litt und ihr tat es leid.

Gawrils Augen waren traurig gewesen, doch jetzt schaute er sie plötzlich wütend an.

»Wenn ich allein sein muss, dann sollst du es auch. Meine Ostara musste sterben, deine jetzt auch.«, flüsterte er nahezu und schaute zu Boden.

Claire schrie erstickt auf. Ein stechender, brennender Schmerz durchzog ihren Bauch. Kaum bekam sie noch Luft. Der Schmerz verstärkte sich und riss sie beinahe in Ohnmacht. Sofort begann sie zu bluten. Ihre Wunde, die bereits verheilt war, riss tief auf, als wäre sie frisch wie am ersten Tag. Blut färbte ihre Kleidung dunkelrot und tropfte zu Boden.

Sofort war Andris da, um sie zu stützen.

Wini schrie, »Hör auf! Bitte!«

Danilo lachte voller Hass.

Gawril rührte sich nicht. Er richtete den Blick auf Claire und grinste böse. All seine Menschlichkeit, die die Freunde noch soeben in ihm gesehen hatten, war verflogen. Der Maludicior war zurück.

Von der einen auf die andere Sekunde änderte sich die Stimmung erneut. Gawril schien beunruhigt und sah sich argwöhnisch um.

Blauer Nebel tauchte vor Claire auf und verdichtete sich blitzartig.

»Serafina!«, staunte Fabien.

Endlich bekamen sie Hilfe.

Serafina stellte sich schützend vor Claire. Ihr dunkelblaues Gewand schützte sie vor Gawrils Macht.

Sogleich ebbte der Schmerz in Claires Wunde ab. Claire atmete schwer und sie musste kämpfen, um sich aufzurichten. Andris und Wini halfen ihr. Mit müden Augen erblickte sie Serafina und war zutiefst erleichtert.

Serafina sah mächtig und wunderschön aus. Nur kurz blickte sie zu Claire. Sie musste Gawril im Auge behalten.

Gawril schaute sie neugierig an. Die Boshaftigkeit in seinem Blick war verflogen. Er bemerkte, wie Beryl und Siegram unruhig wurden, und deutete ihnen, dort zu bleiben, wo sie waren. Die menschlichen Pravalben wurden ebenso unruhig und das Gemurmel wurde lauter. »Schweigt!«, befahl er ihnen mit grollender Stimme, woraufhin alle verstummten.

»Es ist genug.«, sagte Serafina mit ihrer warmen, weichen Stimme zu Gawril.

Gawril seufzte bedauernd. »So viele Jahre, Jahrhunderte … Nach so langer Zeit stehen wir uns gegenüber. Ich ahne …, du willst versuchen, mich zu bekehren, aber dein Versuch wird nicht fruchten. Ich bin, wer ich bin: Macht, Gier, Hass.«

»Du bist viel mehr als das, Tibald. Und du weißt es.« Serafina schien sichtlich besorgt. Nur, was hatte dies zu bedeuten? Warum sorgte sich ein Livont um einen Maludicior?

»Tibald?«, wunderte sich Wini und schaute fragend zu Fabien, der jedoch nur mit den Schultern zuckte.

»Mein Name ist Gawril, wie du weißt. Und nein, ich bin *nicht* mehr als das.«

Gawril und Serafina standen nur wenige Meter voneinander entfernt. Für jeden war verwirrend, sie so nah beieinander zu sehen. Sie waren vertraut, was seltsam war.

Claire stöhnte. Ihr war übel und sie konnte sich nur so eben auf den Beinen halten. Sie verstand nichts von dem, was sie hörte und sah, dafür ging es ihr zu schlecht.

»Nun denn. Wenn dies so ist, bitte ich dich, sie gehen zu lassen. Du weißt, sie wollten nur Antworten, nicht deinen Tod. Du weißt es.«

»Doch sie wollen.«, sprach Gawril leise und drehte sich ruckartig um.

Erst jetzt sahen die anderen, dass Niklas dicht hinter Gawril stand. Er holte aus, um mit dem Dolch zuzustoßen.

»Nicht, Niklas!«, warnte ihn Serafina; es war zu spät.

Niklas holte weiter aus, aber Gawril war schneller und schleuderte ihn von sich. Mit einer kraftvollen Armbewegung stieß er ihn von sich fort. Niklas hatte keine Chance. Laut krachend knallte Niklas auf den harten Marmor und schlitterte weiter. Der Dolch flog ihm aus der Hand.

In gefährlicher Nähe tat sich ein Abgrund auf, aus dem helles Licht strahlte, und Niklas kam nicht zum Stehen. Er war zu schnell.

»Nein!«, schrie Nora und rannte los. Joscha lief ebenfalls los. Andris und Wini, die Claires schwachen Körper stützten, konnten nichts weiter tun als zusehen. Serafina, die ihre jungen Freunde bewachte, wagte es nicht, ihren Platz zu verlassen. Zu groß war die Gefahr, dass Gawril dies ausnutzte. Er war unberechenbar.

Wini erkannte, es war zu spät. Niklas würde fallen.

Gerade als Nora Niklas' Hand greifen wollte, rutschte er ab in den hellen, breiten Abgrund. Es gab nichts, an dem sich Niklas hätte festhalten können und so fiel er in die Tiefe des hellen Lichts.

Niklas sah hinauf in Noras Gesicht. In dem Moment las er in ihren Augen die Wahrheit. Sie hatte nie aufgehört, ihn zu lieben. Sie hatte sich nie von ihm abgewandt. Er verstand, sie hatte alles zu Toms und seinem Schutz getan.

»Ich liebe dich.«, flüsterte Nora.

Niklas verschwand im gleißenden Licht und Nora brach in Tränen aus.

Wini bekam kaum noch Luft. Jeanne zitterte. Sie konnten nicht glauben, was geschah.

Dieselbe Wut, die Niklas ergriffen hatte, packte jetzt Joscha. Er blickte sich um, sah den Dolch und lief los. Er wollte zu Ende bringen, was Niklas begonnen hatte.

Serafina schwante Böses. Gawril würde Joscha töten. Kraftvoll bäumte sie sich Gawril entgegen, um ihn für zumindest einen Augenblick abzulenken.

Claire schrie, sie wollte nicht, dass Joscha sich in Gefahr brachte. Andris hielt sie zurück.

Beryl stürmte auf Joscha von der Seite zu; diesmal war Joscha schneller und schnappte sich den Dolch.

Wini half ihm und schoss Energiebälle auf sie. Zwar konnte sie Beryl nicht verletzen, aber zumindest blenden und Joscha so Zeit verschaffen. Zeitgleich wehrte sie Siegram ab, der von der anderen Seite auf ihn zu kam.

Fabien sprintete als Lyncis los und hoffte, ihm helfen zu können.

Joscha lief, es waren nur ein paar Meter, und sprang. Gawril drehte sich um, zu spät. Mit voller Wucht rammte Joscha Gawril den Dolch in die Brust.

Ein erstickender Schrei, hell, zerreißend, hallte durch die Höhle. Weißes Licht erstrahlte um Gawrils Körper und eine Druckwelle schob alles von ihm. Serafina, Beryl und Siegram wichen zurück. Fabien bremste und duckte sich. Gawril krümmte und streckte sich. Sein Schrei, er selbst schien zu zerreißen. Das Licht wurde greller und plötzlich erschien neben Gawril, der für einen Augenblick wie reglos schien, eine Menschengestalt, ein vager Umriss eines Mannes, bis beide in weißem Licht und einem Schrei vergingen. Die Freunde wurden geblendet, nichts war mehr zu sehen. Schützend hielten sie sich ihre Hände vor die Augen, als blitzartig das Licht erlosch.

Gawril war fort – tot. Zerrissen durch seinen Dolch.

Claire hörte nichts mehr, außer ihr eigenes schweres Atmen. Etwas schien ihr die Kehle zuzuschnüren. Es war ihre Angst. Panisch suchte sie nach Joscha, konzentrierte sich darauf, klarer sehen zu können.

Joscha sackte wie im Nebel auf die Knie. Sein Kopf fiel leblos in den Nacken.

Claire wusste, was geschehen war. Ihr Herz setzte aus. Und

plötzlich war alles schwarz.

Nicht Joscha nahm Claires Hand an diesem kühlen Tag. Es war Wini, die ihr tröstend die Hand drückte. Es war der Tag von Joschas Beerdigung.

Joscha war nicht mehr. Denn auch er war gestorben in jenem Moment, als der Dolch Gawril traf. Joscha gab sein Leben für Gawrils Tod. Von Gawril blieb nichts, Joschas Körper jedoch blieb unversehrt zurück. Als die Pravalben flohen, versuchten seine Freunde ihm noch zu helfen – vergebens. Als der Parasum zusammenzubrechen drohte, flohen auch sie. Seinen leblosen Körper nahmen sie mit.

Claire stand umgeben von wenigen Trauergästen auf einer weiten Wiese. Reif bedeckte die Gräser und glitzerte in der Morgensonne silbrig. Ein kalter, sanfter Wind wehte über sie hinweg.

Sein Lehrer, sein Freund verabschiedete ihn, kein Priester. Es war Amartus. Er verlas eine Rede, die dem Joscha gerecht wurde, so wie ihn Claire, Andris, Wini, Jeanne, Fabien und Tiberius kannten.

Die Köpfe der Trauergäste waren gesenkt. Neben Joschas Eltern waren seine engsten Freunde anwesend, worunter Joscha auch die Hausangestellten Henry und Eliska, die Hauswirtschafterin, gezählt hätte. Norwin saß zu Claires Füßen und Alwara im Baum über seinem Grab, das direkt neben dem seines Urgroßvaters lag. Weiter hinten standen James, Nora und Carolina. Der Rat war nicht eingeladen worden und so waren auch keine Livonten anwesend. Claire bedauerte, dass Serafina und Radomil, sein Schutzpatron, nicht gekommen waren.

»Ich kann nicht mehr.«, seufzte Claire still. *»Ich kann nicht mehr. Ich habe genug von allem, dem Leid, der Zerstörung ... So viele Menschen, die sinnlos sterben ... Alexander, Tom, Niklas ... Joscha ... Und so viele Fragen, auf die wir nie eine Antwort erhalten werden. Nichts ergibt mehr einen Sinn ... Ich will das nicht mehr. Ich will nach Hause.«*

Andris sah zu Claire. Sie spürte seinen Blick auf sich und

schaute zu ihm. Sein Gesicht schien versteinert, seine Augen wirkten leer. Sogleich sah er fort. Auch Andris' Gedanken wurden von Trauer bestimmt, doch eines beschäftigte ihn viel mehr. *»Ich habe meinen besten Freund verloren ... meinen Bruder ... Und dieses eine Leben, diese vielen Leben sind noch immer nicht genug. Das Sterben wird kein Ende finden, solange bis ...«*

Anmerkungen der Autorin

Dieser Roman ist ein reines Fantasie-Produkt. Alle darin aufgeführten Menschen und Unternehmen sind fiktiv.

Eine Ähnlichkeit zwischen den handelnden Figuren in meinem Buch und lebenden Menschen sowie zwischen den erdachten Unternehmen und möglicherweise existierenden in der Realität ist nicht beabsichtigt.

Zudem entsprechen die in diesem Buch beschriebenen Orte nicht zwangsläufig denen unserer realen Welt. Vielerlei Anpassungen habe ich zugunsten meines Romans vorgenommen.

Das Schreiben und Veröffentlichen eines Buches ist nicht immer leicht. Aus diesem Grund möchte ich mich bei ein paar sehr lieben Menschen bedanken, die mich unterstützt haben.

Mein Dank gilt an erster Stelle meiner Familie, die mir in den vergangenen Jahren unendlich viel Mut zugesprochen hat. Danke meiner Mum, die mir jederzeit mit Rat und Tat zur Seite steht, wenn ich sie brauche, und meinem Vater, der, wo er nur kann, die Werbetrommel für mich rührt. Meiner großen Schwester möchte ich danken, dass sie so eine tolle Freundin ist.

Eine dicke Umarmung für meine Freunde, die meine Leidenschaft fürs Schreiben verstehen und auch mal ein Auge zudrücken, wenn ich zu viel davon rede.

Ein weiteres Dankeschön geht an diese Künstler, die mich mit ihrer Musik inspiriert haben: Paramore, Kings of Leon und Katy Perry.